時代重構與經典再造（晚清與民國卷・1872～1949）
——國際青年學者專題學術論集（第三冊）

李浴洋　編

時代重構與經典再造

陳平原

目

次

專題三・現代學術的展開

作爲素王的孔子：廖平的孔子形象

汪　亮

（湖南大學馬克思主義學院）

　　廖平對於孔子的評價，既有基於現實的刺激，比如基督教傳教士對於經學和孔子的貶低等〔註1〕，但是更多還是基於自身立場。總體來看，尊孔是他一生未變的思想主線。雖然廖平以自己的學問五年一小變、十年一大變而感到自豪，但是在廖平一生中，尊孔尊經的思想主旨是從沒有變化過的，這些變化在廖平看來只是他經學內部的調整，都是服務於尊孔尊經的。〔註2〕在過

〔註 1〕比如傳教士花之安就說過：「惜中國專教經學者鮮，故實學無多而僞學愈眾，國家欲求通經致用之 人，亦不易得。夫中國留心經學之士，類不乏人，然皆各自爲書，幾於千頭萬緒，即令有志窮經者，亦有望洋之歎。故必須博學鴻儒群相聚會，刪其不美，全其純美者，著爲經學大全或經學總纂之類，免至後之治經學者徒資心力，迄無成功，此乃爲要者也。且經學之爲用，繫於國家之人材，有經學然後有經濟，出而可以利國家；有經學而後有純儒，出而可以傳弟子。……經學之有關於國家，豈淺鮮哉？無如中國取士，只重八股詩賦，而專經之實學視爲具文，又何怪父師不以是急爲教，弟子不以是專爲習，只取經中之皮毛、經中之句語，爲作文之用乎？」見花之安《自西徂東》（上海書店出版社，2002 年）第 152 頁。廖平顯然看過花之安的書籍，廖平說：「宗教攻孔之說多矣，即如《經學不厭精》《古教彙參》《自西徂東》之類，意在改孔從耶。蓋其節取孔經者，半屬言行小節，鄉黨自好者之所能。若言至聖眞相，則彼所譯者，非八比講章，即庸濫語錄。中士且不知聖， 何況海外。惟其所攻駁每據彼國新理，時中肯要。凡學術自立，不足攻人則有餘。今欲尊孔，正可借彼談言爲我諍友。語云：善守者不知其所以攻。 所備既多，則固不能拘守舊法，亦如今日之兵戰也。」見〈尊孔篇〉,《四譯館雜著》,《廖平全集》第二集,（上海：上海古籍出版社，2015 年），第 1009 頁。

〔註 2〕廖平最有名的學生蒙文通也繼承了廖平尊孔的態度，但是他對於廖平尊孔的一些方法有不同看法，他認爲廖平尊孔太過，所謂太過主要是指廖平尊孔有

往的研究中，學者更關注廖平經學思想的具體變化，而本文則聚焦於他的孔子觀。

廖平一生尊孔的言論不計其數，而首先需要注意的是他在晚清那個時代最初提出了「知聖」這個問題，[註3] 或者說首先把孔子是誰這個問題主題化了，並且嘗試作出系統地表述和論證。[註4]

廖平認為：

> 今之學人，守舊者不必知聖，維新者間主無聖。不知學人之於聖，亦如沙門之於佛，其階級相懸，不可以道里計。學人之尊孔，必如沙門之尊佛，斯近之矣。夫亡國必先亡教，今之尊孔者十人不得二三，所尊之孔又音訓、語錄之孔，豈足以當世界之衝突乎？今之學者，未能發明生民未有之真相，而沈德符、魏源尚欲推周公為先聖，移孔子於西面，故尊孔之作，所以表揚列代推崇之至意，以挽迴向外之人心。[註5]

在廖平看來，當時的守舊者和維新者都不清楚什麼是聖，那些所謂尊孔的人也只是音韻訓詁的小儒，不足以彰顯儒學之博大精深。在廖平看來，只有明白孔子為什麼「生民未有」才可能真正做到知聖，進而才可能尊聖，如果不知聖，那麼所謂的尊聖反而可能遮蔽聖人之聖。[註6] 這裡「世界之衝突」是

的時候不尊重歷史事實。雖然同樣尊孔，但是蒙文通對於歷史的謹慎和對於歷史本身的尊重和其老師判然有別，或者說蒙文通希望通過建立一種以史學為核心的「批判儒學」來尊孔，蒙文通、章太炎、錢穆是近代走向史學的儒學學者最重要的幾個人，其路向都有各自的區別。參見張志強：〈經、史、儒關係的重構與「批判儒學」之建立——以《儒學五論》為中心試論蒙文通「儒學」觀念的特質〉，《中國哲學史》，2009 年第 1 期。

〔註 3〕廖平：〈知聖篇〉，《廖平全集》第一集，上海：上海古籍出版社，2015 年。

〔註 4〕參見李長春：《經典與歷史——以〈知聖篇〉為中心對廖平經學的考察》（中山大學哲學系博士論文，2009 年），第 65 頁。

〔註 5〕廖平：〈尊孔篇〉，《廖平全集》第二集（上海：上海古籍出版社，2015 年），第 997 頁。

〔註 6〕在《孔經哲學發微續編（嗣出）目錄》中的「袪誤門」中，廖平詳細列出了一些他認為經學中的常見的誤解：「袪誤門（廖平自注：其說統為貶孔派。）：以一名定孔子。（廖平自注：教育、宗教、哲學、儒、聖。）周公先聖，孔子先師。以經為史。伏羲、文、周皆立言作經。孔守先法後，（廖平自注：孔以前有六經。）集大成。欲行道當時。庸言、庸行。格致誠意正心為四條目。退化專言降。陰陽五行。尊君、專制。古有六經文字。六經同治中國。以禪為聖，靜坐、良知。《易》為四聖之書。不知地球。諸子創教。（廖平自注：孔以前有子書。）以仙道為孔。周公當為先聖。《書》有百篇。《河圖》、《洛

指教化的競爭。

　　對孔子是否是聖人的討論在孔子剛去世就被深入討論了，我們在《論語》和《孟子》的一些篇章中可以看得很清楚，在《論語》一書的末尾，當時有人認爲子貢賢於孔子，可見聖人的形象在孔子去世時並沒有一下子建立起來。孔子自己不認爲自己是聖人，但是七十子認爲孔子已經是聖人，孔子的形象在孔子自己本人和七十子那裏是有所不同的。四書中最明確認爲孔子是聖王的是《孟子》一書，尤其是孟子提出了「孔子遠過堯舜」、「生民未有」這兩個對孔子極高的評價。這兩個論斷對於後世理解孔子影響深遠，我們論

書》。先天後天之誤説。　周公作《周禮》。六經皆我注腳。報導在躬。孔子與人相同。人皆可以爲堯、舜。賤伯，以道爲異端。韓闢佛。孔子以前金石文字，即是六書體。」（見《廖平全集》，第三集，第 1164 頁。）《孔經哲學發微續編（嗣出）目錄》成於 1913 年，出版於 1914 年上海中華書局（見《廖平全集》第三集，第 1053 頁）。從這個批評可見廖平批評之廣。排在第一位的顯然是針對當時非常流行的用西方的一些學科來定位孔子的説法，比如教育家、宗教家，哲學家等。本書章太炎和梁啓超分別用史家和哲學家定位孔子，這些顯然都在廖平的批評範圍內。值得注意的是廖平認爲使用儒和聖來定位孔子也不對，這對那些傳統的儒者也是難以理解的，而這可能也是廖平認爲孔子難知的原因。「以一名定孔子」被廖平放在第一位，可見這個觀點的影響之大。第二點周公和孔子的關係以及第三點經史之別是廖平反覆提及的。「伏義、文、周皆立言作經。」此條還是繼續強調孔子至聖的地位，這個問題是周公和孔子問題的延伸。另外，「以經爲史。伏義、文、周皆立言作經。孔守先法後，（廖平自注：孔以前有六經。）」都是強調孔子是經學成立的關鍵。「尊君、專制」是指當時流行的觀點：認爲儒家是維護專制體制的。「以禪爲聖，靜坐、良知。」是對宋學的批評。「諸子創教」是對於康有爲的批評，廖平在注中指出，這個觀點的錯誤之處在於顛倒孔子和諸子的出現的順序。這裡的關鍵不在於孔子和諸子的歷史上的先後順序，而是邏輯上的先後順序，廖平認爲在邏輯上，孔子作六經在先，諸子作子書在後。廖平的具體考證很難站住腳，因爲孔子的確有「祖述堯舜」的方面，但是也可以爲廖平作一點辯護，就是廖平這裡強調的是價值眞理，而不是歷史事實，就算有些子，比如老子在孔子之前，但是如果我們承認諸子出於王官之學，那麼老子之學也是出於王官之學，而孔子的六經就算時間著作的順序在老子之後，但是因爲孔子不是僅僅自己成一家「私言」，而是全面繼承王官之學，所以，在邏輯上，孔子之學是高於子學的，或者拿馬一浮的話説，就是六藝統攝諸子。（見《馬一浮全集》，第 1 集，第 10 頁。）「先天後天之誤説」還是在批評宋儒。值得注意的是「人皆可以爲堯、舜」是《孟子》的原話，廖平也認爲是錯誤，可見其尊聖之良苦用心和對宋學的態度，廖平對「人皆可以爲堯、舜」的批評主要批評陽明後學的流弊，而不是對孟子的批評。「六經同治中國」是廖平對把儒教僅僅理解爲民族地方性知識的批評。這個目錄基本全面反映了廖平的思想體系和對學術史上一些重要關節點的看法。

文的主人公都或多或少涉及這兩個對於孔子的論斷。也許可以說，從孔子去
世到漢武帝罷黜百家、獨尊儒術之間的這幾百年是孔子的聖人形象慢慢確立
的時期：最開始孔子僅僅只是被他的弟子們看作是聖人，經過孔門弟子的講
學傳播，到最後經過官方的認定，孔子聖王形象成爲漢代的公共形象。這個
時期也是孔子是否聖王被比較系統討論的時期。〔註7〕漢代的獨尊儒術之後，
孔子聖王的形象雖然在經學內部有所差別，但正如陳壁生所說：「今文家視爲
有德無位的『素王』，古文家視孔子爲述而不作的聖人，理學家視孔子爲至聖
先師。」〔註8〕一言以蔽之，都是對「聖王」這個名號不同方面的強調。古代
王朝普遍以儒學作爲國家教化體系，在古代，孔子聖人的形象基本是作爲一
個默認前提被視作理所當然，在古代對孔子的聖人形象發起最大挑戰的是佛
教，這一挑戰後來被宋明理學化解。〔註9〕

在廖平的那個時代，基督教和西方科學強勢進入中國，傳教士對於孔子
和儒學的解釋是服務於其傳教大戰略，這讓當時的中國精英感受到了極大的
壓力。敏感的廖平認識到把孔子和聖人之間的關係加以主題化和系統表述的
急迫性。〔註10〕知聖被作爲一個問題系統提出來，孔子爲什麼是聖在晚清之
後，成爲被追問和思考的問題。這可以被視作一種在面對中西教化體系競爭
時代即將來臨之際，廖平在教化方面的自覺。在這個新的以基督教和西方哲
學爲兩翼的西方教化體系即將在中國強勢登場的時代，廖平明確認識到了傳
統的儒教體系必須經過一次系統的學術重構去應對這個挑戰，而其中最關鍵
的兩個問題是尊孔和尊經。這種教化的自覺是張之洞、廖平、康有爲等人共
有的。他們希望建設一個完整、系統的儒教體系，而重構儒教第一個問題就
是怎麼理解孔子。因此，廖平把「知聖」這個主題在新時代再一次主題化就

〔註7〕《荀子》、《莊子》、《墨子》等書都有對於孔子的理解、評價和批評，從這些
　　　大量針對孔子的討論和批評可以得知如何理解孔子、如何理解孔子和孔子之
　　　前的聖王是當時諸子百家最關心的問題之一。

〔註8〕陳壁生：《經學的瓦解》（上海：華東師範大學出版社，2014年）。

〔註9〕林永勝在《作爲樂道者的孔子——論理學家對孔子形象的建構及其思想史意
　　　義》（臺灣《清華中文學報》，2015年第十三期）中對於宋學中的孔子形象做
　　　了詳細的研究，指出佛教的內外二教的劃分概念對於宋儒影響較大，宋儒因
　　　爲佛教的挑戰需要奠定儒教在內教方面的優勝之處，因此宋學主要強調孔子
　　　的「聖」的方面。

〔註10〕向珂在博士論文《廖平與「經學改良」》（武漢大學哲學學院博士論文，2013
　　　年）的第四章《經學的「兵戰」》對此有初步的研究，見105～143頁。

是必然的了。而這也是孔子形象歷史演變這個更大故事的一部分，是古代部分的結尾，也是現代部分的開頭。〔註11〕

一、尊孔：作爲素王的孔子

廖平的素王論和漢代的素王論不同的地方在於他試圖把孔子是素王貫穿到《春秋》之外的所有其他的六經之中〔註12〕。在廖平之前，孔子素王說的主要依據是孔子作《春秋》。

> 世衰道微，邪說暴行有作。臣弒其君者有之，子弒其父者有之。
> 孔子懼，作《春秋》。《春秋》，天子之事也。是故孔子曰：『知我者，
> 其惟《春秋》乎！罪我者，其惟《春秋》乎！』

> 昔者禹抑洪水而天下平，周公兼夷狄、驅猛獸而百姓寧，孔子
> 成《春秋》而亂臣賊子懼。〔註13〕

漢代第一次把「素王」和孔子相聯繫起來的可能是董仲舒：

> 孔子作《春秋》，先正王而係萬事，見素王之文焉。〔註14〕

雖然這裡並不能必然認爲董仲舒把孔子作爲素王，對此句的解釋也可以是孔子在《春秋》中灌注素王之道，但是這樣一種解釋和把孔子直接當做素王也並不遙遠。〔註15〕董仲舒孔子素王說的理論的根基也還是以孔子作《春秋》爲核心。但是廖平認爲僅僅立足孔子作《春秋》來論證孔子素王說是不夠的。廖平希望把六經和孔子全部關聯起來。

廖平在《知聖篇》開頭對孔子素王論做了提綱挈領的總結：

> 孔子受命製作，爲生知，爲素王，此經學微言，傳授大義。帝
> 王見諸事實，孔子徒託空言，六藝既其典章制度，與今《六部則例》

〔註11〕 關於近代儒教和基督教的教化競爭，晚近的研究參見周偉弛：《太平天國與啓示錄》，北京：中國社會科學出版社，2013年；唐文明：〈儒教文明與基督教文明的相遇：略論現代儒門學者對於中西問題的理解〉，《比較經學》，2014年02期。

〔註12〕 康有爲在廖平的基礎之上，把素王論進而貫徹到四書中，參見後文的分析。皮錫瑞也是把孔子作爲素王這一觀點作爲貫穿六經的核心去建立自己的經學體系的。

〔註13〕 〈孟子‧滕文公下〉，見《孟子注疏》，第208～211頁。

〔註14〕 班固：《漢書‧董仲舒傳》，中華書局，1962年，第2509頁。

〔註15〕 康有爲和蘇輿對此理解的分歧就在這裡，康有爲認爲從中可以推出孔子是素王的結論，但是蘇輿認爲只能說《春秋》學中存在素王之道，但是不能認爲孔子是素王。

相同。「素王」一義，爲六經之根株綱領，此義一立，則群經皆有統宗，互相啓發，箴芥相投。自失此義，則形骸分裂，南北背馳，六經無復一家之言。以六經分以屬帝王、周公、史臣，則孔子遂流爲傳述家，不過如許、鄭之比，何以宰我、子貢以爲賢於堯舜，至今天下郡縣立廟，享以天子之禮樂，爲古今獨絕之聖人？《孟子》云：『宰我、子貢，知足以知聖人。』可見聖人不易知。今欲刪除末流之失，不得不表章微言，以見本來之眞，洵能眞知孔子，則晚説自不能惑之矣。〔註16〕

雖然素王一說是公羊家早已有之的說法，但是公羊學在漢代之後，一直不太活躍，直到清代中葉。廖平不光認爲孔子是素王，更是明確指出了素王這一孔子形象是經學得以成立的核心，是「六經之根株綱領」，只有認定孔子是素王，六經作爲孔子的一王大法，經學才可能作爲一個完整的體系，否則，經學如果缺少對於孔子作爲素王這一信念的認信，就會碎片化。廖平認爲古文學家對孔子述而不作的強調，進而對周公的尊崇，會導致經學典籍分屬於多個作者，進而導致經學的碎片化。六經的不統一性是廖平最擔心的事情，其中最大的麻煩就是孔子和周公的關係，或者說孔子和前代聖王的關係，周公是前代聖王的代表。因此，廖平此段不僅僅是簡單對漢代公羊學家孔子素王論的重複，而有著更有明確的問題意識：經學得以成立的前提是孔子聖王論，孔子聖王論和經學的成立是相表裏的，爲了應對基督教的競爭，孔子作爲聖王被彰顯和經學重構是晚清儒學轉型必須要走出去的一步。廖平經學最有力之處是他深刻意識到了古文學派在經學中的巨大影響和對於今文學派的巨大挑戰，這個挑戰最大的危險是會降低孔子的位置，而抬高周公的位置，至少會導致周公和孔子分庭抗禮，使得經學內部陷入分裂狀態。廖平在文集中反覆批評那些把孔子只是視作類似選詩文的村學究的人。爲什麼孔子被視作村學究，當然古文經學家不會認爲孔子是村學究，但是古文經學對於孔子「述而不作」的過度強調可能會導致此一流弊。

廖平此時面臨的處境和孟子以及董仲舒不一樣。在董仲舒的時代，還沒有今古文之爭的問題，六經也並沒有被分裂的直接危險。在廖平的時代，古文經學在學術界具有很大的勢力，今文經學從清代中葉開始復興，到廖平那

〔註16〕廖平：〈知聖篇〉，《廖平全集》第一集（上海：上海古籍出版社，2015年），第324頁。

個時代，時間也並不長，廖平一方面感受到古文經學的巨大的壓力，另一方面感受到基督教從外部的壓力。他希望經學內部能團結而不是分裂，只有經學內部團結了，才能全力以赴應對外教的挑戰。在不同的時代中，經學的核心問題並不一樣。廖平認為：

> 前賢所爭學術，今古、朱陸，近則在於傳作先後。尊孔與貶孔二派（廖平自注）。自東漢以後，誤讀「述而不作」，群以帝王周公為作，孔子為述，孤行二千餘年，淪膚浹髓，萬口一聲，無或致疑。今乃起而矯之，所以專主尊孔，曰孔作非述，聞者莫不詫怪，以為病狂。今為申其說於左。〔註17〕

在廖平看來，清代的經學史中最重要的問題就是孔子和周公的關係問題。對這個問題的兩種不同回答代表尊孔和貶孔兩種態度，但孔子是「有德無位」之人，要想尊孔，就必須論證孔子雖然無位但是比周公更偉大，於是有孔子素王說。因為古文學家經常以孔子「述而不作」為依據貶低孔子只是傳周公之禮樂而已，因此，廖平必須要證明前人對於「述而不作」的理解有誤。

因此，在廖平看來，所謂作為素王的孔子就是作為「作」的孔子，而不是「述」的孔子。因此，古文學家和今文學家關於述和作最大的爭論就在於孔子和《春秋》的關係。春秋學是廖平的學問的出發點，也是他的學問根基。廖平最重要的春秋學著作是《穀梁春秋經傳古義疏》、《公羊春秋經傳驗推補正》和《春秋三傳折中》。廖平認為穀梁傳是魯學，公羊傳是齊學，兩者都是今文學，是傳經之學，一方面，廖平希望三者的區別和分歧能各自有別，不牽連附會，另一方面，他也希望通過寫作《春秋三傳折中》來對於三傳的統一性給出自己的解決方案。

廖平把論證孔子素王說轉換為論證孔子是「作者」而非「述者」。廖平不僅僅限於利用傳統中那些和公羊學有關的材料來論證孔子素王說，而是在四書五經中廣泛尋找材料來論證此觀點。宋代之後，四書地位有極大的提升，廖平使用了很多四書中的材料證明孔子是素王：

> 今世所謂精純者，莫如四子書，按《論語》，孔子自言改作者甚詳，如告顏子用四代，與子張論百世，自負『斯文在茲』、『庶人不議』，是微言之義實嘗以告門人，不欲自掩其跡。孟子相去已遠，獨

〔註17〕廖平：〈尊孔篇〉，《廖平全集》第二冊，（上海：上海古籍出版社），第 1012 頁。

傳『知我』、『罪我』之言，『其義竊取』之說。蓋『天生』之語，
既不可以告途人，故須託於先王以取徵信。而精微之言一絕，則授
受無宗旨，異端蜂起，無所折衷。如東漢以來，以六經歸之周史，
其說孤行千餘年。〔註18〕

宰我、子貢以孔子「遠過堯舜」、「生民未有」。先儒論其事實，
皆以歸之六經。……說者不能不進一解，以爲孔子繼二帝三王之
統，斟酌損益，以爲一王之法，達則獻之王者，窮則傳之後世。續
修六經，實是參用四代，有損益於間，非但鈔襲舊文而已。執是說
也，是即答顏子兼採四代《中庸》之「祖述」，「憲章」，《孟子》之
「有王者起，必來取法也」。然先師改制之說，正謂是矣。……今
既明明參用四代，祖述堯舜，集群聖之大成，垂萬世之定制，而猶
僅以守府錄舊目之，豈有合乎？……孔子統集群聖之成，以定六藝
之制，則六藝自爲一人之制，而與帝王相殊。故弟子據此以爲「賢
於堯舜者遠」，實見六藝之美善，非古所有。以六經爲一王大典，
則不能不有素王之說；以孔子爲聖，爲王，此因事推衍，亦實理如
此。故南宮適以禹、稷相比，子路使門人爲臣，孟子屢以孔子與堯、
舜、禹、湯、文、武、周公並論，直以《春秋》爲天子之事，引「知
我」、「罪我」之言，則及門當時實有此說，無怪漢唐諸儒之推波助
瀾矣。〔註19〕

孔子素王論的核心就是孔子和孔子之前的聖王的關係。那些在孔子之前的聖
王，有的是在位的帝王，如堯舜；周公雖然不是帝王，但是因爲其制禮作樂
的貢獻而也被視作聖王，但是孔子是一介匹夫，如何被稱爲可以進入這個偉
大的聖王傳統呢？廖平的論證是孔子不僅僅是「集二帝三王」之統，更重要
的是「集群聖之大成」，而具體的成果就是孔子做六經，六經是集合古代所有
美善而斟酌損益而成，因此孔子遠過堯舜。

在廖平看來六經作爲一王大法和孔子素王說這兩個命題是等價的，六經
是憲章百代傳之久遠的神聖的法，而孔子則是偉大的立法者。廖平指出了經
學在中國政治上的所起的巨大作用，或者說廖平認爲孔子是中國古代政治的
隱秘的立法者。因此，在孔子給中國政治典章立法的意義上說孔子是素王。

〔註18〕廖平：〈知聖篇〉，《廖平全集》第一冊（上海：上海古籍出版社），第326頁。
〔註19〕廖平：〈知聖篇〉，《廖平全集》第一冊（上海：上海古籍出版社），第327頁。

二、尊經：經學作爲一王大法

孔子素王說和經學作爲一王大法在廖平那裏是等價的。那麼所謂經學的一王大法又是指什麼呢？廖平認爲是政教背後的禮制。廖平對於禮制的理解似乎已經帶有了進化論的色彩了，他認爲禮制是隨著時代的推進一步一步更加完善的，時代越古老，禮制越簡略，到孔子的時候，禮制越發文明了：

> 夫由堯舜以至成周，初簡陋而後文明，代有沿革，見之載記，人心所同信者也。孔子修六藝以爲後世法，考三王、俟百世，見之載記，亦人心所同信者也。然洪荒初開，禮制實爲簡陋，即茅茨、土階、大羹、玄酒等類，若於文備之世，傳以爲法，不惟宜俗不合，且啓人輕薄古昔之心。〔註20〕

在上面論述中，廖平很巧妙通過論述禮制的「進化」把當時流行的進化論也夾帶進了自己的理論框架。周公制禮作樂在中國文明史上的確具有重要的意義，但是在傳統的儒學解釋史上，最初並沒有因此而產生一種按照禮制是否繁複爲標準而產生的時代進化意識。事實上，在儒教的標準歷史敘述是《禮記‧禮運》中的大同小康兩階段的歷史敘述。結合相關典籍，可以推論大同對應的是堯舜階段，對應的是以德治爲主、禮制爲輔的時代，而小康對應的是三代，對應的是以禮制爲主時代，如《禮運》所云，是「禹、湯、文、武、成王、周公」這六君子的時代，而這六君子「未有不謹於禮者也」。周公是小康階段最後一個聖王。在這個敘述的脈絡中，顯然孔子對於堯舜的大同時代肯定更多，但是孔子的深刻在於，他對於德和禮都採取一種肯定的態度，如《中庸》所云：「祖述堯舜，憲章文武」，孔子的偉大在於德和禮的綜合，並且是以德爲主去綜合禮。因此，嚴格來說，孔子對於堯舜的肯定要高於三代的肯定，但是孔子考慮到時代的演變有其合理性，並不是簡單的回到堯舜，而是「生乎今之世，返古之道，災必及其身也」〔註21〕。這樣一種儒學的歷史哲學並不是簡單的進化論和退化論能涵蓋的。但是，因爲廖平過於強調孔子王的一方面，缺少對於孔子內聖的闡發，因此只能從這種外在的典章制度上去論證孔子的偉大，這在某種程度上導致他顛覆了經學中豐富的時間意識，採取一種簡單平面化的進化歷史觀來證明孔子超過所有前面的聖王，這種進化時間觀後來和春秋學中的三

〔註20〕廖平：〈知聖篇〉，《廖平全集》第一冊（上海：上海古籍出版社），第332頁。
〔註21〕〈中庸〉。

世說結合在一起，也改變了春秋學本來的歷史觀和時間觀，也導致了一系列理論上和解釋上的問題。〔註22〕

（一）制度乃經學核心

所謂的法是什麼呢？廖平認爲更準確的說法是制度。

> 儀禮與制度有異。禮爲司徒所掌，如今之儀注，即《儀禮》是也；制度則經營天下、裁成萬類，無所不包，如《王制》是也。制度最大最要，禮儀特其中一門，欲收通經致用之效，急宜從制度一門用功。若沾沾儀節，不惟不能宏通，人亦多至迂腐。劉子政《別錄》，制度爲專門，與禮儀別出。至《儀禮經傳通解》、《禮經綱目》、秦氏《通考》，皆以禮包制度，大失經意。今特升《王制》爲制度統宗，禮經儀注之文，歸於司徒六禮而已。能悟此旨，經學乃爲有用之書。〔註23〕

大體而言，廖平所指的制度是傳統禮學中偏向王道理想的政治制度，所謂「經營天下、裁成萬類」。傳統禮學顯然是包含這一部分的，但不僅僅只有這一部分，廖平以《王制》爲統宗去理解制度和整個禮學，這種對於禮學的理解具有極爲強烈的政治教化的傾向。

廖平對於禮儀的態度頗值得玩味，他所理解的禮儀主要是指偏教化層面的禮節儀式等，所謂司徒所掌，而司徒主要是司教化的。對於這部分禮，廖平認爲此非經學核心。相對於教化的禮就是偏向政的禮了，而這也是廖平眞正關心的部分，也是面對西政衝擊下的廖平的回應。廖平的老師張之洞在《勸學篇》中認爲中國吸收西學的方向是：「西藝非要」，而是「西政爲要」，而廖平一生的學術方向似乎都是在回應其老師在《勸學篇》的召喚〔註24〕。廖平的主要學術用力方向就是建立基於素王論下的中國的政教框架。

〔註22〕 關於原始儒家的歷史意識和對時間的理解請參見唐文明《與命與仁》第三章：《原始儒家的天命——道德史觀與現代性的時間問題》。關於近代中國的進化論和歷史主義的思潮研究，請參見王中江：《進化主義在中國》（首都師範大學出版社，2002年）和張汝倫：《現代中國思想研究》（上海人民出版社，2014），在服膺儒家的那些學者那裏（最有名的就是康有爲），進化論是和公羊三世說結合在一起的，但是進化論很快就脫離了儒學的理論框架，獨自作爲意識形態或者和別的思想資源結合起來，進而獨立發揮作用。

〔註23〕 廖平：〈知聖篇〉，《廖平全集》第一冊（上海：上海古籍出版社），第347頁。

〔註24〕 廖平和其老師張之洞的關係很複雜，但是從張之洞去世之後，在所有張之洞的四川籍弟子中，廖平是唯一一個痛哭的弟子，可見其關係之深。

　　儒學的核心要義有三綱五常和五倫，五常包括仁義禮智信，禮只是五常之一而已，經過孔子對仁的闡發之後，禮和仁相比，其重要性已經退居二位了。為什麼廖平認為經學的核心就在制度呢？廖平說：「《論語》因革損益，唯在制度。至於倫常義理，百世可知。故今古之分，全在制度，不在義理，以義理古今同也。」〔註 25〕張之洞和廖平都是傳統的儒學的服膺者，對於儒學三綱五常的義理的永恆性是從來沒有懷疑的，他認為儒學的倫常和義理是沒有變化的，也不需要變化，但是制度是需要隨著時代而變化的，這也是他們的最核心的問題意識。所以，廖平認為中國面對的主要矛盾是西政對於中政的挑戰，而較少措意於儒學在義理和宇宙論方面的義理闡釋。

　　廖平所說的一王大法主要是指：選舉，學校，禮樂，兵刑和井田、封建、禮制儀文等。廖平說：

> 故篤生一匹夫聖人，受命製作，繼往開來，以終其局。而後繼體守文，皆得有所遵守。又開教造士以為之輔，故百世可以推行。或以秦漢不用《春秋》之制，不知選舉、學校、禮樂、兵刑無一不本經制。雖井田、封建、禮制儀文，代有改變，然或異名同實，或變通救弊，所有長治久安者，實陰受孔子之惠。且循古今治亂之局，凡合之則安，反之則危。〔註26〕

這兩類制度有所不同，前者「選舉，學校，禮樂，兵刑」比後者更多和經制有關，可以比較明顯能見到孔子改制的影響，而「井田、封建、禮制儀文」隨著時代變化更為劇烈一些，但是廖平認為這些改變的原則仍然遵從孔子的文質和三統的原則。相比而言，前者更多和教學和教化有關係，如選舉、學校和禮樂，後者和經濟和政治制度關係更密切，如井田、封建、禮制儀文等。所以，連廖平也承認其實孔子在教統上的貢獻也許更大，而在作為教統的開創者上，孔子的貢獻當然要大於前面那些主要是在政統上有突出貢獻的聖王們。但是廖平對於孔子在教統的開創性以及中國古代的政教張力較少論述，廖平思考問題的框架是傳統政教不分或者說政教合一的政治架構。

（二）廖平思想的穀梁學特色

　　廖平認為經學的核心是制度，進而以此塑造孔子形象，除了其問題意識比較偏向政治之外，和其治經的傾向也有很大關係。

〔註25〕廖平：《今古學考》，《廖平全集》第一集，（上海：上海古籍出版社），第 60 頁。
〔註26〕廖平：〈知聖篇〉，《廖平全集》第一集，（上海：上海古籍出版社），第 339 頁。

　　因為廖平和康有為在學術上有相互影響，而康有為後來因為公羊學而聞
名天下，故而時人多以為廖平是公羊學大家，但是事實並不是這樣，正如蒙
文通所說：「《穀梁》釋經本義密於《公羊》，故由《穀梁》而治《公羊》，其
事茲易。廖師以其餘力說《公羊》，言《公羊》者悉未之逮，廖師遂以《公羊》
名於世。凡知廖師者，皆在《公羊》，不在《穀梁》。」〔註27〕但是其實廖平
的公羊學著作是其之後的學術成果，廖平的春秋學的根基並不是公羊學，而
是穀梁學。蒙文通認為：

> 湘綺言《春秋》以《公羊》，而先生治《穀梁》專謹，與湘綺稍
> 異。其能自闢蹊徑，不入於常州者之流，殆亦在是……《穀梁》解
> 經最密，先生（廖平）用力於《穀梁》最深，著《穀梁古義疏》、《釋
> 範》、《起起廢疾》，依經之例，以決范、何、鄭氏之違失，而杜後來
> 無窮之辯。植基堅厚，後復移之以治《公羊》、《左氏》，皆迎刃自解。
> 〔註28〕

湘綺是廖平在尊經書院讀書時候的老師，是張之洞在四川興學從湖南請過來
的老師，其為學偏於今文經學，尤其是公羊學。這段蒙文通的事後追憶，強
調所謂蜀學淵源有自，並不完全同於湖湘之學，但是也還是能夠反映廖平為
學和其老師的差異。廖平的公羊學是以穀梁為基礎的，或者說其實廖平的公
羊學是穀梁化的公羊學。鄭偉統計廖平的三傳研究數量，穀梁44種，公羊學
7種，左傳學25種。某種程度上說，廖平對《左傳》下的工夫更大，因為廖
平希望使用穀梁學來整合三傳，而無疑《左傳》和前面兩傳的差異更大，需
要更多學術努力！廖平在穀梁學方面有《穀梁古義疏》這樣集大成著作，在
公羊學和左傳學方面都缺少這麼大分量的著作。鍾肇鵬認為「廖平深於《春
秋》，尤精於《穀梁》，於《春秋》三傳均有專著，是治《春秋》經傳的重要
著作。」〔註29〕除了數量上巨大的差異。〔註30〕鄭偉通過詳細的研究發現廖
平的穀梁學研究對公羊學研究的全面影響，無論是在禮制方面還是大義方面。

〔註27〕 蒙文通：〈廖季平先生傳〉，載廖幼平：《廖季平年譜》（成都：巴蜀書社，1985
　　　　 年），第98～99頁。

〔註28〕 蒙文通：〈廖季平先生傳〉，載廖幼平：《廖季平年譜》（成都：巴蜀書社，1985
　　　　 年），第98～99頁。

〔註29〕 參見鍾肇鵬：〈廖季平哲學思想與經學的終結〉，《社會科學研究》，1983 年 5
　　　　 期。

〔註30〕 參見鄭偉：《廖平「穀梁學」成就研究》（四川大學古籍整理研究所博士論文，
　　　　 2013 年）第 129 頁。

爲什麼廖平這麼重視穀梁學呢？因爲廖平認爲《穀梁傳》是魯學，而《公羊傳》是齊學，魯學最爲接近孔子的原意，而齊學則夾雜了一些非孔子的思想，所以公羊學不如穀梁學純粹，廖平說：

> 《穀梁》顯於宣、元之間，不及一世，東漢以來，名家遂絕，舊說雖存，更無誦習。范氏覘其闒弱，希幸竊據，依附何、杜，濫入子姓。既非專門之學，且以攻傳爲能。末學膚受，喜便誦記，立在學官，歷世千載。原夫素王撰述，魯學獨專，俗義晚張，舊解全佚。〔註31〕

可見廖平對於穀梁學期待頗高。除了是魯學之外，廖平還通過研究《王制》發現穀梁的制度和〈王制〉全同，所以更加堅定了自己的信心，李耀仙說：「廖平從治《穀梁傳》中，發現其說禮制與〈王制〉全同，不似《公羊傳》之時參古學，遂使《穀梁》地位頓時提高。」〔註32〕

鄭偉指出：「廖平『穀梁學』的會通有一個基本的立足點，那就是以《穀梁傳》爲核心……強調『雖在會通三傳，而魯學家法不敢稍逾。這與王闓運解《穀梁》時宗《公羊》說的立場是完全不同的。」〔註33〕

總之，廖平最認同穀梁學是因爲《穀梁傳》是魯學，而魯國是孔子母國，其學說最接孔子之學，而求孔子之原意必須從最可能接近孔子思想的傳入手，這就是廖平全部的邏輯。

那麼，《穀梁》是否是魯學呢？和公羊學的區別是否就是魯學和齊學的區別呢？陳蘇鎮對於春秋學和漢代的政治的研究發現，春秋三傳的興起和衰亡和當時漢代政治關係密切。至於穀梁是魯學，公羊是齊學，早在漢代就有這樣的看法了，《漢書》中記載：「宣帝即位，聞衛太子好《穀梁春秋》，以問丞相韋賢、長信少府夏侯勝及侍中樂陵侯史高，皆魯人也，言穀梁子本魯學，公羊氏乃齊學也，宜興《穀梁》。」〔註34〕這種根據作者的籍貫來判斷其學問的推理方式自然不是那麼的嚴密，而陳蘇鎮也認爲這其中有學術之外的原因：「韋賢等人的觀點有個既定的前提，即魯學優於齊學。在這個既定的前提

〔註31〕廖平：《重訂穀梁春秋經傳古義疏‧自敘》，第31頁。

〔註32〕見李耀仙：《廖平與近代經學》（成都：四川人民出版社，1987年版），第24頁。

〔註33〕鄭偉：《廖平的「穀梁學」成就》（四川大學古籍所博士論文，2013年），第51頁。

〔註34〕《漢書‧儒林傳》卷八八，《漢書》（北京：中華書局，1962年版）。

之下，他們只要說明《穀梁》是魯學，《公羊學》是齊學，就可得出『宜興《穀梁》』的結論了」。但是「韋賢等皆魯人，其魯學優於齊學之觀點或許出於地域偏見」。〔註35〕

　　從哲學上來看，《公羊學》和《穀梁學》的區別是漢儒兩種不同政治學說，陳蘇鎮把《公羊學》的政治思想概括爲「以德化民」，把《穀梁學》的政治思想概括爲「以禮爲治」〔註36〕。其具體思路的不同也對應著孟子和荀子的區別，陳蘇鎮說：「賈誼治《左氏》，申公治《穀梁》，董仲舒治《公羊》。賈誼、申公都是荀子後學，其政治學說和主張基本相同，屬荀學一派；董仲舒的政治學說和主張，則處處與賈誼、申公等對立，在學術理路上去荀學較遠，而離孟學較近。」賈誼的主張是「以禮義治之」〔註37〕，而申公之學也是類似，「重心在一個『禮』字，申公及其弟子針對漢初政治提出的對策，也未跳出荀子、賈誼之窠臼」〔註38〕。他們最重視也是三代的禮樂制度，尤其是周公的制禮作樂。這兩種方案在漢人那裏都被稱爲德教，陳蘇鎮認爲：

> 「以德化民」和「以禮爲治」的根本區別是「化有薄厚」，即以德化民「厚」，以禮爲治「薄」，相對而言，前者境界更高，更完美。對導致這一區別的原因則有兩種不同的說法：一曰「主有優劣」，二曰「時有樸文」。「主有優劣」強調主觀因素，認爲三皇五帝之德優於三王，因而三皇五帝可「以德化民」，三王則只能「以禮爲治」。「時有樸文」強調客觀條件，認爲上古民風淳樸，三代之俗澆薄，對淳樸之民可以德化之，對澆薄之俗只能以禮爲治。顯然，前一種說法是對「以德化民」的支持，後——種說法是對「禮爲治」的辯解。〔註39〕

〔註35〕陳蘇鎮：《春秋》與「漢道」：兩漢政治與政治文化研究》，（北京：中華書局，2011 年），第 318 頁。

〔註36〕蒙文通認爲「由《穀梁》以禮說今文者，魯學之遺規，由《公羊》以緯說群經者，齊學之成法。此今文中二派對峙之主幹。」見蒙文通：〈井研廖季平師與近代今文學〉，見蒙文通，《經史抉原》（成都：巴蜀書社，1995 年）。蒙文通用禮制和緯來區分公羊學和穀梁學，這其實還是繼承廖平的觀點，陳蘇鎮用禮和德來區分更能抓住兩者間本質區別。

〔註37〕陳蘇鎮：《春秋》與「漢道」：兩漢政治與政治文化研究》（北京：中華書局，2011 年），第 48 頁。

〔註38〕陳蘇鎮：《春秋》與「漢道」：兩漢政治與政治文化研究》（北京：中華書局，2011 年），第 156 頁。

〔註39〕陳蘇鎮：《春秋》與「漢道」：兩漢政治與政治文化研究》（北京：中華書局，2011 年），第 205 頁。

那麼，孔子對於德和禮之間關係是什麼態度呢？《中庸》：「祖述堯舜，憲章文武。」朱子注：「祖述者，遠宗其道。憲章者，近守其法」〔註40〕堯舜是以德化民，文武是以禮爲治，可見孔子是德禮並重，而以德統禮。那麼，可以說公羊學和穀梁學其實都是傳孔子之學之一體，在孔子的思想世界中，公羊學和穀梁學可以以一種合理的方式綜合起來，當然，這種綜合應該是以《公羊學》爲主，以《穀梁學》爲輔助的一種綜合。〔註41〕

公羊學在漢代就有董仲舒這樣的儒學大師，而穀梁學在漢代並沒有能和董仲舒比肩的儒學大師，這並不是偶然的，而是其自身理論的高度所致。在漢代，公羊學的影響力大於穀梁學。這種對比在晚清似乎又重演了一次。廖平的今文經學其實是以穀梁學爲核心，因此廖平綜其一生都是以探討制度爲自己的問題核心，符合穀梁學的「以禮爲治」的特點，而廖平的孔子形象也就是改制素王的形象，孔子的性命天道的學說在廖平那裏沒有得到彰顯，因此「作爲樂道者的孔子」自然也不是廖平孔子觀的主要形象。而康有爲雖然受到廖平強烈的影響，也同樣是今文學家，但是其學問卻不是穀梁學，而是公羊學。康有爲的春秋學的代表作是《春秋董氏學》，作爲公羊學大家，董仲舒的公羊學的特點就是「以德善化民」〔註42〕，陳蘇鎮說：

> 董仲舒既然斷言性有「善質」而「可善」，又將「成民之性」視爲王者的終極使命，就必然認爲「仁」爲第一性，「禮」爲第二性，亦即先有「仁」而後有「禮」。所以，他將人們接受教化的過程描述爲：「明於天性，知自貴於物；知自貴於物，然後知仁誼；知仁誼，然後重禮節；重禮節，然後安處善；安處善，然後樂循理；樂循理，然後謂之君子。」從「明於天性」開始，必然「知仁誼，然後重禮節」。根據這一規律，王者施行教化亦當先使民知仁義，然後制禮作樂。〔註43〕

康有爲也是以仁作爲孔子教化的核心，因此康有爲的孔子的形象就必然不同於廖平的形象，而比較多強調仁和德這些德教的部分。因此，康有爲把孔子在德教的部分彰顯突出，於是孔子的教主的形象就完全不同於廖平的作爲制

〔註40〕朱熹：《四書章句集注》（北京：中華書局，1983年版），第37頁。

〔註41〕關於德和禮的系統研究可見鄭開：《德禮之間》（北京：三聯書店，2009年）。

〔註42〕陳蘇鎮：《〈春秋〉與「漢道」：兩漢政治與政治文化研究》（北京：中華書局，2011年），第159頁。

〔註43〕陳蘇鎮：《〈春秋〉與「漢道」：兩漢政治與政治文化研究》（北京：中華書局，2011年），第163頁。

度之王的孔子形象了。質言之，廖平和康有爲的孔子形象的根本區別還在於
其背後的經學思想不同，廖平以穀梁學爲核心，而康有爲把公羊學作爲自己
經學的核心。

三、孔子爲全球教主

晚清是一個天崩地裂的時代，葛兆光在《中國思想史》下冊中認爲明清
思想史的背景是從天下到萬國的轉變。葛兆光認爲：「正如列文森所說的，『近
代中國思想史的大部分時期，是一個使『天下』成爲『國家』的過程」。不過，
應該說，這個歷史過程雖然在明代已經開始，但是在觀念世界中，卻要到晚
清時代才眞正顯示出其深刻性來。

葛兆光借助用列文森的「從天下到萬國」作爲中國明清思想史的背景，
然後分別從天和地兩方面去論述這個巨大的思想史裂變。但是列文森在寫作
《儒教中國及其現代命運》是站在一個以西文文化爲普世文化，以西方基督
教爲普世宗教的立場上對於儒教做了一種地方宗教的定位，進而宣告了儒教
的現代命運應該被終結在博物館中，但是這種認爲儒教是地方性教化，不能
達到普世教化的觀點也是可以商榷的。如果接受了這種儒學爲地方或者民族
教化體系的觀點，那麼自然可以得出古代儒學以天下爲己任的普世關懷是因
爲中國古代的地理視野局限，沒有看到所謂的「萬國」，等到「萬國」的視野
被打開之後，儒學之前的普世關懷自然就只能被看做是虛幻和自我陶醉了。
這種對於儒學的地方性和民族性的強調和捆綁大約開始於明末清初的傳教
士，而這是爲他們的傳教政策服務的。有趣的是，列文森在他那本著名的書
中對廖平極盡嘲諷之能事，把廖平看做類似小丑的角色，不能理解廖平對於
經學的信念，也因此不能理解他基於這一信念而做出的對時代的回應。〔註44〕

葛兆光從兩個方面講述中國天崩地裂的故事：一是從「天」的方面，西
方天文學秩序瓦解中國宇宙秩序，二是從「地」的方面，世界地圖對於中國
傳統天下四夷觀的衝突。葛兆光主要敘述了西方天文學知識怎麼憑藉精確的
預測慢慢消解古代中國天文學知識體系的權威，進而消解和動搖了那些更根
本的宇宙論的觀念，如道、太一，太極等。天地宇宙論的瓦解的確是中國近
代思想史的大事件，學界至今還研究不夠。廖平的一系列努力自然也是在這

〔註44〕這種對廖平的偏見已經被劉小楓在〈六譯聖人贊〉中充分批判了，參見劉小
　　　楓：〈六譯聖人贊〉，載《讀書》2000 年第 11 期。

個天地瓦解的背景之下進行的。〔註45〕他的大小之學可以看成是對於從天下到萬國這個世界地理新格局下的儒學全球論，而天人之學是對於新的西方宇宙論的回應，雖然都不成功。

面對世界地理格局的打開，嚴復對於這一經典中未嘗敘述的世界格局的態度在當時很有代表性：「嚴又陵上書，所謂『地球，周孔未嘗夢見；海外，周孔未嘗經營』」〔註46〕。而這也刺激廖平去修改自己的理論進而回應嚴復的說法。廖平認爲自己的前兩變：平分今古和尊今抑古只是用博士法說經，只是「大抵皆就中國一隅言孔子」。〔註47〕而沒有言及《禮運》所謂的『大同』篇。廖平第三變是小大之學，從這一階段開始到之後階段，他對於經典的解釋在細節上有很多變化，但是正如魏彩瑩的精密的研究所指出的，其後三變的思想和前面三變有一以貫之的根本精神貫穿其中。〔註48〕而後面幾變很多可以看作是對嚴復這類看法的回應。

小大之學的核心內容就是按照經典中所體現的空間範圍和時間長短來給經典做一個重新的定位：

> 六經有小大、久暫之分，《春秋》地祇三千里，爲時二百四十年；《尚書》地祇五千里，爲時二千年；《詩》地域至三萬里，爲時百世，所謂『無疆無斁』；《易》則六合以外。……飲器有套杯，小大相容，密合無間。以六藝比之，《易》爲大，《詩》爲《易》所包，《書》爲《詩》所包，《春秋》爲《書》所包。《春秋》爲最小、最暫，《易》最大、最久。此層次之分，大小之別，而統歸於《孝經》。《孝經》

〔註45〕近代以牛頓爲代表的機械論科學對於古代西方以亞里士多德爲代表的自然目的論的取代是理解西方古今之變的一大關鍵，進而這個西方以近代牛頓科學爲核心的科學主義瓦解了中國古代以天地人爲架構的宇宙論體系，完全消解了中國古代的天和地的概念，傳統中那些需要依託天和地來理解的那些概念：性、心、命等概念或者被拋棄，或者被完全重新解釋，參見伯特：《近代物理學的形而上學基礎》（張卜天譯，長沙：湖南科學技術出版社，2012 年）；柯瓦雷：《從封閉世界到無限宇宙》，張卜天譯，（長沙：湖南科學技術出版社，2008 年）。

〔註46〕廖平：《經學六變記》，《廖平全集》第二集（上海：上海古籍出版社，2015 年），第 887 頁。

〔註47〕廖平：《經學六變記》，《廖平全集》第二集（上海：上海古籍出版社，2015 年），第 887 頁。

〔註48〕魏彩瑩：《經典秩序的建構：廖平的世界觀與經學之路》（臺灣師範大學博士論文，2013 年）。

一以貫之，總括六藝，歸入忠恕，此聖人一貫之學，謂『以孝貫六

經』也。」〔註49〕

這個套杯比喻的要點在於希望通過強調經典裏面的巨大的空間範圍，進而證明孔子在兩千多年前就爲我們今天的中西交通的新世界立了法。

孔子在這個新的全球是什麼地位呢？廖平認爲是全球教主，「孔子乃得爲全球之神聖，六藝乃得爲宇宙之公言。」〔註50〕廖平說：

蓋孔子未生以前，中國政教與今西人相同，西人杭海梯山入中

國以求聖教，既〈中庸〉「施及蠻貊」之事。聖經中國服習，久成爲

故事，但西人法六經，即爲得師，故不必再生孔子。今日泰西，中

國春秋之時，若無所取法，天故特生孔子，垂經立教，由中國及海

外，由春秋推百世，一定之例也。〔註51〕

廖平對孔子的新理解和他感受到了基督教等西方宗教的威脅有關。那麼西方人士認爲的也是普世教主的耶穌和孔子是什麼地位呢？廖平採取的傳統的子家爲經學之流的方式來處理，認爲「間嘗統天下諸教而合論之：道家本於德行，是爲大成；釋家出於道；天方，天主，又出於釋」。〔註52〕廖平對於道家評價很高，認爲最能繼承孔子的精神，因此特別加以表章認爲是大成，天方代指伊斯蘭教，天主代天主教和基督教。

怎麼去理解這看上去似乎非常自大的想法呢？我們其實對這種儒學隨著時代而在更大範圍內展開的敘述模式並不陌生，牟宗三和杜維明提出的儒學三期說，認爲儒學有一個從中原到中國，從中國傳播到東亞，在未來還有從東亞到世界的過程。廖平和牟宗三、杜維明類似，背後都有一種對於儒學作爲普世教化而非地方教化的信念。〔註53〕

那麼爲什麼當時大家會認爲廖平後三變的思想是不可理喻的呢？至少有

〔註49〕廖平：〈知聖篇〉，《廖平全集》第一冊（上海：上海古籍出版社，2015年），第375頁。
〔註50〕廖平：〈經學四變記〉，《廖平全集》第二冊（上海：上海古籍出版社，2015年），第889頁。
〔註51〕廖平：〈知聖篇〉，《廖平全集》第一冊（上海：上海古籍出版社，2015年），第374頁。
〔註52〕廖平：〈知聖續篇〉，《廖平全集》第一冊（上海：上海古籍出版社，2015年），第413頁。
〔註53〕受到廖平很大影響的康有爲對於儒學作爲普世教化也有系統的論述，甚至主張清政府派人去南美洲去傳播儒教。

兩個原因，一個是廖平為了自己的理論能成立，在經典的解釋上比附太多，比如認為文家是中國，質家是海外。這些缺少歷史和考證學基礎的經典解釋自然難以得到學者的認可。另外一個更大的區別是廖平更多是在政的意義上談論儒學的普世性，而康有為等人主要是在教化體系上談論儒教的普適性，〔註54〕而現代是一個政教分離的世界，廖平構想的以政治教化為核心的天下體系在這個政教分離的世界中自然會面臨一系列理論挑戰，這也是廖平的思想體系主要在學術界發生影響力，而沒有康有為影響那麼大的重要原因。〔註55〕

四、小結

廖平概括自己一生學問的核心就是尊孔尊經，在廖平看來，這兩者是互為表裏的關係，尊孔才能真正尊經，尊經才能真正尊孔。我們不能泛泛地理解廖平的話，尊孔意味著對於孔子的獨尊，意味著不能同時並尊孔子和周公，必須在尊孔和尊周之間作一個選擇。廖平選擇的是尊孔，因此他讚同今文經學家對於孔子素王的界定，反對孔子述而不作的看法。

廖平的尊經也是在尊孔的前提之下的尊經，就是尊孔子之經，而廖平認為在春秋三傳中，穀梁是魯學，最接近孔子原意，而公羊夾雜齊學。此外，廖平通過禮制的研究，發現《王制》與《穀梁》在禮制上相合，越發堅定了自己的判斷：今學從孔子，古學從周公，孔子改制在禮制上具有一致性。至於後來廖平改變觀點，把以前認為是古學的《周禮》、《左傳》也看作是今文學，是為了增加孔子之學的理論容量，其目的是為了應對世界格局的改變而做的經學創造性解釋工作。

廖平對經學和史學之間的區別極為敏感，一生都在維護這個經學和史學的鴻溝，因為他認為經學史學化之後，經學就失去了大綱大法的地位，就失去了指導中國的價值。如果夷經為史，不需要基督教征服中國，儒教自己就解體了。為了拉開經書所記載事件的和真實歷史的距離，廖平做了很冒險的事情，認為經中所記錄都是孔子託古改制所託，不是真實歷史。對於想把經學

〔註54〕唐文明指出廖平和康有為的最大區別是：廖平是希望通過經學直接建立國家，而康有為是通過經學建教（孔教），通過孔教建國，在康有為的思路中，經學不是直接建國的，經學和國家中間通過一個國教的概念連接。參見甘陽、唐文明等：〈康有為和制度化儒家〉，載於《開放時代》，2014年第5期，第16頁。

〔註55〕關於天下體系的研究見趙汀陽著：《天下體系》（北京：中國人民大學出版社，2011年）。

史學化的人，廖平的這種解釋方案固然是釜底抽薪，但是因爲缺少文獻證據，而容易陷於武斷之中，開啓了疑古的學風，對於經典造成了意想不到的傷害。

從歷時性的變化來看，廖平前期的工作偏於學術，塑造的孔子形象比較接近今文經學的素王形象；到了後期，廖平的孔子形象更多是預言家和全球教主的形象。

廖平的學問根基以禮學和春秋學爲核心，其春秋學的色彩也偏向「以禮爲治」的穀梁學。但是，繁複的禮制固然重要，人心的安頓比禮制更爲重要，廖平雖然在年輕時學習宋學，但是並沒有以此爲出發點建構自己的學問，自從轉向禮學和春秋學後，對於宋學就較少關注了。

因爲對於宋學的忽略，孔子在宋學中至聖的形象在廖平那裏呈現不出來，廖平的孔子形象主要就是春秋學中的政治化的王的形象，如果說內聖外王是孔子完整的形象，那麼，廖平的孔子形象主要就是外王的孔子形象，這也是由他的問題意識決定的，因爲和他的老師張之洞一樣，廖平更爲關心的是西政對於中政的衝擊，因此他的著力點就都在政治上面，至於人心秩序，廖平認爲這些不會隨著時代變化，因此談論較少。但是孔子對於前代聖王的突破正是通過對天命、仁的闡釋重新建構了人心秩序，然後在這個基礎之上斟酌損益禮制的，禮制對於孔子來說，終究是第二位的，義理才是第一位的，廖平對於禮制的過份執著使得他雖然在形式上回到了孔子，但是在精神實質上卻沒有完全回到孔子，不免有「買匵還珠」的嫌疑。孔子說：「人而無仁，如禮何？人而無仁，如樂何？」晚清在政治問題出現了極大的危機，但是政治問題的背後還是人心秩序問題，至於基督教對於中國的挑戰，更是在人心秩序上的挑戰，而非這些禮制等外在形式的挑戰。廖平在晚年建構起越來越龐大的體系，卻一直沒有很好解決此問題，因此其理論沒有能很好回應時代的呼喚，影響也較小。

廖平在世的時候，就已經受到了很多人的批評，但是終其一生，他都不停通過注經、解經構建自己的經學解釋學體系來應對時變。他的這種經學體系的建構作爲一種經學解釋學現象怎麼去理解呢？

蒙文通是廖平最得意的弟子，但是就連蒙文通對於廖平三變之後的學問也很少繼承，蒙文通主要是繼承他前兩變的學問，更不用說批評他的人了。在人文學科的範式（尤其是歷史學）即將籠罩整個中國文教制度的時代，廖平經學的命運如此也不難理解。但是其平分今古的學術成果和對今文經學的信念影響了康有爲，並且被康有爲轉化爲政教分離架構下的孔教學說，影響

極大。廖平的問題意識是有價值的，廖平提出了如下問題：孔子是誰？孔子和中國是什麼關係？孔子和世界的關係，儒學是否是普遍教化等問題。這些問題意識很多被後面的儒家繼承了下來。

廖平這種徹底的以孔子為中心來建構經學體系的做法很大啟發了康有為，康有為在很早就開始關心制度問題，因此而寫作《教學通議》，但是此時他的經學立場是古今夾雜的，廖平對於孔子改制的思想影響了康有為，孔子改制和三世進化學說深深打動了熱切救世的康有為，康有為接受了今文經學，結合他自己的理學修養，他開始建立自己的孔教思想體系。不過，雖然廖平和康有為都是今文經學，但是廖平是以穀梁學為核心的今文經學，而康有為是以公羊學為核心的今文經學，康有為的老師是漢宋綜合的儒學思路，因此，康有為的公羊學也是結合理學的公羊學，這些都和廖平有所不同。

主要參考文獻

1. 陳壁生，《經學的瓦解》，上海：華東師範大學出版社，2014 年。
2. 陳蘇鎮，《〈春秋〉與「漢道」：兩漢政治與政治文化研究》，北京：中華書局，2011 年。
3. 花之安，《自西徂東》，上海，上海書店出版社，2002 年。
4. 李長春，《經典與歷史──以〈知聖篇〉為中心對廖平經學的考察》，中山大學哲學系博士論文，2009 年。
5. 李耀仙，《廖平與近代經學》，成都，四川人民出版社，1987 年版
6. 廖平，《廖平全集》第一集，上海：上海古籍出版社，2015 年。
7. 廖平，《廖平全集》第二集，上海：上海古籍出版社，2015 年。
8. 廖幼平，《廖季平年譜》，成都：巴蜀書社，1985 年。
9. 林永勝，〈作為樂道者的孔子──論理學家對孔子形象的建構及其思想史意義〉，《清華中文學報》，2015 年第十三期。
10. 劉小楓，〈六譯聖人贊〉，《讀書》2000 年第 11 期。
11. 魏彩瑩，《經典秩序的建構：廖平的世界觀與經學之路》，臺灣師範大學博士論文，2013 年。
12. 向珂，《廖平與「經學改良」》，武漢大學哲學學院博士論文，2013 年。
13. 鄭偉，《廖平「穀梁學」成就研究》，四川大學古籍整理研究所博士論文，2013 年。

（本文部分內容原刊《貴陽學院學報（社會科學版）》2016 年第 1 期，受到「中央高校基本科研業務費」資助）

康有爲、程大璋的《王制》學

呂明烜

（中國政法大學哲學系）

光緒九年（1883 年），廖平以《王制》、《周禮》平分今古，從此兩學判若冰炭。廖氏一改舊說，用制度辨經學，爲今文學打開了施展拳腳的天地。講改制、論制義由此成爲治今學的正途。《王制》一書，一躍升格爲研習今學的要典。

晚清今文學開新於廖季平，而大顯於康南海。康氏創作的《孔子改制考》、《新學僞經考》，批駁古文經爲僞書，大張《公羊》改制，在社會上掀起了颶風般的影響。以制度說今古的風氣因此得到光大。

廖平的學術使《王制》的地位得到提升。在他之後，凡講經術、論古制者必用功於《王制》。力主今文改制的康有爲當然不會忽視這個重要文本。康有爲是一代《王制》大師，以往的研究，卻對其《王制》學不夠關注。康氏及其弟子程大璋，於《王制》多有創獲，講明他們的《王制》學，對解讀康氏政治思想，理清近代今學的發展脈絡十分重要。

一、風格與角色

康長素與廖季平的學術公案，向來多被學人議論。不過無論各位傾向何種立場，有兩個事實不容推翻。首先，廖平以禮制分今古，開風氣之先，而且 1889 年廖、康會於廣州，季平以書示長素，那麼，康氏後來的著述肯定或多或少受到了廖平的啓發。再有，季平、長素畢竟各有所長，正如楊向奎先生所說：「康有爲的學說結合清末變法，在中國政治及思想上發生巨大影響，

就此而論，康非廖所能比。」〔註1〕相較於廖平的案頭工作，康有爲在致用方面走的更遠。

對於廖、康的差異，很多學者從不同角度給予過評價，其中梁啓超的說法特別值得關注。他說，廖、康二人「所治同，所以治之者不同。」梁氏從治學目標的角度指出，廖平的興趣止於經學研究，而康有爲的興趣則在療治現實。〔註2〕我們知道，強烈的使命感伴隨著康南海的一生，正因如此，康氏治學始終關注著現實政治的改造。在兩考成書之前，康有爲推崇周公：「（周公之制）極其美備，制度典章集大成而範天下。」〔註3〕「經雖出於孔子，而其典章皆周公經綸之跡，後世以是爲學，豈不美哉。」〔註4〕這種思路按照廖平一變或可歸入「古學」，不過，康有爲的這個「古學」，明顯蘊含著更宏大的政治關懷。劉巍先生認爲《教學通義》發揚了「經世精神的大理論」。〔註5〕朱維錚先生則直接指出了其中潛在的變法傾向：「康有爲早年『酷好《周禮》』，很難說不是王安石特著《周官新義》作爲變法依據的遙遠回響。」〔註6〕當然，康南海明確表達變法的意向，主要還是在 1888 年之後，當年康氏上書朝廷要員，大論變法救國之道，引起政界的關注。1889 年，康有爲明確了孔子改制的觀點，將《禮運》與《公羊》相結合，發展出獨特的改制理論。1895 年的公車上書，康氏借著有利的情勢，進言變法，最終贏得了戊戌改制的機會。

眾所周知，南海所處的時代正值大變局，西方文明以堅船利炮爲先鋒、文化制度爲後盾敲開了滿清的大門，迫使一代學人重估儒家傳統，探尋各種出路以適應新挑戰。在危急的形勢面前，康有爲的託古改制，通過追溯考證歷史上的孔子改制，指明了當下改制的合理性和必要性，他建立起「《公羊》經學的權威和孔子改制的權威」，以期達到變法維新。〔註7〕梁啓超指出：「南

〔註1〕 楊向奎，〈清末今文經學三大師就〈春秋〉經傳的議論得失（續）〉，《管子學刊》1997 年第 3 期。

〔註2〕 梁啓超，《論中國學術思想變遷之大勢》（上海：上海古籍出版社，2001 年），第 128－129 頁。

〔註3〕 康有爲，《教學通義》，《康有爲全集》第一集（北京：中國人民大學出版社，1998 年），第 85 頁。

〔註4〕 《教學通義》，第 121 頁。

〔註5〕 劉巍，〈教學通義與康有爲早期經學路向及其轉向〉，《歷史研究》2005 年第 4 期。

〔註6〕 朱維錚，〈重評新學僞經考〉，收於朱維錚，《求索眞文明——晚清學術史論》（上海：上海古籍出版社，1996 年），第 228 頁。

〔註7〕 〈清末今文經學三大師就〈春秋〉經傳的議論得失（續）〉。

海以其所懷抱，思以易天下，而知國人之思想，束縛既久，不可以猝易，則以其所尊信爲鵠，就其所能解者而導之。」〔註8〕在這樣的意義上，康有爲治學施政乃是一場極爲嚴肅而偉大的嘗試。對此，蕭公權評價：「康氏所扮演的角色並不是像理學家一般的書齋中的學者，而是努力救世的聖人。」〔註9〕

二、特色與描述

康南海關切於現實政治，因此他在中西制度的梳理研究上自然要下一番工夫。康氏自謂，制度問題一直是他關注的核心，他說自己從小喜看有關典制的文獻，曾熟讀《通典》，對歷代史書中的制度記載也十分留意。然而康有爲很清楚，解決當代問題，提供有效的改制方案，絕不是簡單地照搬經典、複製古禮所能夠完成的。他說：

> 今之治，猶古之治也，不必膠法。上推唐虞，中述周孔，下稱朱子……統而貫之，條而理之，反古復始，創法立制。〔註10〕

歷史提供了參考的資料，然而祇有融會貫通、創法立制才能眞正應對現實。他特別反對精研古禮而疏於經世的治學態度：

> 後世不知守先王之道在於通變以宜民，而務講於古禮制度之微，絕不爲經國化民之計，言而不行，學而不用。〔註11〕

在他看來，這種泥古不化的學問，專門從事微小瑣碎的考證，實際上大大偏離了正道。

帶著這種認識，來考察康有爲的《王制》學，我們不免會產生一些疑問。《王制》一篇，所提供的內容詳細具體，帶著鮮明的時代特徵。廖平借之以分今古、開新說，突出經學的政治關懷，或許尙可。但是想依照之講現實，立制度，則不免捉襟見肘。如果過份強調推崇，很容易淪於康氏自己所反對的泥古泥潭。然而從表面上看，康有爲似乎並不在意這種危險，他極其看重《王制》，在著述中反覆申說《王制》的重要性，並在學堂裏大講特講《王制》的內容。大約在 1890 至 1894 年間，康氏曾一度聚焦於《王制》的研究，他十分細緻地考索了《王制》的內容，花大力氣與門人考定了《王制》的經文，並創作了與此有關的專著《王制義證》、《王制僞證》

〔註8〕《論中國學術思想變遷之大勢》，第 129 頁。
〔註9〕蕭公權，《康有爲思想研究》（北京：新星出版社，2005 年），第 63 頁。
〔註10〕康有爲，《民功篇》，《康有爲全集》第一集，第 19 頁。
〔註11〕《教學通義》，第 51 頁。

和《孔子會典》。〔註12〕這讓我們不免好奇，如何理解康有爲對《王制》的重視？《王制》對於求變法的康有爲，其意義究竟何在？我們可以透過其《王制》學所表現出的特色，來解答這個問題。

我們今天研究康氏的《王制》學，其實並不容易。最大的一個困難在於，集中反映康氏《王制》學的三部著述（《義證》、《僞證》、《會典》）均已亡佚，我們祇能依靠散落在其他文集中的隻言片語，和若干學生的課堂筆記，來探尋康氏的想法。不過透過這些零碎的材料，我們還是能夠總結出康氏《王制》學的幾大特色。

首先，康有爲繼承廖平，努力提升著《王制》的地位。

他說：「《禮記・王制》篇，理大物博，恢恢乎經緯天人之書。其本末兼該，條理有序，尤傳記之所無也。」〔註13〕在他看來，「《大學》之教，義理精美；《王制》之法，經世條備；其博大宏深，則一也。」〔註14〕而如果考慮到「孔子以布衣之賤，而上繼堯、舜、禹、湯、文、武、周公之統者，不因道德之高，實沿制度之大一統。」〔註15〕那麼《王制》的地位，更應在《大學》之上。可悲的是，「宋儒獨拔《大學》以教士，而《王制》尚雜《戴記》之中。」這實在是「治道廢塞」的表現。因此康氏立志要使這孔子經世之學復明於天下，以使生民能被其澤。〔註16〕

康氏反對把《王制》視作周制，指出用它來研究周代歷史是沒有意義的：「《王制》爲後儒采定之制，不盡合周制，未足據也。」〔註17〕因爲，《王制》的性質是創制而不是述古，它是孔子的改制之書，是《春秋》新制、素王大法的提綱：「（《王制》）蓋孔子將修《春秋》，損益周禮而作。」〔註18〕這個信息甚至從篇名上就已經表達出來了：「王者，謂素王；『王制』者，素王改制之義。」〔註19〕《王制》的內容還與很多經典構成互證：「何以謂《王制》爲

〔註12〕 參見廖幼平，《廖季平年譜》（成都：巴蜀書社，1985 年），第 36 頁；以及《康有爲全集》第一集編校說明。
〔註13〕 康有爲，《王制考訂經文序》，《康有爲全集》第二集，第 15 頁。
〔註14〕 《王制考訂經文序》，第 15 頁。
〔註15〕 《王制考訂經文序》，第 15 頁。
〔註16〕 《王制考訂經文序》，第 15 頁。
〔註17〕 《教學通義》，28 頁。
〔註18〕 《王制考訂經文序》，第 15 頁。
〔註19〕 《王制考訂經文序》，第 15 頁。

孔子改制之書？以其一與《公羊》同也。」〔註20〕「《王制》者，蓋《春秋》新王之制，《孟子》說與之皆合，可互證也。」〔註21〕「《王制》之義，合於《魯論》者甚多，意其出於孔子所定也。」〔註22〕在他看來，這一切證據都有利於把《王制》的創作指向孔子。

當然，說《王制》是孔子所作，並不意味著《王制》乃是孔子手書，嚴格來講，《王制》「出於孔門」，〔註23〕它是「孔門大賢之記」，〔註24〕這裡康有爲繼承了廖平的說法，認爲《王制》是弟子對於師說的記錄。但是有別於廖平將《王制》認作孔子晚年的成果，康有爲本著文中「《詩》《書》《禮》《樂》以造士」的記載，而把《王制》定位於孔子早年：「《王制》不言及《易》《春秋》，而但言《詩》《書》《禮》《樂》。蓋四經孔子早作，《易》《春秋》則晚年作，晚年弟子所傳也。」〔註25〕因此記、傳《王制》的也是孔門的老輩弟子。〔註26〕康氏指出，對於這些事實，漢代的部分經師尚有模糊的認識，他援引《五經異義》：「《王制》，是孔子之後大賢所記先王之事。」以及鄭玄「孟子當赧王之際，《王制》之作，復在其後。」的說法，指出「此尚知《王制》爲孔門大賢之記，異於以爲文帝博士刺取者矣。」他說，在後來的歷史中，這些說法逐漸被遺忘和誤讀了。

康有爲堅信自己對於《王制》的這些認識，在後來的《改制考》中，甚至將《王制》是素王之法的判斷，作爲論證其他問題的論據，比如在論證《堯典》是孔子的作品時，他說：「《堯典》制度與《王制》全同，巡守一章文亦全同。《王制》爲素王之制，其證二。」〔註27〕可見，將《王制》升格爲素王改制之法，已被此時的康有爲看作大家公認不爭的史實。

第二，康有為不斷闡發分析著《王制》的歷史作用。

康有爲重視《王制》在過去的朝代中實際發生的作用。廖季平講漢唐「陰

〔註20〕康有爲，《萬木草堂講義》，《康有爲全集》第二集，第 295 頁。
〔註21〕康有爲，《孟子微》（北京：中華書局，1987 年），第 110 頁。
〔註22〕《教學通義》，第 28 頁。
〔註23〕《教學通義》，第 36 頁。
〔註24〕康有爲，《孔子改制考》，《康有爲全集》第三集，第 107 頁。
〔註25〕康有爲，《萬木草堂口說》，《康有爲全集》第二集，第 163 頁。
〔註26〕「《王制》，殆孔子高弟子傳《春秋》者所作」《萬木草堂口說》，第 163 頁；「傳《王制》者，孔門老輩弟子也」《萬木草堂口說》，第 162 頁。
〔註27〕《孔子改制考》，第 152 頁。

被」《王制》之澤，〔註28〕而康南海直接說《王制》有「垂鑒後世」之功。康氏認爲，歷史上各朝代的治亂可以從《王制》中找到依據：「漢世政事，昔用孔法，至今二千年，士夫無世官，郡國興科舉，皆出《王制》之禮。而漢、唐及明，忽『不近刑人』之戒，遂亡其國。聖法之垂鑒大哉！」〔註29〕康氏的「垂鑒」之說直指王朝的興衰，而將《王制》和歷史的理勢緊密結合起來。他講明了《王制》在歷史中的實際影響，認爲「士大夫不世爵」「科舉選士」等之所以能夠成爲定制，正是受到了《王制》相關內容的積極影響。而一旦違背先聖的告誡，忽視了一些制度的意義及重要性，亡國之禍便會旋踵而至。

康有爲也重視《王制》在歷史中被忽視的價值與功能。他指出，由於劉歆的淆亂，以及君主的賢愚不同，歷代對於聖製的繼承一直是片面的，中國的制度始終沒能完全按照聖人的設計來施行。《王制》的很多重要設計，如「井田」的方案，「三三相承」的官制，以及學校對「簡不肖」的強調，對「太學」方位的規定等等，沒有得到後人充分的理解與重視。〔註30〕而更爲嚴重的是，這些被忽視的制度背後，往往寄託著聖人的深遠用心，比如「封建、學校、井田，皆孔子制，皆由『仁』字推出。」〔註31〕放掉了這些設計，便難以去揣摩聖人製法的要義，這使得「二千年來民彝雖未大泯，而養民治國之治蕩矣無存。」〔註32〕沒有聖製作爲根基，歷代制度無非衹是針對時弊的修修補補，而不可能眞正達到海清河晏的大治景象。

康有爲更重視《王制》對於現在以及未來的意義。歷史是不斷變化發展的，過去的事物衹有作用於當今和未來，才能眞正展現出意義。在康有爲看來，《王制》雖然產生於過去，但是它是聖人精思竭慮的成果，包含著亙古不變的原則。《王制》之學「一旦復明於天下，俾後世言制度者有所折衷，考禮者多有依據，不復聚訟。」〔註33〕它可以幫助我們講清政理，辨明學術源流，從而整齊學術認識，來更爲深刻地把握歷史。《王制》更可以輔佐我們實現政治昌明，「《王制》之法，經世條備」，其制度諸如「公田不稅」、「關譏不徵」、

〔註28〕 廖平，《王制凡例》，《廖平選集》下冊（成都：巴蜀書社，1998 年），第 23 頁。

〔註29〕 《王制考訂經文序》，第 15 頁。

〔註30〕 《萬木草堂口說》，第 162、163、165 頁。

〔註31〕 《萬木草堂口說》，第 152 頁。

〔註32〕 《教學通義》，第 35 頁。

〔註33〕 《王制考訂經文序》，第 15 頁。

「以歲成質」、「度地居民」、「定制厚祿」、「命市納賈」、「立學選士」等〔註34〕，在當代仍然具有重要的指導意義。講明這些設計，並以合理的方式將制度展現出來，終將達到「教化大行，家給人足，無忿怒之患，無殘賊之人，民修德而美好」〔註35〕的理想境界。

第三，康有為講《王制》，重視知識的引申，重視與西方制度的聯通。

《萬木草堂口說》和《萬木草堂講義》是學生聽課時抄錄的筆記。筆記記得十分零碎，但卻鮮活地保留了康氏授課的風格。我們發現，康有爲講《王制》，其教學的重點並不是疏通《王制》的文義，也不是講明一段學術史。講義中的絕大篇幅，都在用《王制》的設計對比其他制度，用《王制》的內容引出各種知識。

康氏的教學，特別重視把《王制》的內容進行現代還原。對於很多知識，康氏總是跳出文本來講解，並將很多相關的現實內容補充進來。例如講解有關地理的部分時，康氏不僅用「江至衡山，不足五百里」〔註36〕的實際測量來修正經文「自江至於衡山，千里而遙」的記載，更借這一段內容將整個中國的地形進行了勾勒：「中國山水環護」「中國地勢，山西極高」「中國水東流，不及於西」，在勾勒之後，康氏又特地強調出今天值得重視的相關問題，比如「河流今高十丈，必南決矣」。講「度地居民」亦如此，對於「蠻夷戎狄」的風俗各異，康氏直接跳出經文，用現實材料予以解說：「今臺灣生番，形容怪異如野獸，地爲之也」「蒙古雖暑亦裘」「安南、暹羅多食生物」，而講「五方之民，言語不通」康氏甚至跳出了中國的範圍，補充道「印度話有二百餘種」。講因地制宜更是如此，經文衹是談到「器械異制，衣服異宜」的原理，而康有爲立刻聯繫到了現實：「今鐵路用花旗樺木，用洋鐵，凡關洋務之事，比用洋料，漏卮甚矣。」「唐山煤礦，其下承木如礦，皆洋木也。」而對於經文「地邑民居，必參相得也。無曠土，無遊民，食節事時」的要求，康氏則發出感慨「順天四百餘萬人，遊民無數，良可慨歎。比比皆是，誰之咎歟？」〔註37〕

用《王制》對比西方制度，更是康有爲《王制》學的一大特色。在他看來，西方的現代制度和孔子當年的創制有相通之處，比如「法國制例」就「與

〔註34〕《萬木草堂口說》，第 162、163 頁；《萬木草堂講義》，第 296、297 頁。
〔註35〕《孔子改制考》，第 3 頁。
〔註36〕《萬木草堂口說》，第 161 頁。
〔註37〕以上引文參見《萬木草堂口說》，第 163～167 頁。

《王制》全同」。〔註38〕因此，要想講清楚《王制》，我們應該參考西方制度這個便利的參照物。帶著這種想法，康氏把比較深入進《王制》解讀的方方面面，比如講到「設官定祿」時，康有爲說「孔子定祿甚厚」而西方也是如此「英國君主三十餘萬兩，宰相五萬兩」；〔註39〕講到「冢宰治國用」時，說：「外國國用，用議院年計，亦冢宰治國用之法。」〔註40〕講到「決獄」時，說：「租黎聽訟，甚得孔子《王制》決獄之意。外國租黎，即中國紳士也」〔註41〕在講到「觀民風」時，說：「古之采風，即今之新聞紙」〔註42〕包括《王制》「以歲成質」的要求，也被西方所廣泛採納：「外國治國，用孔子制也。司會以歲之成質，今英法各國行之。」〔註43〕《王制》所設計的官制，更是能在國外找到類比。康有爲的《官制議》中有一大段內容，詳細分析了二者的相通：

> 《王制》之九卿，一曰司空，二曰司徒，三曰司馬，四曰樂正，五曰司寇，六曰司市，七曰太史，八曰司會，九曰冢宰。司空量地居民，興事任力，俾無曠土遊民。蓋三代時，地尚空曠，故以殖民爲第一義，此當今歐洲之殖民部也。司徒修六禮，明七教，參八政，一道德，尚耆老，恤孤寡，嚴士伍。蓋後世之戶、禮兩部，近歐洲教部、内部之間。但中國早脫蠻夷，故立教主人事而不尚神道矣。司馬論官材，教車甲，決射御，轄技力。蓋後世之吏、兵兩部，近歐美之陸軍而兼職甚多亦。下言百官獻成，質於三官，則此三官之統屬甚多可見也。今各國亦有一官兼數部者，如西班牙之合文、農、工、商爲一部是也，其餘各農、工、商爲一部，兼文、教爲一部，兼法、教爲一部多矣。樂正崇四術，立四教，以造士，蓋歐美之文部。司寇爲歐美之法部。司市爲歐美之商務部。太史典禮，執簡記則，即唐虞之納言秩宗，後世之禮部、御史台合爲一官者。司會蓋歐美之會計檢察院，冢宰制用，則以總理大臣兼管度支，如英、比璉之制矣。〔註44〕

〔註38〕《萬木草堂講義》，第 297 頁。
〔註39〕《萬木草堂講義》，第 296 頁。
〔註40〕《萬木草堂口説》，第 166 頁。
〔註41〕《萬木草堂口説》，第 162 頁。
〔註42〕《萬木草堂講義》，第 296 頁。
〔註43〕《萬木草堂講義》，第 297 頁。
〔註44〕康有爲，《官制議》，《康有爲全集》第七集，第 237 頁。

由此，康有爲得出了這樣大膽而新奇的結論：「外國全用孔子制」〔註45〕「外國亦何能出孔教外耶？」〔註46〕

三、定位與解讀

康有爲把《王制》視爲素王改制之法，分析強調了它的歷史作用，並結合現實，與西學聯通起來──他解讀《王制》，可謂特點鮮明，引人注目。然而僅僅勾勒出這些特色，還不足以讓我們獲得全面的認識。如何看待這些特色，如何理解他的種種觀點，對於我們來講顯然成爲問題。我們不能僅就《王制》來談《王制》，唯有把康氏的種種解讀還原進他自己的學術體系中，才能較爲準確地把握他的《王制》學。

應該看到，在盛美《王制》的背後，康有爲對於這個文本的定位有著細膩而複雜的一面。康氏極大地拔高了《王制》的地位，但他並未將《王制》視作最爲重要的經典。在他看來，作爲素王之法的《王制》固然爲我們集中展示了相對完整的制度設計，難得地保存了聖製的結構，但是，這並不意味著《王制》就一定是最理想的制度，也不意味著《王制》代表了聖人的最高水準。這裡有必要做出區分，雖然《王制》是「素王之制」，但是它絕不包含「素王之制」的全部。在康有爲看來，六經都是孔子的創作，聖人創作六經的主要目的就在於改制立法。這個事實之所以沒有得到前人的重視，是因爲六經中大量使用了託古的筆法，聖人以述古的手段進行著自己的創造。所以，所謂的「六藝」祇是孔子學，所謂的「夏商周」皆是孔子制。〔註47〕孔子設計的制度，被完美地織入六經之中，六經作爲整體，共同成爲素王立法的大典。而要特別說明的是，素王在六經中設計的制度並非祇有一套，孔子在六經中植入了多套制度，以供後人選擇──這正是聖人的高明之處。康有爲曾舉例說明：

> 撥亂之際，爲民雖多而亦爲國，不如唐虞分職之明、爲民之切。
> 其以二伯分主天下，亦不如四嶽之妥。孔子蓋存兩法，以備後人因
> 時制宜而則用之也。〔註48〕

可見，聖人爲後世立法有著周全的考慮，他針對不同形勢，有著不同的準備。而對於《王制》來講，這種認識消解了聖製的唯一性，它肯定了在《王制》

〔註45〕《萬木草堂講義》，第 296 頁。
〔註46〕《萬木草堂口說》，第 166 頁。
〔註47〕《萬木草堂講義》，第 296 頁。
〔註48〕《官制議》，第 237 頁。

以外，聖人還有其他的設計，這些設計所針對的時局與《王制》不同，而具有同樣的甚至更高的指導意義。例如引文中，康有爲將《王制》的二伯之制和《堯典》的四嶽之制進行對比，彰顯出二者的差異，並在制度設計的層面肯定《堯典》的方案更加合理，《王制》的方案僅僅被認作應對時局的權宜之計。

康有爲的論述表明，祇有在六經的體系中對比考量，我們才能準確定位《王制》的地位與功能。這種思考隱含著某種限制《王制》的傾向。而這種限制，在康氏大力提升《王制》的論證中也能找到伏筆。上文提到，雖然廖平與康有爲都認爲《王制》是《春秋》之記，但是，廖平把《王制》的創作定在孔子晚年，康有爲則把它移到了早年。這種挪移確實具有經文上的根據，康氏指出「《詩》、《書》、《禮》、《樂》以教士」的表述中並未涉及聖人晚年用功的《易》與《春秋》。但是，康氏的觀念絕非僅從經文上獲得，因爲從論證上講，廖平的具體詮釋早已疏通了經文的障礙，同時，將《春秋》之記和《春秋》的創作時間放在一起，也在情理上更爲合適。康氏的挪移，應該被認爲是有意爲之，他想達到的效果，便是在《春秋》和《王制》之間拉開一段距離。這段距離雖然是時間上的，但是它透露著很多信息。首先，這段距離強調了《王制》畢竟祇是粗淺的傳記，與廣大而精微的《春秋》經地位不同。其次，這段距離凸顯出《王制》祇是孔子早年創制立法的提綱、草稿，他的想法要經過後來思考而逐漸得到豐滿、完善，因此祇看《王制》，並不能讀到聖人最終成形的完美設計。

由於文獻缺乏，我們很難看到康南海更多的論證。但在有限的材料中，康氏爲我們突出了《王制》的一個局限。他指出，有別於經典規劃萬代的眼光，《王制》的部分內容具有極其明顯的時代限制。除開上文提到的二伯之制外，康有爲在講到田獵的問題時談到：

> 孔子立田獵之制，可知當時地廣人稀，……然則謂不可行者，亦知今而不知古也。〔註49〕

由於人類社會的發展、自然原生態空間被壓縮，古代的狩獵之制明顯不能搬到當代，因此有關狩獵的指導也就永遠地停留在過去了。而如果說分職、耕獵還是相對具體的制度設計，那麼「封建分權」還是「集權一統」則是有關宏觀規劃的政治思考。康有爲對於政治有一個基本的判斷，他認爲對於國家

〔註49〕《萬木草堂口說》，第 161 頁。

權力來講，集權優於分權，分封應該走向一統。〔註50〕然而，《王制》的文本並不適合這個討論。儘管康有爲對於《王制》中零星透露出的「一統」思想給予了及時的發掘與肯定，但是《王制》伊始，詳細列舉出的那些「封建」設計，終究是難以被曲解和忽略的。因此，康有爲說：

> 封建，勢也，非孔子本意。〔註51〕

康有爲借助歷史時勢的說法將這個問題在歷史的演化中得到解決。經典本是可以超越時空對萬代進行指導的，但康有爲在講解《王制》的一些具體內容時，必須借助時勢加以圓滿——這種說解恰恰反映了《王制》的局限所在。後來，康氏的學生程大璋繼承發揚了這種認識。

此外，我們對於康氏引入西制、聯繫現實的解經手法也應該有所探究。「法國之制例全同《王制》」以及「外國全用孔子制」的提法，從表述上易被理解爲作者想用西方的制度來注解經文本身。然而僅作這種表面化的認識很容易誤解康氏解經的初衷。

在康南海看來，制度創立的根源是「自然之理」，也就是適應於自然、人類發展需要的某種規律。比如就古代的「萬國」之制來說，

> 萬國之制，理出自然，非先王所能違也，特因而封之。〔註52〕

封建一萬個國家，是被社會歷史因素的影響制約所決定的，是先王順應自然之理的結果，而並非依照私意創作。這超越人力的「自然之理」構成了古今中外政治的基礎，也就爲它們之間的對比聯通奠定了可能：

> 天理之自然，非獨中國然也……倫食學俗必同，未有能外之者也。〔註53〕

康氏於1888年左右所計劃創作的《萬身公法》系列書籍，便是他此類思想的集中體現。他希望搭建一個平臺，站在自然之理的高度，將古今中外的一切制度放在一起對照品評。〔註54〕在康有爲看來，早在幾千年以前，中國的古聖對於自然之理的把握就已達到相當的高度，這體現在聖王們造就了和諧完美的社會、制定了合理有效的制度。而能承繼古聖的遺產，把握自然之理來

〔註50〕參見《官制議》卷一「官制原理」。
〔註51〕《萬木草堂口說》，第161頁。
〔註52〕《民功篇》，第73頁。
〔註53〕康有爲，《康子內外篇》，《康有爲全集》第一集，第102頁。
〔註54〕參見《康有爲全集》第一集，《萬身公法書籍目錄提要》、《實理公法全書》、《公法會通》。

應對政治，才被康氏看做是繼承「真道統」的體現。所以他才說：「孔子以布衣之賤，而上繼堯、舜、禹、湯、文、武、周公之統者，不因道德之高，實沿制度之大一統。」〔註55〕然而可惜的是，孔子之後，聖王之統沒有得到很好的繼承：

> 凡生民千制百學，至黃帝而大備，後世加者寡矣。豈為無加？又不能傳之。……然而中愚者……神聖之教不傳，而令裔夷得竊其緒，而擅其長，此亦為政者之恥也。〔註56〕

反倒是西方晚近的學人，較我們更加深刻地理解了自然之理，這使得西方社會在近世呈現出發達繁榮的局面。

正因如此，從「自然之理」的角度來講，古聖和西方學者的思考設計，可以形成某種共鳴，西制和孔制也在這種意義上搭建起溝通的橋樑。因此，無論是引入現實問題還是西方制度來解說經文，康有為所真正看重的，是要突出那個生成制度的「自然之理」。當然，「自然之理」在制度層面有其具體的展開，它具體投射為一個好的制度所應該遵循的原則，以及它所應照顧到的各個方面。帶著這樣的認識來看康氏的《王制》學，就不難發現，他類比現實以及聯通西學的解讀方式，並非方枘圓鑿式地生搬硬套，並非以當今強解古代、以西學強解先聖，而是要用二者間的對照，講明種種設計原則。例如「租黎聽訟，甚得孔子《王制》決獄之意。」〔註57〕所突出的並不是「租黎聽訟」和「三刺聽獄」在制度上的相同，而是要強調它們在「意」上的聯通，即他們共同表現出了「正刑明辟」「盡情慎罰」的態度。而「古之采風，即今之新聞紙」「當時中國有七百國，七百間報館」〔註58〕的判斷，更是超越了具體設計而進行的原則性說明──大家都會看到采風制度與發行報紙間的巨大差異，而康氏把他們放在一起言說，無非是要突出獨立的輿論對於健康的政治具有重要意義。

四、變法與立學

《王制》學是康氏變法大業的重要組成。康有為通過解說《王制》、宣傳《王制》來推進著他的維新事業。

〔註55〕康有為，《王制考訂經文序》，《康有為全集》第二冊，第15頁。
〔註56〕《民功篇》，第75頁。
〔註57〕《萬木草堂口說》，第162頁。
〔註58〕《萬木草堂講義》，第296頁。

其實，用《王制》講改革並非康有爲的首創，在清代中前期，已有試圖用《王制》推動改革的先例。康熙時期的耿極曾著有《王制管窺》一書，耿極自謂：

> 爰取《王制》、《孟子》、《周禮》諸書而抽繹之，略記管窺，偶而成帙，以質天下後世，共求其是〔註59〕

耿極期望推行古法、改革現實，用《王制》中美好的「先王之道」來替代後世通行卻問題百出的「秦制」。〔註60〕他尤其贊美先王的「井田封建」，力言「井田封建」的便益，認爲將其付諸實行必將「潤澤天下」。〔註61〕華友根先生認爲，耿極提倡「井田之制」是針對康熙時期土地兼併的現象而發，有著強烈的現實考慮，是「經濟上要求平均的表現」。〔註62〕今天來看，耿極是否具有明確的「平均」思想仍可商榷，但他以《王制》作爲權威，就現實問題提出了改革的建議，誠然開啓了用《王制》改革議政的先河。

然而，同是借助《王制》文本，康有爲的改制有別於耿極。這種差異不衹表現在對具體制度的理解上，更反映在對於「改制」含義的認識上。康有爲心目中的「改制」不僅是《王制》的主題，更是整個儒學探討的根本問題。蕭公權說，康有爲「致力於轉儒學爲變法哲學」，〔註63〕康氏用「變法」爲儒學賦予了新的意義，爲儒學注入了新的內容。經過他的改造，儒學將關注並回應時代轉型的宏偉巨變，而不僅僅是引經據典地糾結於制度取捨的細枝末節。

康南海所面對的問題，是千年未有的大變革，是在各種威脅下岌岌可危的中國社會，他所開出的藥方，並非如耿極一樣針對某些制度進行調整，而是要對制度從結構上進行一次徹底的改頭換面。站在時代的關頭，康有爲審度時局，他認爲中國要想走出危局、自強壯大，就必須走一條新路，建設一套新的制度──而這套制度，是有別於任何既有的設計的。康氏在《官制議》中流露了他的心聲：

> 中國既地大人眾，物產繁盛，十倍於英、法、德、日、奧、意，而道里不通，且百倍之。則其分職設司，必不能如英、法、德、日、

〔註59〕耿極，《王制管窺》（民國叢書集成本），第1～4頁。
〔註60〕《王制管窺》，第1～2頁。
〔註61〕《王制管窺》，第5～7頁。
〔註62〕華友根，〈禮記王制的著作年代及其思想影響〉，《中華文史論叢》1985年第4輯。
〔註63〕《康有爲思想研究》，第67頁。

> 奧、意之簡，不待言矣。古者九官六卿，亦不過爲千里之畿立制，
> 豈爲萬里四萬萬人之大中國立制哉？故今者變法，古無可依、各國
> 無可法者也。〔註64〕

當今改革無可依法的根源，正在於中國問題的特殊性。中國地大人眾而問題重重的現實，是古今中外一切政治家所未嘗面對過的困局。單純的西方制度在中國是不能成功的，雖然它們在本國暢通無阻，但要依此支撐一個龐大的帝國就未免顯得力不從心。單純的古制也是如此，康有爲特別關注《王制》中版圖丈量的部分，在各種書中多次涉及古今治理範圍的比較，〔註65〕而其原因無非是要突出古今局勢的不同，來暗示不加思考地以古治今必將陷入捉襟見肘的危局。

在任何一套既有的制度都不足以爲當下的中國提供充分的治理方案時，康有爲展現出了大政治家的勇氣和氣魄，他提出創立新制，爲中國的變法指明了方向。他摸索總結政治運作的自然之理，並積極地將研究轉化爲立法的嘗試，他不斷設計制度，構建秩序，以期爲中國的未來開闢出新路。他的著作《官制議》、《萬身公法》系列乃至《大同書》，充分展現了他的創造性設計和對未來的長遠展望。當然，創制立法並不代表閉門造車，古今中外的制度儘管不能照搬挪用，但卻都是參考學習的寶貴資源。康有爲在學術著作中不斷強調孔子「損益四代」而改制，目的之一便是暗示我們今天的改制也需要擴大視野。〔註66〕改制維新無可取法，因此更應該廣泛借鑒經驗，康有爲說：

> 學者讀書必須將全部書打通，與經文合，於時可行不可行，然
> 後謂之通。〔註67〕

他還說：

> 合八方四面，然後見中央。合中外古今，然後見孔子。〔註68〕

康氏這裡將孔聖視作把握製作原則，貼近自然之理的模範。而要想在行爲和認識上貼近這個典範，踏上創制立法的正路，簡單的述古和法西都是緣木求魚，唯有把古今中外的既有資源集中起來參考，才能在對比中找到創制的要

〔註64〕《官制議》，第264頁。
〔註65〕參見《萬木草堂口說》，第161、163頁。；《萬木草堂講義》，第295、296頁。；
《官制議》，第264頁。
〔註66〕《萬木草堂口說》，第148頁。
〔註67〕《萬木草堂口說》，第148頁。
〔註68〕《萬木草堂口說》，第148頁。

義，才能啓發出眞正合理有效的設計。這就如同衹有在環視了四面八方後，才能找到準確的中心位置一樣。我們應該把這句話和「外國治國，用孔子制也」〔註 69〕的論斷對照起來理解。康有爲強調，廣泛佔有資源以求變法開新無疑是必要的，而在一個習慣於追溯歷史的國度中，繼往聖之學太容易被簡單地理解爲墨守經書中各種制度的條條框框，那麼對於這個時代，最重要的工作，是要啓發國人打開胸懷、放眼世界，去關注到古籍之外與聖人之心、自然之理所契合的資源——唯有這樣才能眞正繼承往聖的學問。因此，說「外國用孔子制」，就是一種針對現實的啓發，其目的是要引導當下的人們迥到「合中外古今以見孔子」的正途上。

正因爲康有爲看重既有制度的啓發功能，並將關注集中於如何找到適應當代的制度，所以他能夠超越文本的具體規定，看到古制設計背後的種種精神，而藉此建立出一套能夠連結過去並積極應對現實的學問。他把這種能力帶入《王制》解讀，便將文本與現實緊密結合起來，《王制》的經學意義與其現實意義也在這裡得到了統一。比如，在《王制》龐雜的記載中，康有爲最重視裏面有關選士的內容，透過選士的設計，康氏讀出了「選舉」的要求：

讀《王制》選士、造士、俊士之法，則世卿之制爲孔子所削，

而選舉之制爲孔子所創，昭昭然矣。選舉者，孔子之制也。〔註 70〕

康有爲指出，「立選舉」是經學的核心要義之一，它凸顯於《王制》而通貫於六經，反映著聖王的立法精神，成爲治世的關鍵要求。「孔子有元宗之才，嘗損益四代之禮樂，於《王制》立選舉，於《春秋》尹氏卒譏世卿，又追想大同之世，其有意於變周之制而廣大之矣。」〔註 71〕在《王制》中，「選舉」的要求通過「選士之法」落實爲具體的制度，是孔子改制的集中表現。選士制度是爲具體的時局設計的，「選舉爲孔子之制：孔子患列侯之爭，封建可削，世卿安得不譏？」〔註 72〕孔子創立選士制度，期在扭轉周末衰頹的時局，是撥亂世返諸正的改制創作。而這個設計所反映出的選舉要求，則成爲了面向萬世的指導，將在更爲長遠的歷史中發揮積極的作用。康有爲指出，選舉的精神貫穿於後代的歷史中，有益於王朝的穩定：「漢世政事，昔用孔法，至今

〔註 69〕《萬木草堂講義》，第 297 頁。
〔註 70〕《孔子改制考》，第 125 頁。
〔註 71〕《民功篇》，第 89 頁。
〔註 72〕《孔子改制考》，第 125 頁。

二千年，士夫無世官，郡國興科舉，皆出《王制》之禮。」〔註73〕科舉制並非《王制》的內容，然而說它出於《王制》之禮，正是因爲它貫徹了《王制》所提倡的選舉精神。康有爲暗示，爲充分落實精神，歷代制度的具體設計理應做出適應時代的調整，祇要貫穿了「選舉」的要求，這些設計都可以成爲承繼先聖的合理方式。「弱國之故，民愚俗壞，亦由聖教墜於選舉，四書亡於八股爲之。」〔註74〕禮時爲大，由於時局的變化，制度絕不能一味的因循。曾經積極有效的科舉，在近世卻成爲國家衰敗的原因。那麼貫徹選舉精神，理應需要其他的方式。有關康有爲設計的選舉制度比較複雜，在這裡不能做具體展開。簡單來講，康氏認爲，選舉和教學應該結合在一起，教學內容應該充分涉及各方面的知識學問以培養新型人才。〔註75〕而在議政制度上，康有爲應該實行議院制度，各省鄉縣由民舉議員，以求精英參議下的有效自治。〔註76〕在康有爲看來，祇有實現制度的變通，才能眞正繼承先聖的要求，才是眞正讀懂《王制》的表現。

到此，我們便能夠勾勒出《王制》學對於康有爲意義。

首先，康有爲看重《王制》在突出改制需求、論證改制合法性上的標誌功能。從文本性質的角度講，康氏認爲《王制》是孔子改制的作品，它集中展示了聖人的改制設計，證明了改制行爲的存在，彰顯了改制行爲的合理。因此，考索《王制》的源流，有助於樹立我們對改制的正確認識。

第二，康有爲重視《王制》在還原改制行爲上的提示功能。從文本創作的角度講，《王制》是孔子損益四代以應對時局的作品，其內容能夠折射出聖人改制的工作方式。而通過對各種合理性、局限性的分析，可以讀出制度背後的「自然之理」。因此，梳理《王制》的內容，有助於我們理解改革行爲的實質。

第三，康有爲看重《王制》在啓發新制建設中的引導性功能。從現實功能的角度講，《王制》的設計，反映著聖人的立法原則，體現著合理政治的種種建設要求，這些原則、要求具有普世的指導意義。因此，理解《王制》的精神，有助於啓發我們合理地建設新制度。

〔註73〕《王制考訂經文序》，第15頁。
〔註74〕黃明同，《康有爲早期遺稿述評》（廣州：中山大學出版社，1988年），291頁。
〔註75〕參見《教學通義》、《上清帝第二書》
〔註76〕參見《官制議》，第265頁。

這三條意義相互支撐，反映出康氏貫注在其《王制》學中的詮釋原則，這個原則便是「重義不重制」。康有為心目中的《王制》，是仍具垂鑒功能的法典，而非提供知識的歷史文獻。他提倡變通地繼承《王制》的精神，而反對墨守具體的制度。因此他解讀《王制》，看重文本反映的改制要求，看重制度背後的政治原則，而輕視歷史名物的疏通訓釋、輕視具體制度的考證還原。康有為「重義不重制」的《王制》學精神，在其學生程大璋那裏得到了繼承和發揚。

五、師承與學問

康有為的《王制》學說頗具特色，但遺憾的是，他有關《王制》的專著已經亡佚。不過康氏的弟子程大璋承接並發展了他的《王制》學，並留下了兩部著述。通過他，我們可以較為系統地瞭解康門《王制》學的特點。

今天，人們對於程大璋並不熟悉，這裡先對程氏做一簡要介紹。程大璋（1873～1924），又名式穀，字子良，康有為弟子。他的經歷頗豐，戊戌時期參與變法，變法失敗一度入獄，後來程氏迴鄉辦學、潛心學術，民國以後當選眾議院議員。程大璋是康有為的忠實信徒，獄中之時他「於死生窮達均無所動於中，而惟以新黨寡弱，死後無繼為慮」，民國以後亦努力發揚康氏的思想「提議憲法明定孔教為國教，主張清室優待條件不必取消。」〔註77〕

程氏著述甚多，他的學問曾得到康有為的贊許：「康南海講學桂林，（程大璋）往從之遊，學益進，於書學得力尤深，南海亟稱之。」〔註78〕他的弟子鄔慶時曾這樣評價老師的學術：「先生之學以通經致用為主，而取道於《公羊》，由《公羊》以通《春秋》，由《春秋》以通六經，由六經以明孔子之道，一以『三世』之義貫之，使學者曉然於禮之與時，不為古文學家所惑。更參以諸子百家、九通、二十四史及泰西政治、經濟、法律之學，融會貫通、斟酌損益，以期見諸實用。」〔註79〕可見，程氏的學術繼承了康有為學主今文，識貫中西而重視施用的特點。

康學一脈認為《王制》與《公羊》是相通的，程氏由《公羊》入手，而對《王制》產生了濃厚的興趣。1907 至 1911 年間，程大璋講學於廣州時敏學堂時，撰寫了兩部有關《王制》的著作，《王制通論》和《王制義按》。程大

〔註77〕程大璋的生平，參見鄔慶時，《程先生傳》，收入《王制通論》（民國十八年刊本），亦收入《王制義按》（民國十九年刊本）

〔註78〕《程先生傳》

〔註79〕《程先生傳》

璋在《王制通論》中提煉總結了《王制》的要義，而在《王制義按》中對《王制》經文進行了逐句疏解。兩部著作，尤其是《王制通論》，凝結了程氏不少心血。他在《通論》中多有創見，因此宣統年間程氏入京應選，曾將這部書稿作爲自己的代表作呈上學部，鄔慶時這樣評價《王制通論》：「是書雖僅寥寥萬言，固先生精心結撰之作。」〔註80〕

如果說康有爲講解《王制》多以天馬行空的引申聯通來發掘文本的價值、啓迪人們的思考，程大璋則以更爲學術的方式在其作品中將老師的成果保存下來。程大璋的研究謹守著康有爲《王制》學的成果。〔註81〕在《王制義按》的卷首，程大璋全文抄錄了康氏的《考定王制經文序》，將其作爲自己《王制》著述的宗旨。而在撰述中，程大璋更直接照搬了康有爲的若干觀點作爲定論。比如在對於「王」的理解上，他說：「孔子爲素王，《王制》即爲素王之制……王者之制即孔子之制……凡傳記所稱王者皆指孔子也」〔註82〕程氏接受了老師的說法，認爲「王」即指「素王」孔子。在考訂成書的問題上，程大璋說：「《易》《春秋》二經爲孔子晚年之作，當作《王制》時，祇有《詩》《書》《禮》《樂》四經而已。」〔註83〕通過上文，我們知道這個觀點正是來自康有爲的授課。〔註84〕

六、編經與解義

當然，程氏對於師說的繼承，不能僅通過觀點的照搬，而更需要方法和思路上的理解與弘揚。實際上，程氏的研究在老師的基礎上確實有所延伸，他對於康有爲的繼承，是一種發展式的繼承。

統觀程大璋的《王制》研究，主要進行了兩項創造性的工作，其一，重新梳理《王制》的內容脈絡，其二，提煉概括《王制》的思想主旨。

《王制》的內容繁雜零碎，晚清以來，學者們希望能夠通過重編經文的方式，理清《王制》的秩序和結構。程大璋在《王制義按》中，又提供了一種新的考訂版本。〔註85〕程氏的《義按》，繼承了晚清《王制》學分經傳的思

〔註80〕鄔慶時，《王制通論序》，《王制通論》
〔註81〕章可：〈禮記王制的地位陞降與晚清今古文之爭〉，《復旦學報》2011 年第 2 期。
〔註82〕《王制通論》，第 1 頁。
〔註83〕《王制義按》卷三，第 7 頁。
〔註84〕《萬木草堂口說》，第 165 頁。
〔註85〕程氏《義按》的編次大體承襲康氏《考訂王制經文》，而在其基礎上對幾處文字進行了刪減。

路，但他簡化了《王制》經傳的層次，祇以「經文」和「記注」兩級劃分文本，而不像廖平以「經傳記注」四級結構來進行劃分。經程氏簡化後的「記注」，實際上是將《王制》末尾處幾條有所爭議的內容單獨拿出，與前面的經文結合起來，將它們看作經文的補充說明。全書記注不過三處，「方千里者，爲方百里者百」至「方十里者九十六」一段有關封國大小多少的計算，被認爲是「凡九州，千七百七十三國」一條的記注；「古者以周尺八尺爲步」至「當今百二十一里六十步四尺二寸二分」一段，被認爲「井田制度」的記注；「天子之大夫爲三監」至「其祿取之於方伯之地」一段，被認爲是「方伯監官爵祿」的記注。與「經文」這一主體部分相比，「記注」祇占到很小的一部分。程大璋的重編工作主要集中於調整經文的順序。程氏認爲《王制》的順序是混亂有誤的，面對經文，他首要的工作，便是把錯亂混雜的經文依照一定的邏輯整理清楚。與廖平以「句」爲單位將《王制》徹底重編有所不同，程大璋大體是以「段」爲單位給《王制》組織起一個新的秩序。程大璋依照內容不同將文本劃分爲二十個部分，各部分題名依次如下：官數，命位，建國，井田，內外，方伯，朝聘巡狩，賜予教學，田獵，喪祭，祭祀，司空職守，司徒職守，大樂正職守，司馬職守，司寇職守，市居職守，太史職守，九官，國用。〔註86〕通過題名的排列可以看出，與廖平受《周禮》啓發而將制度全部放在各官職守內敘述有所不同，程大璋的劃分著眼於制度類型的差異，程大璋將制度按內容歸類合併，並依他所理解的次序將各個門類編列起來，而將《王制》塑造成一部禮法大典。

程大璋構築起大典的形制，進而又爲大典梳理出思想主旨。《王制義按》詮釋了各句的意義，細密地解讀了文本。而《王制通論》則跳出了具體解說，用十八段短文在宏觀層面總結了《王制》的思想。通覽二書，程大璋心目中的《王制》大致可以被歸爲五條要義，這五條要義聯結著經文的內容，總結著經文的思想，能夠深化我們對文本的理解。現將這些要義總結如下。

其一，《王制》有中央集權義。前人的解說多就文本中的「分爵」「封國」大談封建之制。而上文提到，在康有爲那裏，如何處理《王制》的封建與一統也是一個十分麻煩的問題，康氏看重《王制》中零星透露出的「一統」思

〔註86〕程大璋在每一段之後以「右敘某某」的形式點出本段內容，賦予題名。參見
《王制義按》

想，但終究難以忽略文本的那些「封建」設計，這使他的《王制》學始終沒能將二者統一。程大璋繼承了老師的問題意識，而明確了自己的觀點，他認爲《王制》的主旨是「中央集權」。他指出，《王制》記載的制度與《春秋》闡發的「大一統」是相通的：諸侯大夫不予田，而天子大夫有田是「尊天子而抑諸侯」的明證，「變禮易樂者爲不從」則充分反映了中央對地方的約束。程氏通過對《王制》制度的具體分析，認爲《王制》的制度，集用人之權、行政之權、刑罰之權、兵權、財政之權及教育之權於中央。一部《王制》正是儒家統一大義的鮮明體現。〔註 87〕

其二，《王制》有重視民權義。程大璋認爲，《王制》重視一統的同時沒有忘記對君權加以限制，文中規定的「太史」「齋戒」等制度，從有形方面限制了君主的行爲、用人和用財，並用「上帝」和「先祖」從無形方面限制了君主的恣肆之心。在程大璋看來，這種對君權的限制本身體現了對民權的重視，因爲「《王制》之集權於天子也，非爲天子也，爲民也。」程氏認爲，所謂「一統」，對於諸侯則重在集權於天子，而對於天子則重在分權於人民。程氏通過分析，指出《王制》的記載體現了分用人之權於士，分刑人之權於眾的觀念。這樣，分權於民與限制君權結合起來，凸顯了《王制》對於民權的重視。〔註 88〕

其三，《王制》有權利均平義。程大璋認爲，《王制》削弱了階級觀念和民族間的優劣之分，通過「去世卿，抑諸侯，普及教育以及行選舉」的制度設計凸顯了對「權利均平」的強調。程氏著重分析了「大夫不世爵」和《春秋》「譏世卿」在義理上的相通之處，並用「普及教育」「設立選舉」的觀念仔細分析了「立學」「選士」等制度。另外，「權力均平義」還表現爲對「均民貧富」的強調，陳大璋將「依農配田」及「田里不粥」的記載理解爲旨在保持「均貧富」的制度。這樣，「立學」「選士」「均富」共同構成了《王制》的「均平觀念」。〔註 89〕

其四，《王制》有改良實業義。程大璋認爲，實業是人民生養之本，蠻夷時代的實業表現爲漁獵游牧，而文明社會的實業則表現爲農工商。在程氏看

〔註 87〕 《王制通論》，第 3～4 頁；《王制義按》，卷二第 3～4 頁，卷三第 15 頁。

〔註 88〕 《王制通論》，第 5～7 頁；《王制義按》，卷二第 1 頁、第 4 頁，卷三第 11 頁、第 14 頁。

〔註 89〕 《王制通論》，第 7～8 頁、第 10 頁；《王制義按》，卷一第 4 頁，卷二第 5 頁，卷三第 7 頁。

來，孔子之時，「農業已興而捕獵之俗尙多」，而通過對於《王制》「耕獵」一段的分析，程氏認爲《王制》講實業「皆所以使人專一於農業，由漁獵之俗變爲耕稼之俗」由此，《王制》成爲促進實業改良的重要著作。〔註90〕

其五，《王制》有裁制神權義。程大璋認爲，多神不若唯神，唯神不若無神，孔子處於社會尙未完全開化的時代，所以《王制》「於神權無棄滅而有限制」，在程氏看來，《王制》「天子七廟、諸侯五廟」的規定和「天子祭天地、諸侯祭社稷」的制度設計分別體現了從宗法和名分兩方面限制神權的努力。同時程氏將《王制》與史籍的記載進行對比，認爲《王制》大大簡化了祭祀的內容、儀式，這反映了《王制》對於神權的有意裁制。〔註91〕

經程氏之手，《王制》成爲集思想、制度於一身的政治大典，而孔子也隨之成爲改制立法、創造大典的素王。程大璋特尊孔子改革的偉大：「孔子實一大改革家也。」他以西方學人作比，認爲孔子之功冠於群雄，全面地推動了改革：

> 泰西各國有爲政治之改革者，孟的斯鳩、盧梭是也；有爲宗教之改革者，日爾曼之路德是也；有爲學術之改革者，培根、特加爾是也；有爲社會之改革者，達爾文、斯賓塞是也。而觀於《王制》，則實並宗教、學術、政治、社會而改革之，豈非至聖哉！〔註92〕

七、緣西與應時

不過我們應該看到，程大璋爲《王制》總結的諸種要義，其實都可以還原爲康有爲改造現實政治的要求。程氏表彰聖法大典，不如說是在表彰自己老師的理念。對比康氏《官制議》、《內外篇》以及《應詔統籌全域摺》等作品，可以看出，中央集權、重視民權、權利均平、改良實業、裁制神權等要求，都體現著康有爲心目中理想政治的設計精神。在可見的文本中，康有爲沒有把他的這些要求系統地帶入《王制》的解讀中，而程大璋完成了這一工作。他把老師的政治思想化爲《王制》的核心精神，就使這個文本和康派的理念更加緊密地結合在了一起。也正因如此，程氏比他的老師更爲突出強調《王制》對於當今的作用。在程大璋看來，《王制》在現代社會具有強烈借鑒

〔註90〕《王制通論》，第 9 頁；《王制義按》，卷二第 5 頁。
〔註91〕《王制通論》，第 10～13 頁；《王制義按》，卷二第 7 頁。
〔註92〕《王制通論》，第 13 頁。

意義和指導功能。程大璋在《王制通論》中特著一章「《王制》之義有爲今日所當行者」專門談論《王制》對於當下政治的意義，程大璋說：

> （《王制》）中所未行者，一曰限制君權，二曰分權於民，三曰裁抑神權，此三者古未嘗行焉，而今日所當急務者也。〔註93〕

程氏特別提出限制君權、分權於民和裁抑神權，是當今之「急務」。程大璋這樣論述這些原則在當下的重要性：

> 夫君權無限制則任其自作威福，而民人不堪其害矣。……方今列強競立，或主立憲、或主共和，吾中國未可以一蹴而至，而要之限制君權必不可少之義矣。
>
> 中國國大矣，人眾矣。國大則鞭長莫及，人眾則禮俗各異，以天子一人而欲一一代爲理之，未能也。中國向來專制而人民多反，多享意外之自由。職是故也，欲正其失，莫如行地方自治之制，令各因地所宜、俗所尚而修理之，而精神則仍統一於朝廷，即《王制》分權於民之義也，爲今日所宜亟效者矣。
>
> 神思遍地且壟斷國之財權，此俗不破則教育難與，一也。貧富皆委之杳冥而不知自主，如是則惰民必眾，二也。信仰不一，則道德不齊，團體必不能成立，三也。置有用之財於無用之地，能分利而不能生利，四也。故今日若言無神或尚嫌過早，而本《王制》之義定其差限，使務民義而一風俗，則爲最要矣。〔註94〕

程氏要用自己提煉的要義來應對現實。可以看出，和康有爲一樣，程大璋認爲《王制》眞正的價值，絕不在具體的制度，而是在政治原理。

我們知道，康有爲談《王制》、講原理動用了很多資源，他總是借助知識引申、聯通西學進行他的解說。康氏認爲「外國全用《王制》」實際上是要提出「合古今中外而見孔子」，在他看來，論《王制》不能被文本的邊際限制住，應該在原則、原理的層面上積極與外國制度進行對照。程大璋繼承了老師的思路，打開眼界，主動聯繫西學。不過與老師稍有差異的是，康有爲對於全用西學以治中國是抱有警惕的，而程大璋的這種意識明顯削弱了一些，我們發現，他的文章中不再突出強調中國問題的特殊性，而他解說《王制》諸要義的內容以及實現方式時，都在以西方制度爲樣板。程氏在「立憲、共和」

〔註93〕《王制通論》，第18頁。
〔註94〕《王制通論》，第19頁。

的意義上理解「限制君權」，在「地方自治」的意義上理解「分權於民」，在「開發民智」〔註95〕的意義上理解「普及教育」、「抑制神權」——這些論說當然是在描繪老師的政治構想，但程氏沒有在康氏的政治理想和西制的實現形式之間做出微妙的分別，他把二者的關係基本看做是互爲表裏的，他在談論理想政治時，明顯是在呼喚一種西方的政治模式。在程氏心中，西方制度是切實而優越的。程大璋力圖把這種陌生的政治理念、政治設計植入我們自己的典籍中。上文已經引述了程大璋引西人與孔子作比，而實際上，引西制與孔制作比的例證在《義按》《通論》二書中屢見不鮮，程大璋說，孔子的思考擊穿時空而與西方的哲人形成了共鳴，他力贊孔子：

> 泰西今日學者所稱爲最高尙之義者也，而孔子乃見於二千年以前。〔註96〕

程氏此舉的意義自然在於溝通中西，借用孔子、古經的神聖性來凸顯改行西制的合法性。

程氏用西制設計來解說《王制》的精神。但是，《王制》畢竟不是天然用來講西制的文本，而自有其特徵，如果想把這些特徵按照現代的樣式強扭過來，那麼文本攜帶的固有信息與強加其上的新形式就難免發生衝突。程氏在解讀三權分立問題時就遇到了困難：「政治原理有三權，曰立法權、曰行政權、曰司法權，三者並立不可少也，而尤以立法爲最要。泰西之議院皆立法之權所在也，《王制》無之。」程大璋承認，對於三權分立的要求，《王制》文本缺失了最爲關鍵的「立法權」設計。對此，程大璋是這麼解釋的

> 《王制》故無此也，其所以無此者，其時尙未可也。

所謂「其時」未可，是指《王制》創作的時代不適宜設議院行「立法權」。在此，和康有爲的處理方式一樣，程大璋引入「時勢」概念，來對《王制》的局限性進行辯護。相比於老師，程氏的講解更加充分明確。他繼承了康氏的思路，將《王制》和《春秋》的關係作爲解決問題的突破口。在程氏看來，雖然《王制》《春秋》都是孔子的親筆之作，制度亦相爲表裏，但是二書仍然有著方方面面的差異。程氏認爲，《王制》爲孔子壯年之作：

> 蓋孔子壯年已有經世之志，故作《王制》以爲準備。〔註97〕

〔註95〕 參見《王制通論》，第 4 頁、第 16 頁。
〔註96〕 《王制通論》，第 10 頁。
〔註97〕 《王制通論》，第 1 頁。

而《春秋》則作於晚年：

> 晚而道不行於世，乃又作《春秋》以待後來者。〔註98〕

壯年的孔子已有改制之意：

> 疾時世之不仁，思改制度以變易天下，乃作《王制》以爲預備。

〔註99〕

孔子面對混亂的時局，憑藉自己的能力與構想，規劃出一套治理的藍圖，以期以此整飭天下，於是他創作了《王制》，可以說，《王制》是孔子針對時世的一劑藥方。而到了晚年，道不行於世，創作的《王制》沒有可以施展的空間，於是孔子綜合《王制》的制度和一番義理創作了《春秋》，以待後世來者能通達自己的深意。這樣，程大璋認爲，從述作的目的上，《王制》和《春秋》存在著一定的差異，即所謂

> 《王制》爲現在者言也，《春秋》爲來者言也。〔註100〕

而如果我們深入分析這種差異，則又能夠看到二者在內容和功用上的不同：

> 《王制》之言，救一時之言也。《春秋》之言，有據亂、有昇平、有太平，則治萬世之言也。〔註101〕

程大璋從內容和述作目的上分開了《王制》和《春秋》，便爲闡釋工作打開了一個廣大的空間。在程大璋看來，《王制》是孔子用於解決現實問題的立法之作，那麼孔子的改制就必須要從當時的現實情況出發回應實際問題。程氏提出，孔子的很多制度是因當時的時勢而作。在此，程氏總結了《王制》創作的重要原則「《王制》之法固爲現在者也，凡有不切於現在，不能即行者皆勿言。」〔註102〕因此，我們要以歷史的眼光去理解孔子的一些設計，例如「外諸侯嗣者，即封建之制不能驟廢諸侯之故。」〔註103〕「神權盛則民必愚，孔子欲掃除而盡淨之，而恐其不能，故立爲定制而不得越分而祭，神權乃以漸殺矣。」〔註104〕立法權的問題更是如此：「議院立法必待教育普遍、人人有政治思想而後能行之，必待人人能知通國利病、所發言論切中時宜者而後能行之，必待人人能爲一國盡義務、不以私益害公益者而後能行之。以此而求之

〔註98〕《王制通論》，第 1 頁。
〔註99〕《王制通論》，第 2 頁。
〔註100〕《王制通論》，第 2 頁。
〔註101〕《王制通論》，第 2 頁。
〔註102〕《王制義按》，卷三第 17 頁。
〔註103〕《王制義按》，卷二第 3 頁。
〔註104〕《王制義按》，卷二第 7 頁。

今日之中國猶相去萬里，況在二千年以前貴族之階級未去、教育尚未普及、民智復極愚陋，而欲與以立法之權，適以生亂而已。」〔註105〕而經過一個漫長的歷史過程，一些孔子面對的現實問題，在程大璋的時代已經變成過去，不再適應新的現實，那麼對於《王制》中的這些內容，自然應該分清古今的差別，而將古代歸古代，現實歸現實。例如，在講到「市廛而不稅」條時，程大璋說：「蓋孔子知周末大勢趨於一統，無敵國外患，唯省刑薄賦可以靖民氣而獲治安，若夫今日列強並立，需財孔極，國民有當兵納稅之義務，而不能援古者一統垂裳之制以爲例矣。」〔註106〕在講到「量入以爲出」條時，程大璋認爲：「此治一統垂裳之制，若今日列強競爭，百廢當興，則當量出以爲入，不能泥古以誤國也。」〔註107〕

八、進階與應世

在程大璋看來，面對歷史問題不能單純的泥於古制，而應該看到古代和現實的差別。程氏對於古今之變強調，實際上源於一種「歷史發展」的觀念。康氏一脈強調《春秋》三世的進化發展，程氏的《王制》學說似乎深得其義。程大璋曾這樣評價《王制》的創作：

> 凡人群進化之序，其始由野蠻之世變爲宗法之世，由宗法之世變爲軍國之世。而孔子之道，則欲以宗法而立軍國之基者也。〔註108〕

同時，程大璋寫道，

> 《王制》書中多尊天子而抑諸侯，說者以爲孔子開後世君主專制之風，不知政治階級固必經此而後能入於共和時代也。〔註109〕

程大璋把整本《王制》放進了歷史中加以審視，在他看來，孔子借助《王制》所希望解決的祇是一個時代的轉化，而並非藉以達至至臻至美的完美社會，程氏套用三世說解釋到，「《王制》爲昇平，《尚書》太平也。」〔註110〕從大歷史的角度來看，與《尚書》、《春秋》等經典不同，《王制》的設計不過是爲了完成一個過渡。

〔註105〕《王制通論》，卷三第 17 頁。
〔註106〕《王制義按》，卷三第 1 頁。
〔註107〕《王制義按》，卷三第 14 頁。
〔註108〕《王制義按》，卷二第 3 頁、第 8 頁。
〔註109〕《王制通論》，第 1～3 頁。
〔註110〕《王制義按》，卷三第 17 頁。

　　由此引入了歷史序脈，程大璋發展了《王制》「改制之書」的含義。一方面，孔子創作《王制》旨在推動時代的進步，因此《王制》這部制度之書必將有別於一般意義上的制度之書。程大璋曾用《周禮》與《王制》作比，

　　　　《王制》爲孔子之書，而《周禮》爲周末諸子之書也。《周禮》
　　詳於政治而略於風俗，故關乎國家者其法多精密，關乎社會者其
　　法多沿舊不變。若《王制》則法律與道德兼施，國家與社會並及。
　〔註111〕

《王制》是孔子推動變革的大典，因此它的觸角滲入進社會的方方面面，而對時局有著全面的把握。《王制》與《周禮》不同，它所設計的改造是包含法律、道德、國家、社會在內的全面的改造，因此《王制》意義上所要改革的「制度」並不僅是整頓政治、安排職官的政治制度，這個「制度」深入進社會、深入進風俗，涉及到人們行爲生活的一切規範。

　　同時，儘管《王制》是孔子針對當時時局而創造的改制之書，但它的規劃卻是超越時代的。《王制》固然是爲「現在者言」。然而這個「現在」的含義是豐富的，我們不能把這個「現在」單單理解爲孔子所處的「春秋時代」，而應該通過《王制》的內容，乃至通過《春秋》治「萬世」的內涵，來反觀這個「現在」的含義。所謂《春秋》「治萬世」，是指《春秋》的義法可以提供從「據亂」之世到「太平大同」盛世的貫通的借鑒，而《王制》的內容不能通向「大同盛世」，而衹能爲「一個時代」的轉變提供參照。所謂「一個時代」的轉變，即是指從「現在」的時代向「《王制》所規劃的時代」躍進。由此，我們便可以理解程氏這一段話的內涵：

　　　　《王制》之義有中央集權之義，自秦後行之；有平民族階級之
　　義，亦自秦後行之；有教育普及之義，自漢後行之；有均貧富之義，
　　王莽時行之而未成。而其中所未行者，一曰限制君權，二曰分權於
　　民三曰裁抑神權，此三者古未嘗行焉，而今日所當急務者也。〔註112〕

儘管孔子面對的一些時勢問題，在歷史的演進中已經變成過去，儘管《王制》的一些內容在歷史上已經得到實施，但是從《王制》的整體記載來看，其強調的很多要義在歷史上仍被忽略，直到程大璋生活的時代，也未得到徹底貫徹，那麼可以說，在程大璋看來，直到晚清民初，中國的時局還依然停留於

〔註111〕《王制通論》，第3頁。
〔註112〕《王制通論》，第18頁。

「現在」。正是在這樣的意味上，程氏從《王制》中發掘出了針對當下的價值，
《王制》的改制之所以重要，在於這套設計不僅面對著歷史中的時局，同時
也面對著當下的現實，祇要社會尚未徹底進入「《王制》所規劃的時代」，那
麼孔子的改制便可以擊穿時空，爲我們提供指導與借鑒。

　　《王制》的改制還具有重要的銜接意義。儘管《春秋》與《王制》在內
容和目的上有著差異，但是，二者之間也存在著十分緊密的聯繫。程大璋認
爲，雖然《王制》專於制度，固治現在，但學《王制》是通《春秋》的基礎，
通過對《王制》制度的梳理我們能夠從一定意義上理解《春秋》，即所謂：

　　　　　學者通《王制》，而《春秋》之學思過半矣。〔註113〕

在程氏看來，《王制》和《春秋》都是經世之作，造成二書種種不同的根源，
在於經世可以分爲制度和義理兩部分，

　　　　　經世有義理、有制度，義理可以預推，制度不可以預立。〔註114〕

從這樣的角度來看，《王制》和《春秋》有著不同的側重點

　　　　　《王制》專於制度者也，《春秋》詳於義理而兼制度者也。〔註115〕

《春秋》作爲指導萬世的巨著，包含著深奧的義理和宏大的設計，而《王制》
恰恰爲人們提供了理解《春秋》的臺階，程大璋認爲，《王制》是《春秋》立
論的基礎，「《春秋》制度與《王制》相同。」〔註116〕《春秋》對未來的設計，
是在《王制》制度的基礎上進行的一系列義理闡發。《春秋》面向未來，《王
制》固治現在，所以在一個從混亂向大同邁進的歷史大過程中，《王制》正是
千里之行的第一步。《王制》改制的目的不僅在於實現自己的內容本身，其更
深的意義在於，它通過這種制度的改革爲未來的發展帶來一種可能性，爲《春
秋》義理的施展建立了一個制度的平臺。因此，在程大璋心目中，要想明《春
秋》必須先通《王制》，而反過來說，通《王制》、實現《王制》，在更爲深遠
的意義上指向未來發展。

　　《王制》的改制全面而深刻，同時能夠擊穿歷史爲當下提供指導，還能爲
未來奠定發展的基礎。程大璋爲《王制》疏通了詮釋上的疑難，爲它總結出重
要的意義，更點明了它不可替代的價值。他的《王制》學呈現出較強的系統性。
應該說，通過程氏的努力，《王制》簡直成爲了改良的範本和變法的參照。

〔註113〕《王制通論》，第 1 頁。
〔註114〕《王制通論》，第 1 頁。
〔註115〕《王制通論》，第 1 頁。
〔註116〕《王制通論》，第 1 頁。

　　統觀康、程的《王制》研究，他們將《王制》學帶出了《王制》的範圍，走進了歷史，走入了世界，走向經世的前沿，而和政治學、社會學等學科發生交流和碰撞。他們通過重視具體制度背後的精神、原理，打開了《王制》的適用範圍，推動了《王制》的現代轉化，在施用的層面提高了《王制》的地位。他們的解讀爲《王制》賦予了新的意義，並爲社會的發展注入了更大的動力。

參考書目

1. 康有爲，《教學通義》，《康有爲全集》第一集（北京：中國人民大學出版社，1998 年）。
2. 康有爲，《民功篇》，《康有爲全集》第一集。
3. 康有爲，《王制考訂經文序》，《康有爲全集》第二集。
4. 康有爲，《萬木草堂講義》，《康有爲全集》第二集。
5. 康有爲，《孟子微》，北京：中華書局，1987 年。
6. 康有爲，《孔子改制考》，《康有爲全集》第三集。
7. 康有爲，《萬木草堂口說》，《康有爲全集》第二集。
8. 康有爲，《官制議》，《康有爲全集》第七集。
9. 康有爲，《康子內外篇》，《康有爲全集》第一集。
10. 黃明同，《康有爲早期遺稿述評》，廣州：中山大學出版社，1988 年。
11. 耿極，《王制管窺》，民國叢書集成本。
12. 廖平，《王制凡例》，《廖平選集》下冊（成都：巴蜀書社，1998 年）。
13. 程大璋，《王制通論》，民國十八年刊本。
14. 程大璋，《王制義按》，民國十九年刊本。
15. 梁啓超，《論中國學術思想變遷之大勢》（上海：上海古籍出版社，2001 年）。
16. 蕭公權，《康有爲思想研究》（北京：新星出版社，2005 年）。
17. 朱維錚，〈重評新學僞經考〉，《求索眞文明——晚清學術史論》（上海：上海古籍出版社，1996 年）。
18. 楊向奎，〈清末今文經學三大師就春秋經傳的議論得失〉，《管子學刊》1997 年第 3 期。
19. 華友根，〈禮記王制的著作年代及其思想影響〉，《中華文史論叢》1985 年第 4 輯。
20. 章可，〈禮記王制的地位陞降與晚清今古文之爭〉，《復旦學報》2011 年第 2 期。

從經學到實學：日本漢學家館森鴻《詩經》、《論語》著述中的時代意義

莊怡文

（臺灣中央研究院）

一、前言：明治維新後的日本漢學發展

　　明治維新後，日本境內國學、西學、漢學三學並流，隨著新式教育制度的訂立以及相關機構的設立，漢學似乎越來越處頹勢，但短時間內仍未完全潰散，漢學塾依舊大量存在。明治前、中期的漢學者仍繼續爲學術努力，組織許多相關社群，彼此商量振興漢學之策，如中村敬宇即認爲：

> 我邦政府重視漢學，造就漢學之人才，維繫漢學之綱常倫理。
> 吾人應知漢學爲西洋學之基礎，翊戴明治維新，締造今日之乾坤。
> 〔註1〕

中村敬宇持著開放的態度，認爲漢學與西洋學都應學習，如此才能使社會進步。

　　1887 年天皇至東京大學視察時，對於日本當時舉國上下的洋學熱表示焦慮，他認爲學校教育中國文（漢文）是不可或缺的，因爲醫學、理工科再發達，也無法用以治國，在此政策宣示下，政府的教育方針由主智主義轉向儒

〔註1〕 此文爲 1883 年 4 月 16 日東京大學設立「古典講習科」乙部之際，中村敬宇在開業演說時的一部分內容（〈古典講習科乙部開設ニツキ感アリ書シテて生徒ニ示ス〉），收錄於松本三之介、山室信一校注，《學問と知識人》，收入加藤周一等編，《日本近代思想大系》第十冊（東京：岩波書店，1988），頁 199 ～204。

教主義，東京大學亦經過一系列之改組，在 1889 年增設「漢學科」〔註2〕。日本政府想以日語、國學找回日本性，卻無法擺脫根深蒂固的中國性，而西學的傳入又加深了學術視野上的紛雜性，其中不僅有著語言學術的問題，同時亦隱含著國族政治與文化認同的問題。

在此時期，諸多日本漢學者仍致力於學術研究的推廣，使至明治末年、大正年間，與中國研究相關的學術成為了大學裡的專業學科，即使研究動機、目的與幕末時代有所差異，但是對於中國感到好奇的心態始終不墜。在此波學術轉向、與重新訂立學科研究範圍的潮流下，日本對於中國古典諸多學術的研究著述，出版甚多，研究氣氛明顯高漲。

在文學研究的層面上，自十九世紀末起，日本境內開始大量翻印、出版中國具有代表性的作品，並對中國的古典文學作品進行校注、翻譯、論說等，同時也出現了具有比較系統的文學史。「中國文學史」作為一個文體寫作，僅是一百年前的新生事物，最早誕生於與中國文化有著密切關係的日本漢學界，尤其是明治時期的發展，無論是質與量都相當豐富。日本自江戶時期以來一直都有編史的傳統，明治維新後，大量西學、史學傳入，更加快近代史書的編寫速度，日本近代的中國文學史編寫，即在此背景下逐漸興盛。此時期對於中國古典文學的研究，大多集中在小說和戲曲的領域，川合康三認為這是由於西方以小說戲劇為主的文學作品，在此時大量傳入日本所致之研究熱潮〔註3〕。

在史學的部分，自十九世紀末起，日本境內「東洋史」著作的湧現，包括對於中國傳統正史的訓釋。二十世紀後，教科書式的「通史」出現，包括對於西洋史論著作的翻譯與改寫。此時史學研究的重點主要有三：第一，對於中國東北地區的「滿洲研究」；第二，敦煌學、東西文化交通史、西域和邊疆史研究；第三，法制史及其他專門史研究〔註4〕。

在經學與思想部分成長的幅度更大，此時相關著述多圍繞著「四書」打轉，出版書籍甚多，最早出現的經學著述為《詩經》，始於 1882 年，而

〔註2〕 陳瑋芬，《近代日本漢學的「關鍵詞」研究：儒學及相關概念的嬗變》（上海：華東師範大學出版社，2007），頁 39。

〔註3〕 日本京都大學川合康三教授，曾於 2014 年 6 月 13 日於臺灣大學臺灣文學研究所的「訓讀與翻譯——日本的漢文研究」演講中，提及此項觀察。

〔註4〕 李慶，《日本漢學史 1 起源和確立》（上海：上海外語教育出版社，2001），頁 406～416。

著述量最大的是《論語》，自 1898 年至 1916 年間共計有 23 本，其他經學與思想著述尚有《孟子》、《大學》、《中庸》、《周易》、《尚書》、《禮記》、《左傳》、《老子》、《莊子》、《列子》、《韓非子》等，專人的研究則以孔子、王陽明為最具代表的兩位。1888 年內田周平的《支那哲學史》是日本第一部以「哲學史」為名的哲學書，1898 年松本文三郎的《支那哲學史》是日本第一部中國哲學通史。1900 年至 1919 年，日本的中國哲學研究顯得較熱鬧，共有相關書籍 23 本，大型漢學叢書如《支那學》共三套，1910 年後出現許多和譯書籍〔註5〕。由此可見，明治時期日本境內對於中國經學與思想的研究方興未艾。

由文學、史學、經學與思想部分的研究成果可見，明治大正年間的日本漢學發展依舊蓬勃。而在此時，飽讀群書的漢學家館森鴻，來到了殖民地臺灣，共在臺居住了二十多個春秋，延續他於日本讀書時的興趣與專長，鑽研漢學，尤以經學為主，也時常在報刊上發表相關文章。館森鴻在臺受到時任民政長官後藤新平的賞識，1901 年受邀住進民政長官官邸鳥松閣，在此潛心研讀群書，精進學養，後藤新平常請他析難解疑，他因此被尊稱為「鳥松閣中的孔子」〔註6〕。

由於臺灣成為日本殖民地的緣故，日本的中國學術研究與臺灣的中國文學研究自此匯流，以當時日本境內漢學研究的狀況視之，館森鴻的漢學/經學研究，並非特例，具有其時代性。而來到臺灣的館森鴻，其經學著述的內容與特色為何？對於當時日本、臺灣、甚至東亞地區的漢學/經學研究有何意義？過往與館森鴻相關的研究論述資料，多著重於其學養背景、人際交遊部分，並未著墨於其漢學/經學的研究成果：前者如大山昌道、林俊宏的研究〔註7〕，後者如王俐茹的研究〔註8〕，而以館森鴻作為學位論文之研究者陳惠茵，大多是整理前兩部分的研究，再加上館森鴻在臺之經歷與散作，一併

〔註5〕 同註4，李慶，《日本漢學史1起源和確立》，頁 416〜423。
〔註6〕 奧山十平，〈精力絕倫の後藤伯〉，三井邦太郎編，《吾等の知れる後藤新平伯》（東京：東洋協會，1929），頁 308。
〔註7〕 大山昌道、林俊宏共合撰兩篇學術論文，一為〈館森鴻及其作品〉，《臺灣文獻別冊》第 31 期，頁 18〜28。另一為〈日治時期漢學家館森鴻學問養成之探討〉，《修平人文社會學報》第二十期（民國 102 年 3 月），頁 151〜170。
〔註8〕 王俐茹，〈日本臺灣漢文人的交遊網絡及其拾遺？——以館森鴻為個案〉，《第六屆臺灣文學研究生學術論文研討會論文集》（臺南：臺灣文學館，2009 年11 月），頁 195〜219。

進行綜述〔註9〕。又，其被稱之爲「鳥松閣中的孔子」，著作中亦以《詩經》、《論語》與孔子相關的論文爲大宗，故本文選擇以《詩經》、《論語》與孔子相關的文章作爲研究中心，盼能一探館森鴻之經學研究面貌。

二、關鍵時刻：館森鴻的到來

（一）館森鴻的學問養成與處世個性

　　館森鴻（1863.12.3～1942.12.24），本名萬平，自子漸，又字袖海，筆名袖海生，「袖海」乃是與其師重野成齋、岡鹿門友好的長輩黎蒪齋所贈送〔註10〕。館森鴻爲日本東北仙臺人，其先祖約在十六世紀末葉才遷居仙臺，世代以務農爲生，逐漸建立族望〔註11〕。其祖父館森通光，雅好學術文章，館森鴻父親館森古道平日亦勤讀好學，以安貧樂道自勵〔註12〕。館森鴻秉承祖父與父親世代相傳的篤學家風，自言「鴻自少承家學，聞先世出大織冠公，奮然思立身行義以自見」〔註13〕。其十五歲入學鄉塾，十九歲（1884）年赴東京，先後在岡鹿門的綏猷堂、重野成齋的成達書院研習經史詩文，爲時十載。館森鴻自言「鴻受教所最服膺者在經說，文章則獨喜韓歐」〔註14〕，又言「僕少好經術文章，頗自刻苦，而無所得。神志荒惑，一日讀顧亭林集，慨然自起，雖奔走憂患心，耿耿未下。……丈夫以器識自期者如一軌，而亭林氣勢最高，以扶植禮教故也」〔註15〕。其師重野成齋的思想以古學派爲根基，亦兼雜程朱學派與折衷學派，並涉獵於清代考據學，館森鴻受其啓發，尤對經世致用之學用功極深；館森鴻思想上則重視禮教之道，對顧亭林推崇備至。

〔註9〕陳惠茵撰有一單篇論文，一學位論文，其中單篇論文與學位論文部分內容相同。學位論文爲《東亞視域下的漢文學表現——以館森鴻寓臺期間（1895～1917）爲討論中心》，臺北：臺灣師範大學國文學系碩士論文，2010 年 6 月。單篇論文爲〈同文的接軌與轉化：館森鴻對日治前期臺灣漢文壇的參與及其內涵探析〉，《思辨集》第十四集（臺北：臺灣師範大學國文學系，2011 年 3 月），頁 199～214。

〔註10〕館森鴻，〈書黎星使叢稿後〉，《拙存園叢稿》（東京：松雲堂書店，1919）卷八，頁 13。

〔註11〕館森鴻，〈寶山表〉，《拙存園叢稿》卷五，頁 15。

〔註12〕館森鴻，〈寶山表〉，《拙存園叢稿》卷五，頁 15。；館森鴻，〈先考行實〉，《拙存園叢稿》卷五，頁 19。

〔註13〕館森鴻，〈先考行實〉，《拙存園叢稿》卷五，頁 19。

〔註14〕館森鴻，〈書成齋文初集後〉，《拙存園叢稿》卷八，頁 14。

〔註15〕館森鴻，〈答鈴木清音書〉，《拙存園叢稿》卷五，頁 7。

館森鴻於〈拙存園記〉自言：

> 余迂拙不與世合，棲居園林嵒石之間。或讀書，若延客清談，以暇種竹蒔花。……夫處自然之境，身心無營度，又不爲天發所束縛。窮達隨遇而安，出處任天而動，此迂拙者所能爲，而巧智者所不屑也。乃榜園曰拙存，蓋用拙存吾道，杜子美之詩云。〔註16〕

「拙存吾道」乃伊藤春畝書杜甫詩句，貽贈館森鴻之句，館森鴻自此作爲警語。其自謙「余迂拙不與世合」，然而自《拙存園叢稿》收錄之文以及日治時期重要報刊之報導可知，館森鴻人緣極佳，身影常出現在臺灣各大詩會活動，也常與日人出遊，幾乎所有重要文人於日本與臺灣出版著作時，都會邀請館森鴻爲之寫序跋〔註17〕。館森鴻在當時如此重要且出名，但他卻自認「迂拙」，可見其謙沖之性格。

羅秀惠爲《拙存園叢稿》寫序，有言：

> 飭躬砥行，利祿不攖其心；居敬以立本，窮理以致知；志和音雅，蓋積有年。所已居恆沉默，藹然可親，謙抑之氣，見於眉宇，惟弗工迎合，迄今猶職課學務，勉從所志，亦小試行道之端也。〔註18〕

博學多聞的館森鴻，並未因此自閉於學術研究的象牙塔中或自傲於世，反而飭躬砥行，藹然可親，由上段其自述與羅秀惠之語，可得明證。

另外，我們亦可從《臺灣日日新報》一窺館森鴻對於中國古代聖人之道的看法，以此瞭解其倫理價值觀，以下爲 1912 年 11 月該報所刊之〈大正協會例會〉：

> 去四日夜，大正協會例會，例假大稻埕李延禧君之宅開會，席上館森袖海先生，演說聖人之道，先述聖人定義乃人倫之至，仲尼祖述堯舜，憲章文武周公，大成至聖中言聖人非迂濶。堯使義和造曆，利民匪淺，當此之世，震球諸國，蒙昧未開，而堯舜能發明之豈非大聖乎？又詳述五倫之義，言君子之道，造端夫婦，有夫婦，然後有父子、兄弟、朋友、君臣。猶西學所說國家之沿革，始於男

〔註16〕館森鴻，〈拙存園記〉，《拙存園叢稿》卷一，頁 12。
〔註17〕自《拙存園叢稿》中可見，他曾爲中村櫻溪、加藤雪窗、伊藤貞次郎、章太炎、吳立軒之著作作序；曾爲櫻田虎門、伊藤春畝、小泉盜泉著作作跋；亦曾替佐倉孫三《達山文稿》作序，可惜此序最後未見收入此書。
〔註18〕羅秀惠，〈拙存園叢稿序〉，《拙存園叢稿》，頁 2。

女成其匹偶，部落化爲封建，合封建而國生焉。終言足食足兵民信
之義一章，引證明確，確中時弊。會員各熱心傾聽，拍手如雷。

李延禧爲李春生之孫，李景盛之子，廈門人李春生（1838～1924）是橫跨閩、
臺兩地重要的企業家、思想家、文學家，1868 年自廈門移居臺北大稻埕，初
始擔任英商陶德（John Dodd）所創之寶順洋行總辦，後與板橋林家林維源共
組「建昌行號」，李春生因推廣臺灣茶與煤油致富。李延禧 1896 年在祖父李
春生的帶領下赴日讀書，學成後出任新高銀行常務取締役，1921 年與板橋林
家林熊徵、基隆顏家顏雲年等膺選爲臺灣總督府評議會評議員，1945 年後李
延禧去臺赴日，成爲旅日臺灣人之領袖〔註 19〕。在此例會中，館森鴻推崇中
國古代聖人之道，尤其是造發於此的堯舜等人，而此說足可類比西方學說中
的國家沿革。由此可見館森鴻是一位中規中矩，行禮合宜的儒者，那麼也不
難理解，其爲何會對於經學研究如此熱衷了。

（二）館森鴻的寓臺簡歷與在臺文學活動

館森鴻於明治二十八年（1895）十一月抵臺，大正六年（1917）八月返
日。1895 年，館森鴻以「總督府民政局總務部文書課雇員」身份抵臺，效力
於水野遵，輔以擬撰公文文牘。自明治二十八年至三十二年，其一直擔任此
文書職，壯志難伸。明治三十一年（1898）章太炎因維新政變失敗避禍臺灣，
任職於臺灣日日新報社，與館森鴻交好，半年後章返中國，明治三十二年館
森鴻即生遊歷清國並訪章友之意，故於十一月以「疾病」爲由辭官。而後，
受後藤新平賞識，於明治三十八年（1905）重返總督府任官，任命爲「臺灣
總督府民政部總務局編修事務囑託」。大正六年（1917）七月，館森鴻由於身
體不佳、舉家遷返日本之因，才辭官解職。

明治三十四年（1901）六月，館森鴻透過《臺灣日日新報》記者奧山十
平的介紹與後藤新平見面，之後即受邀入住鳥松閣。此時期其潛心研讀群書，
精進學養，後藤新平常請他析難解疑，被尊稱爲「鳥松閣中的孔子」；又由於
其好埋首書堆、博學、個人風格鮮明獨特，亦與伊能嘉矩、小泉盜泉並稱「臺
灣の三變物」〔註20〕。直至 1908 年六月，館森鴻才因新婚而搬出鳥松閣。在

〔註19〕張子文、郭啓傳等著，《臺灣歷史人物小傳：明清暨日據時期》（臺北：國家
圖書館，2003），頁 168。

〔註20〕小觀子，〈臺灣の三變物〉，《臺灣日日新報》第 2480 號第三版（1906 年 8 月
5 日）。

文學創作部分，館森鴻在臺二十多年間並未有個人的漢詩集刊行於世，個人
漢詩創作主要發表於《臺灣新報》、《臺灣日日新報》、《漢文臺灣日日新報》、
《臺灣教育會雜誌》、《采詩集》（1912～1913）；合編的著作有與尾崎秀眞合
編的《鳥松閣唱和集》（1906）、與宇野秋皐合編的《竹風蘭雨集》（1907）。
漢文著作部分則有《拙存園叢稿》（東京：松雲堂書店，1919）。

　　館森鴻在臺所參與的詩社共計有玉山吟社、穆如吟社、淡社。玉山吟社為
1896 年由臺北日籍文人所成立，是日治詩社之濫觴，多擇節慶時舉辦詩會。穆
如吟社為籾山衣洲於 1899 年所創立，主要以南榮園為活動中心，與會者主要為
在臺日籍文人與官員。淡社為館森鴻與小泉盜泉等人所組織，據推斷應成立於
1904 年。此外，館森鴻亦與小泉盜泉、小川尚義、中西牛郎等人於 1907 年 5
月起於總督府合開學術（哲學）研究會〔註 21〕，並在 1908 年 1 月於臺北深坑以
「論語」為題進行演講〔註 22〕。《臺灣日日新報》曾於 1909 年 3 月報導館森鴻
參與不鳴會的消息，內容提及館森鴻曾與數年前於宇野秋皐所舉辦的萬葉集演
講會，以《詩經》為主題進行演講，此會在日俄戰爭時期中斷，至去年（1908）
才又重新舉辦，館森鴻這次則改以《論語》為主題進行演講〔註 23〕。由以上訊
息可知其對於《詩經》與《論語》之認真鑽研與高度興趣。其他館森鴻曾參加
過的文學活動尚有村上義雄的江瀨軒雅集唱和（1901）、日人文社文瀾會
（1902）、臺南詩會采詩會徵詩活動（1912）等，足見其對於活動參與之熱衷。

三、《詩經》研究：勇於疑宋，敢於批駁

　　館森鴻《拙存園叢稿》的創作內容大致有公文書牘、臺灣各地名勝遊記、
經史思想考辨、讀書札記、人物傳狀碑銘、序跋別錄等，古典文共有 170 篇，
其中有 18 篇曾刊於《臺灣日日新報》、《漢文臺灣日日新報》。在此 170 篇古
文中，經學著述極多，尤其以《詩經》以及與孔子、《論語》相關的文章居多，
《詩經》相關篇章共有 12 篇，孔子與《論語》相關篇章則有 23 篇，兩者篇
章加總佔了其經學著述中的一半，可見其對於孔子、《論語》與《詩經》相關
問題的濃厚興趣與鑽研之心。

〔註 21〕〈哲學研究會〉，《臺灣日日新報》第 2705 號第二版（1907 年 5 月 12 日）。
〔註 22〕〈深坑の講演會〉，《臺灣日日新報》第 2903 號第二版（1908 年 1 月 7 日），
　　　　同篇報導亦以中文刊於 1 月 9 日的《漢文臺灣日日新報》。
〔註 23〕〈臺北の會（七）不鳴會〉，《臺灣日日新報》第 3271 號第七版（1909 年 3
　　　　月 28 日）。

　　根據日本史書記載，在四世紀的應神天皇時代，百濟人即將《論語》傳入日本，又根據《宋書‧蠻夷傳》記載，順帝昇明二年（公元 478 年），倭王武即雄略天皇致順帝的表文中，多四字句，出處多來自《毛詩》的語句，如「不遑寧處」、「累葉朝宗」、「偃息未捷」等〔註24〕。而自日本平安時代以來，《詩經》的訓讀方式逐漸建立，世襲爲學，關門授經，《詩經》的聲譽與地位就在此尊經的前提下確立。至江戶時代，幕府以儒教輔助武道，維繫了三百多年的文化興盛時期，各藩藩校不遺餘力培養儒家學者，民間學者建立的學塾亦廣及偏鄉。而自小承自祖父、父親漢學啓蒙的館森鴻，不僅具有豐富漢學素養，1891 年結束東京研修生活後，隨即返鄉設立了一家名爲「知新學舍」的漢學塾，後雖因爲無人願意就讀而開設不成，但仍可見館森鴻亦趕上了這波設立漢學塾風潮的末流〔註25〕。

　　江戶時代的官方學術主要爲朱子學，《詩經》研究受宋學的影響自然難以比擬，其中朱熹的《詩集傳》成爲最重要的教材，也是學習的依據；然而至江戶後期，朱熹《詩集傳》權威地位受到挑戰，中國明代的《詩經》研究成果逐漸受到江戶學者重視，《詩經》的研究更爲多元化。館森鴻於東京時先後師承岡鹿門與重野成齋，岡鹿門爲程朱學派學者，其著名學生有尾崎紅葉與國分青崖，岡鹿門受教於佐藤一齋與安積艮齋等，佐藤一齋屬陽明學派，安積艮齋則爲程朱學派〔註26〕；而重野成齋初爲程朱學派，後轉爲古學、折衷學合一的考證學派〔註27〕，常與重野成齋來往的中村敬宇又屬陽明學派

〔註24〕王曉平，《日本詩經學文獻考釋》（北京：中華書局，2012），頁 1。

〔註25〕大山昌道，林俊宏，〈日治時期漢學家館森鴻學問養成之探討〉，《修平人文社會學報》第二十期（2013 年 3 月），頁 151～170。

〔註26〕在吉川弘文館編，《日本史必攜近世編》（東京：吉川弘文館，2006）一書中，編者參考關儀一郎、關義直所編的《近世漢學者傳記著作大事典》之內容製成「儒學者系統圖」（頁 624～653），於此圖表中，岡鹿門被列爲朱子學派，繼承弟子之一即爲館森鴻，岡鹿門上承之師爲安積艮齋，安積艮齋上承之師爲佐藤一齋。而在日本東京都立圖書館的岡千仞舊藏資料中，僅說明岡千仞師事安積與佐藤，並未說明安積與佐藤是否爲上下師承關係，網址爲 http://www.library.metro.tokyo.jp/edo_tokyo/tokubun_guide/kaiage/tabid/994/Default.aspx（2016.12.26 徵引）。

〔註27〕在吉川弘文館編，《日本史必攜近世編》（東京：吉川弘文館，2006）一書中，編者參考關儀一郎、關義直所編的《近世漢學者傳記著作大事典》之內容製成「儒學者系統圖」（頁 624～653），於此圖表中，重野成齋被列爲朱子學派，師承古賀精里。而在日本國立國會圖書館的網頁。介紹上，強調了其學術研究的貢獻在於考證史學的推進，網址爲 http://www.ndl.go.jp/portrait/datas/98.html（2016.12.26 徵引）。

〔註28〕。由此可知，館森鴻師承背景多元，所學廣博，由館森鴻的學術研究成果來看，相較於岡鹿門，較接近重野成齋之路數。館森鴻雖對於程朱學派有所涉獵，並在經學著述中時常引用宋代學者之語，然而其立論多質疑宋學，並蒐集歷代各家研究成果一一推論、考證。

自館森鴻對於《詩經》的相關論述，可發現他不僅疑宋儒、疑朱子、甚至疑其師岡鹿門，並整理出其他相關論據來佐證他的想法。如在〈生民論〉〔註29〕中，館森鴻討論大雅〈生民〉中姜嫄踩了巨神腳印而後懷孕生下后稷之事，歐陽修與蘇洵都認為是怪妄之事，館森鴻認為因「其父微，故託而神其事如是歟」，「其父不著，故詩人取神異傳說，以詠其事，未可一概斥為怪妄」。中村櫻溪於其後評曰：「以古意解詩，庶乎不失於詩人之志」，可見館森鴻不一定依宋儒之說法而解經，而是將古事置於古代的時代背景，企圖以同時代之脈絡來解釋之。在〈兔罝說〉、〈麟趾說〉中，兩篇旨在討論國風周南的〈兔罝〉與〈麟趾〉，亦同時批駁歐陽修之說謬矣。

除了以上兩宋儒外，館森鴻亦極力批駁朱熹之說，如在〈小戎無衣論〉〔註30〕中，討論秦風的〈小戎〉、〈無衣〉兩詩，館森鴻認為兩詩之詩意無復讎之意，「朱說妄甚」，因為「〈小戎〉與〈無衣〉相聯屬，先儒類拘於詩之前後以解之，故不得詩意」，反詰朱熹之論述「何有據耶」，同時也反駁了王肅、王安石等人的說法，提出謝枋之卓越見解，謝氏「考春秋兩百四十二年之傳，可以知天下無復讎之志，獨〈無衣〉詩，毅然以天下大義為己任，可謂卓識矣」。在〈衡門論〉〔註31〕中，針對詩意，館森鴻認為「朱熹改為隱居自樂而無所求者之詞，謬矣！夫賢者雖得山水之樂，猶不至于忘世」，不僅疑宋，亦批朱。

但館森鴻之疑宋、批朱非出於主觀情緒或個人愛好，而是綜合各家說法後提出的觀點，是故，館森鴻偶而亦有支持宋儒與朱熹之時。如在〈靜女說〉〔註32〕中，對於此詩所言者是「美人」或是「有德之美人」，館森鴻整理過去

〔註28〕 以上師承學派資料參考自大山昌道，林俊宏，〈日治時期漢學家館森鴻學問養成之探討〉，《修平人文社會學報》第二十期（2013年3月），頁151~170。；王曉平，〈江戶時代的《詩經》文獻考〉，《日本詩經學文獻考釋》（北京：中華書局，2012），頁409~436。

〔註29〕 館森鴻，〈生民論〉，《拙存園叢稿》卷二，頁12~13。

〔註30〕 館森鴻，〈小戎無衣論〉，《拙存園叢稿》卷二，頁11~12。

〔註31〕 館森鴻，〈衡門論〉，《拙存園叢稿》卷二，頁12。

〔註32〕 館森鴻，〈靜女說〉，《拙存園叢稿》卷三，頁18~19。

的討論，認爲「毛鄭諸說，迂曲難通」，接著他提出張載、歐陽修、朱熹的說法，認爲歐陽修與朱熹之說法甚好，詩意明白。可見館森鴻學術研究之態度，深具嚴謹考證之心，並非獨喜、獨惡某些學者之觀點。在這樣的態度下，我們甚至能看到他直接批駁自己的老師岡鹿門。在〈羭牂說〉中，館森鴻直言：

> 凡文義未協者，雖朱學之徒，固不必爲迴護可也。岡鹿門先生曰：「朱說得夫子之意……」牽強爲之辯也，是不然。夫經說不得以尊信多寡爲優劣，雖先賢持論，未可與雷同阿合，即師說亦不當枉徇。但實事求是，而有定案耳。〔註33〕

由上段可明白瞭解館森鴻的學術態度，不因爲持同樣意見的人多，就下結論、定優劣，不盲目跟從，即使是老師之意見也是如此。「實事求是」四字道盡其研究態度。

四、孔子與《論語》研究：重視考據的實證態度

在中國被尊稱爲「至聖先師」的孔子，在中國學術東傳日本後，也在日本學術界造成極大的影響，孔子與《論語》在東亞文化圈中成爲舉足輕重的研究對象。在中國，研究者常以孔、孟並稱，同屬儒家的兩位先聖亦易被同時討論，尤其在儒學復興的宋代，關於兩位思想的再闡釋與析疑更是屢見不鮮。

然而，儒學的發展史在日本卻有些不同。孟子的易姓革命思想與日本原有的封建政治體制產生緊張性，其最具爭議的，即是孟子不尊周王的行爲以及其隱含的政治思想。孟子身處政治動亂的戰國時期，諸侯國互相攻伐，在這樣的社會環境下，孟子希冀野心勃勃的諸侯能早日切實施行王道政治，因此並不像孔子那般獨尊周王，這是歷史背景使然。孟子的「民本位」政治思想與日本萬世一系的「君本位」政治體制格格不入，是故，孟子的言論與形象在德川初期即已備受爭議。整個德川思想界，尊孟批孟，壁壘分明，各據一方，大體而言，高度尊孟者以朱子學以及仁齋古義學和陽明學者爲主，批孟者則以徂徠學與尊皇學者爲主〔註34〕。

而日本學術界對於孔子與《論語》則較少爭議。但一開始接收時亦非完全無條件。對於德川儒者而言，中國是一個巨大的「他者」，雖然中國儒家經

〔註33〕 館森鴻，〈羭牂說〉，《拙存園叢稿》卷三，頁21～22。
〔註34〕 黃俊傑，《德川日本《論語》詮釋史論》（臺北：臺大出版中心，2006），頁95。

典可謂是他們精神/文化上的原鄉，然而中華帝國在政治上卻是異國，因此在受習時，必須先進行「脈絡性」的抽換，解構「中國」一詞的地理的、政治的內涵，注入「得其中」的文化內涵，並取「中國」一詞指稱他們的故國，既紓解他們自己的雙重認同危機，又建立了日本儒者的主體性〔註35〕。而孔子與《論語》在德川日本之所以備受推崇，主要是由於孔子對於周王室的尊敬態度。學者們自人間性與日常性的角度解釋《論語》，使《論語》更能適應日本以「實學」為特徵的思想風土〔註36〕。

在館森鴻的經學研究著述中，則是以孔子與《論語》為大宗，少有孟子的相關論述。在其對於孔子與《論語》的研究中，延續《詩經》研究的態度，繼續疑宋批朱。在〈孔子與點論〉〔註37〕中，館森鴻提到孔子喟然嘆曰「吾與點也」，「豈其獨樂而忘天下憂乎？若獨樂而忘天下之憂，則何得為士？」「今曾晳不能以國事為志，安在其為狂者進取乎？抑孔子雖無名位，而憂天下之亂，如疾病在身，是故不能屬乎！」最後小結，認為此「無入而不自得之意」與「聖人行藏時中之道」相契，「宋儒則強施人欲淨盡天理流行二語，或以為天地同流有堯舜氣象，斯真以私意誣古者也」，再次批評宋儒「以私意誣古者」。在〈孔子聞韶論〉〔註38〕中，館森鴻講述孔子的禮樂之道，末尾有言：

嗚呼！舜死千五百歲，非孔子，孰能知舜至於此？非舜，孰能感孔子至於此？唐宋諸儒，或據盡美盡善之言，難以受禪之議，或取不知肉味之語〔註39〕，律以正心之說，而後世不堪其流毒矣！

除了疑宋外，批朱力道亦不減。如在〈孔子請討陳恆論〉〔註40〕中，館森鴻提到《論語‧憲問》中，孔子聽聞陳成子殺了齊簡公一事，欲上朝報告魯哀公，朱熹曰：「是時，孔子至仕，居魯，沐浴齋戒以告君。重事而不敢忽也。」此為照井全都所駁斥，因為齋戒僅用於接神，且「孔子既言臨事而懼，好謀而成，而臨事而齋戒云乎哉？此足以破朱學之穿鑿、而明聖人之舉止。」此段館森鴻不僅「破朱學之穿鑿」，且引用了日本學者照井全都的看法佐證之。

〔註35〕 同註34，黃俊傑，《德川日本《論語》詮釋史論》，頁67。
〔註36〕 同註34，黃俊傑，《德川日本《論語》詮釋史論》，頁84～85。
〔註37〕 館森鴻，〈孔子與點論〉，《拙存園叢稿》卷二，頁1～2。
〔註38〕 館森鴻，〈孔子聞韶論〉，《拙存園叢稿》卷二，頁2～3。
〔註39〕 倒數第三句館森鴻原文作「或取不知肉昧之語」，與《論語》內容有異，在此引用時，筆者即直接將其更正為「肉味」。
〔註40〕 館森鴻，〈孔子請討陳恆論〉，《拙存園叢稿》卷二，頁3～4。

此論述方式亦可見於〈繪事後素解〉〔註41〕，在此篇中，館森鴻亦引照井全都看法駁斥朱熹之說：

> 照井全都駁朱熹粉地畫質之說，曰：「朱氏以後世之壁畫視古，此俗儒從俗而無他志者也，信哉？」自朱氏而下諸儒，講經而不能發其大義，終身狂惑，一無所成，不好古敏求，而師己心故也。……俗儒之榛梗不剔抉，則聖人之道不明，吾於此章，亦一抉之。

館森鴻認為朱熹之解未能回到孔子與子夏對話的當下環境去思索，因此以今視古自然會產生許多錯誤，而朱儒之解亦常發生此類錯誤，只憑自己的想法去推論，這會使得聖人之道不明，這也是他極力想要糾正的地方，足見館森鴻對於考證的嚴謹態度。

在〈乘桴浮於海〉〔註42〕一篇中，館森鴻亦引照井全都之語「破朱學之妄」，而照井全都究竟為何許人也？照井全都（1819～1881）生於盛岡，自號一宅，是幕末重要的漢學者之一，專擅五經、《左傳》、《國語》、孟子、荀子、莊子，著有《論語解》、《孟子解》、《大學中庸解》等，在《拙存園叢稿》中館森鴻撰有〈照井全都傳〉〔註43〕介紹此人。文中有言：

> 論曰：吾從全都之徒，得讀其書，又聞其佚事，心慕愛之。吾友章炳麟亦嘗一見其書，以為秦漢後一人，信矣！披褐懷玉，不能發於事業，僅著書授徒以死，惜哉！其道未斬，百世下，或有聞風而興者歟！

館森鴻在學術研究上相當慕愛且認同照井全都，並對於照井全都「僅著書授徒以死」感到惋惜，可謂是館森鴻敬愛的前輩。

在《論語・陽貨》中，宰我問孔子三年之喪之事，宰我認為守滿一年之喪應當就夠了，但孔子認為小孩生下後三年才能脫離父母懷抱，因此父母過世守喪三年是天下通行的道理。館森鴻在〈三年喪論〉〔註44〕舉了許多例子，認為三年喪期之禮甚至在春秋之前已不再遵守，支持宰我之見，並以中國清代之例子說明：

> 蓋宰我明知三年之喪，固人道之極，而不知喪義所源始，惟其說不可以尋常好問得，乃直述時語，自處於不仁，援天事人事以叩

〔註41〕館森鴻，〈繪事後素解〉，《拙存園叢稿》卷四，頁4～5。
〔註42〕館森鴻，〈乘桴浮於海〉，《拙存園叢稿》卷四，頁5～6。
〔註43〕館森鴻，〈照井全都傳〉，《拙存園叢稿》卷六，頁15～17。
〔註44〕館森鴻，〈三年喪論〉，《拙存園叢稿》卷二，頁10～11。

擊，意在啓憤於聖人以明喪義，大矣哉！是聖王之道，昭然明於萬世者，宰我叩擊之賜也。……清康熙丁卯冬，詔欲行三年之喪，司成司業等，率大學生五百人，上書曰……。然未嘗有三年喪不可行之說，而竟發之於清之大學，司成司業何官？大學何學？苟主聖人之道，而教人主非禮，不知悖戾之爲大辜，甚哉！或問曰，三年之喪，雖宜于古，不宜于今。如曾國藩自軍中奔喪，則拘禮而害事矣。……然國家危亂時，誠不必拘於奔喪，以時地有輕重，故聖王有心喪之教，不可一概論也。……嗚呼！自歐亞交開，智巧日隮，禮俗日攘，而喪禮爲詬病，上不正之，下不守之，上下交亂，聖王禮教之風將熄矣，誰能以道自任而救之乎？

三年之喪固爲聖王之禮，然而宰我所問亦非無禮，以清康熙年間之事來看，「三年之喪，雖宜于古，不宜于今」，若逢國家危亂時，則不必拘於奔喪，以避免拘禮而害事。自歐亞始交流後，中國古代的禮俗被討論、質疑，尤其是三年之喪之禮。館森鴻在此主要想表達，禮樂之教固然重要，但必須符合時代潮流與社會現況，適時改革，不能以古論今，其引清代曾國藩之例子，表現其對於中國時事之瞭解，也表現了其學問之「實證」、「實用」，符合近代日本儒者對於《論語》之解釋角度，較偏向人間性與日常性，更適應於近代日本的「實學」特徵。

五、結語：鳥松閣中的孔老夫子

　　館森鴻勤勉於經學研究，然而究其《拙存園叢稿》中的文章中，曾同時刊於日治時期的臺灣報誌者，經學研究文章僅三回，而與臺灣相關的書寫篇章則刊載較多，是否有其刊載之用意？此外，館森鴻仍有部分著作刊於《臺灣教育》、《臺灣教育會雜誌》，但刊於此兩刊中的文章，僅有幾篇收於《拙存園叢稿》中，而《拙存園叢稿》又爲館森鴻自輯整理而成，是否意味著，被收錄於《拙存園叢稿》中的文章，即是館森鴻意欲表現給世人、選擇過後的那一面？

　　關於館森鴻文章刊載處之意義，本文暫無暇多做討論，然而其《拙存園叢稿》爲自己整理而成，筆者認爲這是館森鴻欲表現給東亞讀者的一個側面。館森鴻喜愛研究漢籍古典文獻，飽讀詩書，來臺之後由於此特長，被後藤新平延請至鳥松閣居住、研究、講學。而鳥松閣，原爲臺灣總督兒玉源太郎時

期之民政長官後藤新平之書齋，此隔牆外有兩棵老樹，爲當時臺北城中最古老之樹，後藤新平常於此辦公、讀書，後藤新平亦常糾集日本漢文人於此集會、研究學問，如 1905 年後藤即在此開讀書會，與會之日人多以自己所熟悉的領域進行演講、學術分享活動，小泉盜泉即爲座上賓之一，其演講題目爲「漢詩之沿革」演講內容整理過後，1906 年於臺北出版〔註45〕。被稱呼爲「鳥松閣中的孔子」的館森鴻，在學術研究上當仁不讓，除了與友出遊、參與詩會外，館森鴻常於此書寫漢詩、研究漢籍，其心境如同其詩作〈讀春秋〉一般：

> 正名明道萬邦寧，宣聖心傳古典型。祖述欲維持世教，皦然天地一麟經。〔註46〕

此時館森鴻對於中國古典學術的研究與著述，似乎不單是其興趣與專長，也是一種安定心神之日常行爲。而其在諸多著述中，選取了中國古典學術論著、重要日人傳述、爲友人所著之序跋等文字收入於《拙存園叢稿》中，未嘗不是表明，這三項是其平日所重視之三，也是最想自我表述的撰述內容。而在中國古典學術論著中，又屬經學類的著述最多，經學類的著述中又以孔子、《論語》、《詩經》等論述最多，表現其學術養成的背景以及平日嚴謹爲學的性格。而這位來自日本的孔子，在論述上並不完全遵照其師之學派，在對於孔子、《論語》、《詩經》的研究上，勇於疑宋，敢於批朱，重視嚴謹的考證論據，並在解釋上不拘於古，具有重視日常性的實學特徵，雖師承程朱學派，卻走出自己的清代考證學派之實證風格。這項風格，反映明治維新後的日本社會，在漢學研究的風格上，逐漸自程朱、陽明等派相爭的景況，走向適時接受西學、并受清代學術影響的實用方向。

綜觀近代日本漢學之發展，已自德川時期的古典注釋之學轉爲維新前後的經世濟民之學，漢學學術漸轉化爲既符合時勢、又能夠融會西學的實用之

〔註45〕 關於後藤新平的鳥松閣讀書會、小泉盜泉此人及其著作，詳見以下三項拙作，〈小泉盜泉〈漢詩之沿革〉的中國文學觀——兼論其在臺傳播之意涵〉，《第八屆全國臺灣文學研究生學術研討會論文集》（臺南：臺灣文學館，2011），頁 107～134；〈同聲複調：小泉盜泉〈漢詩之沿革〉與〈中國詩的沿革〉譯文在臺雙刊問題初探〉，發表於第十二屆國際青年學者漢學會議（中興大學與哈佛大學主辦，2013）；《在理想的幻滅中尋找生之路——小泉盜泉《盜泉詩稿》研究》（臺中：中興大學臺灣文學與跨國文化研究所碩士論文，2012）。

〔註46〕 收於館森鴻、宇野秋皋所編之《竹風蘭雨集》（酒井邦之輔發行，1907），頁 24。亦刊於《臺灣教育會雜誌》漢文報，第 78 號（1908 年 9 月），頁 10。

學。此時，漢學已漸從護教性、體制性色彩濃厚的宋代朱子學、明代陽明學轉而走向實事求是的清代考證學路線，使得在德川時代以前作爲「道德學養、精神寄託」的漢學，轉向成爲具有科學性的學科「支那學」。明治時期的日本漢學史確實是面臨轉折、相當關鍵的一頁，而成爲日本第一個殖民地的臺灣，見證此項發展與轉變，臺灣與日本的學術研究不僅有所交流，亦彼此影響。

附　錄

表一、《拙存園叢稿》各卷目錄

卷別		文題（括號內爲刊於報刊之日期，未注明者爲《臺灣日日新報》，「漢」爲《漢文臺灣日日新報》，「教」爲《臺灣教育》）	備　註
第壹冊	卷一	今文尚書序、儒術眞論序、藏名山房文集序、訓誡和歌集後序、新竹廳志後序、涉濤集後序（1902.12.23）、稗海槎程後序、晃山遊草序、雪窓遺稿序、暘谷詩序（1914.7.30）、讓臺記序、先正傳序、親鐙餘錄序、送章枚叔序（1899.5.28）、拙存園記、玉山圖記、金華園記、日月潭圖記（漢 1909.5.23）、風月園圖記、訪朱延平墓記、姑蘇記游（1901.3.14）、游屈尺記（教 1909.1.25）、登大墩山記、登觀音山記。	共 24 篇，其中四篇刊於《臺灣日日新報》，一篇刊於《漢文臺灣日日新報》，一篇刊於《臺灣教育》。
	卷二	孔子與點論、孔子聞韶論、孔子請討陳恒論（1902.11.26）、陳文子論、伯夷論上、伯夷論下、管仲論、顏子論、魏徵論、三年喪論、小戎無衣論、衡門論、生民論、駁魏源金縢發微、駁根本氏讀易私記一（教 1915.4.1）、駁根本氏讀易私記二（1914.12.1；教 1915.4.1）、駁根本氏讀易私記三（教 1915.4.1）、駁根本氏讀易私記四、駁根本氏讀易私記五（教 1915.4.1）。	共 19 篇，其中兩篇刊於《臺灣日日新報》，四篇刊於《臺灣教育》。
第貳冊	卷三	論語辯、老子辯、顧命辯、金縢辯、秦伯三讓辯、周公居東辯、周公攝政辯、無爲而治說、文王稱王說、孔子從先進說、孔子對齊景公問政說（1902.12.2）、子張學干祿說、仁說、兔置說、麟趾說、王風說、靜女說、楚茨說、既醉說、抑說、思齊說、竆商說。	共 22 篇，其中一篇刊於《臺灣日日新報》。
	卷四	象刑解、奧竈解、晝寢解、繪事後素解、乘桴浮海解、五十學易解、片言折獄解、山梁雌雉解、克己復禮解、里仁爲美解、使乎使乎解、雀角鼠牙解、國地食地解。	共 13 篇。
	卷五	上成齋先生書一、上成齋先生書二、答孫遺之書、答鈴木清音書（1903.3.20）、答西東有終書、與河野荃汀書、與人書、讀王日傳、讀李沆傳、讀鹽谷氏織田信長論、讀川田氏正宗鍛刀記（教 1915.3.1）、讀東塾讀書記、臺灣神社鎮坐頌并序、端研銘、岡鹿門先生像贊、藤原忠成公行狀（1905.1.1）、先考行實、兒玉製軍逸事。	共 18 篇，其中兩篇刊於《臺灣日日報新》，一篇刊於《臺灣教育》。
第參冊	卷六	荷田東麿傳、青木敦書傳（1903.3.28）、桂川國端傳（1903.4.17）、杉田翼傳（1903.4.11）、杉田信傳（1903.4.9）、菅井岳傳、久子永豐傳、畑中盛雄傳、田中大秀傳、井手曙覽傳、安井衡傳、照井全都傳（教 1913.2.1）、菊池保定傳。	共 13 篇，其中四篇刊於《臺灣日日新報》，一篇刊於《臺灣教育》。

卷七	枋橋建學碑代、永澤先生碑、鈴木君碑銘、熊谷君墓碑銘、竹田先生墓碑銘、太田代先生碑銘、吳元煇碑銘代、許夫人李氏碑、臺北縣警察官招魂碑代、故臺灣總督府民政局長水野君銅像銘代、北投新圳紀績碑、北白川親王彰化遺跡碑代、太魯閣招魂碑代（教1915.9.1）、宜蘭平定碑代、寶山表、祭櫻井七郎文。	共1篇，其中一篇刊於《臺灣教育》。
卷八	題陳白砂書、題蘆東山書、題俞曲園書、題大槻平泉書、題藤田東湖書、題九霞山樵墨蘭、題菅井梅關墨蘭、題狩野三岳墨竹、題畢秋帆墨竹、題謝琯樵墨竹（1912.5.1）、跋盧忠烈書、跋啟書記畫、跋周文畫、跋僧契沖書、跋櫻田虎門書、跋孫仲容書、跋伊藤春畝公書（1912.5.1）、跋岳忠武書拓本、跋嘉濟廟聖跡碑本、多胡碑拓本跋、韓退之書拓本跋、盜泉詩稿跋、書古事記傳後、書無刑錄後、書金槐集後、書蘆庵集後（1913.1.7）、書間際筆記後、書栗山文集後、書莽蒼園集後、書梁溪集後、書顧亭林集後、書黎星使叢稿後、書成齋文初集後、書滋賀游乘抄本後、書德島游乘抄本後、書孔子請討陳恒章後、書景教流行中國碑本後、書李大臣交接臺灣文牘後、書贈右大臣大久保公碑本後、書高勾麗永樂太王碑本後、書多賀城碑拓本後、書潘孺初臨鄭文公碑本後（1913.1.1）、書論語鄭氏注後、書孟子字義疏證後、書大學辨後。	共45篇，其中四篇刊於《臺灣日日新報》。

表二、《臺灣教育會雜誌》與《臺灣教育》之館森鴻文章整理表

雜誌名	年份	主題（括號內數字為卷期）	備註
《臺灣教育會雜誌》	1904	林友直傳（30）	
	1906	伊能忠敬傳（65）	
	1907	孔廟碑（64）、菅公（67）、國號（76）	
	1908	國號（79）、阿部仲麿呂（80）	
	1909	游屈尺記（82）、臺北雜詠次水谷奧嶺韻（83）、兒玉藤園公傳（88）、種竹（88）、兒玉藤園公傳承前（89、90）	
	1910	臺南碑文集跋（99）	
	1911	送山口雲洞先生之朝鮮（110）、書寢の解（112）、學規（112）、歸省時於航海中舵樓觀月賦此供隈本先生一粲（113）、學干祿の解（114）、天皇（114）	
《臺灣教育》	1912	勑講學（117）、律令（118）、史書（119）、聖賢障子模本屏風（120）	
	1913	照井全都傳（130）	
	1915	讀川田氏正宗鍛刀記（155）、駁根本氏讀易私記（156）、八卦山の碑（157）、大魯閣招魂碑（160）	《駁根本氏讀易私記》於《拙存園叢稿》共有五回，於《臺灣教育》僅刊載一二三五回，少第四回。

表三、《拙存園叢稿》中與孔子（含《論語》)、《詩經》相關篇章整理表

《叢稿》篇章	孔子相關篇章	《叢稿》篇章	《詩經》相關篇章
孔子與點論		小戎無衣論	秦風‧小戎/無衣
孔子聞韶論		衡門論	陳風‧衡門
孔子請討陳恒論		生民論	大雅‧生民
陳文子論	論語‧公冶長	兔罝說	周南‧兔罝
顏子論		麟趾說	周南‧麟趾
三年喪論	論語‧陽貨	王風說	王風
論語辯		靜女說	邶風‧靜女
秦伯三讓辯	論語‧秦伯	楚茨說	小雅‧楚茨
孔子從先進說		既醉說	大雅‧既醉
孔子對齊景公問政說		抑說	大雅‧抑
子張學干祿說	論語‧為政	閟宮說	魯頌‧閟宮
仁說		雀角鼠牙解	召南‧行露
思齊說	論語‧里仁		
奧竈解	論語‧八佾		
晝寢解	論語‧公冶長		
繪事後素解	論語‧八佾		
乘桴浮海解	論語‧公冶長		
五十學易解	論語‧述而		
片言折獄解	論語‧顏淵		
山梁雌雉解	論語‧鄉黨		
克己復禮解	論語‧顏淵		
里仁為美解	論語‧里仁		
使乎使乎解	論語‧憲問		

主要參引文獻

專書

1. 三井邦太郎編，《吾等の知れる後藤新平伯》（東京：東洋協會，1929）。

2. 王曉平，《日本詩經學文獻考釋》（北京：中華書局，2012）。

3. 加藤周一等編，《日本近代思想大系》第十冊（東京：岩波書店，1988）。

4. 吉川弘文館編，《日本史必攜近世編》（東京：吉川弘文館，2006）。

5. 李慶，《日本漢學史1起源和確立》（上海：上海外語教育出版社，2001）。

6. 黃俊傑，《德川日本《論語》詮釋史論》（臺北：臺大出版中心，2006）。

7. 館森鴻，《拙存園叢稿》（東京：松雲堂書店，1919）。

8. 陳瑋芬，《近代日本漢學的「關鍵詞」研究：儒學及相關概念的嬗變》（上海：華東師範大學出版社，2007）。

期刊論文

1. 大山昌道、林俊宏，〈館森鴻及其作品〉，《臺灣文獻別冊》第 31 期（2009年 12 月），頁 18～28。

2. 大山昌道、林俊宏，〈日治時期漢學家館森鴻學問養成之探討〉，《修平人文社會學報》第二十期（2013 年 3 月），頁 151～170。

會議論文

1. 王俐茹，〈日本臺灣漢文人的交遊網絡及其拾遺？──以館森鴻為個案〉，《第六屆臺灣文學研究生學術論文研討會論文集》（臺南：臺灣文學館，2009 年 11 月），頁 195～219。

2. 陳惠茵，〈同文的接軌與轉化：館森鴻對日治前期臺灣漢文壇的參與及其內涵探析〉，《思辨集》第十四集（臺北：臺灣師範大學國文學系，2011年 3 月），頁 199～214。

學位論文

1. 陳惠茵，《東亞視域下的漢文學表現──以館森鴻寓臺期間（1895～1917）為討論中心》，臺北：臺灣師範大學國文學系碩士論文，2010 年 6 月。

電子資料庫

1. 《臺灣日日新報》、《漢文臺灣日日新報》，臺灣大學圖書館電子資料庫。

2. 《臺灣教育會雜誌》、《臺灣教育》，臺灣圖書館日治時期期刊全文影像系統。

3. 日本東京國立國會圖書館網頁：http://www.ndl.go.jp

古今視野下的《太上感應篇》
——從有助於教化到全盤否定

劉　濤

（中國現代文學館）

自宋以來，對於《太上感應篇》存在著兩種不同的看法。大致而言，古以爲《太上感應篇》有助於教化。雖然對於此書的闡釋側重不同，或以爲《太上感應篇》是道教書，或以爲「不悖儒家之旨」，或從佛教角度解讀，但基本肯定此書具有積極作用。「五四」前後，經學被否定，〔註 1〕《太上感應篇》亦被輕易摒棄。時代巨變，古今消息，萬物浮沉，令人慨歎。古之視野是否不足取，今之視野是否存在問題？「五四」是否有其偏頗之處？本文通過梳理《太上感應篇》闡釋史，對比古今視野，試圖對上述問題有所討論。

一、《太上感應篇》的作者及是書定位

《太上感應篇》作者不可考。太上云云，託名而已。

或以爲作者爲宋代李昌齡（937～1008），蓋因《宋史・藝文志》收錄「李昌齡《感應篇》一卷」，《道藏》有《太上感應篇》三十卷，稱「李昌齡傳，鄭清之贊」。《宋史》有《李昌齡傳》：「初，運嘗典許州，有第在城中，昌齡包苴輜重悉留貯焉，其至京城，但藥物藥器而已」。「藥物藥器」或可證此李昌齡熱衷於道教，或爲作者之一證，然因宋代名李昌齡者多矣，難以確定此人即是。

〔註 1〕經學被否定的過程，詳參陳壁生：《經學的瓦解》，上海：華東師範大學出版社，2014 年。

　　或以爲「《感應篇》的作者是一些不知名的道士。由魏晉道士草創，北宋初年某道士撮其精要，重新謀篇佈局，使之短小精悍，便於流傳。」〔註2〕亦備一說。

　　其實古書作者大都不明，不可以今人之心度古人，不可執著必有明確的、單一的作者。余嘉錫說：「古書不題撰人」，「蓋古人著書，不自署姓名，惟師師相傳，知其學出於某氏，遂書以題之，其或時代過久，或學未名家，則傳者失其姓名矣。即其稱爲某氏者，或出自其人手著，或門弟子始著竹帛，或後師有所附益，但能不失家法，即爲某氏之學。古人以學術爲公，初非以此爭名，故於撰著之人，不加別白也。」〔註3〕《太上感應篇》或亦經歷了很長時間積累，是很多人智慧的結晶。印光言：「《感應篇》通行本，有太上二字，謂爲老子所作。亦有謂本抱朴子而廣之。然不必究其爲何人所作，只取其書所說之益。所謂不以人廢言也。聖人立法，固不必定取聖人所說爲法，只取其益世道人心爲事。蟲文鳥書，大開文字之端，敢以蟲鳥不足重，而不用其文字乎。舉此一事，可以息彼妄論是非者之無益繁詞。」〔註4〕眞通達之言。

　　《太上感應篇》基本思想資源出乎道教。是書基本觀念與張道陵《老子想爾注》類似：「奉道誡，積善成功，積精成神，神成仙壽，以此爲身寶。」〔註5〕「人非道言惡，天輒奪算。」〔註6〕集善有餘慶，積惡有餘殃，此爲《太上感應篇》基本宗旨。《太上感應篇》很多文字甚至直接來源於葛洪《抱朴子・微旨》〔註7〕、《抱朴子・對俗》〔註8〕，只是略作變化而已，故有人稱葛洪實

〔註2〕李剛：《太上感應篇初探》，《中國道教》，1989年第4期。

〔註3〕余嘉錫：《古書通例》，北京：中華書局，2009年，204頁。

〔註4〕印光：《印光大師談〈感應篇〉》，《感應篇彙編》，蘇州：弘化社，1頁。

〔註5〕顧寶田、張忠利：《老子想爾注新譯》，臺北：三民書局，1997年，55頁。

〔註6〕顧寶田、張忠利：《老子想爾注新譯》，臺北：三民書局，1997年，137頁。

〔註7〕譬如《抱朴子・微旨》稱：「天地有司過之神，隨人所犯輕重，以奪其算，算減則人貧耗疾病，屢逢憂患，算盡則人死，諸應奪算者有數百事，不可具論。又言身中有三尸，三尸之爲物，雖無形而實魂靈鬼神之屬也。……然覽諸道戒，無不云欲求長生者，必欲積善立功，慈心於物，恕己及人，仁逮昆蟲，樂人之吉，愍人之苦，周人之急，救人之窮，手不傷生，口不勸禍，見人之得如己之得，見人之失如己之失，不自貴，不自譽，不嫉妒勝己，不佞諂陰賊，如此乃爲有德，受福於天，所作必成，求仙可冀也。若乃憎善好殺，口是心非，背向異辭，反戾直正，虐害其下，欺罔其上，叛其所事，受恩不感，弄法受賂，縱曲枉直，廢公爲私，刑加無辜，破人之家，收人之寶，害人之身，取人之位，侵克賢者，誅戮降伏，謗訕仙聖，傷殘道士，彈射飛鳥，刳胎破卵，春夏燎獵，罵詈神靈，教人爲惡，蔽人之善，危人自安，佻人自功，

是作者〔註9〕。周作人言：「篇中列舉眾善，能行者是為善人，其利益中只有福祿隨之一句稍足動俗人歆羨，而歸結於神仙可冀，即說欲求天仙或地仙者立若干善，為惡的罰則是奪算。由是可知此文的中心思想，本是長生，蓋是道士的正宗，並不十分錯。其後經士人歪曲，以行善為弋取科名之手段，而其事又限於誦經戒牛肉惜字紙等瑣屑行為，於是遂益 鄙陋不足道矣。」〔註10〕此言中的。

《太上感應篇》是道教經典的普及本。是書語言通俗，所表達的感應思想、因果觀念清晰，所倡者明確，所禁者清楚，故易為廣大民眾接受。此書將道教思想與世俗生活結合起來，信眾可在家修行，能適應一般信眾需要，故收穫了大量俗家信眾，贏得了廣泛地群眾基礎。

及至宋代，是書形成。且因受到高層重視，風行草偃，遂得廣泛流傳。「是書在故宋時嘗刊版於虎林之東太一宮，前有李宗題識諸惡莫作，眾善奉行八大字。其時大儒若真西山先生、鄭安晚丞相，皆有序引內附。」〔註11〕皇帝為題識，宰相為序引，此書被推重，待遇極高。何以如此？胡瑩微言：「伏望

壞人佳事，奪人所愛，離人骨肉，辱人求勝，取人長錢，還人短陌，決放水火，以術害人，迫脅尪弱，以惡易好，強取強求，擄掠致富，不公不平，淫佚傾邪，凌孤暴寡，拾遺取施，欺紿誑詐，好說人私，持人短長，牽天援地，咒詛求直，假借不還，換貸不償，求欲無已，憎拒忠信，不順上命，不敬所師，笑人作善，敗人苗稼，損人器物，以窮人用，以不清潔飲飼他人，輕秤小斗，狹幅短度，以偽雜真，採取奸利，誘人取物，越井跨竈，晦歌朔哭。凡有一事，輒是一罪，隨事輕重，司命奪其算紀，算盡則死。但有噁心而無惡跡者奪算，若惡事而損於人者奪紀，若算紀未盡而自死者，皆殃及子孫也。」以上所言，《太上感應篇》大致採用。見葛洪：《抱朴子內篇較釋》，北京：中華書局，1985年，125～127頁。

〔註8〕 譬如《抱朴子‧對俗》：「立功為上，除過次之。為道者以救人危使免禍，護人疾病，令不枉死，為上功也。欲求仙者，要當以忠孝和順仁信為本。若德行不修，而但務方術，皆不得長生也。行惡事大者，司命奪紀，小過奪算，隨所犯輕重，故所奪有多少也。凡人之受命得壽，自有本數，數本多者，則紀算難盡而遲死，若所稟本少，而所犯者多，則紀算速盡而早死。又云，人欲地仙，當立三百善；欲天仙，立千二百善。若有千一百九十九善，而忽復中行一惡，則盡失前善，乃當復更起善數耳。故善不在大，惡不在小也。雖不作惡事，而口及所行之事，及責求布施之報，便復失此一事之善，但不盡失耳。」葛洪：《抱朴子內篇較釋》，北京：中華書局，1985年，53～54頁。

〔註9〕 順治言：「世有《太上感應篇》者，其來甚久，相傳乃葛洪所受。」《御注太上感應篇》，《太上感應篇集釋》，北京：中央編譯出版社，2016年，238頁。

〔註10〕 周作人：《太上感應篇》，《藥堂語錄》，河北教育出版社，2002年，3～4頁。

〔註11〕 馮夢周：《太上感應篇敘》，見《四庫家藏》，濟南：山東畫報出版，6頁。

皇帝陛下俯留一覽，誕佈四方，俾爾民皆遷善之歸，自樂從於教化，則是書爲扶世之助庶，不負於君師。」〔註12〕

之後，歷代不乏高層統治者提倡，士大夫注解，鄉賢刊刻，民眾崇奉，信者或爲作圖傳，或以小說、戲曲等表現之，故傳播不輟，甚至在海外亦流傳甚廣，發揮了實實在在的良好作用。

二、宋以來《太上感應篇》闡釋簡史

《太上感應篇》始流行於宋代，彼時三教合一格局已經形成。〔註13〕《太上感應篇》雖爲道教典籍，但具有三教合一的基本理論品質。有論者稱：「道教勸善書更是在三教合一以及道教世俗化的背景下產生的，因而在很大程度上具有了民間道德教化的特點，它融儒、佛、道倫理爲一體，勸人爲善，對引導民眾去惡從善、進行社會道德教化產生了積極作用。」〔註14〕斯言符合歷史實際。

今所見《太上感應篇》最早注本題名李昌齡傳、鄭清之贊。傳與贊本三教合一論，博取三教人物、言語、事例以解之、證之或明之。

譬如釋「不炫己長」。「傳曰：老子曰：良賈深藏若虛，盛德容貌若愚。孔子曰：君子之道暗然而日彰，小人之道的然而日亡。……是故歐陽文忠公修長於文章，每對客論談，則言政事，而不及文章。蔡端明襄長於政事，每對客論談，則言文章，而不及政事。此皆自晦者也。惜人不知，多至自衒。昔李泌極聰慧，年七歲，已能文，嘗賦《長歌行》曰：天覆吾，地載吾，天地生吾有意無。不然絕粒昇天衢，不然鳴珂遊帝都。焉能不貴復不去，空作昂藏一丈夫。一丈夫兮一丈夫，平生志氣多良圖。請君看取百年事，業就扁舟泛五湖。歌成，莫不稱賞。獨張九齡力戒之曰：藏器於身，古人所重。今君早得美名，必有所折，宜自韜晦，庶幾成德。況童子乎？若爲歌詩，但只賞風景，詠古今，勿自揚己爲妙。泌若有悟，泣謝再三，從此不復自衒。」〔註15〕傳引老子、孔子之言，以歐陽修、李泌等事跡證之，道家、儒家似無差別。

〔註12〕 胡瑩微：《進太上感應篇表》，見《四庫家藏》，濟南：山東畫報出版，5頁。
〔註13〕 譬如，大致與李昌齡同代的張伯端（983～1082），在《悟真篇》自序中云：「迨夫漢魏伯陽引易道交垢之體作《參同契》，以昭大丹之作用，唐忠國師於《語錄》首序老莊言，以顯至道之本來如此，豈非教雖分三，道乃歸一？奈何沒世緇黃之流，各自專門，互相非是，致使三家宗要迷沒邪歧，不得混一而同歸矣。」參見張伯端：《悟真篇》，北京：中華書局，1990年，1～2頁。
〔註14〕 楊軍：《宋元三教融合與道教發展研究》，成都：四川大學，2007年，174頁。
〔註15〕 《太上感應篇》，見《四庫家藏》，濟南：山東畫報出版，26～27頁。

釋「若或非義而動，背理而行。」「傳曰：孟子曰：理也，義也，人心之所同然者也。孟子所謂義，理也，大抵義理在人，不可非背。苟或非背，不免追隨汩沒，闒茸駔儈，無所不至矣。其肯清靜自居、味道爲樂乎？……杜五郎者，本田家也，亦確然有守。所居距縣三十里，惟兩間小屋，一其自居，一其子居之。杌然一榻，更無他物。……初則賣藥擇日以自給，及兒子長成，鄉人又以三十畝田令佃。耕有餘力，又傭於人，自此稍足，不欲與人爭利，醫卜之類，一切罷廢。又問：終日有何所爲？曰：端坐而已。又問：曾看經否？曰：二十年前，曾看一本《淨名經》，初見其議論的當，心頗愛之，今已忘卻，經亦不知所在矣。對語移時，氣韻瀟灑，言辭精簡。」〔註16〕傳引孟子言，又言《淨名經》（即《維摩經所說經》），儒釋之間似無分別。餘注不一一例舉，大都本此思路。

《太上感應篇彙編》亦三教合一思路。是書開宗明義：「此篇專以人心修悖爲言。儒教有惠吉逆凶之理，得此倍覺詳明；釋教有因果輪迴之說，得此可見梗概。三教一貫，異事同功。」〔註17〕只說理或恐無徵，只言事或恐理不明，《太上感應篇彙編》有理有事、夾敘夾議。先說理解釋正文，再旁徵博引儒釋道三家言語、事例以證原文，論之翔實。譬如釋首句「太上曰：禍福無門，惟人自召。」引用靈源禪師語錄、東嶽大帝訓、慧能言、張子、明道、朱子句、朱熹弟子廖德明事例、袁了凡文章等證之，出入三教，恢恢乎有餘地也。故有人序此書曰：「感應篇雖出道藏。而注中多引儒書佛經。讀一書而得三教精義。一快事也。彙編乃彙集古今各種注本。詳審決擇。精益求精。而編輯成書者。故讀彙編一書。已讀盡感應篇注本矣。二快事也。編者手眼。高出等倫。莫與爲比。讀者得此良導。心量以之而開拓。福緣以之而廣植。三快事也。儒教至理名言。誠正工夫。修齊要訣。此編已收之過半。佛門文字般若。於此亦得略見一斑。道家攝心要義。亦已彙萃此中。四快事也。故彙編不獨爲感應篇注之王。實爲一切善書之王也。」〔註18〕

明成祖皇后（1362～1407）作《大明仁孝皇后勸善書》，意在進民於善。因仗勢推廣，故此書在當時產生了極大的影響。此書本乎《太上感應篇》，其理論立場、基本觀念、意圖皆與《太上感應篇》類似。此書不是說理，而是

〔註16〕 《太上感應篇敘》，見《四庫家藏》，濟南：山東畫報出版，41～42頁。
〔註17〕 《太上感應篇彙編》，蘇州：弘化社，3頁。
〔註18〕 林俠庵：《舊刊〈感應篇彙編〉序一》，《感應篇彙編》，蘇州：弘化社。

廣擇歷史上「嘉言」，博取歷代不同階層人物行跡，證明「感應」之道不虛、善惡之報不假，發明《太上感應篇》之理。《大明仁孝皇后勸善書》所採嘉言出乎三教，所取人物儒釋道皆有之，不分門戶，唯期可證感應之道。

明末清初遺民有丁耀亢（1599～1669）者，著《續金瓶梅》，以小說方式注《太上感應篇》，可謂妙作。《金瓶梅》世人廣知，已有廣泛群眾基礎；然此書雖卒章諷諫，卻易使讀者見淫而不見諷，雖欲言因果感應之道，然卻易有羨因不畏果之弊。丁耀亢因其利而用之，因其弊而去之，以《金瓶梅》中人物來世經歷為象，明因果不爽，見淫之害生，喻感應之速。作者自序云：「《續金瓶梅》者，懲述者不達作者之意，遵今上聖明頒行《太上感應篇》，以《金瓶梅》為之注腳，本陰陽鬼神以為經，取聲色貨利以為緯，大而君臣家國，細而閨壼婢僕，兵火之離合，桑海之變遷，生死起滅，幻入風雲，因果禪宗，寓言褻昵。於是乎，諧言而非蔓，理言而非腐，而其旨一歸於勸世。此夫為隱言、顯言、放言、正言，而以誇、以刺，無不備焉者也。以之翼聖也，可；以之贊經也，可。」〔註19〕翼聖贊經云云，可見丁耀亢作志。

《續金瓶梅》以《金瓶梅》人物之今世來生，解釋感應之理，文以載道，載者《續金瓶梅》，所載者《太上感應篇》。作者苦口婆心：「我今為眾生說法，因這佛經上說的因果輪迴，遵著當今聖上頒行《勸善錄》、《感應篇》，都是戒人為惡，勸人為善，就著這部《金瓶梅》講乎陰曹報應、現世輪迴。緊接這一百回編起，使這看書的人知道陽有王法，陰有鬼神，這西門大官人不是好學的，殺一命還一命，淫一色報一色，騙一債還一債。受用不多，苦惱悔恨，幾世的日子冤報不了。又說些陰陽治亂，俱是眾生造來大劫，忠臣義士、彩色不迷的好人，天曹降福，使人學好。藉此引人現出良心，把那淫膽貪謀一場冰冷，使他如雪入烘爐，不點自化。豈不是講道學的機鋒，說佛法的棒喝，講《感應篇》的注釋？」〔註20〕道教、儒家、佛法、《感應篇》，在《續金瓶梅》中圓融無礙，縱橫用之。丁耀亢附《續金瓶梅》借用書目，既有《太上感應篇》《老子》《莊子》《黃庭堅》《陰符經》等道家經典，又有《金剛經》《法華經》《楞嚴經》《觀音經》《禪宗語錄》《高僧傳》等佛教經典，還有《易經》

〔註19〕 丁耀亢：《〈續金瓶梅〉序》，《丁耀亢全集》中卷，中州古籍出版社，1999年，3頁。

〔註20〕 丁耀亢：《〈續金瓶梅〉》，《丁耀亢全集》中卷，鄭州：中州古籍出版社，1999年，3頁。

《春秋》《王陽明先生文集》等儒家經典，還有《元人六十家小說》《水滸傳》《平妖傳》等小說。〔註21〕這份書單，一可見丁耀亢思想資源，二可見三教合一之事實。

《續金瓶梅》每一章始，丁耀亢先擺出《太上感應篇》具體詞句，然後以人物事跡證實《太上感應篇》不虛也。凡例又言：「茲刻以因果爲正論，借《金瓶梅》爲戲談。恐正論而不入，就淫說則樂觀。故於每回起首先將《感應篇》鋪敘評說，方入本傳。客多主少，別是一格。」〔註22〕正文則博引三教，或爲解釋，或爲旁證。

丁耀亢出身明代仕宦之家，身歷明末大變，深有慨焉。《續金瓶梅》以靖康之變爲背景，寫了金人燒殺擄掠的暴行，有極強現實寓意。是書在清朝被禁，丁耀亢因是書幾乎被殺，蓋有由也。〔註23〕

曹去晶（約1665～1735）〔註24〕著《姑妄言》，亦可謂推演《太上感應篇》。序曰：「余著是書，豈敢有意罵人？無非一片菩提心，勸人向善耳。內中善惡貞淫，各有報應。句雖鄙俚，然隱微曲折，其細如髮，始終照應，絲毫不爽。明眼諸公見之，一目自能了然，不可負余一片苦心。」小說正文亦言：「那《太上感應篇》上也有兩句說得好：善惡之報，如影隨形。真是絲毫不爽。……舉頭三尺有神靈，冥冥之中自然有個乘除加減，折算到他的妻女身上。」〔註25〕序所言「菩提心」、「勸人向善」、「各有報應」云云，可見作者之志，可知此小說非閒言碎語。引《太上感應篇》善惡之報云云，足可見作者深受《太上感應篇》影響。

小說第一回《引神寓意，解夢開端》與小說正文無涉，此類「閒話」固是話本小說傳統，但誠可見小說主旨。第一回可謂大審判，閻羅王審判了諸多知名歷史人物──董賢、曹植與甄氏、張宗昌、朱棣等，審判的主要理論依據即是感應、因果，感何應何、因何果何。後文，小說通過人物和故事闡

〔註21〕 丁耀亢：《〈續金瓶梅〉借用書目》，《丁耀亢全集》中卷，鄭州：中州古籍出版社，1999年，6～7頁。

〔註22〕 丁耀亢：《〈續金瓶梅後集〉凡例》，《丁耀亢全集》中卷，鄭州：中州古籍出版社，1999年，4頁。

〔註23〕 關於丁耀亢的經歷，詳可參見李增坡爲《丁耀亢全集》所作前言，《丁耀亢全集》上卷，鄭州：中州古籍出版社，1999年，5～12頁。

〔註24〕 關於作者曹去晶的相關問題，可參見陳遼：《奇書〈姑妄言〉及其作者曹去晶》，《南京理工大學學報》1999年，第12卷，5期。

〔註25〕 曹去晶：《姑妄言》，延吉：延邊人民出版社，2001年，336頁。

釋《太上感應篇》「淫欲過度」、「逸樂過節」等。凡小說人物沉湎色情、不知節制者，大都不得善報，或身歿早亡，或報及妻女。當縱慾之時，何其快活；當燈枯之際，何其悽楚。讀者閱畢，能不覺觸目驚心，能不反身思過，此蓋小說諷諫之旨也。然此小說亦有《金瓶梅》之弊，色情描寫頗多，易使人沉湎於因而忘果。

《太上感應篇》本為道教通俗讀物，但具有三教合一的理論品格。後世注家或論者因側重不同、用心不同，故或偏於儒家，或偏於佛家，遂使是書有不同定位和讀法。

《太上感應篇》流傳甚廣，儒家或欲因而用之，或有衛道之心，故有儒家注本，鳩占鵲巢，冀有闡釋權和所有權。

丁耀亢又著《天史》一書，然並非採三教合一視角，而唯通過儒家演繹《太上感應篇》。凡例稱：「茲書專尊聖經，借演因果，皆有據之感應，非無影之輪迴，內典外道，杜絕不入。」〔註26〕專尊聖經、內典外道不入云云，可見作者之意。小說可同時涉及三教，而史則必儒家正統，蓋因小說畢竟小道，而史所關則大，亦可見「獨尊儒術」與「三教合一」之間的張力與範圍。

作者自序：「風雪窮廬，偶檢先大夫遺廿一史而涉獵之。喟然而悲，愀然而恐，因見夫天道人事之表裏，強弱盛衰之報復，與夫亂臣賊子、幽惡大憝之所危亡，雄威巨焰、金玉樓臺之所消歇，蓋莫不有天焉。集其明白感應者，彙為十案，注以管見，十有二篇，名曰《天史》。」〔註27〕陰陽消息、盛衰轉變，莫不由天，故雖曰人事，然實「天史」。

《天史》唯彙集《左傳》、《史記》、《漢書》等正史材料，於稗官野史則概不採錄。全書分為十卷：大逆、淫、殘、陰謀、負心、貪、奢、驕、黨、左道。各卷又分不同案例，譬如大逆二十九案，淫十九案等。每案於正史有據，案末附有作者斷語，因案例而論證感應之理，頗似《左傳》「君子曰」云云。譬如「楊貴妃兄姊驕淫」案，「三夫人從幸華清，皆會與國忠第，水路珍饈數千盤，一盤費中人十家之產。或並轡走馬，不施帳幕，道路為之掩目。凡楊氏五家，各為一色衣以自別。五家各隊，燦若雲錦。」驕奢淫逸至於此也。作者文末論曰：「七夕密約，化為冷煙三峽淋鈴銷魂夜

〔註26〕丁耀亢：《〈天史〉凡例》，《丁耀亢全集》下卷，鄭州：中州古籍出版社，1999年，8頁。

〔註27〕丁耀亢：《〈天史〉自序》，《丁耀亢全集》下卷，鄭州：中州古籍出版社，1999年，7頁。

雨矣。不亦悲哉！然後知玉碎香殘，前日之珠翠也。鼙鼓征塵，前日之歌
舞也。手掬麥飯，前日之珍饈也。以槍揭首，前日之劍南旌節也。樂極而
悲來，物窮而理返，是故君子土木形骸，電光富貴，性不以情移而識不以
愛亂，蓋慎於濃淡暫久之間，不以彼易此也。」〔註28〕楊貴妃驕奢淫逸乃
因也、感也，其後奔逃被殺乃果也、應也。禍福無門，惟人自召，恰《太
上感應篇》之基本理論。

　　又有順治（1638～1661）《御注太上感應篇》。順治自序道：「朕得是書，
時存披覽，嘉其勤勤懇懇，開導顓蒙，不爲幽邈之辭，有禪訓試之旨。誠弗
謬於聖賢，而可爲經傳之羽翼者。」〔註29〕順治對於《太上感應篇》的定位
很明確：經傳之羽翼。其所云經傳當然是經學意義上的經傳，故注釋幾乎全
引儒家經典。譬如解釋「善惡之報，如影隨形」道：「《書》曰：惟上帝不常，
作善降之百祥，作不善降之百殃。又曰：惠迪吉，從逆凶，惟影響。《易》曰：
積善之家，必有餘慶，積不善之家，必有餘殃。所謂必者，斷乎其不可易也。
《易》書之旨，與此寧有二乎？」〔註30〕引《書》《易》，並稱《太上感應篇》
與《易》旨不悖，態度已經昭然。余不一一例舉，大致徵引儒家經典（本乎
六經、四書）、人物，以之發明《太上感應篇》句意。清朝乃外族統治，如何
收攏漢族人心，如何彌補族裔間差異及仇恨，一直是有清一代工作的重心。
彼時統治者專心儒學，蓋有現實針對性。〔註31〕順治以儒家解釋《太上感應
篇》，或亦有此考慮。以皇帝之尊與勢，注釋《太上感應篇》，亦影響了清代
《太上感應篇》的闡釋理念，故以儒家發明此書者甚眾。清皇族帶頭學習漢
族經典，施行漢族制度，頗得部分漢族士人好感，滿漢矛盾暫得解決；但同
時對於漢族士人又頗爲忌憚，時有文字獄，部分士人爲求自保，遂鑽進故紙
堆，故清代經學漸脫經世致用色彩。執著於故紙堆的經學，於世界大勢缺乏
認識，於西學缺乏足夠重視，導致中西矛盾漸積漸深，國因是大變，亦令滿
漢矛盾重新爆發，竟因此而朝亡。

〔註28〕丁耀亢：《天史》，《丁耀亢全集》下卷，鄭州：中州古籍出版社，1999 年，30
　　　　～31 頁。
〔註29〕順治：《御注太上感應篇序》，《太上感應篇集釋》，北京：中央編譯出版社，
　　　　2016 年，238 頁。
〔註30〕順治：《御注太上感應篇》，《太上感應篇集釋》，北京：中央編譯出版社，2016
　　　　年，239 頁。
〔註31〕譬如，康熙極重經筵日講制度，學習四書五經及相關史書，持續十五年時間。
　　　　2016 年，中國書店出版了康熙欽定的「日講」系列書籍，詳可參見。

又有惠棟（1687～1758）《太上感應篇箋注》。序稱：「蓋魏晉以前道家之學未嘗不原本聖人。……漢世道戒皆君子持己立身之學。……且使後世道家，知魏晉以前求仙之本，初未嘗有悖於聖人。反而求之，忠孝友悌，仁言之間而致力焉。是亦聖人之徒也。」〔註32〕譬如解釋「分外營求」道：「子臣弟友。分內之事也。富貴利達，分外之事也。君子畢力於人倫，故思不出其位，而行無越思。小人罔識義命，不能耕而欲黍糧，不能織而喜採裳。虧其分內之事，而營分外之求。」〔註33〕君子小人之別，分內分外之判，儒家正統觀念也，惠棟竭力辨之，可知其意。在具體注釋過程中，惠棟並未博徵三教，而是力求在儒家典籍中尋找根據和出處。惠注文字雅馴，多用駢語。吉川幸次郎評價道：「道士果報之說，一一援證儒言，用意綦勤。」〔註34〕錢大昕論惠棟之旨：「惠松厓徵君以爲出漢魏道戒與抱樸內篇，所述略同。予讀之良然。蓋其時浮屠氏之書未行中國，所言禍福合於宣尼餘慶餘殃之旨，不似後來輪迴地獄之誕而難信也。」〔註35〕皆知言也。

又有劉沅（1767～1855），作《感應篇注釋》及《太上感應篇句解》。《太上感應篇注釋序》言：「即如《感應篇》一書，言天人感召之捷、正心誠意之功，無物不有、無時不然，其有裨益人心風俗良非淺鮮。」〔註36〕又說：「是三書者，雖非六經之文，亦有裨於下學。」〔註37〕《太上感應篇注釋》解釋原文，大都「引經」，往往是儒家經典，之後配以「證」，乃以史證之。《太上感應篇句解》乃《三聖句解》之一，是解文字簡潔，不引經，不證以史，唯釋原文。序稱：「道不遠人，遠人不可以爲道。至理即在倫常，倫常本於心性哉。《感應篇》一書，本《道藏》中語。宋理宗表章，眞西山奉行而流傳。……余維生之志良佳，而生欲廣播此書。其功更復不細。蓋良心天理，人之所以爲人。事事純全即聖之所以爲聖，一念一事務循天理，積而至於念念事事皆然，則其人亦聖。所謂人皆可以爲堯舜也。」〔註38〕人人可爲堯舜云云，皆儒家經典論述。劉沅將《太上感應篇》視爲初階，若能循而行之，可爲聖爲賢。

〔註32〕惠棟：《太上感應篇箋注序》，京都：中文出版社，1983年，1～2頁。
〔註33〕惠棟：《太上感應篇箋注》，京都：中文出版社，1983年，98頁。
〔註34〕吉川幸次郎：《太上感應篇箋注跋》，京都：中文出版社，1983年，末頁。
〔註35〕錢大昕：《重刊〈太上感應篇〉箋注序》，見《太上感應篇箋注序》，京都：中文出版社，1983年，132頁。
〔註36〕劉沅：《感應篇注釋》上，1頁。
〔註37〕劉沅：《合刻道善約編序》，《感應篇注釋》上，8頁。
〔註38〕劉沅：《三聖句解》，4頁。

又有俞樾（1821～1907）《太上感應篇纘義》。序曰：「夫餘慶餘殃之說，著於《周易》；天人相應之理，備於《春秋》。此篇雖道家之書，而實不悖乎儒家之旨。」〔註39〕俞樾注釋時亦追本儒家經典。譬如釋「蔽人之善」：「孔子曰：『匿人之善者，是謂蔽賢也。』《孟子》曰：『言無實，不祥。不祥之實，蔽藏者當之。』夫人有善而蔽之，所謂『人之有技，冒疾以惡之』也。漢詔曰：『蔽賢受顯戮』。」〔註40〕皆唯徵引儒家言行事跡。餘不一一，大皆如此。

丁耀亢《天史》、順治、惠棟、劉沅及俞樾思路近似，都是通過注釋《太上感應篇》證明，道家因果之說或本乎儒家，或與儒家之旨不悖。

釋家亦因《太上感應篇》而用之，有不同論述和注本。

典型莫若印光法師（1861～1940）。他序《太上感應篇直解》，廣爲流通《感應篇》，弘化社出版的「《感應篇彙編》、《安士全書》與《了凡四訓》，印得最多，數量超過三百萬冊」〔註41〕，又寫下大量關於《感應篇》的文章。

《太上感應篇直解序》言：「此書究極而論，止乎成仙；若以大菩提心行之，則可以超凡入聖，了脫生死，斷三惑以證法身，圓福慧以成佛道；況區區成仙之人天小果而已乎。」〔註42〕印光意謂：持《太上感應篇》修行，何止成仙，乃可以超凡入聖，以成佛道。印光學生李炳南（1889～1986）亦秉此思路：「吾教拘墟之士，以其爲有漏之業，且言自教外，多藐而忽之，甚則譏淨宗印祖，序而流通。噫！未之思也。其肯爲有漏善者，已涉人天之乘，再善誘而進之，得非爲佛乘之津梁歟。況佛事門中，不捨一法，他人有善，贊而成之，契機隨緣，正大權之所以普攝也。昔蕅益大師，嘗治周易孟子；夢顏開士，著有陰騭文廣義。一大藏教，每有不輕婆羅門之誠，莫非同其善也，與其進也。如斯，則善吾善之，進吾進之也。夫欲，惡事也，尚可借作勾牽；是篇，善言也，烏得不宜作津梁乎？」〔註43〕由是可知，印光序《太上感應篇》並曾遭佛教界部分人士批評，非議其傳播教外典籍。李炳南老居士復爲序，不止維護乃師，亦覺《太上感應篇》可與佛典相同，與其退之，不如進之，眞大德心量。

〔註39〕俞樾：《太上感應篇纘義》，上海:華東師範大學出版社，2012 年，1 頁。
〔註40〕俞樾：《太上感應篇纘義》，上海：華東師範大學出版社，2012 年，35 頁。
〔註41〕釋淨空：《太上感應篇講記》，北京：線裝書局，2010 年，2 頁。
〔註42〕印光：《太上感應篇直講序》，《太上感應篇直講》。
〔註43〕李炳南：《重印太上感應篇直講序》。

　　印光對於《太上感應篇》的意見，經人整理題爲《印光大師談〈感應篇〉
——代重刊序》，作爲弘化社《感應篇彙編》序言。此文分三部分：一《感應
篇》之概述，分爲《感應篇》的來源，《感應篇》的性質；二、《感應篇》之
實行，分爲讀誦奉行、改過遷善，《感應篇》與家庭教育；三、《感應篇》之
功用，分令人深信因果，受持流通《感應篇》之利益。〔註44〕標題固爲整理
者所加，但能看出印光對《感應篇》談論之廣，見解之深，眞長者諄諄教誨
言也，今人讀之，依爲感動。隨舉一例可見：「要知因果報應。一舉一動，勿
任情任意，必須想及此事，於我、於親、於人有利益否。不但做事如此，即
居心動念，亦當如此。」〔註45〕

　　李炳南的學生釋淨空（1927～）克紹乃師乃祖之意，作《太上感應篇講
記》。釋淨空說：「我非常驚訝，再仔細思維，這是印祖挽救災難的苦心，這
是眞實智慧。此後，我激勵提倡，並大量流通這三本書。」〔註46〕釋淨空遵
師之意可嘉，但其心量已遠遜印光與李炳南。

　　釋淨空獨尊佛教之意非常明顯，經其解釋，三教合一的《太上感應篇》
解釋權歸爲佛教，甚至眾教之中，天上地下，唯佛教獨尊。譬如釋「天地有
司過之神，依人所犯輕重，以奪人算」之「司過之神」爲：「《華嚴經》講，
每個人出生時，有兩位天神跟隨，一生不會離開。這兩位天神在肩膀上，自
己不能覺察，別人也看不見。一位叫『同生』，一位叫『同名』，監察我們的
一生，日夜不離。龍舒淨土文說他們類似『善惡二部童子』，一位記錄我們一
生的善行，另一位記錄我們一生的惡行。」〔註47〕一般解釋「司過之神」皆
引《抱朴子》，釋淨空則將「司過之神」悄然轉化爲佛教之神。

　　涉及對孔子的定位，釋淨空說：「有人說孔子是童儒菩薩現示現，曾有人
來問我此話是否正確。我依照祖師答覆的慣例，不能界定可否。因爲說他是
菩薩，找不到根據，就不能隨便說；說他不是菩薩，從原理上來講，也有可
能是哪位菩薩應化在世間。果眞契入境界，哪一個眾生不是菩薩？哪一個眾
生不是如來？」〔註48〕雖否否，其實唯唯，末句已見其根本立場。

<hr>

〔註44〕詳見《印光大師談〈感應篇〉——代重刊序》，《感應篇彙編》，蘇州：弘化社，
　　　　1～12頁。
〔註45〕《與周法利童子書》。
〔註46〕釋淨空：《太上感應篇講記》，北京：線裝書局，2010年，2頁。
〔註47〕釋淨空：《太上感應篇講記》，北京：線裝書局，2010年，24～25頁。
〔註48〕釋淨空：《太上感應篇講記》，北京：線裝書局，2010年，10頁。

秦漢之際，思想界核心問題是如何使散而爲諸子百家的王官之學重新統一。完成此任務者爲漢武帝和董仲舒。之後，由於道教的興起及佛教傳入中國，中國思想面臨的新核心問題是三教如何而相安相處、三教關係如何安排。在上千年的相摩相蕩中，三教有爭論，有互相排斥，但三教合一成爲重要的理論成果，亦逐漸成爲共識。通過梳理《太上感應篇》的闡釋史，亦可清晰看出「獨尊儒術」、三教之爭與三教合一同時並行，且延綿上千年。

三、「五四」前後對《太上感應篇》的否定

三教合一於唐代完成，延續至清，一直圓通無礙，亦維持了社會的穩定。直至西學澎湃而來，清末處「三千年未有之大變局」，中國的文教制度受到雙重挑戰，此圓相遂被打破，在文學形象中即是阿 Q 形象的出現。〔註49〕中國面臨的根本問題不復是古今問題，不復是三教如何相處的問題，而是中西問題。於是在中華文化母體中生長出來的《太上感應篇》及其闡釋傳統，隨之亦被拋棄，故「五四」前後否定此書之聲漸高。譬如，章太炎、魯迅、茅盾等。

章太炎（1869～1936）說：「今日通行的佛教，也有許多的雜質，與他本教不同，必須設法改良，才可用得。因爲淨土一宗，最是愚夫愚婦所尊信的。他所求的，只是現在的康樂、子孫的福澤。以前崇拜科名的人，又將那最混賬的《太上感應篇》、《文昌帝君陰騭文》等，與淨土合爲一氣，燒紙、拜懺、化筆、扶箕，種種可笑可醜的事，內典所沒有說的，都一概附會進去。所以信佛教的，只有那卑鄙惡劣的神情，並沒有勇猛無畏的氣概。」〔註50〕太炎

〔註49〕Q 乃 O 之破。張文江先生說：「圓相 O 可作爲傳統文化的代表，包容數千年變化，然而受到外來文化衝擊，其說已不能圓。而 Q 這一外來字恰可成爲破圓相的象徵。」參見《〈吶喊〉〈徬徨〉的結構分析》，《漁人之路與問津者之路》，上海：復旦大學出版社，2006 年，165 頁。

〔註50〕章太炎：《東京留學生歡迎會演說錄》，《章太炎學術文化隨筆》，北京：中國青年出版社，1999 年，92～93 頁。較之太炎，傅斯年對於《太上感應篇》的態度則顯溫和，他欲以《感應篇》等書反對經學，故說：「所以六經以外，有比六經更有勢力的書，更有作用的書。即如《貞觀政要》，是一部帝王的教科書，遠比《書經》有用，《太上感應篇》，是一部鄉紳的教科書，遠比《禮記》有用，《近思錄》是一部道學的教科書，遠比《論語》好懂。以《春秋》教忠，遠不如《正氣歌》可以振人之氣，以《大學》齊家，遠不如治家格言實實在在。這都是在歷史上有超過五經的作用的書。從《孝經》，直到那些勸善報應書，雖雅俗不同，卻多多少少有些實際效用。」見傅斯年：《論學校讀經》，《傅斯年集》，廣州：花城出版社，2010 年，380 頁。

赴日本，言其對中國現實的理解，亦望激勵國人「感情」。蓋有二途，一「用宗教發起信心，增進國民道德」，二「是用國粹激動種性，增進愛國的熱腸」。用什麼宗教發起信心？太炎曰，佛教。但今日通行的佛教摻有雜質，因受到淨土宗影響，又因《太上感應篇》融入。太炎先生意識到三教合一問題，但將《太上感應篇》視爲「最混賬的」，已是將之一棒子打死。

　　魯迅（1881～1936）意識到《太上感應篇》存在三教合一的問題，但藉三教合一的歷史事實諷喻當時現實。他說：「其實是中國自南北朝以來，凡有文人學士，道士和尚，大抵以『無特操』爲特色的。晉以來的名流，每一個人總有三種小玩意，一是《論語》和《孝經》，二是《老子》，三是《維摩詰經》，不但採作談資，並且常常做一點注解。唐有三教辯論，後來變成大家打諢；所謂名儒，做幾篇伽藍碑文也不算什麼大事。宋儒道貌岸然，而竊取禪師的語錄。清呢，去今不遠，我們還可以知道儒者的相信《太上感應篇》和《文昌帝君陰騭文》，並且會請和尚到家裏來拜懺。」〔註 51〕宋儒或譏朱熹等，因其曾化名鄒訢注《參同契》《陰符經》。〔註52〕清儒或隱約批評惠棟、俞樾等。魯迅又說：「崇孔的名儒，一面拜佛，信甲的戰士，明天信丁。」〔註 53〕又說：「我們雖掛孔子的門徒招牌，卻是莊生的私淑弟子。」〔註54〕皆是批評儒家「無特操」。魯迅對三教合一歷史現實下「無特操」斷語，固言歷史，實則批評現實：「耶穌傳入中國，教徒自以爲信教，而教外的小老百姓都叫他們是『吃教』的。這兩個字，眞實提出了教徒的『精神』，也可以包括大多數的儒釋道教之流的信者，也可以移用於許多『吃革命飯』的老英雄。」何其激憤之言。

　　「無特操」是魯迅作品的關鍵詞，既以之批評具體某人，也批評某一特定階層，甚至批評整體國民。魯迅在信中說：「至於如戴季陶者，還多得很，他的忽而教忠，忽而講孝，忽而拜懺，忽而上墳，說是因爲懺悔舊事，或藉此逃避良心的責備，我以爲還是忠厚之談，他未必責備自己，其毫無特操者，不過用

〔註51〕魯迅：《吃教》，《準風月談》，《魯迅全集》第 5 卷，北京：人民文學出版社 1981年，310 頁。

〔註52〕關於朱熹的思想結構，可參潘雨廷：《論朱熹以易學爲核心的思想結構》，《易學史論叢》，上海：上海古籍出版社，2007 年，444～453 頁。潘先生此文爲殘搞，僅存半篇，然遠勝錢穆《朱子學提綱》。

〔註53〕魯迅：《運命》，《且介亭雜文》，《魯迅全集》第 6 卷，北京：人民文學出版社 1981 年，131 頁。

〔註54〕魯迅：《「論語一年」——藉此又談蕭伯納》，《魯迅全集》第 4 卷，北京：人民文學出版社 1981 年，570 頁。

無聊與無恥，以應付環境的變化而已。」〔註55〕戴季陶善變〔註56〕，忽彼忽此。魯迅不齒其爲人，故以「無特操」批評之。又說：「然而看看中國的一些人，至少是上等人，他們的對於神，宗教，傳統的權威，是『信』和『從』呢，還是『怕』和『利用』？只要看他們的善於變化，毫無特操，是什麼也不信從的，但總要擺出和內心兩樣的架子來。」〔註57〕魯迅讀完安岡秀夫所作的《從小說看來的支那民族性》，生出很多感慨，又聯繫到史密斯《支那人氣質》一書，歸納出中國人喜歡「做戲」的說法：「一做戲，則前臺的架子，總與在後臺的面目不相同」。無特操即是「做戲」，即是「做戲的虛無黨」或「體面的虛無黨」，即是「僞士」，即是「二醜」〔註58〕。又說：「現在常有人罵議員，說他們收賄，無特操，趨炎附勢，自私自利，但大多數的國民豈非正是如此麼？」〔註59〕可見「無特操」是國民劣根性的重要表現，解決「無特操」問題的辦法，魯迅以爲要通過「思想革命」，要「堅信」，要「僞士當去，迷信可存」〔註60〕。

「無特操」云云是魯迅國民性批判的重要下手處。現實「吃教」、「吃革命飯」者甚眾，「無特操」者極多，「僞士」成群，固應抨擊。但以三教合一類比現實，巧則巧矣，然未必妥當，蓋因未必可以對等，亦因歷史上三教合一功績不可完全抹殺。

茅盾（1896～1981）爲新文學經典作家，《子夜》是現實主義經典作品。小說開篇所描寫的吳老太爺即是《太上感應篇》浸染出來的人物。《子夜》對吳老太爺與《太上感應篇》進行了徹底否定。

吳老太爺是什麼樣的人？小說寫道：「可是三十年前，吳老太爺卻還是頂呱呱的『維新黨』。祖若父兩代侍郎，皇家的恩澤不可謂不厚，然而吳老太爺那時卻是滿腔子的『革命』思想。普遍於那個時候的父與子的衝突，少年的吳

〔註55〕 魯迅：《340424 致楊霽雲》，《書信》，《魯迅全集》第 3 卷，北京：人民文學出版社 1981 年，394 頁。

〔註56〕 若不熟悉戴季陶其人其事，可參見《致楊霽雲》一信注釋 2 戴季陶條目。當然，戴季陶的功過是非需要再加討論，豈可全盤否定。

〔註57〕 魯迅：《馬上支日記》，《華蓋集續編》，《魯迅全集》第 3 卷，北京：人民文學出版社 1981 年，328 頁。

〔註58〕 魯迅：《二醜藝術》，《準風月談》，《魯迅全集》第 5 卷，北京：人民文學出版社 1981 年，197 頁。

〔註59〕 魯迅：《通訊》，《華蓋集》，《魯迅全集》第 3 卷，北京：人民文學出版社 1981 年，22 頁。

〔註60〕 魯迅：《破惡聲論》，《集外集拾遺補編》，《魯迅全集》第 8 卷，北京：人民文學出版社 1981 年，28 頁。

老太爺也是一個主角。」〔註61〕晚清以降，中國所固有的一統之道被動搖，社會變化迅速，激進日甚一日。昔年「維新黨」被視爲過於激進，不過數年，「維新黨」吳老太爺已然成爲過時的怪物。〔註62〕後文所言「父與子的衝突」不過是愈發激進的社會在家庭中的反映。社會思想不穩定，缺乏一統者，父與子衝突必然愈演愈烈。後否定前，後之後又否定後，否定不已，民何所從焉。故昔年侍郎與「維新黨」吳老太爺衝突，之後吳老太爺與新式企業家吳蓀甫又起衝突。若社會思想有一統者，所傳無非斯道，百世可知，何來父與子衝突。

　　吳老太爺經歷了什麼？小說寫道：「普遍於那時候的父與子的衝突，少年的吳老太爺也是一個主角。如果不是二十五年習武騎馬跌傷了腿，又不幸而漸漸成爲半身不遂的毛病，更不幸而接著又賦悼亡，那麼現在吳老太爺也不至於整天捧著《太上感應篇》罷？然而自從傷腿以後，吳老太爺的英年浩氣就好像是整個兒跌丟了；二十五年來，他就不曾跨出他的書齋半步！二十五年來，除了《太上感應篇》，他就不曾看過任何書報！二十五年來，他不曾經驗過書齋以外的人生！」不甚年長之際腿被跌傷，之後半身不遂，妻子又早亡，何其不幸。小說的敘述者寫及此非但未表示同情，反而語氣輕薄，充滿諷刺之意。身體受損，親人逝去，吳老太爺似乎亦未怨天尤人。「二十五年」躲進書房，捧讀《太上感應篇》，或是自我檢省、修身補過之象。若已懂得時代的根本問題，「二十五年不曾看過任何書報」又何妨，若不懂時代根本問題，即使天天看新書，時時閱報紙，唯徒知無聊信息，又有何益。《太上感應篇》篇幅短小，半小時即可閱畢，此書若無營養，何能反覆讀之，二十五年讀之不輟必是已得其中真味。《太上感應篇》固非道家根本性經典，但若能遵之而行、依法修爲，積善累德，久之身心必然兩樣，程度肯定不低。茅盾卻完全抹殺吳老太爺二十五年讀《太上感應篇》之心與功，吳老太爺被視爲怪物（小說描寫「忽然吳老太爺又銳聲叫了起來：『《太上感應篇》！』這是裂帛似的一聲怪叫。」），《太上感應篇》被視爲「護身法寶」。這些判斷，反映出茅盾之武斷，於傳統經典未下工夫，於其中深意未有較深體會，但卻極爲傲慢，不認真研究，不仔細辨析，卻勇於全盤否定。

〔註61〕茅盾：《子夜》，北京：人民文學出版社，2004年，8頁。《子夜》關於吳老太爺和《太上感應篇》的描寫主要集中於第一章，餘引不一一注出。

〔註62〕譬如康有爲，維新變法時被視爲太新，思路過於激進，故爲士林批判；「五四」前後，康有爲已然成爲守舊派代表，被認爲過時保守，又被士林批判。不過幾十年時光，社會激進程度日甚一日，於此亦可見一斑。

所以小說寫道：「吳老太爺向前看。天哪！幾百個亮著燈光的窗洞像幾百隻怪眼睛，高聳碧霄的摩天建築，排山倒海般地撲到吳老太爺眼前，忽地又沒有了；光禿禿的平地拔立的路燈杆，無窮無盡地，一杆接一杆地，向吳老太爺臉前打來，忽地又沒有了；長蛇陣似的一串黑怪物，頭上都有一對大眼睛放射出 叫人目眩的強光，啵——啵——地吼著，閃電似的衝將過來，準對著吳老太爺坐的小箱子衝將過來！近了！近了！吳老太爺閉了眼睛，全身都抖了。他覺得他的頭顱彷彿是在頸脖子上旋轉；他眼前是紅的，黃的，綠的，黑的，發光的，立方體的，圓錐形的，——混雜的一團，在那裏跳，在那裏轉；他耳朵裏灌滿了轟，轟，轟！軋，軋，軋！啵，啵，啵！猛烈嘈雜的聲浪會叫人心跳出腔子似的。」在 HEAT LIGHT POWER 的衝擊下，在摩登上海的刺激下，這位二十五年讀《太上感應篇》不輟的吳老太爺「水土不服」，遂一命嗚呼。在吳老太爺的喪禮上，未見到其子吳蓀甫形銷骨立，他甚至沒有悲傷的表示，只是一心一意關注其財政狀況。吳老太爺的喪禮沒有莊嚴感，成為了互通商業消息、流佈政治八卦、傳播花邊新聞的交際場，慎終追遠之意全無。摒棄了《太上感應篇》的新道德，帶來了如此惡果，也是令人歎息。

新文學流傳日廣，它所傳遞的價值觀逐漸成為主導，在塑造國民性方面發揮了重要力量。茅盾將吳老太爺定位為可笑、過時之人，連同遭殃的還有《太上感應篇》。因遭新文學批判，此書遂被掃入歷史垃圾箱。〔註63〕《續金瓶梅》以小說為《感應篇》作注，以貪、欲等寫因果不爽，乃逆增上緣，以非見是。《子夜》以吳老太爺為《太上感應篇》作注，則完全抹殺了此書的作用。〔註64〕是耶，非耶。今日可再思之。

近年，形勢稍變，《太上感應篇》復受重視。在歷史上，此書雖褒貶不一、定位不同，但可流傳千年，蓋因有實實在在的能量，於世道人心有所裨益。今天，應該去掉對此書的偏見，是是非非，為其真實定位。

（原刊《南方文壇》2017 年第 1 期）

〔註63〕譬如，我這位讀新文學長大的人，此前雖未讀過《太上感應篇》，但依然敢於認同茅盾對於此書的定位與嘲弄。及至某年暫寓某處，偶而讀到此書，見「禍福無門，惟人自召」語，心為動之，於是數復斯書。之後又搜讀歷史上的著名注本，遂盡掃此前成見。並願作此文，分析古今視野下的《太上感應篇》闡釋史，以期展現出古今對於斯書的不同理解。

〔註64〕本此思路，有人稱喜讀《太上感應篇》的迎春亦深受此書之害，故落得如此下場。

一種元氣淋漓的學術與文學景象：
梁啓超與夏曾佑的學術因緣

梁蒼泱

（北京大學中文系）

民國十三年（1924），夏曾佑（1863～1924，字穗卿，號碎佛，筆名別士）去世後數日，梁啓超作〈亡友夏穗卿先生〉，稱「穗卿是晚清思想界革命的先驅者」，「是我少年做學問最有力的一位導師」。〔註1〕文中錄有諸多生動而廣爲引用的歷史細節，對近代今文學、詩界革命等理解別具價值。梁啓超明言夏曾佑是其「少年」做學問的導師，夏曾佑學術思想在梁啓超思想脈絡中地位的變化和二人獨特的學術因緣，有待抉發。

一、「草草一揖」到「講學最契」

光緒十八年（1892），梁啓超到京會試。期間，禮部主事夏曾佑會見了後輩眾舉子，其中便有小他十歲的梁啓超。這種「一對多」的照面，夏氏謂爲「草草致一揖，僅足記姓氏」〔註2〕。兩年後，光緒二十年（1894）的農曆四五月間，二者才交誼進展迅速。〔註3〕梁啓超亦告知乃師，與夏曾佑「無日不見，獲益不少」，並贊許夏「聰明學問皆國中所無，不識其何以至是」。〔註4〕

〔註1〕梁啓超，〈亡友夏穗卿先生〉，《晨報副鐫》1924年4月29日。
〔註2〕夏麗蓮整理，《錢塘夏曾佑先生詩集》（臺灣：文景書局1997年版），第69頁。
〔註3〕楊琥整理，《夏曾佑集》（下冊）（上海：上海古籍出版社，2011年版），第663頁。
〔註4〕梁啓超致康有爲函，見於康保延，《梁啓超與夏曾佑》，《廣東文獻》1994年新春專刊。

嗣後，梁啓超還粵，夏曾佑歸杭。身處兩地，梁啓超不時關切夏氏何以自存，〔註5〕也常作詩書對夏感慨時事、剖白心跡、評騭友人。〔註6〕光緒二十一年（1895）五月二十九日，梁啓超告知夏曾佑自己有心編輯《經世文新編》，專採近人通達之言刊刻，或許能產生超過報紙的轉移風氣的力量。也希望夏曾佑惠寄文章。並詢問夏氏：

> 窮理所得有筆記否？乞時示我。弟之宿病，行事之念多，而窮理之功少，此公所稔知者，惟望時以新義觸其靈魂耳。自不見足下以來，朋輩中玄妙之論久絕於耳。今見重伯，抑大快也。〔註7〕

夏曾佑對任公的個人才華也甚服膺，曾與汪康年言之：

> 弟與兄始交任弟時，心奇其才，然偶與士大夫言及，皆略不置意。今任弟之譽，滿於四方，數年之後，當更可想。任弟之才固夐乎不可及矣。然亦可見一人之學，顯晦有時，不獨大道之行，非人力所能強也。〔註8〕

夏氏對梁啓超的青睞溢於言表，或也不乏前輩對後輩「慧眼識珠」的微妙關係。此階段，梁啓超拜望夏曾佑的次數多於夏對梁的回訪。此時梁啓超二十出頭，新到都城，人事尚疏，夏曾佑不僅年長梁啓超十歲，而且治學有年，於今文學、佛學等皆已有根基，考出後為官京師，資望皆優於梁，帶挈後輩，便是情理之中。

前揭或為梁啓超稱夏穗卿乃少年時「做學問最有力的導師」的一層因由。當然，更有意義的，則是夏曾佑、譚嗣同與梁啓超三人倡導今文學與「排荀」運動，寫作「新學之詩」。

〔註5〕參見梁啓超致夏曾佑信，《夏曾佑私人信件稿》手稿本（20），北京大學圖書館藏。

〔註6〕丁文江、趙豐田編，《梁啓超年譜長編》，上海：上海人民出版社，1983年版，第33～34、48～49頁。

〔註7〕參見梁啓超，《與穗卿足下書》，丁文江、趙豐田編，《梁啓超年譜長編》，第48～49頁。

〔註8〕《汪康年師友書箚》（二），上海：上海古籍出版社，1986年版，第1321～1322頁。夏曾佑，《致汪康年書之十》（1897年1月1日），楊琥整理，《夏曾佑集》（上冊）（上海：上海古籍出版社，2011年版），第451頁。

二、夏曾佑作爲先驅

（一）主導「排荀」運動

光緒二十一年（1895）夏曾佑赴武昌任教。梁啓超協助康有爲在京創辦《萬國公報》和強學會。報館與學會創辦階段，梁、夏多有通問，梁啓超相信報館「於重心力量頗大」，〔註9〕不時告知學會資金、刻譯書籍等事項與籌備進度。〔註10〕夏曾佑入京後任職禮部，宿於強學書院。與梁啓超不僅晤談，而且常常偕同出行。

譚嗣同此前已在湖南瀏陽辦學會，倡言新學，倡導變法。光緒二十一年秋間到京，與時任強學會書記的梁啓超卻從此訂交。〔註11〕此秋冬，夏、梁、譚三人住近，「衡宇望尺咫」，「沒有一天不見面。見面就談學問，常常對吵，每天總大吵一兩場」。〔註12〕不過，光緒二十二年（1896）三月十二日，「譚復生」之名方始出現於夏曾佑日記，若三人此前有過無日不見的密切交往，夏氏日記似不會忽略。至少可知梁、夏、譚三人生活中聚首時間實際有限，他們發起「排荀」運動，創作「新學之詩」可能更多是一個被梁啓超事後敘述而成的，具同人性質的經歷。只是該經歷對梁啓超學術趨向的意義非同小可。

梁啓超在光緒十七年（1891）入萬木草堂，學問徑路方始大變。梁、夏之初識，正緊接此時段，也正是啓超對從前所學生極大反動，既厭且恨的時候。〔註13〕實際上，甲午以還，梁啓超在「學派」上已游走康門與狹義的「新學」之間。〔註14〕所謂「新學」概念實際上空漠而不確定，梁氏等人以今文學發起對古文經學的反動的目的，卻大致可以判斷。而夏曾佑正於此獨擅勝場。

〔註9〕參見梁啓超，《與穗卿足下書》，丁文江、趙豐田編，《梁啓超年譜長編》，第40頁。
〔註10〕參見梁啓超當年七八月間給夏曾佑的三通書信，丁文江、趙豐田編，《梁啓超年譜長編》，第42頁。
〔註11〕此說參見梁啓超，《戊戌政變記‧譚嗣同傳》，《清議報》1899年1月22日第4冊。
〔註12〕梁啓超，〈亡友夏穗卿先生〉，《晨報副鐫》1924年4月29日。
〔註13〕梁啓超，〈亡友夏穗卿先生〉，《晨報副鐫》1924年4月29日。
〔註14〕陸胤，《清末章太炎、梁啓超學派之分合》，《中華文史論叢》2008年4月總第93輯。

　　早在光緒二十一年（1895），夏曾佑便被時人目爲「梨洲嫡派」、「定庵化身」，〔註15〕亦已從學理上最早將「長夜神州之獄歸重蘭陵（荀子）」。夏曾佑有長信回覆宋恕，以爲康有爲、宋恕主張「所見不同，各行其是，然實則無不同」〔註16〕。由於夏曾佑「既不著書，又不講學，他的思想，只是和心賞的朋友偶然講講，或者在報紙上隨意寫一兩篇」〔註17〕，故夏曾佑此私人信函可目爲其爲「排荀」張本之說。〔註18〕中，夏曾佑以爲先秦前本無國史，傳於後者，不過教門之書，是教書者各以己之教旨寄跡古人以自重，故而百家之說依託相同。戰國後，教門之書有出世之教，有經世之教，前者爲老子，後者分爲孔、墨兩途，而墨學不行，故儒教大昌。儒教又有全聞孔子之教，與半聞孔子之教之別，前者道性善，而言必稱堯舜。後者言性惡而法後王，宗派繁多。教門宗子，所學爲帝王之術。荀子爲其中一支，並完成了社會統治理論即「家法」的建構。荀學經弟子李斯相秦，以吏爲師，大傳家法。劉歆、叔孫通皆是家法中人，只是孟賊，而非魁首。而「素王之道淆於蘭陵，蘭陵之道淆於新師，新師之道淆於僞學」，順勢而下，「中國之各教盡亡，惟存儒教，儒教大宗亦亡，惟存謬種」，謬種流傳兩千餘年。

　　夏氏在寄嚴復的詩歌中，將儒法與政教的合流過程申說爲：「儒既分爲八，孫氏源子弓。帝王自有術，六籍遺祖龍。亭長起豐沛，口詈心則從。白水襲新都，家法將毋同。儒法既持世，楊墨道乃終。雲臺畫奴隸，東觀羅魚蟲。」〔註19〕儒教已成帝王術，治學者竟成「奴隸」與「魚蟲」，謬種之害可謂甚矣。

　　然而，夏曾佑並不悲觀，倒認爲荀學之變已窮盡，才會出現顧炎武、閻若璩、戴震、惠棟等講古文學，而莊存與、劉逢祿、龔自珍、戴望講今文學則正是古文學之窮途，今文學反有望行大道，返三代。就此，夏曾佑通過否定荀學而推翻古文學，張大今文學的意圖就頗鮮明。相似的觀點，夏曾佑也

〔註15〕此說見宋恕，《致夏穗卿書》（光緒二十一年四月初九日 1895 年 5 月 3 日），胡珠生編，《宋恕集》（上冊），北京：中華書局 1993 年版，第 526 頁。
〔註16〕夏曾佑，《答宋燕生書》，胡珠生編，《宋恕集》（上冊），第 529 頁。
〔註17〕梁啓超，〈亡友夏穗卿先生〉，《晨報副鐫》1924 年 4 月 29 日。
〔註18〕夏曾佑，《答宋燕生書》，胡珠生編，《宋恕集》（上冊），第 529～531 頁。
〔註19〕夏曾佑，《寄嚴又陵》，楊琥整理，《夏曾佑集》（上冊），第 430 頁。此詩錢玄同抄本題作《七里瀧》，楊琥等以爲與詩意不合，其據詩中「英英嚴夫子，先覺開愚蒙」，改爲今題。

在同梁啓超此時段的唱和中吟詠：「孟子荀卿同一傳，竟將才士作輿臺。遺文五十三篇在，夏道原從附會來。」〔註20〕

　　光緒二十三年（1897）年，夏氏往天津參與創辦《國聞報》，並任主編。夏氏在該報發表多種論說文。其中，〈論八股存亡之關係〉一文刊於光緒二十四年（1898）五月十六日至十八日「社論」欄，作於百日維新改八股為策論的上諭公佈後，揄揚廢八股之功。通過該文，夏曾佑的「排荀」言論首次由私人轉向公開。

　　文內藉重今文家觀點，對比孟荀之學說，再次強調「漢世六經家，強半為荀子所傳，而傳經者諸老師又多故秦博士，則其學必為荀子之學無疑，故先秦兩漢皆蘭陵之學，而非孔子宗子也」，批判荀學以批政教。相似的論點也見於〈論近代政教之原〉，此文發表在《時務報》光緒二十四年四月二十一日（1898年6月9日）第六十三冊：「今日之政法，秦人之政法，非先王之政法也；今日之學術，秦人之學術，非先王之學術也；今日之教宗，秦人之教宗，非先王之教宗也。」並提出，中國政教之源皆出於秦，固守秦人之法是中國在與西方民權科學對抗中亡種亡教的原因，故只有變秦人之法，才能保種保教。〔註21〕如果說夏曾佑致宋恕信之論荀學，主要限於學術判斷與討論；則〈論八股存亡之關係〉是為改革舊政教之變法提供學理闡釋和正當化依據，〈論近代政教之原〉則增述了變法對保種保教的必要與急迫。

　　上述，夏曾佑有如此明確深刻的今文學思想基礎，便無怪其排荀主張成為譚嗣同《仁學》「二千年來之政，秦政也，皆大盜也；二千年來之學，荀學也，皆鄉愿也」的思想來源。〔註22〕而回顧早年學術思想時，梁啓超自稱今文學的「猛烈的宣傳運動者」，不慊於康有為之武斷與以神秘性說孔子、絀荀申孟，寄託的卻依然是攝自乃師的大同精義，〔註23〕與夏曾佑自發辨析孔門後學，「排荀」以針砭中國政教之原尚有差別與距離。

〔註20〕夏曾佑，《贈新會梁卓如孝廉》，楊琥整理，《夏曾佑集》（上冊），第419頁。

〔註21〕夏曾佑，《論近代政教之原》，楊琥整理，《夏曾佑集》（上冊），第30頁。

〔註22〕朱維錚，《晚清漢學：「排荀」與「尊荀」》，《求索真文明——晚清學術史論》（上海：上海古籍出版社，1996年版）。轉引自楊琥，《前言》，《夏曾佑集》（上冊），第4頁。

〔註23〕梁啓超著，夏曉虹點校，《清代學術概論》（北京：中國人民大學出版社，2009年版），第204頁。

　　故此，也無怪夏、譚、梁對荀學「祖褐往暴之，一擊類執豕」〔註24〕，樂於釜底抽薪似的打倒荀學與打倒漢學。三人又常常對吵。但結果十有八九是夏曾佑以理服人。〔註25〕儘管此一情境在《清代學術概論》被闡述為：

> 　　啓超屢遊京師，漸交當世士大夫，而其講學最契之友，曰夏曾佑、譚嗣同。曾祐方治龔、劉今文學，每發一義，輒相視莫逆；其後啓超亡命日本，曾祐贈以詩，中有句曰：『……冥冥蘭陵門，（中略，筆者注）只此足歡喜，……』此可想見當時彼輩『排荀』運動，實有一種元氣淋漓景象。（中略）而啓超之學，受夏、譚影響亦至巨。〔註26〕

如果注意到該段敘說緊接梁啓超對自身學術思想回憶之後，則夏、譚對梁啓超早年今文學思想形成與變化的意義便進一步加持。

　　即便到光緒二十八年（1902），梁啓超在《新民叢報》連載〈論中國學術思想變遷之大勢〉，其論先秦學術部分仍多採與夏曾佑等提倡「新學」時期的意見。不僅大原則依然是申孟排荀，細部也搬用夏氏的儒教一壞於荀子、再壞於劉歆、三壞於宋學等觀點。其中雖不乏彼時學人普遍接受的公羊「三世說」的影子，無論何者，都可認為此時梁、譚等之昌言「新學」與排荀思想，多半為夏曾佑主導，梁啓超等為同道呼籲。梁啓超多年後雖稱之「『浪漫』得可驚」，對各種問題依靠主觀的冥想通過對吵得到一致意見，自以為解決的行為很是「可笑」〔註27〕。但這浪漫的產物──「新學」代表的卻是中國知識人思想根基上轉變的動向及轉變後的第一個創造，包羅復古疑古的意念與豐富的蟬化契機，為民國初年全面文化問題的討論埋下種子。〔註28〕

（二）作「新學之詩」的主力

　　在梁啓超的表述中，「排荀」外，夏、梁、譚三人交遊的另一項主題是寫作「新學之詩」。「新學之詩」或「新詩」之稱，較早的界定出現在梁啓超《飲冰室詩話》第六十條的評價：

〔註24〕梁啓超，〈亡友夏穗卿先生〉，《晨報副鐫》1924 年 4 月 29 日。
〔註25〕梁啓超，〈亡友夏穗卿先生〉，《晨報副鐫》1924 年 4 月 29 日。
〔註26〕梁啓超著，夏曉虹校，《清代學術概論》，第 204～205 頁。
〔註27〕梁啓超，〈亡友夏穗卿先生〉，《晨報副鐫》1924 年 4 月 29 日。
〔註28〕參見王爾敏，《晚清政治思想史論》，（桂林：廣西師範大學出版社，2005 年版），第 10～11 頁。

　　蓋當時所謂新詩者，頗喜掇撦新名詞以自表異。丙申、丁酉間，

吾黨數子皆好作此體，提倡之者爲夏穗卿，而復生亦甚嗜之。……

至今思之，誠可發笑，然亦彼時一段姻緣也。〔註29〕

至於「新詩」典範，梁啓超舉有夏穗卿的「怪話」：「冰期世界太清涼。洪
水芒芒下土方。巴別塔前一揮手。人天從此感參商。」〔註30〕以及三首「專
以隱語頌教主」的絕句。內中與「新學」最有關係的是：「六龍冉冉帝之旁，
三統芒芒軌正長，板板上天有元子，亭亭我主號文王」一首，梁啓超解說
道：

　　六龍，指孔子也。吾黨當時盛言《春秋》三世義，謂孔子有兩

徽號，其在質家據亂世則號「素王」，在文家太平世則號「文王」云，

故穗卿詩中作此言。〔註31〕

夏曾佑宇宙觀人生觀、致力的公羊春秋、經今文學根底在其詩作的滲透痕跡
尤其顯明。此類詩作的思想程度，在無一哲理、政法之書可讀的當時，無疑
得時代風氣之先。深刻性雖猶未足，卻大致能管窺彼時學界的情狀。〔註32〕

　　然需置一筆的是，讀詩、論詩與作詩本有差別。梁啓超嘗坦言：「吾彼時
不能爲詩，時從諸子後學步一二，然今既久厭之。」〔註33〕前述又云：「既不
能詩，前年見穗卿、復生之作，輒欲傚之，更不成字句。」二十幾年後再度
回憶這段經歷，梁啓超饒有興致地記述夏譚的詩作後，不免訕訕道：「當時我
也有和作，但太壞，記不得了。」〔註34〕

　　以上述觀之，夏曾佑在「新詩」寫作的前驅主力作用和梁啓超的踵武追
從身份便大致可以確認。但有趣之處在於，在梁啓超後來的評價中，「新詩」
「非詩之佳音」且久厭之，〔註35〕夏曾佑詩作在革命「舊詩」方面具有的普
遍價值反不是新名詞。

〔註29〕梁啓超著，郭紹虞、羅根澤主編，《飲冰室詩話》六〇，（北京：人民文學出版
　　　　社，1959年版），第49頁。
〔註30〕梁啓超，〈亡友夏穗卿先生〉，《晨報副鎸》1924年4月29日。
〔註31〕梁啓超著，郭紹虞、羅根澤主編，《飲冰室詩話》六一，（北京：人民文學出
　　　　版社，1959年版），第50頁。
〔註32〕梁啓超著，郭紹虞、羅根澤主編，《飲冰室詩話》六一，第50頁。
〔註33〕梁啓超著，郭紹虞、羅根澤主編，《飲冰室詩話》六二，第50頁。
〔註34〕梁啓超，〈亡友夏穗卿先生〉，《晨報副鎸》1924年4月29日。
〔註35〕梁啓超著，郭紹虞、羅根澤主編，《飲冰室詩話》六二，第50頁。

　　光緒二十八年（1902）梁啓超於《新民叢報》陸續登載《飲冰室詩話》，將夏與黃遵憲、蔣智由並推爲「近世詩界三傑」或「近世詩家三傑」。〔註36〕「三傑」的評判標準是「理想之深邃閎遠」〔註37〕。

　　此一認識正同梁啓超評價夏曾佑寄託遙深的詩句呼應。如認爲「闚視吾良秋柏實，化爲瑤草洞庭深」等是用字句的象徵，表現理想，較「搰搰新名詞以自表異」的層面自有匡正與深入。與梁氏「詩界革命」詩論總旨，從新語句、新意境、古風格「三長兼備」至刊落新語句的變化若合符節。

　　可以說，四五年間，梁啓超已從夏曾佑、譚嗣同「新詩」寫作的追模與參與者，成爲反思檢討者。當然，此時梁已少見夏曾佑詩作，夏曾佑也不復舊作，正是「團沙之感，云何可言」〔註38〕！

（三）啟迪梁氏之佛學研究

　　在「新學之詩」發生之初，沉默安靜的夏曾佑能突起異軍，發起對舊詩的反動，「新名詞」是一大斗爭利器。這與夏氏的學術積累密不可分。夏氏使用新名詞的能力一方面得益於多年來汲取西學知識，如出入格致書院、格致書室，結納紹介西學的西人如傅蘭雅、李提摩太，時人嚴復等經歷；〔註39〕另一方面源自深厚的佛學素養。於此不妨插敘夏曾佑的宗教研究，以爲梁啓超早年佛學研究的資源作一補充。

　　彼時人見西方格致之學與佛理多暗合之處，佛書開始受到重視，格致與佛教遂並行於世。今文學家也多兼治佛學。夏曾佑爲個中翹楚，並自號「碎佛」。宋恕曾多次與人道及夏氏佛學功底，不吝激賞。〔註40〕蔡元培也認可夏曾佑「專門研究宗教」。〔註41〕

　　遺憾的是，夏曾佑的宗教哲學與其「排荀」近似，並無專文（作）刊佈，只存與友人論說之吉光片羽。夏曾佑曾略述自己學佛境況：

〔註36〕梁啓超著，郭紹虞、羅根澤主編，《飲冰室詩話》二一，第21頁。
〔註37〕梁啓超著，郭紹虞、羅根澤主編，《飲冰室詩話》三九，第30頁。
〔註38〕梁啓超著，郭紹虞、羅根澤主編，《飲冰室詩話》二八，第21頁。
〔註39〕參見光緒十八年閏六月初三日日記，光緒二十一年十月十四日日記，楊琥整理，《夏曾佑集》（下冊），第641、680頁。
〔註40〕宋恕，《致王六潭書》（1897年2月11日），胡珠生編，《宋恕集》（上冊），第567頁。
〔註41〕蔡元培，《五十年來中國之哲學》，高叔平編，《蔡元培全集》（第四卷），（北京：中華書局1988年版），第370～371頁。

> 弟子十年以來，深觀宗教，流略而外，金頭五頂之書，基督、
> 天方之學，近歲粗能通其大義、辨其途徑矣。惟有佛法，法中之王，
> 此語不誣，至斯益信。而此道之衰，則實由禪宗而起。明末，唯識
> 宗稍有述者，未及百年，尋復廢絕。然衰於支那而盛於日本，近年
> 來書冊之東返者不少，若能集眾力刻之，移士夫治經學、小學之心
> 以治此事，則於世道人心當有大益。〔註42〕

可知入仕途前，夏曾佑已斷續不絕地研究宗教之學，最終形成極深的佛學與
宗教素養。夏曾佑尤其慨歎：

> 近來國家之禍，實由全國民人太不明宗教之理之故所致。非宗
> 教之理大明，必不足以圖治也。至於出世，更不待言矣！〔註43〕

更見其究心佛學實在有拯救國弊、開蒙圖治的絕大現實指向。

梁啓超也曾於光緒二十二年（1896）致信夏曾佑自述學佛情形：

> 超自夏間聞君說法，復次雁舟，演述宗風，頗發大心，異於曩
> 日。亦依君說，略集經論，「苦為賊縛，無從解脫」。賊念發時，悼
> 君窮逼，善念發時，羨君自在。想自根淺，宿業未盡，故此今世為
> 佛所棄。唯別以來，頗受戒律，鬼神之運，久致太平。〔註44〕

將聞夏曾佑說佛法作為發學佛大心的重要節點。次年三月十日又向夏氏真誠
表白讀經學佛心境：雖然理解之處漸多，讀《楞伽記》仍不能透入，且六根
不淨，為外部人事所累，無靜坐之時，有墮落之懼。故祈盼夏曾佑多多去信
以拯救其靈魂。〔註45〕該時段是梁啓超治佛學的基礎積澱階段，雖自陳「不
能深造，顧亦好焉。其所著論，往往推挹佛教」〔註46〕，實際鮮見佛學或宗
教專論。佛學更多是梁啓超政治論說工具，而非論說之目的。與夏曾佑弘揚
佛學以救世的出發點殊途同歸。夏曾佑的啓迪意義或不可小覷。

但有一點不可忽視，梁啓超認為佛教本非厭世，本非消極，然真學佛而
真能赴以積極精神的，只有譚嗣同一個。〔註47〕可知，夏曾佑討論的宗教救

〔註42〕夏曾佑，《致楊仁山居士書》，楊琥整理，《夏曾佑集》（上冊），第493頁。
〔註43〕夏曾佑，《致楊仁山居士書》，楊琥整理，《夏曾佑集》（上冊），第493頁。
〔註44〕梁啓超，《與碎佛座上書》，丁文江、趙豐田編，《梁啓超年譜長編》，第58頁。
〔註45〕參見梁啓超，《與穗卿大師書》，丁文江、趙豐田編，《梁啓超年譜長編》，第75頁。
〔註46〕梁啓超著，夏曉虹點校，《清代學術概論》，第219頁。
〔註47〕梁啓超著，夏曉虹點校，《清代學術概論》，第221頁。

國益世的意義，並未被梁啓超認爲佛學眞的積極精神的踐行。這自非梁氏苛求。由儒入佛，對夏曾佑而言，有性格、興趣因素，有現實期待，間或有幾分不得已。

三、「新史學」：走到前頭的梁啓超

上文敘及，約略戊戌變法前，夏曾佑在「新學」、「新詩」，佛學研究以及人際交往等領域對梁啓超都有一定前導作用，將梁氏引向不同的思考維度與高度。不過，同樣在該階段，梁啓超後生之可畏已現端倪。光緒二十三年（1897）二月，夏穗卿致汪康年信中便盛讚二人辦《時務報》之事，以爲「兩君之所以用其學之學，非平日所能夢見」〔註48〕。如此評價，有客套，亦爲事實，更是對梁氏用學術以經世、覺世的認可。對梁氏而言，不惟報章辦理與撰著論說，史學也承擔著類似的功能。

梁啓超治史，留意於「我國舊思想之總批判及其所認爲今後新思想發展應遵之途徑」，夏曾佑卻未必有梁啓超這般高度自覺。

光緒二十九年（1903），夏曾佑回滬守制三年，期間，不僅爲《東方雜誌》、《中外日報》、《新民叢報》等寫作獲取稿費，也應張元濟之約，爲《外交報》撰著論說、爲商務印書館編纂《最新中學中國歷史教科書》（簡稱《中國歷史教科書》下文皆用此名）。該書實際完成三冊，截止於隋。1933年改題《中國古代史》重印。此書是夏曾佑傳世的唯一著作，《中國歷史教科書》「衡權政學，一以今文學爲張本，而雜糅以歐儒之說」，以達爾文進化論解讀中國古代史，〔註49〕不乏創見新解，「使轉變期的新史學普及到一般青年們」〔註50〕。顧頡剛晚年回憶讀夏書的感受是「耳目頓爲一新」，「腦筋爲之一洗」，並坦誠自己壯年推翻古代傳說，作古史之辨，實是夏書導夫先路。〔註51〕錢穆也表

〔註48〕《汪康年師友書箚》（二）（上海：上海古籍出版社，1986年版），第1325頁。夏曾佑，《致汪康年書之十三》，楊琥整理，《夏曾佑集》（上冊），第452頁。

〔註49〕錢基博編著，《國學必讀》（下冊）（桂林：廣西師範大學出版社，2010年版），第282頁。

〔註50〕周予同，《五十年來中國之新史學》，周予同原著，朱維錚編校，《經學和經學史》（上海：上海人民出版社，2012年版），第181頁。

〔註51〕顧頡剛，《楓林村雜記・夏曾佑》，《顧頡剛讀書筆記》（臺北：臺北聯經出版公司1990年版），第7294頁，轉引自楊琥，《前言》，《夏曾佑集》（上冊），第11頁。

示從夏書獲知今古文之別，得到史著應重視諸年表的啓示，且欣賞夏氏「僅標幾要點，抄錄史籍原文」的不背考據精神的筆法。〔註52〕

　　就在《中國歷史教科書》之前，梁啓超已寫出〈中國史敘論〉、〈新史學〉等一系列將傳統史學帶離經學藩籬的「新史學」著論。儘管很難說，梁啓超的史學著論是夏曾佑寫作《中國歷史教科書》的直接資源，但二者「不約而同」的「暗合」之處不在少數，發微其中隱約繫連應有助梁、夏二者此階段學術關係的理解。

　　光緒二十七年（1901），梁啓超在《清議報》發表〈中國史敘論〉，以西人史著爲參照，略敘作中國史的方法：

> 歷史者，無間斷者也。人間社會之事變，必有終始因果之關係，故於其間若欲劃然分一界線如兩國之定界約焉。此實理勢所不許也。故史家惟以權宜之法，就其事變之著大而有影響於社會者，各以己意約舉而分之，以便讀者，雖曰武斷，亦不得已也。〔註53〕

強調史著中，「事實之關係與其原因結果」在近世史家敘述中區別前世史著「一人一家譜牒」〔註54〕的意義。既如此，涉及史實必然豐博，也無法將原因與結果劃然劃分，造成寫作困難。故而梁氏提出的權宜之計就是著述者確立自我標準，選取重大有影響的事件，舉其大概，雖武斷而不避。

　　光緒二十八年（1902），梁啓超〈新史學〉一文承接《中國史敘論》已經涉及的歷史進化論、因果論著史理念與撰著思路，並有補充與深入。如在討論中國舊史學弊端之一爲「知有朝廷而不知有國家」，故而「二十四史非史也，二十四姓之家譜而已。」；另一爲「知有陳跡而不知有今務」，故而著書宗旨不是「使今世之人，鑒之裁之，以爲經世之用」等等，明確扛起「史界革命」的大旗。〔註55〕如界說史學概念時，強調歷史者，「敘述進化之現象」，「敘述人群進化之現象，而求得其公理公例」。〔註56〕

〔註52〕錢穆，《八十憶雙親‧師友雜憶》（北京：生活‧讀書‧新知三聯書店1998年版），第89頁。

〔註53〕梁啓超，《中國史敘論》，《飲冰室合集‧文集之六》，第11頁。

〔註54〕梁啓超，《中國史敘論》，《飲冰室合集‧文集之六》，第1頁。

〔註55〕中國之新民，《新史學‧第一章中國之舊史學》，《新民叢報》1902年2月8日第1號。

〔註56〕中國之新民，《新史學‧第二章史學之界說》，《新民叢報》1902年3月10第3號。

　　翻檢夏曾佑《中國歷史教科書》可見：其撰述目的爲「必有一書焉，文簡於古人，而理富於往籍，其足以供社會之需」〔註57〕。此宗旨在單篇論文〈論變法必以歷史爲根本〉更明確闡述爲：

　　　　今惟就各國之政治，觀其所從來，而究其所終極，各得其所以然之故，而用以比例吾國之政治，然後能洞悉吾國政治因果之理。於是會而通之，以改良吾國之政治，將來在因政治之效力，而使所受於歷史之諸因，漸以轉移，以達今日變法之目的。〔註58〕

著眼點正是梁啓超認爲舊史學有不足的「經世之用」。其理論工具首見於第一篇第一章第一節「世界之初」的達爾文種源論，次見於第二篇第一章「儒家與方士之分離即道教之原始」一節：

　　　　「自東漢至清初，皆用古文學；當世幾無知今文爲何物者。至嘉慶以後，乃稍稍有人分別今古文之所以然；而好學深思之士，大都皆信今文學。本編亦尊今文學者；惟其命意與清朝諸經師稍異。凡經義之變遷，皆以歷史因果之理解之，不專在講經也。」〔註59〕

宣說採用「歷史因果論」，由經文學而入新史學，與梁啓超合轍。

　　文中行筆「每時代中於其特別之事加詳，而於普通之事從略。如言古代則詳於神話，周則詳於學派，秦則詳於政術是也」〔註60〕；中古史則詳述中國由單純之種族、宗教轉入複雜之種族、宗教。〔註61〕都可謂梁啓超前述「權宜之法」的實行。

　　易言之，《中國歷史教科書》以「政教」、「種族」、「風俗」爲核心，探究民族國家興亡、興衰的因由，爲現實政治變革提供歷史依據。其講述歷史的政教，寄託卻在現實的政教，也就是如何對待清政府，對待孔教儒學，如何「革政」與「改教」。〔註62〕前引夏曾佑與宋恕信中已指出政教在先秦前後的關鍵變革。在爲嚴復翻譯的甄克斯《社會通詮》作序時，夏氏又抉發出「政治與宗教必相附麗」方可長久的關紐。孔子之術，目的是藉重宗法以穩定君

〔註57〕夏曾佑《敍》，夏曾佑著，萬劍雄主編，《夏曾佑講中國古代史》（江蘇：鳳凰出版傳媒集團2010年版）。

〔註58〕別士，《論變法必以歷史爲根本》，《夏曾佑集》（上冊），第374頁，原載《東方雜誌》1905年9月23日第8期。

〔註59〕夏曾佑著，萬劍雄主編，《夏曾佑講中國古代史》，第186頁。

〔註60〕《上古史凡例》，夏曾佑著，萬劍雄主編，《夏曾佑講中國古代史》，第5頁。

〔註61〕《中古史凡例》，夏曾佑著，萬劍雄主編，《夏曾佑講中國古代史》，第99頁。

〔註62〕楊琥，《前言》，《夏曾佑集》（上冊），第9頁。

權，而不是藉重君權維繫宗法。無論如何，宗法君權二者互爲唇齒而依存。正鑒於此，所以無論革政或改教都需慎之又慎。〔註 63〕嚴復稱夏書爲「曠世之作」，因深知夏氏用心，深知史學所守爲關於爲政、治人的事實，是爲立憲張本。此一思路與梁啓超以史學經世用心異曲同工。

上述諸端，爲梁啓超與夏曾佑著史觀念理論與方法的近似處。至於具體史觀，梁啓超「定黃帝以後爲有史時代」〔註 64〕，夏曾佑亦以爲「言中國信史者，必自炎黃之際始」。〔註 65〕梁啓超以爲歷史「敘述人種之發達與其競爭而已」〔註 66〕，夏曾佑便舉出黃帝蚩尤之戰，是「吾國民族競爭之發端，今日社會之所以建立」〔註 67〕。二人觀點，可謂雖不中亦不遠。

還可注意的是，梁啓超在日本橫濱主辦的《新民叢報》刊登夏曾佑史學論文的情狀。自光緒二十九年五六月間，夏曾佑在《新民叢報》第 34～36 號連續刊載題爲《中國社會之原》的文章，不僅多處觀點可與《中國歷史教科書》第一篇上古史互見，論述文字重出者也不在少數。如從種、教觀念論述古人等級有別，而分百姓與民。百姓之俗尚術數，民之俗尚鬼神。是《中國歷史教科書》第一章的重要論點之一，也是書後諸章的主要論說工具。

《新民叢報》連載與《中國歷史教科書》寫作更有力的繫連見於該報光緒三十年十二月廿九日第 46、47、48 號合刊本刊發的一文，此文雖與前述文章同題「中國社會之原」，並標稱「續第三十六號」，卻有獨立結構，注爲「漢儒通論」，敘上古三代及孔子行述，內容與表達也有近似《中國歷史教科書》之處。

就篇幅而言，上古學術在《中國歷史教科書》全書並不占太大篇幅，但主編《新民叢報》的梁啓超宣稱「他對於中國歷史有嶄新的見解——尤其是古代史，尤其是有史以前」，其中深刻印象的形成，〈中國社會之原〉（包括「漢儒通論」）在《新民叢報》的發表也許功不可沒。畢竟，這些文章多半經過梁啓超之手而刊印。梁啓超對夏氏此文甚是欣賞，以爲與其歷史認識相印證者十而八九，有心將其第一編納入《中國民族外競史》的寫作之

〔註 63〕夏曾佑，《社會通詮序》，楊琥整理，《夏曾佑集》（上冊），第 127 頁。
〔註 64〕梁啓超，《中國史敘論》《飲冰室合集・文集之六》，第 9 頁。
〔註 65〕夏曾佑著，葛劍雄主編，《夏曾佑講中國古代史》，第 14 頁。
〔註 66〕中國之新民，《新史學・續懸談—歷史與人種之關係》，《新民叢報》1902 年 7 月 5 日第 11 號。
〔註 67〕夏曾佑著，葛劍雄主編，《夏曾佑講中國古代史》，第 15 頁。

中。〔註68〕《中國民族外競史》後更名《國史稿》，皆爲梁氏《中國通史》計劃的延續，但兩者文字皆尚未見，暫無法確知梁啓超是否直接採用了夏氏思路與文字。梁啓超之擬用夏說，卻無疑是對夏曾佑的新史學觀的認可。而從夏曾佑史學著述的宗旨目的，也不難發現夏曾佑基於今文學根底所秉持的進化論觀念與政治理想並不因政局更變而全然磨滅。

後人眼中，梁、夏史學功績也可堪關聯。如宋慈裹爲梁啓超作小傳，夏曾佑「雖無功業可述，於史學推陳出新」，故在梁啓超傳後附傳夏氏。〔註69〕

四、餘論

夏曾佑以庶吉士步入仕途，歷任中央與地方官員。曾以自身學術識見與開明態度，推揚經今文學，接納西學與佛學，以積極的態度推動維新。梁啓超與夏曾佑在光緒二十年至二十三年間有較爲密集的交遊與通問，學術思想互有發見，形成一段學術因緣，堪爲講學最契之友。光緒二十四年，梁啓超東遊，兩人交往減少，漸行漸遠。大略戊戌前，夏曾佑在今文學「排荀」運動、「新詩」創作、佛學研讀等方面對梁啓超多有前導與啓迪之效；戊戌後，梁啓超於「新史學」爲學術界預流，夏曾佑的史學寫作對梁啓超的寫作有啓發，也開始受梁的影響，兩者呈現更爲複雜的互動。

然不得不正視，梁夏思想性格向有差別，且難調和。梁啓超曾從夏曾佑的筆名——「別士」進行解說，且提及夏曾佑的一句詩「君自爲繁我爲簡，白雲歸去帝之居」，認爲說出他們兩人的不同點：大概夏曾佑厭世色彩很深，不像他自己，凡事都有興味。〔註70〕這句詩是光緒二十二年（1896），夏曾佑〈滬上贈梁任公〉詩的尾聯。

二人更明顯的不同大約可從預備立憲時期的五大臣出洋考察管窺。身爲「朝廷的罪人」的梁啓超不僅在《新民叢報》發表《開明專制論》鼓吹君主立憲，以「開明專制爲立憲之預備」，組織政聞社、發刊《政論》與《國風報》，推動政府加快立憲步伐，甚至爲出洋五大臣代擬憲政摺，以不小的熱情參與這一政體變革，以至直接介入清廷最高層的政治決策。〔註71〕夏曾佑則不然，

〔註68〕梁啓超致夏曾佑信，《夏曾佑私人信件稿》手稿本（20），北京大學圖書館藏。
〔註69〕宋慈裹，《梁啓超傳夏曾佑》，《國史館館刊》1948年第1卷第4期。
〔註70〕梁啓超，〈亡友夏穗卿先生〉，《晨報副鐫》1924年4月29日。
〔註71〕參見夏曉虹，《梁啓超代擬憲政摺稿考》，《梁啓超：在政治與學術之間》（北京：東方出版社，2014年版），第17頁。

雖受保薦有機會作爲隨員出洋，尚且猶豫不決。其中，經濟拮据、語言不通是現實因素，更根本卻因其擔心出洋會耽誤補缺。當得知「隨帶京外官員免扣資俸，候選者免其投供，仍照章辦理」的消息後，便欣然受命。〔註72〕儘管，在其位謀其政，事前的遲疑並不影響夏氏事後的積極參與。對於憲政問題，夏曾佑本有自身思考，回國後便寫作《刊印憲政初綱緣起》。但夏的畏葸與梁的奮力，實是絕大對比。

由此也可見，夏曾佑的人生底色與學術背景令其在晚清近代的轉型有不一樣的軌跡和難度。梁啓超稱夏曾佑三十年前的摯友，未嘗不是對同道同志之人精神與肉體逝去的感慨。或許，夏曾佑之類歷史人物最終未能預流於時代，其複雜的思想與人生經歷，卻非簡單的「先進」、「落後」所能標記。作爲曾經的時代先驅人物，夏曾佑們自有其獨特意義，作爲考察時代人物之座標，也別具價值。

主要參考文獻

1. 夏麗蓮整理，《錢塘夏曾佑先生詩集》，臺灣：文景書局 1997 年版。

2. 楊琥整理，《夏曾佑集》（上下冊），上海：上海古籍出版社 2011 年版。

3. 丁文江、趙豐田編，《梁啓超年譜長編》，上海：上海人民出版社 1983 年版。

4. 陸胤，《清末章太炎、梁啓超學派之分合》，《中華文史論叢》2008 年 4 月總第 93 輯。

5. 梁啓超，《飲冰室合集・文集》，北京：中華書局 1989 年版。

6. 梁啓超著，夏曉虹點校，《清代學術概論》，北京：中國人民大學出版社 2009 年版。

7. 梁啓超著，郭紹虞、羅根澤主編，《飲冰室詩話》六一，北京：人民文學出版社 1959 年版。

8. 夏曾佑著，葛劍雄主編，《夏曾佑講中國古代史》，江蘇：鳳凰出版傳媒集團 2010 年版。

9. 夏曉虹，《梁啓超代擬憲政摺稿考》，《梁啓超：在政治與學術之間》，北京：東方出版社 2014 年版。

〔註72〕參見陳業東，《夏曾佑研究》，第 55～56 頁。

被「誤讀」的經典:《宋元戲曲考/史》的形成與接受——兼論王國維治學路向的內在統一性

季劍青

(北京市社會科學院文化研究所)

　　1927 年末,王國維去世後不久,梁啓超爲《國學論叢‧王靜安先生紀念號》作序,表彰王國維的學術貢獻,將「創治《宋元戲曲史》,蒐述《曲錄》,使樂劇成爲專門之學」與古史考證並擧,稱「斯二者實空前偉業,後人雖有補苴附益,度終無以度越其範圍」〔註1〕。就《宋元戲曲史》所奠定的學術範式對戲曲史研究的深遠影響而言,梁啓超之語堪稱定評。作爲戲曲史的開山之作,《宋元戲曲史》的經典地位毋庸置疑,不過若考慮到這部著作的書名又作「宋元戲曲考」,則其價值和意義是否能爲通常所謂的戲曲史完全涵蓋,仍有探討的空間。雖只是一字之差,卻透露出學術旨趣上的微妙差異,何者更接近王國維的本意,後人的接受和闡釋與本意之間存在怎樣的縫隙,思考和探討這些問題,或許有助於今人重新開掘和啓動這部經典之作尚未被完全釋放的能量。

　　據學者考訂,《宋元戲曲史》撰成於 1913 年 1 月至 2 月〔註2〕,脫稿不久即交由《東方雜誌》刊載,自 1913 年 4 月第 9 卷第 10 期連載至 1914 年 3 月第 10 卷第 9 期。1915 年商務印書館出版單行本《宋元戲曲史》,收入「文藝

〔註1〕 梁啓超,〈國學論叢王靜安先生紀念號序〉,《王國維全集》第 20 卷(杭州:浙江教育出版社,2010 年),頁 207。
〔註2〕 陳鴻祥,《王國維全傳》(北京:人民出版社,2007 年),頁 340。

叢刻甲集」，此爲該書最早的刊本。撰寫該書時，王國維寓居日本京都，書稿很可能是通過其好友、時在商務印書館任職的樊炳清之手刊發的。〔註3〕王國維將書稿交給《東方雜誌》發表時，書名和結構尚未最後決定，1913 年 1 月他在給繆荃孫的信中說：

> 近爲商務印書館作《宋元戲曲史》，將近脫稿，共分十六章。潤筆每千字三元，共五萬餘字，不過得二百元。否則茌苒不能到期告成。惟其中材料，皆一手蒐集，說解亦皆自己所發明。將來仍擬改易書名，編定卷數，另行自刻也。〔註4〕

由信中不難看出，「宋元戲曲史」的書名並不愜王國維之意，但他擬想的「改易書名，編定卷數，另行自刻」未能付諸實踐，因而該書仍以《宋元戲曲史》行世。王國維去世後，1928 年羅振玉主持編纂《海甯王忠愨公遺書》，收入該書，改爲《宋元戲曲考》。1932 年上海六藝書局將此書收入「增補曲苑革集」，亦題爲《宋元戲曲考》。〔註5〕1940 年，王國華、趙萬里在《海甯王忠愨公遺書》基礎上將王國維著作重新輯爲《海甯王靜安遺書》，由商務印書館出版，該書亦作《宋元戲曲考》。此後大陸和臺灣出版的各類王國維文集，大都沿用「宋元戲曲考」的書名，但也有部分單行本作《宋元戲曲史》。〔註6〕2010 年浙江教育出版社版《王國維全集》，以商務印書館初版本爲底本，恢復了「宋元戲曲史」的書名。

　　不像《人間詞話》有手稿存世，目前所能看到的這部著作的最早版本，就是先在《東方雜誌》上連載後繼而由商務印書館出版的《宋元戲曲史》，此後各種版本除訂正若干排印錯誤外，內容上並無變化。因而無論是「宋元戲曲史」還是「宋元戲曲考」，對應的都是同一部著作，理論上說，書名爲何並不影響我們對該書的理解和闡釋。然而，書名本身的提示意義亦不可忽視，至少王國維本人，並不滿意「宋元戲曲史」的書名，這是可以確定的。最早注意到該書書名問題的是陳鴻祥，他認爲「宋元戲曲考」更符合王國維的本

〔註3〕關於樊炳清與王國維的交遊及樊炳清在商務印書館的任職情況，參見羅繼祖，〈王國維與樊炳清〉，《史林》1989 第 3 期，頁 80、19。

〔註4〕〈致繆荃孫〉，《王國維全集》第 15 卷，頁 47。

〔註5〕《王國維全集》第 3 卷《宋元戲曲史》題注將六藝書局本出版年份繫於 1922 年，誤。

〔註6〕如 1996 年東方出版社版《宋元戲曲史》，1998 年上海古籍出版社版《宋元戲曲史》，2004 年復旦大學出版社版《宋元戲曲史疏證》。

意。〔註7〕後來葉長海、王風亦大體同意此說。〔註8〕

　　考慮到王國維與羅振玉交往密切，羅振玉在整理王國維遺著時，將該書改作《宋元戲曲考》，很可能是他已瞭解王國維「改易書名」的眞實用意。如此，「宋元戲曲考」更接近王國維的本意的論斷，應該可以成立。由於缺少直接而有力的證據，這一推斷尚不能當作定案，不過能否確鑿無誤地考訂出該書的應有書名並不重要，重要的是書名的兩歧提示我們這部著作尚未被完全展現的內在豐富性。本文的標題之所以將「誤讀」打上引號，也意在表明筆者無意提供某種正確無誤的解讀，而是試圖由此去重新探討王國維戲曲之學的內在理路，呈現在這部著作被接受和經典化的過程中，主流論述和闡釋可能遮蔽的面向，以及這種遮蔽的由來，進而反思我們習焉不察的某種戲曲史和文學史的預設觀念。最後要說明的是，「宋元戲曲考」既爲更符合王國維本意的書名，且爲行文簡便起見，下文提及該書均作《宋元戲曲考》。

一、王國維戲曲研究的由來

　　王國維治戲曲之學，大體集中於 1907 年 3 月他赴京任職於學部編譯圖書局以後，至 1911 年 11 月東渡日本前這一時期。王國維在京期間，從事輯校詞曲的工作，結識了具有同樣興趣的傅增湘、繆荃孫、董康、劉世珩等學者，相互商榷學問，交流文獻〔註9〕，《曲錄》、《戲曲考源》、《錄曲餘談》、《唐宋大曲考》、《優語錄》、《古劇腳色考》等論著均撰成於此間，後來《宋元戲曲考》即在整理貫通這些著述的基礎上寫成。

　　在寫於 1907 年 7 月的《自序二》中，王國維對他如何產生「有志於戲曲」的興趣，作了如下一番交代：

〔註7〕陳鴻祥，〈關於《宋元戲曲考》之書名〉，《王國維與文學》（西安：陝西人民出版社，1988 年），頁 299。

〔註8〕見葉長海，〈導讀〉，《宋元戲曲史》（上海古籍出版社，1998 年），頁 18～19；王風，〈王國維學術變遷的知識譜系、文體和語體問題〉，載《世運推移與文章興替——中國近代文學論集》（北京大學出版社，2015 年），頁 102～103。英語學界注意到這一問題的是夏頌（Patricia Sieber），她從書名的兩歧中看到了兩種不同文化取向的競爭，認爲「宋元戲曲考」體現了更傳統的學術路向，而「宋元戲曲史」則強調了該書作爲中國最早的文學史著作的現代性。見 Patricia Sieber, *Theaters of Desire : Authors, Readers, and the Reproduction of Early Chinese Song-Drama*, 1300～2000（New York : Palgrave Macmillan, 2003），pp. 24～25.

〔註9〕陳鴻祥，《王國維全傳》，頁 315。

> 近年嗜好之移於文學，亦有由焉，則填詞之成功是也。（中略）
> 因詞之成功，而有志於戲曲，此亦近日之奢願也，然詞之於戲曲，
> 一抒情，一敘事，其性質既異，其難易又殊，又何敢因前者之成功，
> 而遽冀後者乎？但余所以有志於戲曲者，又自有故。吾中國文學之
> 最不振者，莫戲曲若。元之雜劇，明之傳奇，存於今日者尚以百數，
> 其中之文字，雖有佳者，然其理想及結構，雖欲不謂至幼稚、至拙
> 劣，不可得也。國朝之作者，雖略有進步，然比諸西洋之名劇，相
> 去尚不能以道里計。此余所以自忘其不敏，而獨有志乎是也。然目
> 與手不相謀，志與力不相副，此又後人之通病。故他日能爲之與否，
> 所不敢知，至爲之而能成功與否，則愈不敢知矣。〔註10〕

王國維關注戲曲，入手處是「文學」，與從戲曲演出中積累豐富經驗的傳統曲
家有很大不同，這大體決定了王國維戲曲研究的面目。〔註11〕所謂「有志於
戲曲」，初衷是從事於戲曲的創作。王國維因疲於哲學，而希望從文學中尋求
直接的慰藉。在王國維那裏，哲學和文學的意義，都在於通過對宇宙人生的
領悟和把握，從爲欲望所苦的生活中得到解脫，而能夠提供慰藉的「文學」，
首先是文學的創作，而不是文學研究。王國維對自己的創作才能頗爲自負，
寫詞的成功給了他信心，於是想致力於戲曲。在西方文學的參照下，中國戲
曲文學貧弱的傳統，又進一步激發了他創作的意願和責任感。但王國維又清
醒地認識到，戲曲和詞屬於不同的文體，對作者的要求也不一樣，故不敢期
望必能成功。

　　王國維把詩與詞歸入「抒情之文學」，戲曲屬「敘事之文學」〔註12〕，但
也包含抒情的成分。前者可「佇興而成」，後者則「以佈局爲主」。〔註13〕換
言之，寫詞要在短時間內，以直觀的形式把握對象，營造出「意境」，主要仰
賴作者的天才，創作戲曲則需要作者苦心打磨思想和結構，對學力和修養有
更高的要求。王國維擅長的顯然是前者，《人間詞乙稿序》云：「靜安之爲詞，
眞能以意境勝」，可見其自我之期許。〔註14〕

〔註10〕　〈自序二〉，《王國維全集》第14卷，頁122。
〔註11〕　參見陳平原，〈中國戲劇研究的三種路向〉，載《作爲學科的文學史》（北京大
　　　　　學出版社，2011年），頁338～350。
〔註12〕　〈文學小言〉，《王國維全集》第14卷，頁96。
〔註13〕　《人間詞話手稿》，《王國維全集》第1卷，頁495。
〔註14〕　〈人間詞乙稿序〉，《王國維全集》第14卷，頁683。

有趣的是，王國維對中國戲曲的評價，也表現出越來越看重其抒情成分的趨勢。與《自序二》相印證的是《人間詞話手稿》中的一段話：「元曲誠多天籟，然其思想之陋劣，布置之粗笨，千篇一律，令人噴飯。至本朝之《桃花扇》、《長生殿》諸傳奇則進矣。」〔註15〕王國維承認元曲文字「有佳者」，「多天籟」，這是對曲詞的肯定，而曲詞本就是「古詩之流」〔註16〕，屬於抒情文學。至於元雜劇思想結構上的粗糙鄙陋，王國維最初視之爲極大的缺陷，但到了《宋元戲曲考》已退居次要的位置，曲詞之「自然」和「有意境」則被抬高到高不可攀的地位，成爲元雜劇文學價值之偉大最有力的證明：

> 蓋元劇之作者，其人均非有名位學問也，其作劇也，非有藏之
> 名山傳之其人之意也，彼以意興之所至爲之，以自娛娛人，關目之
> 拙劣所不問也，思想之卑陋所不諱也，人物之矛盾所不顧也，彼但
> 摹寫其胸中之感想與時代之情狀，而眞摯之理與秀傑之氣，時流露
> 於其間，故謂元曲爲中國最自然之文學，無不可也。〔註17〕

有論者認爲王國維對中國戲曲的認識前後發生了「根本修正」〔註18〕，其實就具體觀點而言並無大的出入，只是強調的側重點有所變化。簡單地說，王國維對作爲「敘事之文學」的戲曲的理解，最終仍落在了「抒情」的層面上。這一點並不難理解，王國維文學理論中「自然」「意境」等核心概念，皆從詩詞等抒情文體中演繹而出，或者說，對他而言，抒情文學中所表現出的那種直觀地把握世界的態度和傾向，才是文學的本質所在。因而在王國維那裏，可與「哲學」並列的「文學」，主要是以詩歌爲代表的抒情文學：「如文學中詩歌一門，尤與哲學有同一之性質。其所欲解釋者，皆宇宙人生上根本之問題」〔註19〕，注重佈局結構的敘事文學則不與焉。

如果說作爲「敘事之文學」的戲曲，其文學價值的判定亦以是否「自然」和「有意境」爲準，而王國維營造「意境」的天賦和能力已經爲他的詞作所證明，那麼他未能創作出戲曲，也就不算什麼遺憾了。這或許是王國維雖曾

〔註15〕 《人間詞話手稿》，《王國維全集》第 1 卷，頁 495。
〔註16〕 〈曲錄序〉，《王國維全集》第 2 卷，頁 3。
〔註17〕 《宋元戲曲史》，《王國維全集》第 3 卷，頁 113。
〔註18〕 見羅鋼，《傳統的幻象：跨文化語境中的王國維詩學》（北京：人民文學出版社，2015 年），頁 23。又見 Joey Bonner, *Wang Kuo-wei : an Intellectual biography*（Cambridge, Mass. : Harvard Univ. Pr., 1986），p.133.
〔註19〕 〈奏定經學科大學文學科大學章程書後〉，《王國維全集》第 14 卷，頁 37。

有志於戲曲創作而終究未付諸實踐的原因。於是，王國維對戲曲的興趣，轉而集中於文獻的蒐集和考證。這方面可作參照的是他的詞學研究。王國維 1904 年開始寫詞，1906 年和 1907 年分別輯爲《人間詞甲稿》和《人間詞乙稿》。此後王國維便很少作詞〔註20〕，轉而治詞學，1908 年夏秋間輯錄《唐五代二十一家詞輯》和《詞錄》，撰寫《人間詞話》。〔註 21〕可以說，王國維的詞學乃是其創作的衍生物，實居於附屬的地位。1923 年王國維編印《觀堂集林》，收入詞作 23 首，後人視爲經典的《人間詞話》卻未收入，足見兩者在王國維胸中之軒輊。

　　概而言之，無論是詞還是曲，王國維首先看重的都是創作，而作爲人生之慰藉，與「哲學」平列而具有崇高地位的「文學」，首先也是創作，評鑒研究已落入第二義。王國維的詞作尚可自傲，而在戲曲這一文體上，雖亦曾有志創作，終究未能實踐，因而起步處即是文獻的整理和考證。這種以戲曲爲對象的知識活動對於王國維意味著什麼呢？它能提供文學創作那種直接的慰藉麼？

二、非歷史化的「一代有一代之文學」論

　　王國維在《自序二》中談到自己治哲學的苦悶，說了兩句饒有意味的話：「以余之力，加之以學問，以研究哲學史，或可操成功之券。然爲哲學家則不能，爲哲學史家則又不喜，此亦疲於哲學之一原因也」。〔註22〕王國維爲何看輕「哲學史」？他讀過文德爾班的《哲學史教程》，熟悉西方哲學史的研究方法和著述體例，但卻不願從事類似的工作，這與他對「歷史」的看法有關。王國維受叔本華影響，認爲歷史只是個別現象的集合，不像哲學和文學那樣能夠提供普遍性的眞理：「叔氏於教育上甚蔑視歷史，謂歷史之對象，非概念，非實念，而但個象也。」〔註23〕概念是哲學的思考方式，「實念」是美學的思考方式，即以個別之物代表物之全體，在叔本華那裏，兩者皆通過直觀而獲

〔註20〕 王國維一生作詞凡 116 首，其中《人間詞甲稿》和《人間詞乙稿》集中即有 104 首，見《王國維全集》第 14 卷「詞編」前題注。
〔註21〕 關於《人間詞話》的寫作時間，學界有不同意見，據彭玉平考訂，當在 1908 年 7 月至 9 月，見彭玉平，《王國維詞學與學緣研究》（北京：中華書局，2015 年），頁 229。
〔註22〕 〈自序二〉，《王國維全集》第 14 卷，頁 122。
〔註23〕 〈叔本華之哲學及其教育學說〉，《王國維全集》第 1 卷，頁 50。

得。通過對宇宙人生作有距離的、超越利害關係的直觀，才能領悟普遍性的
真理，從生活之欲中得到解脫。而從歷史出發，「人們永遠也到不了事物的內
在本質，只是無窮盡地追逐著現象」〔註24〕，這些現象不過是「生活之欲之
發現」〔註25〕而已。

由此便不難理解，王國維在比較《桃花扇》和《紅樓夢》時，稱前者是
「國民的也，歷史的也」，後者是「宇宙的也，文學的也」，輕重之別顯然。
談論詩詞創作時，亦貶低「懷古」和「詠史」體裁。〔註26〕《人間詞話手稿》
中的一條尤能見出王國維的旨趣：「政治家之眼，域於一人一事。詩人之眼，
則通古今而觀之」，「古今」下原有「全體」，又改爲「宇宙」。〔註27〕推測王
國維的用心，應是避免「古今」被理解爲歷史，故在其下加「宇宙」，以明確
其指示世界整體的非歷史的內涵。

在評論歷史上的文學時，王國維秉持的也是一種非歷史的普遍性的標
準。他對文學的理解是，「文學之事，其內足以攄己，而外足以感人者，意與
境二者而已。……原夫文學之所以有意境者，以其能觀也。」「意境」這一核
心概念，顯然也得自叔本華的啓發，即作品所營造的能夠直觀地把握的世界。
王國維以是否有「意境」爲標準來衡量歷代之詞，「苟持此以觀古今人之詞，
則其得失可得而言焉」。由於只有少數天才（「豪傑之士」）能創作出有意境的
作品，即所謂「觀我觀物之事自有天在，固難期諸流俗」，故就某一文體而言，
有意境之作品亦爲少數，常集中在某一時期，就詞而言，以五代北宋之作品
價值最高。〔註28〕

王國維談論詞體的盛衰，並非從詞體自身流變的史實中總結出規律，而
是按照他自己的普遍性的美學標準，選擇最符合這一標準的時代（五代北宋）
作爲詞之「全盛時代」。〔註29〕談論其他文體亦復如是，各種文體皆有其自身
的盛期，構成前後興替的圖景。《人間詞話》第54則云：

> 四言敝而有《楚辭》，《楚辭》敝而有五言，五言敝而有七言，
> 古詩敝而有律絕，律絕敝而有詞。蓋文體通行既久，染指遂多，自

〔註24〕[德]叔本華，《作爲意志和表象的世界》（北京：商務印書館，1982年），頁375。
〔註25〕〈叔本華之哲學及其教育學說〉，《王國維全集》第1卷，頁51。
〔註26〕《人間詞話手稿》，《王國維全集》第1卷，頁500。
〔註27〕《人間詞話手稿》，《王國維全集》第1卷，頁519～520、538。
〔註28〕〈人間詞乙稿序〉，《王國維全集》第14卷，頁682～683。
〔註29〕〈文學小言〉，《王國維全集》第14卷，頁96。

　　成習套。豪傑之士亦難於其中自出新意，故遁而作他體，以自解脫。

　　一切文體所以始盛終衰者，皆由於此。故謂文學後不如前，余未敢

　　信，但就一體論，則此說固無以易也。〔註30〕

就某一文體而言，其盛衰完全取決於「豪傑之士」的作為，很難說有何歷史
規律可言。各文體的興替也同樣如此，其間並無明晰的歷史演化的脈絡。王
國維上面這段話雖然描繪了四言詩、《楚辭》、五言、七言、近體詩（律絕）、
詞等文體前後承接的線索，但這只是一種現象的呈現，並不過構成進化和發
展的過程。王國維只是說「謂文學後不如前，余未敢信」，卻未明言後必勝於
前。

　　王國維描繪的各文體各有其盛期的現象，在《宋元戲曲考》的序言中得
到了更加清晰有力的表述，並被提升為「一代有一代之文學」的命題：

　　　凡一代有一代之文學。楚之騷，漢之賦，六代之駢語，唐之詩，

　　宋之詞，元之曲，皆所謂一代之文學，而後世莫能繼焉者也。〔註31〕

《宋元戲曲考》「元劇之文章」一節引焦循《易餘籥錄》：「焦氏謂一代有一代
之所勝，欲自楚騷以下撰為一集：漢則專取其賦，魏晉六朝至隋專錄其五言
詩，唐則專錄其律詩，宋專錄其曲」〔註32〕，與王國維自己的看法若合符節。
開篇提出的「一代有一代之文學」論，也可以說是從焦循「一代有一代之所
勝」的說法變化而來。不過焦循所謂「所勝」，並無界定清晰的內涵，而王國
維不僅用現代的「文學」概念統攝騷賦詩詞等各種文體，而且有自己明確的
評價「文學」的審美標準，其規範性和邏輯性表現出鮮明的現代特徵，不是
焦循的論述可以比擬的。

　　「一代有一代之文學」論對後世影響極大，許多論者皆將其與《人間詞
話》第 54 則合觀，同視為某種文學進化論的表述，如民國時期的朱芳圃、
李長之、何鵬等人，1949 年後陳鴻祥、張文江、葉嘉瑩等研究者，皆持此論。
〔註33〕這不能不說是一種誤讀，與《人間詞話》第 54 則相比，「一代有一代

〔註30〕 《人間詞話》，《王國維全集》第 1 卷，頁 476～477。

〔註31〕 《宋元戲曲史・序》，《王國維全集》第 3 卷，頁 3。

〔註32〕 《宋元戲曲史》，《王國維全集》第 3 卷，頁 113。

〔註33〕 見耘僧（朱芳圃），〈王靜安先生整理國學之成績述要〉，《國學月報》第 2 卷
　　　　第 8、9、10 期合刊（1927 年 10 月），頁 447～448；李長之，〈王國維文藝批
　　　　評著作批判〉，《文學季刊》第 1 卷第 1 期（1934 年 1 月），頁 248～249；何
　　　　鵬，〈王國維之文學批評〉，《學風》第 6 卷第 9、10 期合刊（1936 年 12 月 15
　　　　日），頁 10；陳鴻祥，《王國維與文學》，頁 286；張文江，〈王國維的學術和

之文學」論更強調處於極盛期的某一文體作為這一時代文學之代表的地位，為的是突出元曲作為「一代之文學」的價值，其非歷史化的邏輯則一仍其舊。〔註34〕

　　在王國維的「一代有一代之文學」論被理解為文學進化論的過程中，胡適起到了某種中介的作用。胡適《文學改良芻議》中說：

　　　　文學者，隨時代而變遷者也。一時代有一時代之文學：周、秦有
　　周、秦之文學，漢、魏有漢、魏之文學，唐、宋、元、明有唐、宋、
　　元、明之文學。此非吾一人之私言，乃文明進化之公理也。〔註35〕

與王國維的論述相比，胡適並沒有突出某一特定文體在「一時代之文學」中的地位，而是依託整體性的文學觀念，明確地將各時代的文學置於進化的序列中。胡適所謂「一時代有一時代之文學」，是否受到王國維的影響，並沒有直接的證據。〔註36〕就論述的邏輯而言，胡適的文學進化論旨在為白話新文學的創生提供理論依據，而王國維的「一代有一代之文學」論只是表達他對歷史上的文學的看法，並沒有發動現實的文學運動的意圖。〔註37〕然而，由於胡適確立的進化論的文學史研究範式對中國古典文學研究的巨大影響，許

人生〉，收入《漁人之路和問津者之路》（上海：復旦大學出版社，2006 年），頁 78；〔加〕葉嘉瑩，《王國維及其文學批評》（北京大學出版社，2014 年），頁 124。羅鋼正確地認識到，「一代有一代之文學」論體現的是一種非歷史的觀念，但又將其稱為「天才史觀」，未免辭費，見《傳統的幻象：跨文化語境中的王國維詩學》，頁 24。

〔註34〕雷伊娜（Regina Llamas）認為，王國維用他自己的文學理想賦予元曲以某種價值，為其「一代之文學」的觀念提供論證，頗具洞見。但她同時又指出王國維由此在更大的中國文學史框架中給元曲找到了一個位置，似乎沒有注意到普遍的文學價值和文學史的視野之間存在的縫隙，見 Regina Llamas, *'Wang Guowei and the Establishment of Chinese Drama in the Modern Canon of Classical Literature'*, T'oung Pao, Volume 96, Issue 1（2010），pp. 200～201.

〔註35〕胡適，〈文學改良芻議〉，《胡適文集》第 2 冊（北京大學出版社，1998 年），頁 7。

〔註36〕胡適〈文學改良芻議〉作於 1916 年末，而據其〈歸國雜感〉（《新青年》第 4 卷第 1 號，1918 年 1 月），他是 1917 年 7 月回國後才在上海看到商務印書館出版的《宋元戲曲史》的。不過，〈文學改良芻議〉一文提到了王國維的詠史詩，說明胡適對王國維的文字頗為留意，也不排除他曾在《東方雜誌》上看到該書連載的可能。

〔註37〕增田涉注意到，王國維對文學取一種被動的欣賞的態度，從中產生的文學批評，並沒有推動文學史，使文學向前發展的意圖，見增田涉「王國維について——文學史的にみて」（『人文研究』第 12 卷、第 9 號、1961、864 頁）

多論者通過胡適的眼光反觀王國維的論述，很容易把「一代有一代之文學」論理解爲進化論的表述。如陳鴻祥就認爲胡適《文學改良芻議》中的觀點發端於王國維「一代有一代之文學」的「文學進化論」〔註 38〕，周勳初則提出兩人均受到了清末風行的進化論的影響。〔註 39〕事實上，如果細讀王國維的文字，就會發現這些說法都是後設之見，很難成立。〔註 40〕

除了從進化論的角度來理解「一代有一代之文學」論外，王國維以某種代表性的文體涵蓋「一代之文學」的思路也爲文學史家接受，於是唐詩、宋詞、元曲、明清小說等被抬高到至高無上的地位，同時代的其他文學體式相對被邊緣化，便成爲文學史敘述的一種主流模式。這種文學史敘述模式的缺陷是顯而易見的，後來研究者也多有反思〔註 41〕，然而若將王國維視作始作俑者則是不公正的。王國維的「一代有一代之文學」論，本是出於他本人的審美趣味，對歷史上的文學所作的個人判斷。從「後世莫能繼焉者也」這句主觀性極強的話來看，所謂「一代之文學」實際上是作爲被觀察的對象，從歷史中抽離出來的，其價值完全基於某種普遍性的標準，與其在歷史序列中

〔註 38〕 陳鴻祥，《王國維與文學》，頁 327。

〔註 39〕 周勳初，〈文學「一代有一代之所勝」說的重要歷史意義〉，《文學遺產》2000年第 1 期，頁 25。

〔註 40〕 也有人注意到王國維和胡適的差異，如趙夯就指出胡適對王國維的「歪曲」，強調王國維「並沒有提出所謂‘文學進化觀念’的理論來。發展成爲理論並據此以否定民族文化傳統的是胡適」，這種觀點有配合 50 年代批判胡適運動的明顯痕跡，所謂胡適將王國維的論述「發展成爲理論」的說法也缺少論據。見趙夯：〈讀《宋元戲曲史》〉，人民文學出版社編輯部編《元明清戲曲研究論文集》（二集）（北京：人民文學出版社，1959 年），頁 412。進入新世紀以來，一些研究者著意區別王國維和胡適的文學史觀，但仍將兩人置於前後承繼和發展的關係中，見王齊洲，〈「一代有一代之文學」文學史觀的現代意義〉，《文藝研究》2002 年第 6 期，頁 50～58；齊森華、劉召明、余意，〈「一代有一代之文學」論獻疑〉，《文藝理論研究》2004 年第 5 期，頁 43～49；劉召明、范瑞雪，〈王國維、胡適文學史觀與文學史研究方法比較論〉，《浙江社會科學》2009 年第 8 期，頁 96～100。

〔註 41〕 嚴迪昌即認爲，由於「一代有一代之文學」論被過份推崇和擴展，「簡單化地從縱向發展上割斷某一文體沿革因變的持續性，又在橫向網路中無視同一時代各類文學樣式之間的不可替代性，終於導致原本豐富多彩、無與倫比的中國文學史變成一部若干斷代文體史的異體湊合縫接之著」，見《清詩史》（上）（杭州：浙江古籍出版社，2002 年），頁 2。沈金浩〈「一代有一代之文學」辨析〉（《蘇州大學學報》1988 年第 4 期）、韓立平〈唐詩宋詞元曲的「牢籠」——反思王國維「一代有一代之文學」〉（《天府新論》2010 年第 6 期）亦持類似看法。

的前後位置並無關係。在這個意義上，「一代有一代之文學」論並不能支撐起
一個文學史的框架。後人服膺王國維的審美眼光，將其作爲文學史敘述的依
據，由此造成種種缺憾，王國維本人固不受其咎也。

三、不連續的「戲曲史」

　　王國維秉持一種普遍性的審美標準，肯定元曲作爲「一代之文學」的地
位，並且在《宋元戲曲考》中，用兩章的篇幅討論元雜劇的文章之美。不過
除了這兩章外，《宋元戲曲考》的其餘部分，都是從體制和結構諸方面，討論
元雜劇的淵源，主要使用文獻考證的方法。這些內容是否構成了戲曲史的敘
述呢？

　　從對元雜劇文學上的興趣出發，王國維考求其歷史淵源，做了大量的相
關文獻的輯錄、整理和考證工作，這些研究處理的既是長時段的材料，討論
的是歷時性的問題，自然可以在一般意義上，視爲戲曲史研究。尤其是《宋
元戲曲考》的前八章，勾勒了從上古至元代戲劇流變的線索，一直被看作對
中國戲劇自身發展和演進的歷史敘述。

　　如同主張王國維的「一代有一代之文學」論體現了進化論的觀點，《宋元
戲曲考》有關中國戲劇發生和演化的描述，多數論者也認爲它揭示了戲劇從
源頭發展至成熟階段的歷史軌跡。最早從這個角度肯定《宋元戲曲考》的是
胡適。他在討論戲劇改良的文章中，就引用王國維的著作，說明中國戲劇不
斷擺脫各種束縛，向自由的方向進化，發展成結構較爲完備的元雜劇的過程。
有趣的是，胡適貫徹他的進化論思路，指出後來的傳奇在各個方面都比元雜
劇進步〔註 42〕，實際上卻與王國維的看法背道而馳，這也提示我們注意，以
進化論來理解王國維的戲曲史研究可能會遭遇到的陷阱。

　　大約同時，傅斯年也在《新潮》上撰文推薦王國維的著作，表彰它能「深
尋曲劇進步變遷之階級」，可稱「近代科學的文學史」。傅斯年還期待「世有
有心人，欲求既往以資現在，則此書而外，更應撰述明南曲之書」。〔註 43〕「欲
求既往以資現在」一語，最能見出初期新文學家主張文學進化論，實爲創作
新文學張本的用意。1927 年，吳文祺撰文紀念剛剛去世的王國維，便以王國

〔註 42〕胡適，〈文學進化觀念與戲劇改良〉，《新青年》第 5 卷第 4 號（1918 年 10 月
　　　　15 日），頁 310～311。

〔註 43〕傅斯年，〈出版界評‧王國維著《宋元戲曲史》〉，《新潮》1 卷 1 號（1919 年 1
　　　　月），頁 132～133。

維肯定文學發展進步爲說，將王國維追認爲「文學革命的先驅者」。若與王國維原著對勘，實有不能自圓其說之處。如吳文祺援引王國維關於元雜劇曲詞「自然」的表述，得出如下推論：「文學既以自然爲貴，那麼文學上的一切格律，便是自然的大敵。所以王氏認文體之解放，文體之自由變化，是文學上的一大進步。」並引原書比較元雜劇與大曲和諸宮調的論述爲證。〔註44〕其實王國維所謂「自然」，僅就曲詞的意境而言，並不涉及結構和體制的問題。諸宮調在格律上較元雜劇更自由，但王國維卻肯定元雜劇「較諸宮調爲雄肆」〔註45〕，可見他並不認爲格律越自由越好。以文體的自由變化來論證文學的進步，是新文學家的思路，並非王國維的本意。

　　由於五四以後進化論在中國古典文學研究領域的深入人心，多數研究者都將《宋元戲曲考》對中國戲劇演變的考察和描述，視爲一種發展和進化的歷史敘述。〔註46〕而胡適、吳文祺論述中的破綻，說明進化論並不能解釋王國維的思路。如果我們再細讀《宋元戲曲考》那些歷時性的分析和論述，就會發現書中隨處可見不連續的環節，很難看出一個清晰的不斷演進的歷史線索。

　　在《戲曲考源》中，王國維對戲曲的定義是，「戲曲者，謂以歌舞演故事也」，下文舉唐代《踏謠娘》等戲，既有歌舞，又演故事，自當歸入戲曲，然又云「此時尙無金元間所謂戲曲」〔註47〕。《宋元戲曲考》中也有類似的表述，王國維把《踏謠娘》等列入唐代歌舞戲，與滑稽戲並列，他一方面承認歌舞戲以歌舞爲主，且演故事，另一方面又斷定以歌舞爲主的唐五代戲劇，「視南宋、金、元之戲劇尙未可同日而語也」〔註48〕。由此可見，王國維所謂「金元間所謂戲曲」、「南宋、金、元之戲劇」尙別有標準，而與唐歌舞戲有質的差別。

〔註44〕吳文祺，〈文學革命的先驅者──王靜安先生〉，《小說月報》17卷號外「中國文學研究」（1927年6月）下冊，頁7～8。

〔註45〕王國維，《宋元戲曲史》，《王國維全集》第3卷，頁75。

〔註46〕如劉蔭柏認爲王國維「具有發展的文藝史觀」，周維培則將王國維的戲曲史研究方法概括爲「文藝進化論方法」，見劉蔭柏，〈王國維《宋元戲曲史》評論〉，《杭州大學學報》1985年第4期，頁64～70；周維培，〈新曲學的崛起與舊曲學的終結──王國維與吳梅戲曲研究之比較〉，《南京大學學報》（哲學人文社會科學版）1988年第4期，頁134～145。

〔註47〕〈戲曲考源〉，《王國維全集》第1卷，頁613、614。

〔註48〕《宋元戲曲史》，《王國維全集》第3卷，頁17。

　　《宋元戲曲考》對宋金戲劇的論述也遵循同樣的邏輯。在王國維看來，北宋雜劇承接唐滑稽戲，「不能被以歌舞，其去真正戲劇尚遠」〔註49〕，而南宋雜劇，雖多以歌曲演之，但往往摻雜種種雜戲成分，亦難稱「純正之戲劇」，金院本也類似，「尚非純粹之戲劇也」。作者的結論是，宋金雜劇院本「其結構與後世戲劇迥異，故謂之古劇。古劇者，非盡純正之劇，而兼有競技遊戲在其中」。〔註50〕

　　王國維所謂「真正戲劇」、「純正之戲劇」、「純粹之戲劇」即「真戲劇」：「後代之戲劇，必合言語、動作、歌唱以演一故事，而後戲劇之意義始全，故真戲劇必與戲曲相表裡」。〔註51〕「真戲劇」除搬演故事外，還須包含言語、動作、歌唱三種要素。唐宋戲劇或只有言語和動作（如滑稽戲），或伴有舞曲而不能自由動作（如歌舞戲），因而都不能稱為「真戲劇」，但言語、動作、歌唱如何結合為一體，成為元雜劇這樣的「真戲劇」，王國維卻又語焉不詳。

　　同時，「真戲劇必與戲曲相表裡」中的「戲曲」，也已經不是「以歌舞演故事」的概念，而是指與「真戲劇」相配合的具有一定形式特徵的曲詞。王國維談到宋代大曲雖便於敘事，但因是舞曲，動作皆有規定，「且現存大曲，皆為敘事體，而非代言體。即有故事，要亦為歌舞戲之一種，未足以當戲曲之名也」。〔註52〕可見這裡的「戲曲」，必須是代言體的曲詞，且須有存世文獻作為依據。或許宋代已經出現了合言語、動作、歌唱為一體的「真戲劇」，但由於劇本無一傳世，「故當日已有代言體之戲曲否，已不可知，而論真正之戲曲，不能不從元雜劇始也」。〔註53〕

　　依據王國維對「真戲劇」和「真戲曲」的定義，只有元雜劇符合他的標準，但元雜劇是如何達到這樣的標準的，王國維並未給出清楚的交代，只是含糊地說，「戲曲之作，不能言其始於何時」〔註54〕，就現存劇本而言，只能「斷自元劇始」。〔註55〕於是元雜劇的形成，便只好歸於「一時之創造」〔註56〕。這樣就在元雜劇和前代戲劇之間，造成了某種分離和斷裂。

〔註49〕《宋元戲曲史》，《王國維全集》第 3 卷，頁 34。
〔註50〕《宋元戲曲史》，《王國維全集》第 3 卷，頁 62、69、71。
〔註51〕《宋元戲曲史》，《王國維全集》第 3 卷，頁 41。
〔註52〕《宋元戲曲史》，《王國維全集》第 3 卷，頁 49。
〔註53〕《宋元戲曲史》，《王國維全集》第 3 卷，頁 74。
〔註54〕《宋元戲曲史》，《王國維全集》第 3 卷，頁 56。
〔註55〕《宋元戲曲史》，《王國維全集》第 3 卷，頁 76。
〔註56〕《宋元戲曲史》，《王國維全集》第 3 卷，頁 82。

　　從王國維的思考理路來看，他對所謂「眞戲劇」和「眞戲曲」的界定，實際上是確立一種理想類型，它們在很大程度上就是爲元雜劇量身定做的。這種理想型的概念顯然源於西方文學的參照〔註 57〕，超離於中國文學特定的歷史脈絡之上〔註 58〕，而獲得了某種規範性和普遍性。用這兩個具有規範性和普遍性意義的概念來考察中國戲劇的歷史，和持「意境」之說「觀古今人之詞」一樣，都體現了一種概念化的思維方法〔註 59〕，這裡可以看出王國維作爲接受西方哲學訓練的現代學人的底色。

　　這種概念化的思維方法，給後世的讀者帶來了不少疑惑和爭議，因爲王國維在使用他自己界定的「眞戲劇」「眞戲曲」一類概念的同時，也在寬泛的意義上使用「戲劇」和「戲曲」的概念，此時前者是泛稱搬演故事的表演藝術，後者則泛指配有歌舞的戲劇，或戲劇中的歌舞部分（即「以歌舞演故事也」），這樣就很容易造成混淆。關於王國維對「戲劇」和「戲曲」的界說，學術界一直有很多爭論，迄今亦未達成共識〔註 60〕，這不能不說和王國維使用概念的方式有關。

　　還有研究者批評王國維，把以元雜劇爲典範的「戲曲」作爲中國戲劇的核心概念，使得中國戲劇史基本上等同於中國戲曲史，限制了中國戲劇史的研究範圍。〔註 61〕如任半塘就指出王國維將代言體套曲形式的元曲當作標

〔註 57〕有論者指出，王國維對「眞戲劇」的界定可能受到了亞里斯多德的「悲劇」定義的啓發，見周錫山，〈論王國維的曲學和西學〉，《中國比較文學》1998 年第 4 期，頁 33；石磊，〈爲王國維「戲曲」「戲劇」「眞戲劇」界說辯——寫在王國維誕辰 120 週年〉，載《廿世紀中國戲曲改革啓示錄》（北京：中國戲劇出版社，1999 年），頁 148～149。而「代言體」的概念也明顯帶有西方文學的背景，參見王風，〈王國維學術變遷的知識譜系、文體和語體問題〉，載《世運推移與文章興替——中國近代文學論集》，頁 103。

〔註 58〕馬美信指出，古代文獻中的「戲曲」一詞通常指戲中之曲，與王國維的界定迥異，見馬美信，《宋元戲曲史疏證》（上海：復旦大學出版社，2004 年），頁 67～69。

〔註 59〕張廣達即在這個意義上，肯定王國維「是中國學術轉型中第一個認識到『工具概念』的重要性的學者，也是第一個運用概念化理性思維（conceptualization）的學者」，見張廣達，〈王國維在清末民初中國學術轉型中的貢獻〉，載《史家、史學與現代學術》（桂林：廣西師範大學出版社，2008 年），頁 49。

〔註 60〕關於學界這方面爭論的評述，參見吳新雷，《中國戲曲史論》（南京：江蘇教育出版社，1996 年），頁 17～27；康保成，〈五十年的追問：什麼是戲劇？什麼是中國戲劇史？〉，《文藝研究》2009 年第 5 期，頁 104～105。

〔註 61〕參見任中敏，〈對王國維戲曲理論的簡評〉，《揚州師院學報》（社科版）1983 年第 2 期，頁 34～37；馮建民：〈王國維戲劇理論再檢討〉，《藝術百家》1996 年第 3 期，頁 33～38。

準，反觀前代，得出宋元以前無戲曲也無眞正戲劇的錯誤結論。王國維的問題在於「以歌劇爲一切戲劇之定型，以套曲爲一切戲曲之定型」﹝註62﹞，所謂「定型」，實際上就是從普遍性和規範性概念出發而設定的理想類型。

任半塘對唐代戲劇用力甚深，其《唐戲弄》初版於 1958 年，也已成爲戲劇史領域的一部經典著作。爲了廓清王國維的在他看來是不良的影響，任半塘在這本書中專設「去蔽」一節，即「去」王國維之「蔽」，攻擊可謂不遺餘力。這其中或許有擺脫「影響的焦慮」以確立自己的研究立場的動機，撇開這一層不談，任半塘的觀察還是很敏銳的。特別是他窺見王國維概念化的思維方法，指出王國維以元雜劇爲中心的論述，「割斷唐與宋元間之歷史關係」﹝註63﹞，形成「斷代限體」的格局，確具卓識，雖然我們不一定同意他對《宋元戲曲考》學術價值的貶損：

> 王考（按：指《宋元戲曲考》）一念在推崇元曲，當然兼尚元劇，於其前代之藝事，乃不惜砍鑿階層，分別高下，欲人在意識上，先俯視漢，如平地；繼步登唐，如丘陵；再攀赴宋，如岩壑；而終乃仰望於金元之超峰極頂，無形中構成「斷代限體」之意識，遺誤後來諸史及其讀者於無窮！﹝註64﹞

儘管任半塘對王國維的批評頗具洞見，但卻應者寥寥。﹝註65﹞王國維將元雜劇視爲中國戲劇成就的頂峰這一評價，基本上爲學術界認可和接受。這或許是因爲大多數學者，都接受了王國維依據西方文學背景對「戲劇」和「戲曲」所做的界定，這從一個側面反映了現代的戲劇和戲曲觀念，很大程度上已經內化爲研究者自身的認識。

如果說在討論元雜劇與前代戲劇的淵源時，王國維下語還不免猶疑，那麼在處理元雜劇和南戲及後代戲劇的關係時，他的態度則要斬截得多，明確表示「謂北劇南戲，限於元代可也」，「北劇南戲，皆至元而大成，其發達亦至元代而止」。﹝註66﹞這完全是著眼於曲詞的文學價值而下的判斷。而在較早寫的《人間詞話手稿》中，王國維還承認《桃花扇》、《長生殿》等傳奇，在思想結構上較元曲爲進步。後來日本學者青木正兒向王國維表示有志續作明

﹝註62﹞ 任半塘，《唐戲弄》（上海古籍出版社，1984 年），頁 53。
﹝註63﹞ 任半塘，《唐戲弄》，「弁言」，頁 3。
﹝註64﹞ 任半塘，《唐戲弄》，頁 71。
﹝註65﹞ 見康保成，《中國戲劇史研究入門》（上海：復旦大學出版社，2009 年），頁 3。
﹝註66﹞ 《宋元戲曲史》，《王國維全集》第 3 卷，頁 143、145。

以後的戲曲史，王國維便直言「明清之曲，死文學也」〔註67〕，青木頗不以為然，其實王的意見在《宋元戲曲考》中已經表達得很充分了。

從文學史的角度看，將同類型的元末明初雜劇排除在元劇之外，並沒有太大說服力。〔註68〕而將元明之際出現的「荊劉拜殺」四部南戲作品都劃歸元劇，更有武斷之嫌。從這裡我們可以看出，王國維為了突出元曲作為「一代之文學」的崇高地位，不惜截斷元雜劇與明清戲曲之間的聯繫，依據「意境」、「自然」等審美標準，完全從曲詞的抒情層面論斷明清戲曲的文學價值，難免有些狹隘。因此，王國維對明清戲曲的否定，受到了包括青木正兒在內的很多學者的批評。

有趣的是，不少研究者對王國維否定明清戲曲的觀點的批評，仍然是建立在進化論的基礎上。他們一方面把王國維表彰的元雜劇的高度成就，理解為中國戲劇逐步發展、進步和成熟的結果，另一方面又依據進化論，批評王國維對明清戲曲的否定〔註69〕，由此認為王國維的論述出現了某種矛盾，卻沒有意識到，進化論本身就是與王國維的思考方法背道而馳的。這種矛盾如果存在，那也是研究者自己造成的，並非源於王國維本人。

整體來看，王國維的《宋元戲曲考》對元雜劇的論述，沒有脫離他的「一代有一代之文學」論的框架。如果依據嚴格的學術標準，可議之處不少。然而，當進化論已經成為文學史研究和著述中不言自明的前提的時候，《宋元戲曲考》恰恰會幫助我們破除某種「連續性的迷思」：文學或某一文體的流變，真的是連續地向著一個成熟的形態不斷發展的嗎？某種跳躍式的突變或偶然的歧出是不可能的嗎？〔註70〕《宋元戲曲考》不能算是一部線索清晰敘述連貫的「戲曲史」，但這也許正是它對戲曲史乃至文學史研究的意義和價值所在。

〔註67〕青木正兒，〈中國近世戲曲史序節錄〉，《王國維全集》第20卷，頁390。
〔註68〕解玉峰就批評這種處理方式沒有什麼意義，且容易造成認識的混亂，見解玉峰，〈王國維《宋元戲曲史》之今讀〉，《文學遺產》2005年第2期，頁135。
〔註69〕參見陸煒，〈王國維的戲劇文學批評與戲劇史論〉，載吳澤主編《王國維學術研究論集》（二）（上海：華東師大出版社，1987年），頁497～501；陳鴻祥，《王國維全傳》，頁349。
〔註70〕解玉峰就從對《宋元戲曲考》的解讀入手，反省20世紀中國戲劇史研究中的進化論色彩，參見解玉峰：〈論兩種戲劇觀念——再讀《宋元戲曲史》和《唐戲弄》〉，《文藝理論研究》1999年第1期，頁91～97；解玉峰：《20世紀中國戲劇學史研究》（北京：中華書局，2006年），頁10～11。

四、一以「觀」之：王國維的態度與方法

撰寫《宋元戲曲考》時，王國維已經轉向經史之學，書稿完成後，除個別考證文字外，不再涉足戲曲研究。從王國維一生的學術生涯來看，《宋元戲曲考》可以說是處在他學術轉向的樞紐上。正如他的學生戴家祥所言，《宋元戲曲考》等研治戲曲之作，已「漸漸地轉入乾嘉考證學家的途徑，不過他所證的是文學罷了」。〔註71〕關於王國維的學術轉向，學者有不同的解釋〔註72〕，這裡不妨換一個角度來討論這個問題，作為一個深受西方哲學影響的現代學者，王國維為何能夠順利地接納傳統樸學的考證方法？在王國維學術轉向的背後，有沒有不變的一以貫之的因素？〔註73〕

如前所述，王國維早年治哲學和文學，意在通過對宇宙人生的把握和領悟，求取普遍性的真理，以從生活之欲中獲得解脫。而考證作為一種學術活動，同樣能夠超越功利和利害關係，通過提供純粹的知識，而給人帶來愉悅和慰藉。在王國維看來，「知力，人人之所同有；宇宙人生之問題，人人之所不得解也。其有能解釋此問題之一部分者，無論其出於本國，或出於外國，其償我知識上之要求，而慰我懷疑之苦痛者，則一也」〔註74〕，所謂「償我知識上之要求」，固學術研究之能事也。

有一個例子可以用來說明王國維考證戲曲文獻的學術工作給他帶來的慰藉。「諸宮調」名稱之由來與意義，前人未做研討，「遂使一代文獻之名沉晦者且數百年」，王國維排比史料，尋繹語義，「一旦考而得之，其愉快何如也」〔註75〕。欣快之心情，溢於言表。王國維後來治經史考證之學，

〔註71〕 戴家祥，〈海甯王國維先生〉，載陳平原、王風編：《追憶王國維》（增訂本）（北京：生活・讀書・新知三聯書店，2009年），頁202。

〔註72〕 葉嘉瑩將王國維的學術轉向歸於其性格稟賦和時代環境，陳平原則著眼於王國維的生命體驗、學術史意識和當時「千載難逢的資料大發現」，王風則認為學術轉向在王國維那裏是很自然的事情，體現了王國維力爭第一流的學術個性，見葉嘉瑩，《王國維及其文學批評》第一章，頁3～44；陳平原，《作為學科的文學史》，頁349；王風，〈王國維學術變遷的知識譜系、文體和語體問題〉，載《世運推移與文章興替——中國近代文學論集》，頁104～105。

〔註73〕 許冠三認為王國維「後期治學的旨趣和風格，實一仍舊貫」，但語焉未詳，見許冠三：《新史學九十年》（長沙：嶽麓書社，2003年），頁87。井波陵一則從陳寅恪《王靜安先生遺書序》中獲得啓發，指出王國維治哲學、文學或經史考證之學，其基礎都是「復合的視點」，見井波陵一「王國維の學風を論ず——經史子集の革命的轉換」（『東方學報』第61號、1989、352頁）。

〔註74〕 〈論近年之學術界〉，《王國維全集》第1卷，頁131。

〔註75〕 〈庚辛之間讀書記〉，《王國維全集》第2卷，頁450。

亦有類似的經驗，如 1915 年 10 月因讀《漢書・功臣侯表》訂正《屯戍叢殘考釋・稟給類》第一簡之誤，「至爲愉快」〔註 76〕。這些都包含了王國維對學術與人生之關係的理解，而不只是日常體驗的表達。繆鉞在對此有一個很深刻的觀察，他認爲王國維從治文學轉向經史之學，雖受外界環境及羅振玉的影響，但並非盡屬被動，「其內心或以爲研究歷史特別是搞考據，其對象爲古文字古器物、古代歷史事實等，均遠離現實人生，也是一種解脫方法，故主觀上也願從事於此」，繆鉞特別引用了王國維作於 1907 年暮春的一首《浣溪沙》詞：「坐覺無何消白日，更緣隨例弄丹鉛，閒愁無分況清歡」，說明王國維以校勘文獻爲排憂遣懷之具〔註 77〕，而此時王國維所治正是詞曲之學。

以上是就考證作爲學術活動的性質而言，在具體的操作過程中，考證的方法亦具有一種普遍性。如果說歷史作爲特殊現象的集合，不能提供普遍的眞理，那麼歷史學作爲一門學問，卻可以通過普遍適用的考證方法，超越其研究對象的特殊性，提供眞理性的知識。在寫於 1911 年的〈國學叢刊序〉中，王國維批評了學分中西新舊的俗見，將學術大體分爲科學、史學和文學三類，它們性質各異，但都是以宇宙人生爲對象，以求取知識和道理爲鵠的，相互之間也是相通的。就史學而言，「欲求知識之眞，與道理之是者，不可不知事物道理之所以存在之由與其變遷之故，此史學之所有事也」，「雖一物之解釋，一事之決斷，非深知宇宙人生之眞相者，不能爲也。而欲知宇宙、人生者，雖宇宙中之一現象，歷史上之一事實，亦未始無所貢獻」〔註 78〕，而考證就是獲取關於歷史事實的眞知識的普遍方法。

明乎此，我們便不難理解，即便那些處理長時段的材料，探求事物「變遷之故」的史學論著，王國維也多以「考」命名，無論是關於戲曲的〈戲曲考源〉、〈唐宋大曲考〉、〈古戲腳色考〉，還是後來的〈簡牘版署考〉、〈胡服考〉。它們都是運用考證的方法，力求客觀的歷史知識，而不是像現代歷史編纂學那樣，從紛繁的歷史材料中整理出連貫的、往往包含著清晰線索和明確方向的歷史敘述，現代學術著述中，凡以某某「史」（如各類「文學史」）爲題的著作大都是這樣的結構。王國維不取「戲曲史」，或正是有鑒於這類著述容易

〔註 76〕 趙萬里：《王靜安先生年譜》，《王國維全集》第 20 卷，頁 433。

〔註 77〕 繆鉞：〈王靜安與叔本華〉，載《古典文學論叢》（杭州：浙江大學出版社，2009 年），頁 387。

〔註 78〕 〈國學叢刊序〉，《王國維全集》第 14 卷，頁 130、132。

陷入主觀性的陷阱，由此看來，「宋元戲曲考」確是較「宋元戲曲史」更接近
他本意的書名。〔註79〕

頗能說明問題的是，王國維在考證戲曲「變遷之故」時，對連綴長時段
的線索，態度極為愼重。我們在前面討論《宋元戲曲考》的時候，已經指出
其論述充滿了不連續性，除了王國維概念化的思維方法外，考證學自身的傳
統也在其間起了重要的作用，這就是「闕疑」的原則。在缺少文獻和史料依
據的情況下，「闕其不可知者，以俟後之君子，則庶乎其近之矣」。〔註80〕例
如由於宋金時期的雜劇院本的劇本今已不存，不知當中是否有代言體之戲
曲，故「論眞正之戲曲，不能不從元雜劇始也」。〔註81〕如果不同時期的文獻
史料之間缺少必要的環節，王國維寧可「闕疑」，也不願用自己的想像力去塡
補空缺之處，勾勒出清晰的線條。〔註82〕

我們在王國維後期的古史研究中，也能發現類似的例子。據王國維的清
華同事陸懋德回憶，他曾勸王國維「編周末以前古史，以惠後學，王君謙讓
未遑」，王國維去世後，見其集中考證殷周史事的論文數篇，「深惜其未能編
成專書」。〔註83〕王國維的學生趙萬里卻對此不以為然：「嘗聞某君往謁先生，
以據古彝器或其他實物以改編東西周之史事爲請，先生默不置辭，蓋此君未
嘗知古彝器中片段之紀載與史事有關者至鮮也，即有之，極少能確定其時代。
而與載籍爲翔實的考證，現尚非其時。此實有背於先生闕疑之旨」〔註84〕，「某
君」當即指陸懋德。可見王國維不願將自己的考證古史的論文，編成系統的
史書，非不能也，實不爲也。

〔註79〕 廣瀨玲子也注意到王國維的歷史研究多稱「考」而非「史」，沒有那種將分散
的專題論著集合爲一體的歷史著作。她從王國維的「二重證據法」入手，認爲
王國維有意識地將來自不同系統的史料相互比勘，避免在單一文獻系統內部建
構同一對象的連續性的歷史敘述，他感興趣的是充滿差異和斷裂的歷史。論頗
爲精彩，但與本文的思路有異。見廣瀨玲子：「王國維における歷史性──連
続としての歷史/斷絶としての歷史」（『人文科學年報』第34號、2004）。
〔註80〕 〈毛公鼎考釋序〉，《王國維全集》第8卷，頁193。
〔註81〕 《宋元戲曲史》，《王國維全集》第3卷，頁74。
〔註82〕 後來的研究者即因此表彰王國維謹愼求實的學風，參見傅曉航：〈戲曲史科學
的奠基人──讀《王國維戲曲論文集》〉，《文藝研究》1980年第2期，頁63。
〔註83〕 陸懋德：〈個人對於王靜安先生之感想〉，載陳平原、王風編《追憶王國維》（增
訂本），頁152～153。
〔註84〕 蠹舟（趙萬里）：〈王靜安先生之考證學〉，《學衡》第64期（1928年7月），
頁29～30。

　　縱觀王國維的經史考證之學，確實大多爲分散的、專題的研究，很少系統連貫的大著述，這一點也頗爲後人詬病，如顧頡剛就說他除《殷周制度論》外，「其餘的著作則都是些材料，尚沒有貫以統系」，在建設古史上尚未獲成功。〔註 85〕王國維的學生周傳儒晚年也批評他「注重考據，忽於著作。雖然片羽吉金，有如披沙覓寶，終嫌支離破碎，不成統系」。〔註 86〕這些意見自有其道理，但未免忽視了王國維治學的內在理路。正是爲了保證知識之眞確，王國維才集中精力於具體問題的考證，而這些看似零碎的專題研究，也因爲所採用的考證方法的普遍性，而獲得了內在的統一性。這不僅事關治學取向，也與王國維對待學術與人生之關係的態度有直接的關聯。《沈乙庵先生七十壽序》中一段不太爲人注意的話堪稱夫子自道：

> 若夫緬想在昔，達觀時變，有先知之哲，有不可解之情，知天而不任天，遺世而不忘世，如古聖哲之所感者，則僅以其一二見於歌詩，發爲口說，言之而不能詳。世所得而窺見者，其爲學之方法而已。夫學問之品類不同，而其方法則一。國初諸老用此以治經世之學，乾嘉諸老用之以治經、史之學，先生復廣之以治一切諸學。〔註 87〕

這段話雖然說的是沈曾植，但其中顯然包含了王國維對學問的理解，移用於王國維本人也非常貼切。「緬想在昔，達觀時變」云云，大體指現實關懷，王國維當然不是一個忘情時世的人，辛亥以後，他對政局的變化和走向，對自己的出處與行止，皆有敏銳的洞察和細密的考量，內心亦常懷憂憤苦悶之情，凡此皆可於他的書信和詩歌中考見，卻極少表現在他公開發表的學術論著中（《殷周制度論》大概是一個例外，但其經世之意亦掩蓋頗深）。換言之，王國維用學術爲自己營造了一個相對獨立和純粹的精神空間，以平衡和化解民國初年激變動盪的時代風雲對個人情懷的衝擊，求得心緒的疏解和平和。由是，學術確實起到了讓學者超離於現實生活之外的作用，它對王國維的意義與哲學和文學是相通的。〔註 88〕故從表面上看，王國維純然爲一個與世無競

〔註 85〕顧頡剛：〈悼王靜安先生〉，載陳平原、王風編《追憶王國維》（增訂本），頁 115。

〔註 86〕周傳儒：〈史學大師王國維〉，《歷史研究》1981 年第 6 期，頁 115。

〔註 87〕〈沈乙庵先生七十壽序〉，《王國維全集》第 8 卷，頁 619。

〔註 88〕浦江情已窺見此意，他指出王國維徹悟於生活本質爲苦痛之理，「故能泰然與世無競，超出於生活之欲外，而逞其勢力於純粹之學問。……於現實之世界上，欲求精神之寄託與慰藉，則固捨此末由也」，見谷永（浦江清）：〈論王靜安先生之自沉〉，載陳平原、王風編《追憶王國維》（增訂本），頁 149。由此可推想王國維自殺之原因，蓋在於北伐軍起之後，王國維自感已無力維持作

的學者，其現實關懷不可得而見，「世所得而窺見者，其爲學之方法而已。夫學問之品類不同，而其方法則一」。使得王國維的學術跨越不同的專題和領域而成爲一個內在完整的世界，並由此獲得與外部現實相抗衡的力量的，正是其「爲學之方法」，簡單地說，便是考證學的方法。

《宋元戲曲考》的序言中評價歷來治曲學者，未能「觀其會通，窺其奧窔」〔註89〕，「觀其會通」一語在王國維的著述中曾反覆出現，所謂「會通」，與其說是指史實之間的聯繫，不如說是由考證方法的普遍性而達致的融會貫通的學術格局，而要害則在一「觀」字。「觀」所隱含的與對象保持距離的姿態，是考證方法能夠被普遍運用的前提，它很容易讓我們聯想到王國維早年的哲學和文學論述。「觀」所體現的態度與方法，正是構成王國維不同階段學術路向的內在統一性的核心要素。〔註90〕

簡而言之，「觀」意指在一定的距離之外審視和把握對象，由此獲取關於對象的純粹知識，它顯然來自叔本華的「直觀」概念，即所謂「不視此物爲與我有利害之關係，而但觀其物」〔註91〕，這種直觀乃是一切眞理的源泉，也是王國維「意境」概念的基礎：「原夫文學之所以有意境者，以其能觀也」。〔註92〕營造意境，「須入乎其內，又須出乎其外。入乎其內，故能寫之。出乎其外，故能觀之」〔註93〕，只有在一定距離之外「觀」，才能完整地把握和構建作品的境界。

轉向經史考證之學後，「觀」的態度和方法也依然起著支配性的作用，大致的原則仍是「拾其靜觀之對象，而使之孤立於吾前」〔註94〕，只是這裡的對象變成了一個個具體的問題。王國維治史學，在很大程度上還是立於純粹

爲精神寄託的學術生涯（觀其孜孜以無處避亂治學爲慮可知，見謝國楨〈悼王靜安先生〉、衛聚賢〈王先生的死因，我知道一些〉等文，均載《追憶王國維》），可平衡外部壓力的學術世界將不復存在，對現實的憂懼完全壓倒了生存的意志，最終走上自殺的道路。

〔註89〕　《宋元戲曲史‧序》，《王國維全集》第3卷，頁3。
〔註90〕　張廣達抉發了「觀」對於王國維的意義，認爲王國維在「觀」字上形成了自己的認知系統，「觀」貫穿了王國維一生治學的三個階段，但未能暢發其旨，見〈王國維的西學和國學〉，載《史家、史學與現代學術》頁33～38。
〔註91〕　〈叔本華之哲學及其教育學說〉，《王國維全集》第1卷，頁39。
〔註92〕　〈人間詞乙稿序〉，《王國維全集》第14卷，頁682。羅鋼對王國維「境界說」與叔本華哲學之間的內在聯繫，做了深入細緻的闡發，參見《傳統的幻象：跨文化語境中的王國維詩學》，頁66～91。
〔註93〕　《人間詞話》，《王國維全集》第1卷，頁478。
〔註94〕　〈叔本華與尼采〉，《王國維全集》第1卷，頁82。

觀察者的位置，以獲取關於特定對象的真知識為目的，避免以研究者的主觀預設，將從不同對象取得的分散的個別知識統合在一起。1918 年 3 月起，王國維開始自號「觀堂」，這或許表明王國維對自己治學的態度和方法，已經有了明確的自覺。〔註95〕

概而言之，「觀」是一種空間化的思考方式，拾取出來的特定對象，被自覺地放置在一定的距離之外來觀照，或依據普遍的審美標準來評判其高下，或通過普遍的考證方法來認識其實相，這些對象在時間上的前後順序，它們距離主體的遠近並不重要，就通過「觀」來獲取真切的知識而言，所有的事物都處在同等的位置上。《國學叢刊序》云：「事物無大小，無遠近，苟思之得其真，紀之得其實，極其會歸，皆有裨於人類之生存福祉」〔註 96〕，所謂「無遠近」，便是對這種空間化的思考方式的有力提示。

主要參引文獻

中文

1. 王風，〈王國維學術變遷的知識譜系、文體和語體問題〉，《世運推移與文章興替——中國近代文學論集》，北京大學出版社，2015 年。

2. 王國維，《王國維全集》第 1～20 卷，杭州，浙江教育出版社，2010 年。

3. 任半塘，《唐戲弄》，上海古籍出版社，1984 年。

4. 吳文祺，〈文學革命的先驅者——王靜安先生〉，《小說月報》17 卷號外「中國文學研究」下冊，1927 年 6 月

5. 胡適，〈文學進化觀念與戲劇改良〉，《新青年》第 5 卷第 4 號，1918 年 10 月 15 日

6. 馬美信，《宋元戲曲史疏證》，上海，復旦大學出版社，2004 年。

7. 陳平原，《作為學科的文學史》，北京大學出版社，2011 年。

8. 陳平原、王風編，《追憶王國維》（增訂本），北京，生活‧讀書‧新知三聯書店，2009 年。

〔註95〕劉蕙孫認為「觀堂」得名於日本京都禪寺永觀堂，見〈關於《殷墟書契考釋》成書經過的回憶〉，載陳平原、王風編《追憶王國維》（增訂本），頁 472。陳鴻祥駁斥了他的觀點，指出「觀堂」完全出自王國維本人的命意，見《王國維全傳》，頁 491。張廣達和張文江都指出「觀堂」與王國維對「觀」的理解有關，但均語焉未詳，見張廣達：〈王國維的西學和國學〉，載《史家、史學與現代學術》，頁 34～35；張文江：〈王國維的學術與人生〉，載《漁人之路和問津者之路》，頁 72。

〔註96〕〈國學叢刊序〉，《王國維全集》第 14 卷，頁 132。

9. 陳鴻祥，《王國維與文學》，西安，陝西人民出版社，1988
10. 陳鴻祥，《王國維全傳》，北京，人民出版社，2007 年。
11. 葉長海，〈導讀〉，《宋元戲曲史》，上海古籍出版社，1998 年。
12. 葉嘉瑩，《王國維及其文學批評》，北京大學出版社，2014 年。
13. 張文江，〈王國維的學術和人生〉，《漁人之路和問津者之路》，上海，復旦大學出版社，2006 年。
14. 張廣達，《史家、史學與現代學術》，桂林，廣西師範大學出版社，2008 年。
15. 彭玉平，《王國維詞學與學緣研究》，北京，中華書局，2015 年。
16. 傅斯年，〈出版界評・王國維著《宋元戲曲史》〉，《新潮》1 卷 1 號，1919 年 1 月。
17. 趙夯，〈讀《宋元戲曲史》〉，《元明清戲曲研究論文集》（二集），北京，人民文學出版社， 1959 年。
18. 繆鉞，〈王靜安與叔本華〉，《古典文學論叢》，杭州，浙江大學出版社，2009 年。
19. 羅鋼，《傳統的幻象：跨文化語境中的王國維詩學》，北京，人民文學出版社，2015 年。
20. 羅繼祖，〈王國維與樊炳清〉，《史林》1989 第 3 年。

外文

1. 井波陵一，「王國維の學風を論ず——経史子集の革命的轉換」，『東方學報』第 61 號、1989。
2. 增田涉，「王國維について——文學史的にみて」，『人文研究』第 12 卷、第 9 號、1961。
3. 廣瀬玲子，「王國維における歷史性——連続としての歷史/斷絕としての歷史」，『人文科學年報』第 34 號、2004。
4. Bonner, Joey, *Wang Kuo-wei : an Intellectual biography*（Cambridge，Mass. : Harvard Univ. Pr., 1986）.
5. Llamas, Regina, 'Wang Guowei and the Establishment of Chinese Drama in the Modern Canon of Classical Literature', *T'oung Pao*, Volume 96, Issue 1（2010）.
5. Sieber, Patricia, *Theaters of Desire: Authors, Readers, and the Reproduction of Early Chinese Song-Drama*, 1300～2000（New York: Palgrave Macmillan, 2003）.

（原刊《中國文學學報》第六輯（2015 年 12 月））

從章太炎到王國維：胡適「科學方法」視野中的「學術範式」更替

李浴洋

（北京大學中文系）

一、「範式」視野與學術史的構造

在中國現代學術史上，或許沒有第二個人像胡適這樣，直接而持續地對於學術界發揮了近半個世紀的影響。同時，作爲一位絕佳的敘述者，他將自我與歷史有機地結合在一起，把不同代際、立場、知識背景與學術脈絡中的問題有效地整合進入了由自己主導的歷史敘述之中，並且提供了一套十分有效與有力的組織敘述的內在邏輯。因此中國現代學術的譜系，也就自胡適以降延伸開來。此後的歷史書寫者儘管還可以對於他的敘述方案「拾遺補缺」或者「正本清源」，甚至完全走到與他對立的一端，但卻大都只能調整具體的呈現形式，而在邏輯層面上並無多少實質性的突破。因此，認識與理解中國現代學術的歷史進程，胡適的主導作用也就成爲了首先需要把握與反思的對象。

胡適的學術史意義並不端賴他的學術工作的「實績」，而與其自覺扮演的角色密切相關。近代以來，中國的社會——學術轉型是一個十分複雜而漫長的過程。自其表言之，是不同學術範式的更替；自其裏言之，則是新的學術觀念、學術方法與對於學術進程的歷史敘述的建立。胡適正是因爲在這互爲表裏的兩方面中都發揮了關鍵作用，而成就了其學術史地位。

儘管早年也曾接受過傳統教育並且進行了部分學術實踐，但就胡適個人而言，眞正有意識地設計自己的學術工作還是在美國留學期間。當他回國時，

基本是以「新人」的身份進入中國學術界的。是故，他也就必須在已有的學術範式中做出選擇，汲取其中的學術資源，以奠立自身學術的合法性基礎。與此同時，一個新的學術時代也已經悄然到來。在現代社會，個人與時代、學者與學界的關係更爲密切。在此背景下，一種新的學術範式的建立，只有與時代、學界發生高度內在的關聯——亦即與既有的學術範式不斷接觸、對話、競爭與融合，才能具有生命力。學術範式作爲一種學術制度，不僅關乎學術路向，而且涉及學術傳承、學術評價與學術共同體的建構等諸多層面。

　　本文使用的「範式」概念，與已經經典化的「範式」（paradigm）範疇既有聯繫，也有區別。「範式」（paradigm）是研究者在考察胡適的學術史貢獻時經常使用的理論工具，其模型來源於美國學者托馬斯・庫恩（Thomas Kuhn）在《科學革命的結構》（*The Structure of Scientific Revolution*）一書中提出的概念。在研究西方科學史時，庫恩發現：

> 科學家通過模型從事工作，而模型是從其所受教育和其後的鑽研文獻中獲得的，他們往往無需明確知道或無需知道什麼特徵給這些模型以共同體範式的地位。而且正因爲他們這樣做，他們也就不需要整套規則了。……範式比能從中明白地抽象出來進行研究的任何一組規則更優先、更具約束力、更加完備。〔註1〕

庫恩將「範式」（paradigm）在科學史中所起的這一作用稱爲「範式的優先性」。反觀人文學術史，類似的現象同樣存在。「範式」（paradigm）理論在研究胡適時代的學術史時之所以適用，在於具備兩個根本前提：一是一個更爲普遍的「學術共同體」——在一定程度上共享同一種「學術」觀念的「學術界」的出現；二是「規則」的意義被「範式」（paradigm）的作用所取代，「學術界」開始達成了一種對於「學術」的功能與位置以及學術評價標準的整體性認識。

　　在傳統中國，並沒有一種嚴格意義上的同質性的「學術」觀念支配學人的思想與實踐。甚至直到清末民初，關於「學術」問題的討論以及「學」與「術」的關係辨析，依舊莫衷一是。〔註2〕儘管通常認爲中國學術從傳統到現代的轉型以參照西方標準進行學術分科與知識分類爲表徵，以現代學術制度

〔註1〕托馬斯・庫恩：《科學革命的結構（第四版）》，金吾倫、胡新和譯，北京：北京大學出版社，2012年版，第38頁。

〔註2〕參見劉夢溪：《中國現代學術要略》，北京：三聯書店，2008年版，第5～12頁。

的建立爲基礎，〔註3〕但是在其背後發揮關鍵作用的無疑還是一種具有「範式」（paradigm）意義的新的「學術」觀念的興起。

不過，基於研究西方科學史的經驗而提出的「範式」（paradigm）理論究竟在多大程度上可以直接移植到中國學術史的研究中，或許在肯定庫恩的啓示的同時，也值得反思。在現代中國學術史上，當然有庫恩意義上的「範式」（paradigm），但是一種並不等同於 paradigm 的對於「範式」的理解方式可能更爲適合作爲討論學術史問題的內在而自足的視野。

無論「範式」（paradigm），還是本文使用的「範式」，兩者的出現都以新的「學術」觀念的興起爲支撐。如果說前者在學術史中的作用更多地體現爲發動並且完成了一個又一個從建構的力量到力量的建構的過程的話，那麼後者則主要是與追認——這一歷史敘述的邏輯與方式聯繫在一起。當然，「追認」也可以被視爲另外一種形式的「建構」，艾瑞克‧霍布斯鮑姆（Eric Hobsbawm）的「傳統的發明」論就作如是觀。〔註4〕與 paradigm 不同，「範式」指的是在新的「學術」觀念的視野中，那些在既有的學術傳統裏面可以被重新加以認識與理解，並且對象化與理想化的學術資源——它的形式不是純粹追求「更新」的，相反，還與某種「懷舊」的結構纏繞在一起。是故，「範式」的作用不是強調斷裂性的革命意義，而是凸顯了一種接續的可能性，同時直接關係到一種新的「學術」觀念引發的潮流嬗變在「傳統」語境中的合法性問題。在「範式」的背後，是對於某種 paradigm 的想像。如果說 paradigm 提供的是學術史中的節點的話，那麼「範式」的作用階段則更意味著一種學術演進的常態。

在學術史上，「範式」通常在三種情況下被追認。一是在新的「範式」（paradigm）建立前後，即「範式」（paradigm）的意義結構與價值體系處於不穩定的時候；二是新的「學術」觀念與傳統「範式」（paradigm）發生根本衝突，需要通過「發明」另外一種「傳統」進行反動的時候；三是既有的「範式」（paradigm）已經失效，但是對於新的「範式」（paradigm）的想像尚未達成的時候。1917 年，歸國伊始的胡適面對的情況三者皆有，尤以最後一種爲要。「新文化運動」時期，胡適參與進而主導了對於新的「範式」（paradigm）

〔註3〕參見左玉河：《從四部之學到七科之學：學術分科與近代中國知識系統之創建》，上海：上海書店出版社，2004 年版；《中國近代學術體制之創建》，成都：四川人民出版社，2008 年版。

〔註4〕參見 E‧霍布斯鮑姆、T‧蘭格：《傳統的發明》，顧杭、龐冠群譯，南京：譯林出版社，2004 年版，第 1～17 頁。

的想像，其時他的主要理論根據是所謂「科學方法」的主張。「科學方法」在本質上乃是一種理論建構，故而胡適亟需在本土學術傳統中尋找某一學術路向或者其中的某一面向承載這一主張。只有如此，「科學方法」的展開才能眞正成爲一個「中國問題」。對於「範式」（paradigm）的想像也就首先必須完成追認「範式」的工作。通過在不同的「學術範式」之間做出選擇，胡適把西方的「科學方法」觀念與本土學術傳統中的既有資源關聯起來。在此前提下，有關傳統與現代的「接續」或者「轉化」的敘述才成爲可能。

在胡適的傳記作者看來，1917 至 1927 年間是他「日正當中」的十年。〔註5〕與此同時，這一時期也是「中國學術」實現意義重構與價值再造的十年。這兩個過程，在某種程度上相生相成。因此，考察此間胡適的學思經歷——尤其是他在「科學方法」的視野中選擇與敘述不同的「學術範式」的努力，對於在觀念與制度互動的層面上理解中國現代學術的發生與發展，不無啓示。

二、「對於近人，我最感謝章太炎先生」

由於《胡適留學日記》（初名《藏暉室札記》）的刊行，〔註6〕以及胡適在敘述自己參與的歷史進程時大都著力強調留學時期的關鍵作用，〔註7〕1910 至 1917 年間在美國留學階段的胡適自然也就成爲了胡適研究的重要對象。〔註8〕不過值得一提的是，就在胡適進行「長期的精神準備」的同時，〔註9〕民元以降的中國學術界也已經悄然發生變化。

〔註5〕參見江勇振：《捨我其誰：胡適（第二部　日正當中：1917～1927）》，杭州：浙江人民出版社，2013 年版。

〔註6〕參見胡適：《胡適留學日記》，上海：商務印書館，1947 年版。

〔註7〕參見胡適口述、唐德剛譯注：《胡適口述自傳》，桂林：廣西師範大學出版社，2015 年版，第 43～189 頁。

〔註8〕關於留學時期的胡適研究，以余英時的論述最具代表性。他認爲：「在美國留學的七年是他一生思想和志業的定型時期。」參見余英時：《中國近代思想史上的胡適——〈胡適之先生年譜長編初稿〉序》，《重尋胡適歷程：胡適生平與思想再認識》，桂林：廣西師範大學出版社，2004 年版，第 174 頁。不過，「倘若過份誇大這一階段的『準備』對於其整個人生的決定作用的話，則不免具有將其『一生思想和志業』及其參與的歷史進程抽象化與概念化的危險，從而忽略了 1917 年以降胡適在世界視野與本土語境中對其主張不斷調整與揚棄的實際過程」。參見李浴洋：《「家法」與「方法」——「新文化運動」時期胡適的學術觀念考辨》，《雲夢學刊》2015 年第 6 期。

〔註9〕余英時：《中國近代思想史上的胡適——〈胡適之先生年譜長編初稿〉序》，《重尋胡適歷程：胡適生平與思想再認識》，第 173 頁。

作爲當時唯一的國立大學，北京大學在民初日漸成爲全國學術文化中心。伴隨著民國鼎立，一輪「範式更替」也在北大文科中完成。章太炎的弟子馬裕藻、沈兼士、錢玄同、黃侃、朱希祖與周作人等相繼進入，取代馬其昶、林紓、姚永概與姚永樸等「桐城」學者，成爲了北大文科的主導力量。

歸國以後的胡適，首先需要面對的便是章門弟子的巨大影響。在談論胡適進入北大以後的首部學術著作《中國哲學史大綱》的學術史意義時，余英時曾經借助「範式」（paradigm）理論，指出「《中國哲學史大綱》所提供的並不是個別的觀點，而是一整套關於國故整理的信仰、價值和技術系統。換句話說，便是一個全新的『典範』。〔註 10〕此說當然具有一定道理。不過，或許可以繼續追問的是，倘若從這「內在理路」式的研究思路中超越出來，回到民初中國學術界的歷史語境中去，那麼這一新的「範式」（paradigm）的建立，是通過何種途徑在本國的學術傳統中獲得合法性的？這一「範式」（paradigm）與章門主導的學術形態以及傳統學術的經驗之間的關係又究竟如何，是轉化還是革命，甚至只是一種歷史的錯位或者誤讀？

其實早在留學時期，胡適就已經開始關注章太炎的學術論述。歸國以前的半年，胡適在日記中頻繁討論清代學術與他推崇的「科學方法」的關係，由此大略可見他的抱負。對于歸國以後需要面對的發言對象以及從事的學術工作，他已經做出明確判斷。考察胡適這一時期的札記，不難發現他提及次數最多的中國學者除去王念孫、王引之父子，就是章太炎。章太炎在現代中國學術史上能否堪稱一種庫恩意義上的「範式」（paradigm）另當別論，但對於胡適而言，則無疑已經成爲必須將自家的學術觀念與其建構某種歷史與邏輯關聯的重要資源。

1917 年 6 月，胡適啓程歸國。7 月，在上海登陸。胡適發現，此時的中國依舊是「二十年前的舊古董在二十世紀的大舞臺上做戲」。〔註 11〕於是他「打定二十年不談政治的決心，要在思想文藝上替中國政治建築一個革新的基礎」。〔註 12〕出任北京大學教授的胡適，把「革新基礎」的工作主要落實在了「文學革命」與學術建設兩個領域中。胡適關於「文學革命」的論述大都在

〔註 10〕余英時：《〈中國哲學史大綱〉與史學革命》，《重尋胡適歷程：胡適生平與思想再認識》，第 230 頁。
〔註 11〕胡適：《歸國雜感》，《新青年》第四卷第一號，1918 年 1 月。
〔註 12〕胡適：《我的歧路》，《胡適文存二集》，上海：亞東圖書館，1924 年版，卷二第 96 頁。

《新青年》雜誌以及「新文化」陣營輻射出來的場域中開展，而學術活動則主要致力進入以北大爲中心的國內主要學術群體中，並且追求以中國學術的形式實踐其「科學方法」的主張。前者講究「新」與「舊」的分野，不避衝突與對抗；後者則要求胡適首先與主流「範式」進行接觸與融合，然後才是對話與競爭。

對於胡適的這一選擇，余英時認爲：「如果胡適僅以提倡白話而轟動一時，那麼他的影響力最多只能停留在通俗文化的領域之內。上層文化界的人不但不可能承認他的貢獻，而且還會譏笑他是『以白話藏拙』」，「他首先必須在考證學上一顯身手才能期望在上層文化的領域內取得發言的資格」。〔註13〕是故，與時人期待胡適在西學研究與國語規範等方面做出更大貢獻不同，他在歸國以後把自己的主要精力投入到了「中國古代哲學」課程的講授以及《中國哲學史大綱》的寫作中去。這部在後世學者眼中成爲「範式」（paradigm）的《中國哲學史大綱》在 1919 年 2 月出版，而胡適在此前其實已經進行了自己的「學術亮相」，這便是 1918 年 2 月，他選擇在《北京大學日刊》上密集地發表了自己留學時期完成的兩篇頗爲得意的考據文章——〈爾汝篇〉與〈吾我篇〉。〔註14〕胡適在《北京大學日刊》上進行學術發言，顯然意在面向章門弟子主導的北大文科師生。不過與同一時期他在《新青年》上的論述「風生水起」不同，這兩篇考據文章並未得到他的期待讀者的積極回應。相反，還招致了劉少珊、毛子水與陳漢章等人的嚴厲批評。胡適聲稱答辯，不過最終不了了之。〔註15〕

〔註13〕余英時：《中國近代思想史上的胡適——〈胡適之先生年譜長編初稿〉序》，《重尋胡適歷程：胡適生平與思想再認識》，第 190～191 頁。

〔註14〕《爾汝篇》連載於 1918 年 2 月 5 日至 6 日的《北京大學日刊》的「著述」欄目中，《吾我篇》連載於 1918 年 2 月 19 日至 21 日的《北京大學日刊》的「文藝」欄目中。

〔註15〕參見劉少珊：《書〈爾汝篇〉後》，《北京大學日刊》1918 年 2 月 18 日；胡適：《〈書《爾汝篇》後〉附白》，《北京大學日刊》1918 年 2 月 18 日；毛子水：《書〈書《爾汝篇》後〉後》，《北京大學日刊》1918 年 2 月 23 日、25 日；陳漢章：《〈爾汝篇〉?言一則》，《北京大學日刊》1918 年 3 月 2 日。在三人中，毛子水是學生，劉少珊係講師，與胡適同爲文科教授而對此做出回應的只有陳漢章。不過需要說明的是，陳漢章之所以正式回應胡適，大概並非認爲胡適的主張值得一駁，而是由於兩人在北大同時講授「中國哲學史」課程時產生的矛盾使然。參見羅志田：《再造文明之夢：胡適傳（修訂本）》，北京：社會科學文獻出版社，2015 年版，第 181～182 頁。

就在胡適發表文章的同時，《北京大學日刊》上還登載了北京中華新報館寄售《章氏叢書》的廣告，從中頗能見出當時北大校園的學術風尚。「亮相」的「挫折」並未打消胡適的熱情。為此，他將《章氏叢書》「用新式標點符號，拿支筆來圈點一遍，把每句話都講通了；深恐不合原意，則詢於錢玄同，玄同不懂時，則問太炎先生自己」。〔註16〕在胡適看來，爭取章太炎與章門弟子的肯定遠比在社會上「暴得大名」更為重要。直到晚年，他還念茲在茲錢玄同對於他的〈文學改良芻議〉的評價。「錢氏原為國學大師章太炎的門人。他對這篇由一位留學生執筆討論中國文學改良問題的文章，大為賞識，倒使我有些受寵若驚。」〔註17〕羅志田認為：「胡適在這裡無意間道出他和錢玄同各自的身份認同——一為留學生，一為太炎門人兼古文大家，很能提示那時北京大學真勢力之所在和胡自己地位微妙的消息。」〔註18〕

1919 年 5 月，問世僅三個月的《中國哲學史大綱》出版第二版。在第一版中，胡適並未作自序或者自跋。但此時他卻寫了一篇饒有意味的〈再版自序〉，尤其卒章顯志：

> 我做這部書，對於過去的學者我最感謝的是：王懷祖、王伯申、俞蔭甫、孫仲容四個人。對於近人，我最感謝章太炎先生。北京大學的同事裏面，錢玄同、朱逖先兩位先生對於這書都曾給我許多幫助。這書排印校稿的時候，我正奔喪回家去了，多虧得高一涵和張申府兩位先生幫我校對，我很感謝他們。〔註19〕

胡適在《中國哲學史大綱》中討論了大量涉及考據、訓詁與校勘等學術方法的問題，其中徵引最多的便是王念孫、王引之、俞樾、孫詒讓與章太炎的著作。由此可見胡適的眼光與趣味，而其間顯然已經包孕了一種在「科學方法」的視野中重構關於清代學術的歷史敘述的努力。高一涵與張申府是當時入職不久的北大教員，錢玄同與朱希祖則身兼「章門弟子」與胡適同事的雙重身份。根據目前已有的史料記載，從 1917 年 7 月出任北大教授到 1919 年 5 月

〔註16〕 毛以亨：《初到北大的胡適》，轉引自羅志田：《再造文明之夢：胡適傳（修訂本）》，第 181 頁。

〔註17〕 胡適口述、唐德剛譯注：《胡適口述自傳》，桂林：廣西師範大學出版社，2015年版，第 178 頁。

〔註18〕 羅志田：《再造文明之夢：胡適傳（修訂本）》，第 177 頁。

〔註19〕 胡適：《〈中國哲學史大綱（卷上）〉再版自序》，《中國哲學史大綱（卷上）》，上海：商務印書館，1919 年版，第 1 頁。

出版《中國哲學史大綱》第二版，期間胡適並未與章太炎有過多少直接交往。因此，所謂「對於近人，我最感謝章太炎先生」應當主要出自一種學術判斷與現實策略。在王汎森看來，胡適「這一個謝忱，主要來自兩方面：第一，《中國哲學史大綱》之立論，有不少是在章氏的《檢論》及《國故論衡》之基礎上繼續發展的。第二，固章氏的影響，使他得以平等諸子。」〔註20〕

　　胡適致力重構的清學譜系，正是以章太炎爲節點。在他看來，章太炎上承乾嘉以降的清學經驗，同時也下啓自己。關於這一邏輯鏈條的前半部分，胡適在《中國哲學史大綱》中多有論述，並不僅限於《再版自序》中的吉光片羽。〔註21〕後半部分雖然沒有正面觸及，但其實卻同樣伏脈千里，並且更能見出其用心。

　　蔡元培在爲《中國哲學史大綱》作序時，特別表彰胡適具有「證明的方法」、「扼要的手段」、「平等的眼光」與「系統的研究」。〔註22〕結合胡適對於自家爲何精心撰寫《導論》的表述——乃是追求「特別把這些做哲學史的方法詳細寫出」，「希望國中學者用這些方法來評判我的書」，〔註23〕蔡序可謂「知人者言」。蔡元培顯然清楚胡適的思路淵源有自。在他看來，研究中國哲學史，「我們要編成系統，古人的著作沒有可依傍的，不能不依傍西洋人的哲學史」，〔註24〕所以「系統」與「比較」的要求也就自然內在於胡適的學術觀念之中。而參照胡適在書中對於章太炎做出的評價——諸如「有條理系統」、「有比較參考的哲學資料」，〔註25〕可見他意在建構自己與章太炎在學術方式與研究方法的層面上的歷史關聯。經由胡適的追認，章太炎顯然已經成爲「科學方法」的重要資源，而循此對於清學經驗的重新理解當然也就爲胡適的學術觀念的本土化提供了理論支撐與實踐依據。

〔註20〕 參見王汎森《章太炎的思想——兼論其對儒學傳統的衝擊》，上海人民出版社，2012年版，第216頁。僅就二人的學術思路的內在關聯而言，這一分析是成立的。

〔註21〕 例如在《中國哲學史大綱》的《導言》中，胡適建構的中國哲學史研究的理想譜系同樣是從王氏父子到章太炎。參見胡適：《中國哲學史大綱（卷上）》，第25～30頁。

〔註22〕 蔡元培：《〈中國哲學史大綱（卷上）〉序》，胡適：《中國哲學史大綱（卷上）》，第2～3頁。

〔註23〕 胡適：《中國哲學史大綱（卷上）》，第33頁。

〔註24〕 蔡元培：《〈中國哲學史大綱（卷上）〉序》，胡適：《中國哲學史大綱（卷上）》，第1頁。

〔註25〕 胡適：《中國哲學史大綱（卷上）》，第30頁。

　　由於在「小學上的障礙」，﹝註 26﹞胡適的「學術亮相」遭遇「挫折」，這
說明了以他的背景、訓練、思路與抱負很難真正進入章太炎式的學術方式的
內部；然而他卻另闢蹊徑，將章太炎轉化成為了「科學方法」的前代資源。
在這一過程中，胡適並非不清楚章太炎學術的本來面目以及自己與其的差距
和區別，但他策略性地迴避了這些問題，通過歷史敘述的方式將章太炎的學
術經驗整合進入了自家的理論體系。不應忽略的是，就在胡適對於章太炎與
清學經驗進行轉化的同時，中國學術也正處於從傳統到現代轉化的關鍵時
期，中國學術界對於新觀念、新思路、新方法與新形式的期待也在胡適這裡
獲得了某種契機與啟示。﹝註 27﹞部分章門弟子與胡適的接觸和「合作」其實
乃是一個相互選擇的過程。

　　至少在胡適歸國的頭兩年間，他以章太炎為「學術範式」的努力相當持
續而篤定。不過這並不意味著他對於章太炎的全面接受與肯定。就在胡適為《中
國哲學史大綱》寫作〈再版自序〉的次月，他與章太炎同時受邀前往少年中國
學會演講，這一經歷在日後被胡適的傳記作者視為他的一個「關鍵時刻」：

　　　　太炎以長者的立場，針對青少年的弱點做了幾點告誡。二十八歲
　　的歸國留學生胡適接著登臺演講。他一開始就宣佈太炎先生所說「都
　　是消極的忠告，我現在且從積極的方面提出幾個觀念」。話雖然婉轉，
　　反其道而行之的意思是明顯的。更有象徵意義的是，胡適在講完他的
　　積極觀念後，用英文念了一句荷馬的詩：「You shall see the difference
　　now that we are back again.」（現在我們回來了，你們請看，便不同了。）

　　　　……他認為此語「可作吾輩留學生之先鋒旗」。如今在這個場合
　　念出來，既是對聽眾講，恐怕也是說給太炎先生聽的。而且他特別
　　用章太炎不長的英文念出，刻意體現新回來的「我們」與既存之「你
　　們」的區別。﹝註 28﹞

﹝註 26﹞　參見徐雁平：《胡適與整理國故考論——以中國文學史研究為中心》，合肥：
　　　　　安徽教育出版社，2003 年版，第 80～90 頁。
﹝註 27﹞　余英時認為，胡適的意義在於「在五四運動的前夕，一般知識分子正在迫切地
　　　　　需要對中西文化問題有進一步的認識；他們渴望能突破『中體西用』的舊格局。
　　　　　然而當時學術思想界的幾位中心人物之中意沒有人能發揮指導的作用了。這一
　　　　　大片思想上的空白正等待著繼起者來填補，而胡適便恰好在這個『關鍵性的時
　　　　　刻』出現了」。余英時：《中國近代思想史上的胡適——〈胡適之先生年譜長編
　　　　　初稿〉序》，《重尋胡適歷程：胡適生平與思想再認識》，第 168～169 頁。
﹝註 28﹞　羅志田：《再造文明之夢：胡適傳（修訂本)》，第 3 頁。

如果僅從一個月前還以章太炎的學術「傳人」自居到一個月後就著力區別「我們」與「你們」來看，胡適的轉變不可謂不大。不過與其將這兩種發言姿態看作一種轉變，不如視爲在其聲稱「對於近人，我最感謝章太炎先生」的背後，其實原本就有更爲複雜的考量。胡適追求的，起初便不只是進入中國學術傳統，還有改造、更新甚至把中國學術從這一傳統中帶出。只不過他選擇的方式不是「文學革命」式的在斷裂中「革新基礎」，而是強調和建構與傳統經驗，特別是主流「範式」的承繼和接續，進而在傳統內部實現某種「自新」，以此保證中國學術的品質與精神。

三、「只有王國維最有希望」

胡適以章太炎爲「範式」的努力，貫穿了從 1917 年至 1919 年的「新文化運動」的高潮時期。通常認爲，在「新文化運動」落潮以後，胡適把主要精力轉入學術建設中去，即發起了「整理國故」運動。既然同爲「運動」，兩者的推進方式自然在差異之外也有某些相通之處。

在寫作於 1922 年 11 月的〈《國學季刊》發刊宣言〉中，胡適指出：「近年來，古學的大師漸漸死完了，新起的學者還不曾有大成績表現出來。在這個青黃不接的時期，只有三五個老輩在那裏支撐門面。」〔註29〕此時的胡適，一改先前口吻，底氣十足地宣佈「老輩」的時代已經過去，所呼應的乃是在他近三月前的一則札記。在同年 8 月 28 日的日記中，胡適感慨「現今的中國學術界眞凋敝零落極了」。他隨即且且了當時中國學術界的幾位代表人物，其中對於章太炎的評價是「在學術上已半僵了」。〔註30〕因此在胡適所謂「三五個老輩」中，自然也就包括章太炎。

不僅胡適如此，和他處於同一陣營的新文化同人，甚至部分章門弟子也從這一時期開始將章太炎看作「復古運動」的代表。針對章太炎自 1922 年 4 月 1 日開始在上海進行的系列國學演講，〔註31〕周作人於同月 23 日即在《晨報副鎸》上發表〈思想界的傾向〉予以批評。周作人表示：「我們要整理國故，

〔註29〕 胡適：〈《國學季刊》發刊宣言〉，《胡適文存二集》，卷一第 1 頁。
〔註30〕 胡適：《胡適日記（1922 年 8 月 28 日）》，季羨林主編：《胡適全集（第 29 卷）》，合肥：安徽教育出版社，2003 年版，第 729 頁。
〔註31〕 關於章太炎 1922 年 4 月至 6 月間在上海演講的相關情況，參見陳平原：《學術演講與白話文學～1922 年的「風景」》，《中國大學十講》，上海：復旦大學出版社，2002 年版，第 139～141 頁。

也必須憑藉現代的新學說新方法，才能有點成就」。在他看來，章太炎的演講是「國粹主義的勃興」，而「現在所有的國粹主義的運動大抵是對於新文學的一種反抗」。〔註32〕新文化陣營的立場與邏輯清晰地呈現在周作人的論述之中。至此，他們與章太炎的「分道揚鑣」也就在情理之中，不可避免了。

胡適不僅將周作人的這篇〈思想界的傾向〉剪報後附在了自己次日的日記之中，而且在《晨報副鐫》上還發表了一篇〈讀仲密君的〈思想界的傾向〉〉。在他看來，周作人「言過其實」，因為「現在的情形，並無『國粹主義勃興』的事實」。胡適認為，章太炎的演講「只是退潮的一點回波，樂終的一點尾聲」。〔註33〕將胡適的這一判斷與其日後寫作的〈《國學季刊》發刊宣言〉合而觀之，可見對於此時的他而言，章太炎僅是「前代」，而不再屬於「資源」。

當胡適在日記中感慨章太炎「在學術上已半僵了」的同時，他寫道：「只有王國維最有希望」。〔註34〕從「對於近人，我最感謝章太炎先生」，到「只有王國維最有希望」，對照兩種同樣推到極端的評價，胡適的態度轉變可見一斑。

1922 年 11 月 19 日，針對上海《密勒氏評論報》（*Millard's Review*）發起的「中國今日的十二大人物」評選活動的得票結果，他在《努力週報》上發表了〈誰是中國今日的十二大人物？〉一文。在他看來，真正堪稱「中國今日的十二大人物」者有四，其中之一便是「學者三人」——章太炎、羅振玉與王國維。胡適不僅把他們置於十二人的榜首，而且加以解說：

> 章先生的創造時代似乎已過去了，而羅、王兩位先生還在努力的時代。他們兩位在歷史學上和考古學上的貢獻，已漸漸的得世界學者的承認了。〔註35〕

胡適將王國維作為一種理想的「範式」予以推崇，自此見諸公開發表的文字。事實上，早在胡適歸國之初，他就曾注意到王國維的著作。1918 年 1 月，胡適在《新青年》發表的〈歸國雜感〉中稱贊：「文學書內，只有一部王國維的《宋元戲曲史》是很好的。」〔註36〕其時的胡適，正準備「大張旗鼓」地與同人一

〔註32〕仲密（周作人）：〈思想界的傾向〉，《晨報副鐫》1922 年 4 月 23 日。
〔註33〕Q.V（胡適）：〈讀仲密君的〈思想界的傾向〉〉，《晨報副鐫》1922 年 4 月 24 日。
〔註34〕胡適：《胡適日記（1922 年 8 月 28 日）》，季羨林主編：《胡適全集（第 29 卷）》，第 728 頁。
〔註35〕胡適：〈誰是中國今日的十二個大人物？〉，《努力週報》1922 年 11 月 19 日。
〔註36〕胡適：〈歸國雜感〉，《新青年》第四卷第一號，1918 年 1 月。

道開展「文學革命」，這一評價無疑透露出了若干消息。次年 1 月，傅斯年就在《新潮》創刊號上發表了一篇《宋元戲曲史》的書評。他表彰「近年坊間刊刻各種文學史與文學評議之書，獨王靜庵《宋元戲曲史》最有價值」，因為此書乃是一部具有「世界眼光」的「近代科學的文學史」。〔註37〕在胡適與傅斯年一系的評價標準中，此等稱謂可算是至高無上。不過，與章太炎對於中國學術界的全面影響相比，此時被胡適等人發現的還只是王國維的部分並非屬於當時學術界的核心領域的成就，所以自然也就未能成為胡適在尋找「範式」時的首選。

《宋元戲曲史》於 1913 年 4 月至 1914 年 3 月在《東方雜誌》上連載，1915 年出版單行本。王國維在 1913 年 1 月完成此書後，即從文學研究轉向史學研究，此後如胡適所言，「在歷史學上和考古學上」做出了突出貢獻，其影響超越了具體的專業領域，被視為「新史學的開山」，〔註38〕開闢了一個新的學術時代。根據研究者的考察，對於王國維轉向以後的學術成就，胡適周邊的學者普遍比他更早關注並且接受。從 1917 年開始，錢玄同、魯迅、周作人、馬裕藻與馬衡等人就注意到了羅振玉與王國維的著作。「胡適最終對王國維所作的公開推崇，與其說是其本人深思熟慮的結果，倒不如說是受到錢玄同等同事的影響。甚至胡適的後輩如顧頡剛、陸侃如，都較他更早閱讀王國維的著作，並由此經歷了程度不一的知識上的洗禮。」如果以胡適的選擇為現代中國學術「範式更替」的標誌的話，那麼王國維進入他的視野則屬於一種「被延誤的學術發現」。〔註39〕

辛亥革命以後，王國維與羅振玉東渡日本。他的學術轉向，在寓居京都時期完成。〔註40〕1916 年，王國維歸國。次年，胡適也結束了留學生活。就在胡適歸國伊始，他就發現了王國維，似乎談不上「延誤」。但是為他所重的《宋元戲曲史》其實是王國維轉向以前的著作。胡適最早提及王國維與羅振玉的古史研究，則要遲至 1920 年。是年 11 月 6 日，他寫信給胡近仁，推薦羅振玉的《殷商貞卜文字考》。〔註41〕次年 9 月 11 日，他才在日記中寫道：「看

〔註37〕 傅斯年：《〈宋元戲曲史〉》，《新潮》第一卷第一號，1919 年 1 月。
〔註38〕 郭沫若：《魯迅與王國維》，《文藝復興》第二卷第三期，1946 年 10 月。
〔註39〕 參見陳以愛：《胡適對王國維「古史新證」的回應》，《歷史研究》2008 年第 6期。
〔註40〕 陳平原認為，寓居京都是王國維學術轉向的重要因素。參見陳平原：《中國戲劇研究的三種路向》，《作為學科的文學史》，第 338～350 頁。
〔註41〕 胡適：《致胡近仁（1920 年 11 月 6 日）》，耿雲志、歐陽哲生編：《胡適書信集（上）》，北京：北京大學出版社，1996 年版，第 249 頁。

王國維的《古本〈竹書紀年〉校輯》。此書甚好。他還有一部《今本〈竹書紀年〉疏證》，也在《廣倉學窘叢書》二集中。這兩書都是近人的著作中不可多得的產品。」〔註42〕次日，他又翻看了羅振玉的《雪堂叢刻》。〔註43〕又過了一年的 4 月 25 日，他的日記中又有記錄：「讀王國維先生譯的法國伯希和一文，爲他加上標點。此文甚好。」〔註44〕再之後便是同年 8 月 28 日，他表彰「只有王國維最有希望」了。

單以日記與書信而論，胡適對於王國維眞正影響中國學術界的古史研究雖有評論，但並未像其他新文化同人那樣追蹤關注與系統接受。他推崇王國維，想必更多是基於學術史意識做出的判斷以及表達自家學術觀念的需要。〔註45〕關於胡適與王國維的交誼，研究界已有初步耙梳。〔註46〕儘管胡適是在王國維眞正發揮其學術影響的時期與他展開學術互動的，但他的興趣卻幾乎始終停留在王國維此時已經不再進行的戲曲研究領域中。當然，後者正是胡適此時從事的主要學術工作之一，而王國維在文學史以及文學研究史上的地位，在很大程度上便是源自胡適等新文化同人的追認。

1922 年 2 月 6 日至 3 月 3 日，爲紀念《申報》創刊五十週年，胡適應邀寫作了長文〈五十年來中國之文學〉。在文中，胡適沒有隻字提及王國維。〔註47〕不過饒有意味的是，此書次年出版日譯本時，胡適於是年 3 月 7 日專門作序，稱「借這個機會，指出一兩處應補充之點」，其中之一便是「近人對於元人的曲子和戲曲，明清人的雜居傳奇，也都有相當的鑒賞與提倡。最大的成績自然是王國維的《宋元戲曲史》和《曲錄》等書」，並說這是「補充原本的遺漏」。〔註48〕就在不久前的 2 月 2 日，胡適還寫作了〈讀王國維

〔註42〕 胡適：《胡適日記（1921 年 9 月 11 日）》，季羨林主編：《胡適全集（第 29 卷）》，第 450 頁。

〔註43〕 胡適：《胡適日記（1921 年 9 月 12 日）》，季羨林主編：《胡適全集（第 29 卷）》，第 451 頁。

〔註44〕 胡適：《胡適日記（1922 年 4 月 15 日）》，季羨林主編：《胡適全集（第 29 卷）》，第 582 頁。

〔註45〕 陳以愛認爲，王國維的「古史新證」思路與胡適倡導的「古史辨」運動具有互動關係。參見陳以愛：《胡適對王國維「古史新證」的回應》，《歷史研究》2008 年第 6 期。

〔註46〕 參見彭玉平：《王國維與胡適》，《王國維詞學與學緣研究（下）》，北京：中華書局，2015 年版，第 869～887 頁。

〔註47〕 參見胡適：《五十年來中國之文學》，《胡適文存二集》，卷二第 91～213 頁。

〔註48〕 胡適：《日本譯〈五十年來中國之文學〉序》，《胡適文存二集》，卷二第 214 頁。

先生的《曲錄》〉一文，一方面肯定其價值，另一方面則表示「希望王先生
能將此書修改一遍，於每目下注明『存』、『佚』，那就更有用了」。〔註49〕
此說固然不錯，也可見胡適的確是想與王國維就此展開具體的學術對話，
但此時的王國維在學術上早已「改弦更張」，對於胡適的建議自是意興闌
珊。胡適此舉，與其說是與王國維商榷，倒不如說更像是申明自家的研究
策略與追求。

　　歸國以後的王國維一直定居上海。1923 年 5 月 25 日，他移師北京。這就
為胡適與其直接接觸創造了條件。同年 11 月至 12 月間，胡適與章太炎圍繞墨
學研究的方法問題爆發了一場公開論爭。「這場爭論，表面上是因《墨經》『辯
爭彼也』一句的訓解不同引起，其實關涉到不同的治學方法以及兩代學者間
的隔閡，大有深意在，值得認真探究。」雙方交鋒的核心在於治經與治子是
否存在差異，胡適將其視為「治學方法上的根本問題」。研究者發現，「為了
證明治經與治子方法確無區別，胡適抬出高郵王氏父子以及章太炎的兩位師
長俞樾、孫詒讓作為例證」。〔註50〕這一細節頗具深意，可見此時的胡適已經
不再把章太炎置於他建構的清學譜系之中，作為連接他與王念孫、王引之、
俞樾和孫詒讓之間的歷史和邏輯節點看待。

　　就在與章太炎論爭的同時，胡適於 1923 年 12 月 16 日拜訪了王國維。在
當日的日記中，他詳細記錄了兩人交談的內容。〔註51〕次日，「王靜庵先生來
談」。〔註52〕兩人的對話主要圍繞「戴東原的哲學」等話題展開。〔註53〕兩天
後，胡適完成了〈戴東原在哲學史上的位置〉一文。一周以後，他又開始寫
作《戴東原的哲學》一書。在某種程度上，這些都與他和王國維交談時獲得
的啟發直接相關。此後，兩人開始通信。除去約稿與借書等具體事務，通信
的主要內容便是胡適向王國維請教關於戲曲研究與詞學的問題，以及王國維

〔註49〕　胡適：《讀王國維先生的〈曲錄〉》，《讀書雜誌》第 7 期，1923 年 3 月 4 日。
〔註50〕　參見陳平原：《關於經學、子學方法之爭》，《中國現代學術之建立——以章
　　　　太炎、胡適之為中心》，北京：北京大學出版社，2010 年版，第 199～226
　　　　頁。
〔註51〕　參見胡適：《胡適日記（1923 年 12 月 16 日）》，季羨林主編：《胡適全集（第
　　　　30 卷）》，第 127～128 頁。
〔註52〕　胡適：《胡適日記（1923 年 12 月 17 日）》，季羨林主編：《胡適全集（第 30
　　　　卷）》，第 130 頁。
〔註53〕　參見胡適：《胡適日記（1923 年 12 月 18 日）》，季羨林主編：《胡適全集（第
　　　　30 卷）》，第 130～132 頁。

就此做出的答覆。〔註54〕從胡適此後的學術生涯來看，他與王國維溝通過的很多話題，在日後都成爲了他畢生的工作內容。換句話說，在把王國維看作「最有希望」的學術「前景」的同時，王國維也取代章太炎，成爲了胡適展開思考與建立論述的重要「背景」。

就在進行捨章太炎而取王國維的「範式更替」的 1923 年，胡適在 7 月 20 日的日記中表示：「我屢次在公眾演說內指出我們做學問的人，必須常常有一個——或幾個——研究的問題，方能有長進。」〔註55〕循此反觀發生在他與章太炎之間的爭論以及與王國維之間的交往，不難發現：前者多談「方法」，而後者多講「問題」。其間隱含的依舊是「你們」與「我們」的區別。因此能夠討論「問題」者，乃是被認爲與自己具有相同或者至少相近的學術觀念與立場；而必須在「方法」的層面上保持鮮明態度者，自是「非我族類」。在胡適那裏，「方法」從來都不簡單地屬於工具範疇；在「方法」的背後，具有觀念、制度甚至意識形態的考量，是他對於「範式」（paradigm）的想像，以及對於「範式」做出的選擇。與章太炎和王國維的不同的交流方式，體現了胡適這一時期與兩人的親疏遠近。

1925 年 2 月 20 日，王國維決定受聘清華學校，出任研究院國學門導師。時任清華校長曹雲祥，是胡適留學時期的同學。他在籌建研究時，曾經徵求胡適的意見。在胡適看來，「非第一流學者，不配作研究院的導師」，「最好去請梁任公、王靜安、章太炎三位大師，方能把研究院辦好」。〔註56〕雖然也提及章太炎，但是對於章太炎不與現代大學合作的立場，想必胡適不會不知道。事實上，日後到任的確也只有王國維與梁啓超兩位。而在促成王國維就聘一事上，胡適自認出力尤多。在現存的胡適致王國維的書信中，有兩封即與此直接相關。兩者一表示「清華學校曹君已將聘約送來，今特轉呈，以供參考。約中所謂『授課拾時』，係指談話式的研究，不必是講演考試式的

〔註54〕 胡適致王國維信，參見劉烜、陳杏珍輯注：《胡適致王國維書信十三封》，《文獻》1983 年第 1 期；王國維覆胡適信，參見謝維揚、房鑫亮主編：《王國維全集（第十五卷）》，杭州：浙江教育出版社‧廣州：廣東教育出版社，2010 年版，第 889～891 頁。其中，關於前者的訂誤，參見房鑫亮：《〈胡適致王國維書信十三封〉輯注訂誤》，《歷史教學問題》1994 年第 5 期。

〔註55〕 胡適：《胡適日記（1923 年 7 月 20 日）》，季羨林主編：《胡適全集（第 30 卷）》，第 107 頁。

〔註56〕 藍文徵：《清華大學國學院始末》，夏曉虹、吳令華編：《清華同學與學術薪傳》，北京：三聯書店，2009 年版，第 388 頁。

上課」，〔註57〕一告知「先生到校後，一切行動均極自由；先生所慮（據吳雨僧君說）不能時常往來清室一層，殊爲過慮。鄙意以爲，先生宜爲學術計，不宜拘泥小節，甚盼先生早日決定，以慰一班學子的期望」。〔註58〕可見除去曹雲祥與時任研究院主任吳宓，胡適的確也是打動王國維的重要力量。尤其在消除王國維的現實顧慮方面，胡適更是發揮了關鍵作用。在 4 月 18 日遷居清華園以後，王國維果然不負眾望，通過教學與研究的巨大成就，在生命的最後兩年中又爲現代中國學術史書寫了濃墨重彩的一筆。

1926 年 7 月 17 日，胡適啓程前往英國，出席中英庚款顧問委員會會議。至此，從 1917 年歸國，到 1926 年再度去國，胡適在十年間通過努力，奠定了自己在中國學術界與思想界中的地位。這十年在現代中國學術史上可謂以胡適爲線索展開的一個階段，而這一線索在歷史現場中的具體呈現形式便是他完成了從章太炎到王國維的「範式更替」。

歐遊中的胡適自覺以一種中西參照的眼光審視當時發展中的現代中國學術。1926 年 10 月 26 日，他在日記中寫道：「是夜有 M. Pelliot（伯希和）的講演：『中國戲劇』。……他說，治『中國學』須有三方面的準備：① 目錄學與藏書，② 實物的收集，③ 與中國學者的接近。他講中國戲劇，用王靜安的材料居多。」〔註59〕伯希和是在中西學術界都具有重要影響，並且與王國維交好的法國著名漢學家。他關於治「中國學」的「三方面的準備」的論述，既出自他的個人經驗，同時也恰是王國維的學術經驗的寫照。胡適特別注意到他對於王國維的關注，這也印證了他做出的在一種「世界學術」的視野中「只有王國維最有希望」的判斷。如何建構一種既有主體性，又有參與性、對話性甚至與西方現代學術進程具有同構性的中國學術，一直是胡適思考的核心問題，而王國維的道路無疑正提供了這樣一種可能性。

1927 年 6 月 2 日，王國維自沉於頤和園昆明湖。當時從海外回到上海不久的胡適極爲震驚。6 月 6 日，他在日記中做了三則剪報，全部都是關於王國維自沉的報導。他寫道：「前天報紙登出王靜庵先生（國維）投河自殺的消息，

〔註57〕 胡適：《致王國維》，耿雲志、歐陽哲生編：《胡適書信集（上）》，第 353～354 頁。此信原無日期，根據內容判斷，寫作時間當在 1925 年 2 月 10 日前後。

〔註58〕 胡適：《致王國維（1925 年 2 月 13 日）》，耿雲志、歐陽哲生編：《胡適書信集（上）》，第 356 頁。

〔註59〕 胡適：《胡適日記（1926 年 10 月 26 日）》，季羨林主編：《胡適全集（第 30 卷）》，第 396 頁。

朋友讀了都很不好過。此老真是可愛可敬的，其學問之博而有要，在今日幾乎沒有第二人。」〔註60〕1930 年 9 月，收錄了胡適在 1922 年至 1930 年間的重要文章的《胡適文存三集》出版，他特地在扉頁上題寫了獻詞——「紀念四位最近失掉的朋友」，王國維的名字也赫然在列。〔註61〕

學術史家認為，「1927 年以後的中國學界，新的學術範式已經確立，基本學科及重要命題已經勘定，本世紀影響深遠的眾多大學者也已經登場。另一方面，隨著輿論一律、黨化教育的推行，晚清開創的眾聲喧嘩、四項多元的局面也不復存在，取而代之的是立場堅定、旗幟鮮明的黨派與主義之爭，20 世紀中國學術從此進入了一個新的時代」。〔註62〕以王國維在國民黨北伐聲中的去世為標誌，現代中國學術創生時期的「範式更替」至此完成。此後，便進入了學術工作的常規建設階段，觀念與制度的互動在推動學術進程方面開始發揮支配作用，真正意義上的「範式」（paradigm）逐漸形成。

四、「範式更替」與中國現代學術的展開

之所以選擇在胡適的歷史敘述中發生的「範式更替」作為考察中國現代學術展開的線索，除去其主張的「科學方法」在日後影響深遠之外，還與他的敘述在並世與後人中被廣泛接受直接相關。當胡適在 1919 年出版的《中國哲學史大綱》中建構起從王念孫、王引之、俞樾、孫詒讓到章太炎，再到自己的學術譜系後，梁啟超在次年完成的《清代學術概論》中就把這一譜系以學術史的形式呈現出來。〔註63〕而當胡適從 1922 年開始公開推崇王國維後，兩者之間存在某種歷史關聯也成為了學術界的一種普遍觀感。

王國維去世後，陳寅恪在作〈王觀堂先生輓詞〉時曾經專門提及胡適對其的表彰。詩曰：「魯連黃鷂績溪胡，獨為神州惜大儒。學院遂聞傳絕業，園林差喜適幽居。」〔註64〕強調胡適與王國維之間的關聯，也成為了現代中國學術史上的一個重要視角。次年，黃侃以批評的姿態寫道：「始西域出漢晉簡

〔註60〕 胡適：《胡適日記（1927 年 6 月 6 日）》，季羨林主編：《胡適全集（第 30 卷）》，第 487 頁。

〔註61〕 胡適：《胡適文存三集》，上海：亞東圖書館，1930 年版，卷一扉頁。

〔註62〕 陳平原：《西潮東漸與舊學新知》，《中國現代學術之建立——以章太炎、胡適之為中心》，第 8～9 頁。

〔註63〕 參見梁啟超：《清代學術概論》，北京：中華書局，第 8～9 頁。2010 年版。

〔註64〕 陳寅恪：《王觀堂先生輓詞》，《陳寅恪集・詩集》，北京：三聯書店，2009 年版，第 16 頁。

紙，鳴沙石室發得藏書，洹上掊獲龜甲有文字，清亡而內閣檔案散落於外，諸言小學、校勘、地理、近世史事者，以爲忽得異境，可陵傲前人，輻輳於斯，而國維幸得先見」，「經史正文忽略不講，而希冀發見新知以掩前古儒先，自矜曰：我不爲古人奴，六經注我。此近日風氣所趨，世或以整理國故之名，懸牛頭賣馬脯，舉秀才不知書，信在於今矣」。〔註65〕黃侃此說雖對王國維的學術思路及其引領的學術風向表現出不以爲然，但顯而易見的是，他對於當時學術進程的判斷也受到王國維的相關論述的影響。〔註66〕而把王國維的學術工作與胡適倡導的「整理國故」運動視爲一體，則凸顯了胡適的歷史敘述的成功。〔註67〕

　　從章太炎到王國維的「範式更替」雖然主要在胡適的視野主導中完成，但其實卻不僅是他的個人見解，至少傅斯年與顧頡剛等人也作如是觀。〔註68〕1928 年，中央研究院歷史語言所成立。在同年創辦的《歷史語言所研究集刊》的第一期上，傅斯年發表了著名的〈歷史語言所工作之旨趣〉。時任中央研究院院長蔡元培一年以前才卸任北京大學校長，而整個中央研究院的建制與學術「旨趣」也深受胡適的「科學方法」觀念的影響。是故，在研究者看來，

〔註65〕黃侃：《閱嚴輯全文日記二（戊辰五月）》，黃延祖重輯：《黃侃日記（中）》，北京：中華書局，2007 年版，第 313 頁。

〔註66〕1925 年 7 月，王國維在清華學校演講時認爲「古來新學問起，大都由於新發見」，在「最近二三十年中」，「中國新發見之學問」主要包括「殷虛甲骨文字」、「敦煌塞上及西域各地之簡牘」、「敦煌千佛洞之六朝唐人所書卷軸」、「內閣大庫之書籍檔案」與「中國境內之古外族遺文」等。參見王國維：《最近二三十年中中國新發見之學問》，謝維揚、房鑫亮主編：《王國維全集（第十四卷）》，第 239～244 頁。黃侃在日記中的論述明顯以此爲藍本。

〔註67〕無獨有偶，許冠三在總結「新史學九十年」時，認爲王國維在學術方法上的主張「大旨有類後來胡適所說的『拿證據來』」。也有學者持有相反的意見，認爲「王國維在上古史研究中，遵循的不是胡適推崇的『科學方法』，而是乾嘉學派提供的治學門徑」。參見許冠三：《新史學九十年》，長沙：嶽麓書社，2003 年版，第 105 頁；羅鋼：《兩個王國維》，《傳統的幻象：跨文化語境中的王國維詩學》，北京：人民文學出版社，2015 年版，第 47 頁。對此問題，大概不宜非此即彼地看待，因爲在「科學方法」與乾嘉學術之間，也存在諸多通約之處。

〔註68〕1920 年，在「新文化運動」中大顯身手的傅斯年去國留學。他隨身攜帶的行李裏面，就有一本章太炎的《國故論衡》。他批註此書曰：「頡剛一日謂我云：太炎所最攻之人，即其所從以得力最多之人，昭明、實齋、藝臺、定庵是也。此言愈思愈信。」陳平原：《失落在異邦的「國故」》，《觸摸歷史與進入五四，北京：北京大學出版社，2005 年版，第 278 頁。此語頗能說明傅斯年與顧頡剛從推崇章太炎到青睞王國維的轉變動因。

倘若考察這一的學術機構，「其中重要的線索，是從北京大學研究所國學門到中央研究院歷史語言研究所的發展變化」。〔註69〕換句話說，在傅斯年的發言中，已經包含了當年新文化陣營的某種整體立場。而伴隨著其身份成爲官方的中央研究院的代表，此中貫徹的胡適的學術思路也從昔日謀求合法性的邊緣聲音轉變成爲具有主流話語權的學術標準。在此背景中，傅斯年對於章太炎表現出的激烈的批判態度也就尤爲引人關注：

> 章氏在文字學以外是個文人，在文字學以內做了一部《文始》，一步倒退過孫詒讓，再步倒退過吳大澂，三步倒退過阮元，不特自己不能用新材料，即是別人已經開頭用了的新材料，他還抹殺著。至於那部《新方言》，東西南北的猜去，何嘗尋楊雄就一字因地變異作觀察？這麼竟倒退過二千多年了。

在傅斯年看來，有清一代的顧炎武與閻若璩等人已經具備了「最近代的」科學精神，但是在當時「章炳麟君一流人屍學問上的大權威」，「不特不因和西洋人接觸，能夠借用新工具，擴張新材料」，反而與他判斷的學術進程的發展方向背道而馳。〔註70〕傅斯年遵循的評價標準，與胡適的學術主張基本相當。然而不同於胡適從「方法」的層面上區別與章太炎的「新」、「舊」，傅斯年的批判直接指向章太炎的學術核心部分——小學。這一批判顯然比存在「小學上的障礙」的胡適，更爲有的放矢。

在〈歷史語言所工作之旨趣〉中，傅斯年開宗明義：「近代的歷史學只是史料學。」他對於王國維的推崇，正是基於這一前提。在他看來，王國維的研究「材料愈擴充，學問愈進步，利用了檔案，然後可以訂史，利用了別國的記載，然後可以考四裔的史事」。〔註71〕無疑這是一種理想的學術形態與學術方式。作爲官方學術機構的負責人，傅斯年或許不應在如此綱領性的文獻中表現出過於強烈的個人好惡。但通過捨章太炎而取王國維的做法彰顯出的學術「旨趣」，至少在他看來，大概已經超越了具體的學術思路的比較，而成爲了一種學術大勢的象徵。

〔註69〕 桑兵：《近代學術轉承：從國學到東方學——傅斯年〈歷史語言研究所工作之旨趣〉解析》，《歷史研究》2001 年第 3 期。

〔註70〕 傅斯年：《歷史語言研究所工作之旨趣》，《歷史語言研究所集刊》第 1 期，1928 年 10 月。

〔註71〕 傅斯年：《歷史語言研究所工作之旨趣》，《歷史語言研究所集刊》第 1 期，1928 年 10 月。

在黃侃對於王國維的批評中，同樣可見兩種不同的學術思路的差異。他認爲，王國維「少不好讀注疏，中年乃治經，倉皇立說，挾其辯給，以炫耀後生，非獨一事之誤而已」。〔註72〕在他看來，在王國維的研究中，需要商榷的已經不再是具體觀點，而是他整體的學術方式都難入「正統」者的法眼。與王國維同屬「遺民學者」的前輩沈曾植，也認爲王國維「爲學乃善自命題」。〔註73〕儘管其初衷與黃侃十分不同，乃是意在褒揚，但兩者在揭櫫王國維的學術之「新」方面卻可謂異曲同工。簡而言之，傳統中國學術以小學爲基礎，「正統」的研究思路是圍繞核心的經典文本與問題而展開。王國維基於「新發見」的「新學問」，自然不在此列，所以在黃侃眼中充其量只是一種「風氣」之學。

大學者可以推進學術發展的歷史進程，借用陳寅恪評價王國維的話，便是「轉移一時之風氣，而示來者以軌則」。〔註74〕因此，「風氣」之學倘若得到時代之助，則很有可能成爲學術史上新的「正統」。而大學者的出現，同樣也離不開歷史進程提供的契機與舞臺。從章太炎到王國維的「範式更替」，既是兩代學者在本土學術傳統中的「接力」，同時也不能忽略中國學術在這一時期發生的歷史轉型所包孕的勢能與張力在其間發揮的深刻作用。在「範式更替」的背後，有核心的學術領域從小學與經學向現代學科意義上的文學、史學與哲學的偏移，有基本的學術方式從圍繞經典文本展開到依靠新的文獻與文物作爲「材料」進行的轉換，有學術視野從本土到世界的調整，有學術文體在文白中西之間的興替，還有學術制度從以私學爲組織方式到以現代教育爲結構形式的更動。胡適等人的選擇，既因應也促成了這一中國學術的「古今之變」。

把章太炎與王國維置於中國學術從傳統到現代轉型的歷史進程中加以對舉，並不意味著將兩者直接等同於「傳統」與「現代」兩極。如果放長視線，章、王二人其實都處於「經典淡出之後」的學術時代，〔註75〕而他們與胡適

〔註72〕黃侃：《閱嚴輯全文日記二（戊辰五月）》，黃延祖重輯：《黃侃日記（中）》，第 313 頁。

〔註73〕王國維：《爾雅草木蟲魚鳥獸釋例弁言》，謝維揚、房鑫亮主編：《王國維全集（第五卷）》，第 125 頁。

〔註74〕陳寅恪：《王靜安先生遺書序》，《金明館叢稿二編》，北京：三聯書店，2009年版，第 248 頁。

〔註75〕參見羅志田：《經典淡出之後：20 世紀中國史學的轉變與延續》，北京：三聯書店，2013 年版。

的學術工作在客觀上一道都推動了經學這一中國傳統學術的核心部分的瓦解，〔註76〕爲現代中國學術的發展奠立了基礎。三人都內在於這一轉型進程之中，因此在學術觀念上也就必然都具有新舊交織的複雜面向。不僅章太炎有較之傳統之「新」，胡適也未嘗沒有意識到王國維存在的「舊」。所以，在「範式」選擇中，凸顯的通常只是學者的學術思路的某一面向，並非其「實然」狀態，而是根據某種既定視野做出的「應然」式的建構。

以胡適的選擇爲線索，章太炎與王國維在現代中國學術史上的命運陞降折射出的是一個對於新的「範式」（paradigm）的想像逐漸清晰的過程。胡適主導完成的「範式更替」在本質上是他表達自家學術觀念的一種方式。伴隨著他的成功，這一通過「範式」選擇達成「範式」（paradigm）建立的策略，也就成爲了一種具有「通例」意義的構造學術史的話語機制。

如果說在現代中國學術史上存在具有經典性的學術「範式」（paradigm）的話，那麼由中央研究院史語所代表的學術思路可謂其間最爲標準的一種。這一「範式」（paradigm）的建立，既得益於胡適在「科學方法」的視野中開啓的「範式更替」的歷史進程，同時也與學術界的核心機構從北大國學門到清華國學院，再到中研院史語所的不斷變遷直接相關。觀念與機構的互動，是考察現代中國學術史的重要視角。正是在這一結構中，外來的學術觀念經由與本土的學術經驗結合，成爲了推動學術進程的內在動力。「現代學術」的脈絡也就循此在現代中國徐徐展開，中途雖經屢屢衝擊與調整，但卻至今不絕如縷。

主要參考文獻

1. 《新青年》
2. 《新潮》
3. 《晨報副鐫》
4. 《努力週報》
5. 《讀書雜誌》
6. 《歷史語言研究所集刊》
7. 《文藝復興》
8. 胡適：《中國哲學史大綱（卷上）》，上海：商務印書館，1919。

〔註76〕參見陳壁生：《經學的瓦解》，上海：華東師範大學出版社，2014 年版。

9. 胡適：《胡適文存二集》，上海：亞東圖書館，1924。

10. 胡適：《胡適文存三集》，上海：亞東圖書館，1930。

11. 胡適：《胡適留學日記》，上海：商務印書館，1947。

12. 胡適口述、唐德剛譯注：《胡適口述自傳》，桂林：廣西師範大學出版社，2015。

13. 耿雲志、歐陽哲生編：《胡適書信集》，北京：北京大學出版社，1996。

14. 季羨林主編：《胡適全集》，合肥：安徽教育出版社，2003。

15. 謝維揚、房鑫亮主編：《王國維全集（第十五卷）》，杭州：浙江教育出版社、廣州：廣東教育出版社，2010。

16. 梁啓超：《清代學術概論》，北京：中華書局，2010。

17. 陳寅恪：《金明館叢稿二編》，北京：三聯書店，2009。

18. 陳寅恪：《陳寅恪集・詩集》，北京：三聯書店，2009。

19. 黃延祖重輯：《黃侃日記》，北京：中華書局，2007。

20. 夏曉虹、吳令華編：《清華同學與學術薪傳》，北京：三聯書店，2009。

21. 托馬斯・庫恩：《科學革命的結構（第四版）》，金吾倫、胡新和譯，北京：北京大學出版社，2012。

22. E・霍布斯鮑姆、T・蘭格：《傳統的發明》，顧杭、龐冠群譯，南京：譯林出版社，2004。

23. 余英時：《重尋胡適歷程：胡適生平與思想再認識》，桂林：廣西師範大學出版社，2004。

24. 陳平原：《中國現代學術之建立——以章太炎、胡適之爲中心》，北京：北京大學出版社，2010。

25. 陳平原：《觸摸歷史與進入五四，北京：北京大學出版社，2005。

26. 陳平原：《作爲學科的文學史》，北京：北京大學出版社，2011。

27. 羅志田：《再造文明之夢：胡適傳（修訂本）》，北京：社會科學文獻出版社，2015。

28. 羅志田：《經典淡出之後：20 世紀中國史學的轉變與延續》，北京：三聯書店，2013。

29. 王汎森：《章太炎的思想——兼論其對儒學傳統的衝擊》，上海人民出版社，2012。

30. 江勇振：《捨我其誰：胡適（第二部　日正當中：1917～1927）》，杭州：浙江人民出版社，2013。

31. 徐雁平：《胡適與整理國故考論——以中國文學史研究爲中心》，合肥：安徽教育出版社，2003。

32. 彭玉平：《王國維詞學與學緣研究》，北京：中華書局，2015。

33. 羅鋼：《傳統的幻象：跨文化語境中的王國維詩學》，北京：人民文學出版社，2015。

34. 許冠三：《新史學九十年》，長沙：嶽麓書社，2003。

35. 劉夢溪：《中國現代學術要略》，北京：三聯書店，2008。

36. 左玉河：《從四部之學到七科之學：學術分科與近代中國知識系統之創建》，上海：上海書店出版社，2004。

37. 左玉河：《中國近代學術體制之創建》，成都：四川人民出版社，2008 年版。

38. 陳壁生：《經學的瓦解》，上海：華東師範大學出版社，2014。

（原刊《中國現代文學研究叢刊》2016 年第 5 期）

事功背後的學問：
蔣夢麟的學術思想與文化關注

宋　雪

（北京大學中文系）

引言：在教育與政治之外

　　1964 年 6 月 19 日，蔣夢麟先生在臺北逝世。次日的《中央日報》社論稱：「他是一位教育家，又是一位建設家。孟鄰先生的成就，主要在教育和建設兩方面」〔註1〕。雖然，「蔣夢麟在教育界、在官場中是一個最有風骨的人」〔註2〕，不過，這種論斷僅強調了他的事功，卻忽略了他的學問。蔣夢麟「由教育而政治，四十餘年」〔註3〕，作爲民國首任教育部長，長校北大 17 年，被譽爲「民國教育史上地位僅次於蔡元培」〔註4〕的教育家；作爲「臺灣現代農業之父」，獲評首屆麥賽賽（Ramon Magsaysay）政府服務獎〔註5〕當之無愧。他一生忙著辦事，自嘲爲「學府中的不學之人」，也接受傅斯年稱其學問不如蔡子民先生的調侃〔註6〕，葉公超亦謂「嚴格說來，孟鄰先生不是一位我們中國所

〔註 1〕社論，〈悼蔣夢麟博士〉，《中央日報》，1953 年 6 月 20 日。
〔註 2〕李若松，〈提供者寫在前面的幾句話〉，曹聚仁遺作、李若松提供〈曹聚仁筆下的蔣夢麟〉，《傳記文學》第 16 卷第 5 期（1992 年 5 月），第 39 頁。
〔註 3〕毛子水，〈關於孟鄰先生的雜憶〉，《傳記文學》第 5 卷第 1 期（1964 年 7 月），第 6 頁。
〔註 4〕吳相湘，〈蔣夢麟振興北大復興農村〉，《民國百人傳》第 1 冊（臺北：傳記文學出版社，1982 年），第 51 頁。
〔註 5〕1958 年 8 月 31 日，菲律賓政府評選。事見陳之邁，〈蔣夢麟與麥塞塞獎金〉，《傳記文學》第 5 卷第 2 期（1964 年 8 月），第 40～41 頁。
〔註 6〕蔣夢麟，〈憶孟眞〉，《中央日報》1950 年 12 月 30 日第 3 版。

謂治學的人」，「不是一個潛心伏案做學問的人」〔註7〕。然而，他始終嚮學，崇尚「立言」之不朽〔註8〕，早在甫一歸國的 1918 年，即秉持「有眞學術，而後始有眞教育，有眞學問家，而後始有眞教育家。吾國自有史以來，學問之墮落，於今爲甚。今不先講學術，而望有大教育家出，是終不可能也」〔註9〕的理念，並躬自踐行，終留下《西潮》、《新潮》、《孟鄰文存》、《談學問》等「傳世之書」〔註10〕，另擬作《中國近代思想史》，惜未能完稿。

在《談學問》一書的〈導言〉中，蔣夢麟提出「學問與事功也不能分離，蓋正德所以利用，利用所以厚生」〔註11〕。學問與事功是他一生的寫照，「正德利用厚生」也是其反覆申說的價值追求。他心知「政治究竟只是過眼雲煙，轉瞬即成歷史陳跡。恒久存在的根本問題是文化」〔註12〕，並爲文化問題思索到生命的最後。在這一意義上，僅僅關注蔣夢麟的教育思想和農村建設是不夠的，其學術文化思想，也是留給後世的重要財富。

蔣夢麟一生「以儒立身，以道處世，以墨治學，以西辦事」〔註13〕，崇尚文化多元，並且，「吾人目前講學問，無論本國的或西方的，在有意或無意中，都在做一番中西比較工夫。前者以本國爲主，把西方的拿來做比較。後者以西方爲主，把本國的拿來作比較。講中而不講西，終覺孤立。講西而不講中，終覺扞格。能學兼中西，方知吾道不孤」〔註14〕。從《西潮》到《新潮》，由學問兼及思想，蔣夢麟的學術之路，亦可稱得上是「學兼中西，吾道不孤」。在既有研究中，人物研究多側重蔣夢麟的教育貢獻，思想史研究又罕有提及蔣夢麟。本文即以著作入手，試圖還原在教育和政治的聲名之下，作爲學人的蔣夢麟先生。

〔註7〕 葉公超，〈孟鄰先生的性格〉，《傳記文學》第 5 卷第 2 期（1964 年 8 月），第 38～39 頁。

〔註8〕 蔣夢麟，〈中國文化所孕育出來的不朽論〉，《孟鄰文存》（臺北：正中書局，2003 年），第 52～57 頁。

〔註9〕 蔣夢麟，〈高等學術爲教育學之基礎〉，《過渡時代之思想與教育》（上海：商務印書館，1933 年），第 98 頁。

〔註10〕 曹聚仁，〈談蔣夢麟〉，《傳記文學》第 16 卷第 5 期（1992 年 5 月），第 41 頁。

〔註11〕 蔣夢麟，〈導言〉，《談學問》（臺北：世界書局，1962 年），第 4 頁。

〔註12〕 蔣夢麟，《西潮》，《西潮與新潮》（北京：人民出版社，2012 年），第 277 頁。

〔註13〕 蔣復璁，〈追念孟鄰先生〉，《傳記文學》第 5 卷第 2 期（1964 年 8 月），第 46 頁。

〔註14〕 蔣夢麟，《談學問》，第 63 頁。

一、融合新舊的學思之路

　　蔣夢麟是近代留美學人的典型人物，參加過科舉，也參加過官費留美考試，親歷了不同教育模式下的文化傳承。他留美九年，從加州大學到哥倫比亞大學，由農業轉到教育學，而關於現代中國的思考始終未輟。其融合新舊的學思之路，也折射了一時代知識分子的思想軌跡。

　　1904 年，19 歲的蔣夢麟考取附生之後，在新舊學問之間，感到「兩個互相矛盾的勢力正在拉著，一個把我往舊世界拖，一個把我往新世界拖。我不知道怎麼辦」〔註15〕。而在「新舊之爭仍在方興未艾」的時代，中國已經「無可置疑地踏上西化之路」。蔣夢麟由「日本的所以成功，完全是因了它徹底地學習了西洋文化」〔註16〕，主張「直接向西方學習」〔註17〕，進入南洋公學，進而赴美深造。入加州大學後，「在農學院讀了半年」，「毅然決定轉到社會科學學院，選教育為主科」〔註18〕，「歷史與哲學為兩附科」，又「赴紐約入哥倫比亞大學研究院」〔註19〕。1917 年夏，秉著「學成回國是我的責任」〔註20〕之理念，回到闊別九年的祖國。此時中國「已經開始追上世界的新思潮」〔註21〕，歸國後的蔣夢麟遊刃於中西之間，「在美國時，我喜歡用中國的尺度來衡量美國的東西。現在回國以後，我把辦法剛剛顛倒過來，喜歡用美國的尺度來衡量中國的東西，有時更可能用一種混合的尺度，一種不中不西，亦中亦西的態度，或者遊移於兩者之間」〔註22〕。蔣夢麟將「不中不西」、「亦中亦西」作為觀察時代脈動的基本立場，一直持續到晚年。這種態度，也代表了其人生觀的一個面向。

　　歸國後，蔣夢麟先後任職於商務印書館、江蘇教育會，主編《新教育》月刊，負責北京大學校務，擔任教育部長。任事並不意味著脫離學術，1918～1922 年，他作有多篇關於教育學的文章，後結集為《過渡時代之思想與教

〔註15〕蔣夢麟，《西潮》，第 63 頁。
〔註16〕宋越倫，〈蔣夢麟先生與日本〉，《傳記文學》第 14 卷第 3 期（1969 年 3 月），第 36 頁。
〔註17〕蔣夢麟，《西潮》，第 65 頁。
〔註18〕蔣夢麟，《西潮》，第 80 頁。
〔註19〕蔣夢麟，《西潮》，第 95 頁。
〔註20〕蔣夢麟，《西潮》，第 103 頁。
〔註21〕蔣夢麟，《西潮》，第 120 頁。
〔註22〕蔣夢麟，《西潮》，第 105 頁。

育》；五四之後，他一度擔任北大教育學教授〔註23〕，開設西洋教育史課程。
北大 1920 屆中文系學生楊亮功曾追憶他的課堂：

> 蔣先生在民國八年五四風潮發生後到北京大學擔任總務長兼教
> 授，當時北京大學尚無教育學系之設置，蔣先生是唯一的教育學科
> 教授。蔣先生因為學校行政事務繁忙，無暇編講義，上課時，除口
> 講外，並制定參考書教我們自動閱讀。蔣先生身長而清臞，配上了
> 大框眼鏡，神采奕奕，講起課來，委宛而生動。〔註24〕

任事北大期間，蔣夢麟忙於校務，授課生涯並不長，1929 屆教育系學生洪炎
秋就沒上過他的一天課〔註25〕。不過，蔣夢麟研究學問的活動，從未因政務
或戰事而中輟。他自言「在老樹蔭下坐著看看書，就是我最快樂的一樁事」
〔註26〕。1931 年，在九一八的炮聲中，「開學以後，孟鄰先生在校長室裏努
力研究音韻學」〔註27〕；在聯大期間，「蔣夢麟對學問的興趣與日俱增」〔註28〕。
他在寫作《西潮》的同時，還研治書法，學習英文，並擬以讀文學輔之：

> 我三年以來，兩年中著一本《書法之原理與技藝》，近月來著成
> 第二冊。其首冊曰《書技》，次冊曰《書藝》。自四二年一月起，凤
> 興夜寐，從事學習英文，亦稍覺進步，去年盡力精讀，用字造句絲
> 毫不肯放鬆，蓋以書法而應用於文字也。書法之要道，首造意，藝
> 也。然所以達藝者，在乎技。藝在用腦，技在用手，心手相應，則
> 由技而達藝矣。以此而習英文，則文法成語猶技也，思想藝也，嫻
> 於技始能達乎藝。今年起當以寫英文為原則，以讀文學輔之，蓋欲
> 思熟於技也。思熟則文能達吾意矣。古語云「意先筆後」，謂意之所
> 在，筆即隨之，作文亦須達此境方能有成。弟今五十八矣，以將近
> 花甲之年，而雄心如此，得毋被人笑為愚而迂乎？然吾之用意，在

〔註23〕蔣夢麟，《西潮》，第 124 頁。
〔註24〕楊亮功，〈悼孟鄰師〉，《傳記文學》第 5 卷第 1 期（1964 年 7 月），第 22 頁。
〔註25〕洪炎秋，〈我印象中的孟鄰先生〉，《傳記文學》第 5 卷第 1 期（1964 年 7 月），
　　　 第 23 頁：「夢麟先生是北大教育學系的教授，我是該系的學生，按理是應該
　　　 有密切的聯繫才對，可是事實卻完全出了常情，因為他一直辦行政，分不出
　　　 時間來，以致始終沒有教過我們一天書」。
〔註26〕蔣夢麟致胡適信，1923 年 7 月 16 日，沈雲龍輯注，〈胡適與蔣夢麟來往書信
　　　 （上）〉，《傳記文學》第 43 卷第 1 期（1983 年 7 月），第 26 頁。
〔註27〕樊際昌，〈念孟鄰先生〉，《傳記文學》第 5 卷第 1 期（1964 年 7 月），第 17 頁。
〔註28〕陳平原，〈作為大學校長的蔣夢麟〉，《書城》2015 年 7 月，第 9 頁。

立身教以啓後學耳。吾家有長壽種，先嚴八十無疾而逝。近來衛生
與醫學進步，弟希望能至八十以上，或有二十餘年可爲國效力。以
此二十餘年中，以三事爲目的。一弄書法，二辦學校，三寫英文（使
西洋能眞正暸解中國）；如精力就衰，先去寫英文，繼去學校，最後
以書法終吾身。弟作《書法》卷首成，就教於尹默，尹默曰：「言乎
法無以復加矣，惜不能兌現耳」。弟猶有兌現之雄心也。〔註29〕

蔣夢麟抗戰期間「兩年半來早晨六時起讀英文用苦功」〔註30〕，並自 1939
年暑假開始研治書法要道，著成《書法探源》一書，形成一套自己的藝術理
論〔註31〕。在渝期間，傅斯年責其不管聯大，他稱「不管者所以管也」〔註32〕。
由其研究和寫作情況，加上中華教育文化基金會主席（1940 年）、行政院設計
委員會土地組召集人（1940 年）、中國紅十字會會長（1941 年）、太平洋學會
副主席（1942 年）的兼職，以至於 1945 年任行政院秘書長的職務〔註33〕，其
對聯大具體事務確有「不管」之嫌。一方面，「不管」有蔣夢麟的考慮和苦衷，
也有「精神上之不痛快」〔註34〕；另一方面，疏於校務造成聯大後期「倒蔣
迎胡」風潮，最終使蔣夢麟離開北大。而從其學術活動的角度看，卻是折射
出他的學人本色。1943 年底《西潮》脫稿之後，蔣夢麟致信胡適，自稱「這
廿餘年來，我的學問荒疏極了。到了五十五歲，才知發奮求學」，「在這二十
多年之將來，我想做點學問，補我往者之失」〔註35〕。他是這樣說的，也確
是這樣做的。去臺之後，在擔任農村復興委員會主席的同時，「十多年來，時
以公務的空閒從事著述」〔註36〕，先後出版《孟鄰文存》（1954 年）、《談學問》

〔註29〕蔣夢麟致胡適信，1943 年 1 月 2 日，沈雲龍輯注，〈胡適與蔣夢麟來往書信
（下）〉，《傳記文學》第 43 卷第 2 期（1983 年 8 月），第 76 頁。

〔註30〕蔣夢麟致胡適信，1943 年 12 月 23 日，沈雲龍輯注，〈胡適與蔣夢麟來往書信
（下）〉，第 77 頁。

〔註31〕蔣夢麟《書法探源》1941 年 3 月初次發表，爲油印本，1962 年正式出版。據
蔣夢麟，《書法探源》（臺北：世界書局，1962 年）。

〔註32〕蔣夢麟致胡適信，1943 年 1 月 2 日，沈雲龍輯注，〈胡適與蔣夢麟來往書信
（下）〉，第 76 頁。

〔註33〕關國煊，〈蔣夢麟先生年表（下）〉，《傳記文學》第 41 卷第 1 期（1982 年 7
月），第 147 頁。

〔註34〕蔣夢麟致胡適信，1943 年 1 月 2 日，沈雲龍輯注，〈胡適與蔣夢麟來往書信
（下）〉，第 76 頁。

〔註35〕蔣夢麟致胡適信，1943 年 12 月 23 日，沈雲龍輯注，〈胡適與蔣夢麟來往書信
（下）〉，第 77 頁。

〔註36〕毛子水，〈關於孟鄰先生的雜憶〉，第 6 頁。

（1955 年）、《文化的交流與思想的演進》（1962 年），然天不假年，他的《新潮》未能完稿，計劃的《中國近代思想史》也未能完成。其中最值得重視的，就是未竟的《中國近代思想史》。該書計劃「以梁啓超、蔡元培、吳稚暉與胡適之四人，作爲全書的骨幹。他覺得，這四個人對中國近代的思想有著遠大的影響，對青年人與一般學者的啓示亦必很大」〔註 37〕。可惜的是，蔣夢麟生前僅完成吳稚暉的部分，即吳稚暉先生誕辰百年紀念時發表的〈一個富有意義的人生〉〔註 38〕，而其他三人的部分悉皆落空。雖然以此四人爲代表論近代中國思想變革的設計也引起過質疑〔註 39〕，但不能否認，蔣夢麟選取梁啓超、蔡元培、吳稚暉與胡適之四人，作爲《中國近代思想史》的軀幹，是具有理據和卓識的。

　　梁、蔡、吳、胡四人均是作者的同時代人物，都主張中國的現代化，且皆影響過作者的思想。在浙江高等學堂時期，深感於「梁啓超的文筆簡明、有力、流暢」，蔣夢麟「就是千千萬萬受其影響的學生之一」，並認爲「這位偉大的學者，在介紹現代知識給年輕一代的工作上，其貢獻較同時代的任何人爲大，他的《新民叢報》是當時每一位渴求新知識的青年的知識源泉」〔註 40〕。梁氏逝世後，蔣夢麟和蔡元培「曾在中央政治會議提請國民政府明令表揚其功業」，因胡漢民反對，未能實現。受益於梁啓超的思想，蔣夢麟著述中雖有所表露，但若能在思想史中作集中呈現和評述，當更有學術價值。蔡元培與胡適，分別爲作者的師友，均有幾十年的接觸往來。蔡元培在蔣夢麟筆下被譽爲「大德垂後世，中國一完人」〔註 41〕，「當中西文化交接之際，而先生應運而生，集兩大文化於一身，其量足以容之，其德足以化之，其學足以當之，其才足以擇之……所以成一代大師」〔註 42〕。蔣、胡數度共事，書信往還頻頻，堪爲至交。從《胡適來往書信選》所輯錄的胡蔣書信，即可見一斑。《西潮》多次提及胡適，《談中國新文藝運動》也專節述其白話文運動，但蔣夢麟生前未能留下對胡適的思想評述。當事人著史，更能留存細節和現場，並且由其所作吳稚暉一篇，雖早

〔註 37〕〈陳雪屏推崇蔣夢麟爲思想界精神棟樑〉，《中央日報》1964 年 6 月 20 日。

〔註 38〕蔣夢麟，〈一個富有意義的人生——吳稚暉先生誕辰百週年紀念〉，《傳記文學》第 4 卷第 3 期（1964 年 3 月），第 28～33 頁。

〔註 39〕葉青，〈與蔣夢麟博士論《中國近代思想史》〉，《政治評論》第 10 卷第 10 期（1963 年 7 月），第 16 頁。

〔註 40〕蔣夢麟，《西潮》，第 56～57 頁。

〔註 41〕蔣夢麟，〈試爲蔡先生寫一篇簡照〉，《西潮與新潮》，第 322 頁。

〔註 42〕蔣夢麟，〈蔡先生不朽〉，《西潮與新潮》，第 324 頁。

年蔣被吳指爲「無大臣之風」〔註43〕，但吳逝後，蔣的評述仍較爲客觀。以作者熟悉的四人作爲近代思想史的軀幹，一方面並無失實之虞，另一方面，也具有成爲信史的條件和意義，故而有「寫這部書的學人，以他爲最適宜」〔註44〕之說。但憾此書未成，因而思想史上的蔣夢麟也常被忽視。

蔣夢麟終其一生，對學術文化始終抱有熱忱之心，「多少年來，孟鄰先生對中國的哲學、聲韻以及書法，始終保持著興趣」〔註45〕。雖然蔣夢麟「一生看書研究多而寫作發表少」〔註46〕，但其著作均爲具體時代背景下思想之代表，羅家倫稱爲「學術與經驗互相連用，融會貫通後的作品」〔註47〕。他一生涉足領域眾多，但述學之作主要集中在教育和思想。其知識背景融合新舊，在學術觀點中，表現的是現代中國知識分子的文化關注和時代思考。

二、西潮中的文化觀照

蔣夢麟秉承著「浙東學術精思力踐的優良傳統」〔註48〕，一生「置身於中西文化思想交流的漩渦」〔註49〕，在「急遽遞嬗的歷史中」〔註50〕，回顧既往學術思潮，記錄自身所經歷的時代，作出一代知識分子的思考。蔣夢麟嘗謂「武力革命難，政治革命更難，思想革命尤難」〔註51〕，而在思想領域，他實爲時代的推手。時至今日，其學思路徑、歷史意識和文化文化觀念，仍有重要價值。

梁啓超曾言「自古未有不通他國之學，而能通本國之學者，亦未有不通本國之學，而能通他國之學者」〔註52〕；蔣夢麟認爲「凡愈懂中國文化者，

〔註43〕 蔣夢麟，《西潮》，第160頁。
〔註44〕 黃季陸，〈敬悼一個土地改革者：蔣夢麟先生〉，《傳記文學》第5卷第1期（1964年7月），第15頁。
〔註45〕 葉公超，〈孟鄰先生的性格〉，第39頁。
〔註46〕 宋越倫，〈蔣夢麟先生與日本〉，第38頁。
〔註47〕 〈學術思想界的領導者——羅家倫等追述蔣夢麟生平〉，《中央日報》1953年6月20日。
〔註48〕 社論，〈一位當代大教育家——恭祝蔣夢麟先生七十華誕〉，《中國一周》，第300期（1956年1月23日），第1頁。
〔註49〕 羅家倫，〈《西潮》序言〉，蔣夢麟，《西潮》，第3頁。
〔註50〕 蔣夢麟，《西潮》，第15頁。
〔註51〕 孫德中，〈夢麟先生的生平與志趣〉，《傳記文學》第5卷第2期（1964年8月），第52頁。
〔註52〕 梁啓超，〈變法通議‧學校餘論〉，《飲冰室合集‧文集1》（上海：商務印書館，1936年），第61頁。

愈能懂西洋文化；愈懂西洋文化者，也愈能懂中國文化」〔註53〕，「若不懂自己的道德和知識的原則，是不能懂西洋的」〔註54〕，可謂異曲同工。蔣夢麟主張直接向西方學習，但他並非全盤西化論者。他有感於「中國人誤解西方文明，西洋人也誤解中國文化」〔註55〕的社會狀況，提出「以儒立身，以道處世，以墨治學，以西辦事」的理念，作爲對中西文化觀的具體詮釋。

（一）西學爲體，中學爲用

蔣夢麟學貫中西，「深通中西文化及歷史」，「深受西洋文化的薰陶，畢生所致力的可說是中國的現代化」〔註56〕。他自稱是中西文化的複合體，而其理想的東西文化的融合，是「要把東方與西方的偉大的哲學家、宗教家、科學家的菁華都挹取在一起，而棄掉糟粕，使成爲一般人所共同信奉的生活與行爲的準繩」〔註57〕。由《過渡時代之思想與教育》到《孟鄰文存》、《談學問》，他一貫的思想，是「希望中國適應世界潮流，迎頭趕上」〔註58〕。從出洋留學到歸國任事，從政教立功到學問立言，他始終肩負著時代的思考，尋求文化發展的方向。在美國加州時期，蔣夢麟即認爲「東方不但缺乏科學的基礎，而且也缺乏因科學與工業之發達，而產生的社會思想與個人行爲」〔註59〕，直到二十多年後所寫的《西潮》中，仍持這一看法，而與此同時，他對傳統中國的思想，也有深刻的理解。蔣夢麟在東西文化的比較中，一方面強調西洋文化的優點，一方面倡導儒道思想的繼承，並尤爲重視科學精神在中國的生長。

在 1920 年 12 月 17 日的〈北京大學二十三週年紀念日演說辭〉中，蔣夢麟完整地表達了這一主張。他懷著對將來的希望，提出三件重要的事，即（一）當輸入西洋的文化；（二）當整理國學；（三）當注重自然科學〔註60〕。他將

〔註53〕蔣夢麟，〈從日常生活經驗談讀經問題〉，《孟鄰文存》，第 82 頁。

〔註54〕蔣夢麟，〈本國文化與外來文化的接龍〉，《孟鄰文存》，第 48 頁。

〔註55〕蔣夢麟，《西潮》，第 192 頁。

〔註56〕沈宗翰，〈悼念蔣夢麟先生〉，《傳記文學》第 5 卷第 1 期（1964 年 7 月），第 7～8 頁。

〔註57〕陳雪屏，〈「和光同塵」與「擇善固執」〉，《傳記文學》第 5 卷第 1 期（1964 年 7 月），第 11 頁。

〔註58〕朱如松，〈記學人蔣夢麟博士〉，朱傳譽主編《蔣夢麟傳記資料（第 1 冊）》（臺北：天一出版社，1979 年），第 13 頁。

〔註59〕葉公超，《孟鄰先生的性格》，第 38 頁。

〔註60〕蔣夢麟，〈北京大學二十三週年紀念日演說辭〉，《過渡時代之思想與教育》，第 412～416 頁。

張之洞「中學爲體，西學爲用」之語反過來講，成爲「西學爲體，中學爲用」。
「因爲我們的國學須經過一番整理的工夫才行；整理國學，非用西洋的科學
方法不可。所以第一步還是先要研究西學」〔註61〕。近現代以來，在中西體
用之間，經歷了幾代人的爭論和思考。將「中體西用」易爲「西體中用」，
雖仍是在中西兼容的文化結構中進行探討，但論說的重點更加側重對西學的
吸收和實行，而唯有實行，才能「以科學方法去研究的結果，來把國學整理
一番」。新文化運動請來了「德先生」與「賽先生」，而它們在中國的根基尙
不紮實。同時，1920 年梁啓超發表《歐遊心影錄》，其中「科學破產」的提
法，在中國引起軒然大波。雖然任公自注「絕不承認科學破產，不過也不承
認科學萬能罷了」〔註 62〕，但此書發表後，「科學在中國的尊嚴就遠不如前
了」〔註 63〕。在此背景下，蔣夢麟向北大師生提出「現在文化運動基礎不穩
固，缺點就因爲不注重自然科學。我們若想來使文化運動的基礎穩固，便不
得不注重他。西洋文化的所以如此發達者，就是因爲他們的根基，打在自然
的科學上；而且現在我們首當明白的，要曉得在中國十年或十五年後，必有
一種科學大運動發生，將來必定有科學大興的一日」〔註 64〕。蔣夢麟平生服
膺梁啓超之學，而在對待西方科學的態度上，較梁氏更爲積極，並且號召學
人在輸入科學體魄的同時，也要「把科學的精神搬過來」〔註 65〕。這一理念，
對北大的學術發展影響深遠。

在蔣夢麟心目中，蔡元培具備中西文化三種最好的精神，包括溫良儉恭
讓的中國精神、重美感的希臘精神和平民生活的希伯來精神〔註 66〕，而這「充
滿了西洋學人的精神」的「中國文化所孕育出來的學者」〔註 67〕，也是蔣夢

〔註61〕 蔣夢麟，〈北京大學二十三週年紀念日演說辭〉，《過渡時代之思想與教育》，
　　　　第 413～414 頁。
〔註62〕 梁啓超，〈梁任公近著第一輯（上卷）〉（上海：商務印書館，1924 年），第 23
　　　　頁。
〔註63〕 胡適，〈《科學與人生觀》序〉，張君勱等著《科學與人生觀》（長沙：嶽麓書
　　　　社，2012 年），第 11 頁。
〔註64〕 蔣夢麟，〈北京大學二十三週年紀念日演說辭〉，《過渡時代之思想與教育》，
　　　　第 415～416 頁。
〔註65〕 蔣夢麟，〈北大化學會成立大會演說辭〉，《過渡時代之思想與教育》，第 427
　　　　頁。
〔註66〕 蔣夢麟，〈初到北京大學時在學生歡迎會中之演說〉，《過渡時代之思想與教
　　　　育》，第 393～394 頁。
〔註67〕 蔣夢麟，《西潮》，第 125 頁。

麟理想的學人典範。由東西方文化的整體性，蔣夢麟推崇陸九淵「東海有聖人出焉，此心同，此理同。西海有聖人出焉，此心同，此理同」〔註68〕之說，一方面認識到「東方與西方不同，因為它們的文化不同」，另一方面又注重「東西文化之間的相似之點」〔註69〕。而由中國文化偉大的吸收能力，能夠將文化上的「洋貨」轉化為「國貨」〔註70〕，「中國才能在幾千年的歷史過程中歷經滄桑而屹立不墜」〔註71〕。蔣夢麟對中西文化觀的申說，代表了一種文化上的開放觀念。蔣夢麟對中西文化具有長期的觀察，在作於1953年的〈評《中國文化論集》〉一文中，他對過去60年中國文化問題的討論進行梳理和反思：

> 第一個時期以張之洞「中學為體，西學為用」為代表。這一時期的中心思想認定中國文化是天經地義的。天不變，道亦不變。但亦承認有缺點，要補充，中國文化是根本，西洋文化不過是補充。
>
> 第二個時期有兩股主流，第一股是中國文化價值的重估：這意思就是說中國文化有它的價值，不過要重新估定，同時要使它現代化。自「五四」前後到現在，國內學者研究中國考古、歷史、文學、哲學、藝術、政制、法律等種種，都是想從中國固有文化中，找出適當的價值來，以適合現代西洋文化。他們所用的方法是近代科學的方法，這個運動繼續了三十多年，其結果使我們對自己的文化有了較為深刻的瞭解。價值重估的結果，把我們自己的文化的價值提高了不少；第二股主流是根本推翻一切舊有的思想。在行動方面，是打倒城隍廟、土地堂；在言論方面是打到孔家店。其結果是思想上失去了全國共同的信仰，社會起了分化，國內發生了思想上的彷徨。〔註72〕

蔣夢麟將《中國文化論集》作為第二期第一股主流的繼續演進或第三個時期的開端。雖然，說一本論集能夠呈現出「中國文化真面目」「恢復共同的信仰」有誇大之嫌，但他提出在重估中國文化之後，「應該重估西洋文化的價值」之說，值得深思。

〔註68〕蔣夢麟，《西潮》，第67頁。
〔註69〕蔣夢麟，《西潮》，第250頁。
〔註70〕蔣夢麟，〈文化多元論〉，《孟鄰文存》，第44頁。
〔註71〕蔣夢麟，《西潮》，第252頁。
〔註72〕蔣夢麟，〈評《中國文化論集》〉，《孟鄰文存》，第88～89頁。

「新思想是一個態度」〔註 73〕。秉持著融合中西的學理和思路，蔣夢麟做出了比梁漱溟《東西文化及其哲學》更為理性和多元的文化分析。「中華民族向來不是孤立的」〔註74〕，「文化是多元融成的」〔註75〕，知古言今，在「吾國文化已與西洋文化合流」〔註76〕的時代，蔣夢麟以新的文化觀，做出了思想史上的判斷。

（二）在儒道與西法之間

蔣夢麟在學術上，一生致力於中西文化思想的溝通，其思想也兼具東西方理念。他認為「吾國思想的發展，根據三個主要的因素。一天，二人，三道。所以吾國的學問，就以三者為出發點」〔註77〕。與此同時，他「以儒立身，以道處事，以鬼子（西洋科學）辦事」〔註78〕，在治學為人中堅守儒道之本的同時，又引進西法的精神，具有現代學人文化上的不同面向。

蔣夢麟早年熟讀經書，歷經科舉，打下了儒家傳統的學問基礎。自少年時，他就持宗教方面的「不可知」論立場，認為「與其求死後靈魂的永恒，不如在今世奠立不朽的根基。這與儒家的基本觀念剛好相符合」〔註79〕。「他思想的基礎應該是儒家」〔註80〕，在學問上，蔣夢麟由孔孟學說作為清末民初迎接新教育之媒介、孟子「民貴君輕」與民治主義原則類似等例，提出「儒家學說，實能適合近世之人文主義與自由主義。西歐近世文化輸入中國，儒家學說實為迎賓館中之主人，任殷勤招待之責」〔註81〕，進而為儒家思想的現代發展開拓了空間。作為中國固有道德之極則的忠和恕，也是蔣夢麟學問思想中強調的重點。「恕比忠更難」〔註82〕，忠恕觀念代表了古代中國道德典範，而蔣夢麟卻從中找到了中外文化的接龍之處。他以儒學為思想之本，對照中西文化，建構起一套知識觀念體系。理解蔣夢麟的思想，不能不從其立身之學起。

〔註73〕 蔣夢麟，〈新舊與調和〉，《過渡時代之思想與教育》，第 30 頁。
〔註74〕 蔣夢麟，〈民族的接觸與文化的交流〉，《談學問》，第 33 頁。
〔註75〕 蔣夢麟，〈文化多元論〉，《孟鄰文存》，第 40 頁。
〔註76〕 蔣夢麟，〈引言〉，《孟鄰文存》，第 7 頁。
〔註77〕 蔣夢麟，〈導言〉，《談學問》，第 1 頁。
〔註78〕 沈宗翰，〈悼念蔣孟鄰先生〉，第 8 頁。
〔註79〕 蔣夢麟，《西潮》，第 53 頁。
〔註80〕 陳雪屏，〈「和光同塵」與「擇善固執」〉，第 11 頁。
〔註81〕 蔣夢麟，〈從日常生活經驗談讀經問題〉，《孟鄰文存》，第 82～83 頁。
〔註82〕 蔣夢麟，〈願受教於孔子者〉，《孟鄰文存》，第 86 頁。

　　蔣夢麟終生秉承「以儒立身」，以天下國家爲己任，被胡適尊爲「國之重臣」〔註83〕。其面對日本強寇，威武不能屈而被稱爲「郭子儀第二」、「大有單騎見迴紇的精神」〔註84〕的經歷，也堪爲君子楷模。故曹聚仁由蔣夢麟之「臨難無苟免」，「臨財無苟得」之精神〔註85〕，將其推爲平生所欽佩敬仰者：

　　　　孟鄰先生享年七十八歲，他渡過的這七十八年，正是中國近代
　　史變動最劇烈的七十八年。他生在一個富裕的家庭而能不爲紈絝子
　　弟，他處在科舉的末葉而能嚮往追求新學，他獲得早期回國留學生
　　的資格而能不作買辦，不幹洋務，他這種種跳出了中國古老傳統，
　　接受了西方文化薰染，而猶能回到中國本位的教育事業上現身致力
　　〔註86〕。

蔣夢麟爲學中的文化復合，不僅在東西之間，也在中國文化的多元影響方面。蔣夢麟強調「儒道兩家爲我國思想之主幹」〔註87〕，「儒家從自然去求法則，以此法則應用於人世，而道家則以自然之本體應用於人世，兩家之道的意義不同即在此。故一則主禮治，一則主無爲之治」〔註88〕。由道家之自然，進而提出「大自然是中國的國師。她的道德觀念和她的一切文物都建築於大自然之上」〔註89〕。在此基礎上，蔣夢麟論學中特別注重分梳自然和超自然的範疇，比較儒道佛墨諸學與希臘、希伯來傳統，構建起天國與人國的哲學對照。同時，蔣夢麟吸收了道家的處世哲學，服膺老子「不爭」之說，重視「生而不有，爲而不恃，功成而弗居」之道〔註90〕，而這也影響到他的性格，使其在爲學和治事中既「彬彬有禮」，亦「瀟灑達觀」〔註91〕。

〔註83〕沈剛伯，〈我所認識的蔣夢麟先生〉，《傳記文學》第 5 卷第 1 期（1964 年 7月），第 13 頁。
〔註84〕林斌，〈蔣夢麟及其晚年〉，《藝文志》第 89 期（1973 年 2 月），第 15 頁。
〔註85〕曹聚仁，〈談蔣夢麟〉，第 40 頁。
〔註86〕社論，〈悼蔣夢麟先生〉，《臺灣新生報》，1953 年 6 月 20 日。
〔註87〕蔣夢麟，〈中西文化之演進與近代思想之形成〉，《文化的交流與思想的演進》（臺北：世界書局，1962 年），第 15 頁。
〔註88〕蔣夢麟，〈中西文化之演進與近代思想之形成〉，《文化的交流與思想的演進》，第 3～4 頁。
〔註89〕蔣夢麟，《西潮》，第 271 頁。
〔註90〕蔣夢麟，〈中西文化之演進與近代思想之形成〉，《文化的交流與思想的演進》，第 15 頁。
〔註91〕蔣夢麟，〈宇宙論〉，《談學問》，第 14 頁。

在儒道理念之下，「中國舊的道德體系曾使中國人誠實可靠，使中國社會安定平靜，並使中國文化歷久不衰」。而面對西潮東漸的現實，蔣夢麟相信「現代科學所導致的知識上的忠實態度，自將使幾千年來道德教訓所產生的這些美德，更爲發揚光大」〔註92〕。在現代科學影響之下，新的道德體系也將建立，形成新的社會關係和文化傳統：

> 一片新的知識園地將與新的道德觀念同時建立起來，以供新中國富於創造能力天才的發展。我們將在儒家知識系統的本干上移接西方的科學知識。儒家的知識系統從探究事物或大自然出發，而以人與人的關係爲歸趨；西方的科學知識系統也同樣從探究事物或大自然出發，但以事物本身之間的相互關係爲歸趨，發展的方向稍有不同。

> 現代科學，特別是發明和工業上的成就，將與中國的藝術寶藏和完美道德交織交融。一種新的文化正在形成，這種新文化對世界進步一定會提供重大的貢獻。〔註93〕

外來文化輸入後，經過時間的沉澱，「一定會產生一種新的文化，這就是進步」〔註94〕。蔣夢麟遊刃於儒道和西法之間，所求索的還是中國文化的進步。

三、經世知行的學術關注

蔣夢麟以儒家思想爲本，承襲清學傳統，倡導經世知行的人生和學術。他由顧炎武致黃宗羲之函出發，關注其中的「聖賢六經之行，國家治亂之原，生民根本之計」，進而提出「這封信，足以表示宋儒理性之爭，已隨明室之滅亡而暫告結束，而有清一代之學術，遂統一於經世之學。歷史的、考據的、科學的研究，亦在此時奠其基礎」〔註95〕。顧炎武倡導實學，主張「文須有益於天下」，提出「君之爲學，以明道也，以救世也」〔註96〕，開清學經世致用之精神。梁啟超評其「載諸空言，不如見諸行事」、「凡文之不關於六經之指、當時之務者，一切不爲」〔註97〕之說，總述「其標『實用主義』以爲鵠，務使學問與社會之關係增加密度，此實對於晚明之帖括派、清談派施一大針

〔註92〕蔣夢麟，《西潮》，第266～267頁。
〔註93〕蔣夢麟，《西潮》，第267、283頁。
〔註94〕蔣夢麟，《西潮》，第320頁。
〔註95〕蔣夢麟，〈陽明學說之淵源及其影響〉，《文化的交流與思想的演進》，第81頁。
〔註96〕顧炎武，《亭林文集》卷四〈與人書二十五〉。
〔註97〕顧炎武，《亭林文集》卷四〈與人書三〉。

砭」，而「最近數十年以經術而影響於政體，亦遠紹炎武之精神也」〔註98〕。蔣夢麟亦可謂「遠紹炎武之精神」，他所關注的「六經之指、當時之務」，概括起來，就是「世道人心，國計民生」。在述學之作中，蔣夢麟多次強調這兩點：

> 學以致用的「用」，有兩大原則：第一是有益於世道人心，第二是有益於國計民生。這是爲世俗所熟知的，亦即《左傳》裏所說的「正德利用厚生」。〔註99〕

> 綜合中國儒家與諸子百家學說，概括而言，不外兩句話：一、世道人心；二、國計民生。吾國自堯、舜、禹、湯、文、武、周公、孔子以及秦漢以下數千年來之明君賢相所欲解決的，就是這兩個問題。〔註100〕

> 總之，儒家的學問是一種經世之學，歸納起來，只有兩句話，一句是有益於「世道人心」，一句是有補於「國計民生」，此外是旁枝末葉。〔註101〕

蔣夢麟以儒學爲本，以明道救世作爲學問人生的旨歸。從正德修身到兼濟天下，他一生的治學和治事，也都與「世道人心，國計民生」聯繫在一起。其一生「不獨懷著經世致用的大志，而且具有康濟時艱的卓識」〔註102〕。他留學時期由農業轉向教育，而回國治事又由教育走向農村建設。他認爲中國的亂源是「貧」和「愚」，對症下藥的辦法便是「養」與「教」〔註103〕。他服務於教育和建設的四十餘載，推行新教育理念，長校北大十七載，是教育界的長城；晚年主持創立農復會，注重社會改革，提倡家庭計劃，指導石門水庫建設，功績同樣彪炳。這些事功，與其以儒爲本的理念是聯繫在一起的，也是其學術思考的實踐呈現。

「救國之要道，在從事增進文化的基礎工作，而以自己的學問工夫爲立腳點」〔註104〕。蔣夢麟承襲蔡元培的學術救國理想，在治學方面，清儒「歷

〔註98〕 梁啓超，《清代學術概論》（上海：上海古籍出版社，1998年），第12頁。
〔註99〕 蔣夢麟，《西潮》，第267頁。
〔註100〕 蔣夢麟，〈本國文化與外來文化的接觸〉，《孟鄰文存》，第49頁。
〔註101〕 蔣夢麟，〈從日常生活經驗談讀經問題〉，《孟鄰文存》，第84頁。
〔註102〕 沈剛伯，〈我所認識的蔣夢麟先生〉，第13頁。
〔註103〕 沈剛伯，〈我所認識的蔣夢麟先生〉，第13頁。
〔註104〕 羅家倫，〈蔣夢麟先生事略〉，《國史館館刊》復刊第三期（1987年12月），第219頁。

史的、考據的、科學的研究」成爲蔣夢麟接龍中西學術的基礎。「他提倡科學數十年，畢生辦事治學，無不根據科學精神。他尤重知識上的誠實（Intellectual honesty），即『知之爲知之，不知爲不知』」〔註105〕。在他身上，兼具杜威的實用主義哲學和儒家經世知行的理念，注重「科學之精神」與「社會之自覺」〔註106〕，倡導道德教育和人格教育，在擾攘不安的歲月裏，堅持社會和學術觀察，成爲一時代知識分子的典範。從《大同日報》的主筆到《新教育》的主編，他始終關注中國實際問題的癥結，在吸收新思想的同時，重在立足實踐。他的《西潮》以個人經歷和觀察爲線索，串起中國一個世紀的歷史，基於文化關懷，對大時代作出反思和回應。而未竟的《新潮》，則著眼於建設問題和民衆生活。蔣夢麟晚年致力於臺灣的農村改革和建設，有《讓我們面對日益迫切的臺灣人口問題》（1959）、《政府在臺十年的農村建設及其影響》（1959）、《農復會工作演進原則之檢討》（1990）等專業著作。而作爲述學之作的《孟鄰文存》、《談學問》等，「是先生畢生研究之心得與結晶，爲研究中國教育哲學最重要的貢獻」〔註107〕。這些著述，無論談學問還是講建設，體現的都是「聖賢六經之行，國家治亂之原，生民根本之計」，其對儒家宇宙論、知識論的闡述，最終回到自然和理性，回到現實的人國，而這也正體現了蔣夢麟經世知行的價值觀念。

四、借鏡日本與反躬自省

　　蔣夢麟生逢戰亂時代，從 1915 年二十一條直到 1945 年日本投降，三十年間中日關係的變化影響著時局社會，影響著中國的教育建設，也影響著蔣夢麟的文化觀察。在其筆下，一方面，日本是作爲侵略者的仇寇，另一方面也是現代化方面值得借鑒的榜樣。「東方民族命運是整個的。不知中國無以識日本，不知日本亦無以識中國」〔註108〕。借鏡日本，最終目的還在於提升自身。

　　早在 19 世紀末，蔣夢麟就注意到時人對西方文明的極端看法，從而提出在接受西方文明方面，日本可資借鑒之處〔註109〕。20 世紀初，「東京已經成

〔註105〕沈宗翰，〈悼念蔣孟鄰先生〉，第 8 頁。
〔註106〕蔣夢麟，〈過渡時代之思想與教育〉，《過渡時代之思想與教育》，第 20～21 頁。
〔註107〕社論，〈一位當代大教育家——恭祝蔣夢麟先生七十華誕〉，第 1 頁。
〔註108〕宋越倫，〈蔣夢麟先生與日本〉，第 40 頁。
〔註109〕蔣夢麟，《西潮》，第 50 頁。

爲新知識的中心」〔註110〕，東渡留學者漸多，政府一系列革新運動都以日本爲樣例，「中國開始從日本發現西方文明的重要」〔註111〕。但在日本提出二十一條的要求之後，「中國對日本的欽慕和感激由此轉變爲恐懼和猜疑」，而蔣夢麟由其對日本的接觸和關注，對中日關係始終保持著理性思考。其主掌北大十七年間，經歷了九一八事變、盧溝橋事變、抗戰中大學內遷等重大歷史事件，其直面日本駐防軍拘留的勇氣、力主三校和衷共濟的擔當、不計個人安危的經歷，在戰時的歲月裏，成爲不滅的精神之光。在日軍轟炸下的防空洞裏寫成的《西潮》中，闢有專章〈中國與日本——談敵我之短長〉，以日本文化的源流和變動、中日觀念的比較，作爲時代思考的鏡鑒。而從歷史角度瞭解日本，作爲今日中國文化「新舊相安，東西並存」的參照，是蔣夢麟始終關注的話題：

> 日本文化，始於唐代之國際文化，終於近世歐美之國際文化。明治維新最初之告諭，即以求知識於世界爲目標，故國內思想爲多元的。新舊相安，東西並存。雖大正以後，因蓄意侵略，軍閥對於思想，因國策之需要，有所揚抑。今後各種不同之思想，仍將因時勢之推移而互爲起伏，彼此並存。
>
> 我們此後對日本之態度，固不必如甲午以後之師視日本。亦不可如二十一條要求以後之仇視日本。吾們應站在同一自由民主陣線上，而友視日本。
>
> 我們如能瞭解日本，日本是我們最好的一面鏡子。在這鏡子裏，可以照清楚我們自己。我們如有深刻之見解，自亦可影響日本之意向。〔註112〕

早在紹興中西學堂時期，蔣夢麟便選修過日文，老師是中川先生，「我從他那裏學到了正確的日文發音」〔註113〕。1907年初次赴日後，蔣夢麟保持了對日本文化和社會的關注，並在1955年後自習日文，進而閱讀學術書籍。根據其與宋越倫的通信，1956年，他讀了高田眞治《日本儒學史》，進而計劃閱讀川

〔註110〕 蔣夢麟，《西潮》，第65頁。
〔註111〕 蔣夢麟，《西潮》，第98頁。
〔註112〕 蔣夢麟，〈從歷史角度瞭解日本〉，《大陸雜誌》第19卷第11期（1959年12月），第304頁。
〔註113〕 蔣夢麟，《西潮》，第47頁。

崎庸之《日本佛教文化史》和河野省三《神道文化史》。在蔣夢麟看來，日本維新之基礎，實靠三百年之儒學，而儒學之外，佛教當爲日本文化之第二柱石。神道是日本自己的東西，也是理解日本文化不可忽略之處〔註114〕。在蔣夢麟精讀過的《日本儒學史》一書的結語處，作者高田眞治曾提及東西方文化的流播和影響〔註115〕；而在這方面，蔣夢麟認爲「若在文化方面抱狹義之國家主義，則反將文化之價值減低了」〔註116〕，「我們要明白過去，才能認識現在。研究歷史的人已不能把歷史的範圍限於本國，而是要進一步熟知各國歷史，才能有益」〔註117〕。蔣夢麟研習日本史，以日本的歐化路徑作爲中國發展的鏡鑒，也彰顯了其作爲學人的卓識和作爲政治家的眼光。以儒學爲本，以歐化爲線索的日本閱讀史，也和其對中西文化交流的思考一脈相承。

餘論：一時代之掌舵者

「非常的時代，需要非常的人來掌舵，蔣夢麟就是這種人物」〔註118〕。他生在擾攘不安的時代，在動蕩的歲月裏，爲國家命運和文化發展殫精竭慮。蔣夢麟有多次舟舵之喻，在回憶者筆下，他也是一位老舵公。不只是巧合，無論在學業還是事功方面，蔣夢麟都堪爲一時代之掌舵者。

在《西潮》中，蔣夢麟曾回憶其父造輪船的故事，作爲中國開始向西化的途程探索前進的實例〔註119〕。在執掌北大期間，他自言「從民國十九年到二十六年的七年內，我一直把著北大之舵，竭智盡能，希望把這學問之舟平穩渡過中日衝突中的驚濤駭浪」〔註120〕；「上海今日罷課，弟等已將舵把住，不至鬧到無意識」〔註121〕。在亂世中執掌北大這艘學問之舟17年，絕非易事，後人評之「『長北大』，竟『長』了十多年，就不容易；而且，經過了多少回人世的風波，先生都能像一位老舵公似的，牢長著舵，讓這隻『大船』安然

〔註114〕宋越倫，〈蔣夢麟先生與日本〉，第40頁。
〔註115〕〔日〕高田眞治，《日本儒學史》（東京：地人書館，1941年），第276〜277頁。
〔註116〕蔣夢麟，《新潮》，《西潮與新潮》，第242頁。
〔註117〕蔣夢麟，〈歷史的使命〉，《孟鄰文存》，第61〜62頁。
〔註118〕〈平易近人的改革者蔣夢麟〉，《傳人掌雜誌》第1卷第5期（1977年7月），第16頁。
〔註119〕蔣夢麟，《西潮》，第39〜40頁。
〔註120〕蔣夢麟，《西潮》，第211頁。
〔註121〕蔣夢麟致胡適信，1919年5月26日，沈雲龍輯注，〈胡適與蔣夢麟來往書信（上）〉，第24頁。

渡過，就更難得」〔註122〕，可謂形象。由學界到政界，他依舊保持著掌舵者對世界的觀察。抗戰勝利後，蔣夢麟曾說：「如果世界像一條沉下去的船，那麼中國就正在這隻船的最不安全的一面」〔註123〕。沉船之喻，反映的是在動蕩的世界中，蔣夢麟對時局的深切思考。作爲「東方的房龍」〔註124〕，蔣夢麟無疑具有史家的眼光和魄力。他的史學和史筆體現在著作裏，他的史家意識，使其成爲思想的楷模。

「哲人已遠，典型猶在」〔註125〕。蔣夢麟的事業和生活興趣範圍至廣，東西古今，幾無所不包。在其身上，新舊矛盾的衝突、思想潮流的衝擊，也使他終其一生都在盡融合之力。蔣夢麟遊刃於事功和學問之間，可以說，在立德、立言和立功三個層面，都是「一個中國知識分子的典範，一個現代中國人的典範」〔註126〕，也是一時代的掌舵者，在教育、建設、學術、思想多個方面，都具有深遠的影響和意義。

參引文獻

1. 〔日〕高田眞治，《日本儒學史》（東京：地人書館，1941 年）
2. 曹聚仁，〈曹聚仁筆下的蔣夢麟〉，《傳記文學》第 16 卷第 5 期（1992 年 5 月）
3. 曹聚仁，〈談蔣夢麟〉，《傳記文學》第 16 卷第 5 期（1992 年 5 月）
4. 陳平原，〈作爲大學校長的蔣夢麟〉，《書城》2015 年 7 月
5. 陳雪屏，〈「和光同塵」與「擇善固執」〉，《傳記文學》第 5 卷第 1 期（1964 年 7 月）
6. 陳之邁，〈蔣夢麟與麥塞塞獎金〉，《傳記文學》第 5 卷第 2 期（1964 年 8 月）
7. 樊際昌，〈念孟鄰先生〉，《傳記文學》第 5 卷第 1 期（1964 年 7 月）
8. 關國煊，〈蔣夢麟先生年表（下）〉，《傳記文學》第 41 卷第 1 期（1982 年 7 月）
9. 何瑞瑤，〈蔣夢麟〉，《風雲人物小志》（臺北：文海出版社，1978 年）

〔註122〕何瑞瑤，〈蔣夢麟〉，《風雲人物小志》（臺北：文海出版社，1978 年），第 95 頁。
〔註123〕曹聚仁，〈談蔣夢麟〉，第 41 頁。
〔註124〕曹聚仁，〈談蔣夢麟〉，第 40 頁。
〔註125〕黃季陸，《蔣夢麟先生與國父的關係》，《傳記文學》第 5 卷第 2 期（1964 年 8 月），第 45 頁。
〔註126〕社論，〈悼蔣夢麟先生〉。

10. 洪炎秋，〈我印象中的孟鄰先生〉，《傳記文學》第 5 卷第 1 期（1964 年 7 月）

11. 黃季陸，〈敬悼一個土地改革者：蔣夢麟先生〉，《傳記文學》第 5 卷第 1 期（1964 年 7 月）

12. 黃季陸，《蔣夢麟先生與國父的關係》，《傳記文學》第 5 卷第 2 期（1964 年 8 月）

13. 蔣復璁，〈追念孟鄰先生〉，《傳記文學》第 5 卷第 2 期（1964 年 8 月）

14. 蔣夢麟，〈從歷史角度瞭解日本〉，《大陸雜誌》第 19 卷第 11 期（1959 年 12 月）

15. 蔣夢麟，〈一個富有意義的人生——吳稚暉先生誕辰百週年紀念〉，《傳記文學》第 4 卷第 3 期（1964 年 3 月）

16. 蔣夢麟，〈憶孟真〉，《中央日報》1950 年 12 月 30 日第 3 版

17. 蔣夢麟，《過渡時代之思想與教育》（上海：商務印書館，1933 年）

18. 蔣夢麟，《孟鄰文存》（臺北：正中書局，2003 年）

19. 蔣夢麟，《書法探源》（臺北：世界書局，1962 年）

20. 蔣夢麟，《談學問》（臺北：世界書局，1962 年）

21. 蔣夢麟，《文化的交流與思想的演進》（臺北：世界書局，1962 年）

22. 蔣夢麟，《西潮與新潮》（北京：人民出版社，2012 年）

23. 梁啓超，〈梁任公近著第一輯（上卷）〉（上海：商務印書館，1924 年）

24. 梁啓超，《清代學術概論》（上海：上海古籍出版社，1998 年）

25. 梁啓超，《飲冰室合集·文集 1》（上海：商務印書館，1936 年）

26. 林斌，〈蔣夢麟及其晚年〉，《藝文志》第 89 期（1973 年 2 月）

27. 羅家倫，〈蔣夢麟先生事略〉，《國史館館刊》復刊第三期（1987 年 12 月）

28. 毛子水，〈關於孟鄰先生的雜憶〉，《傳記文學》第 5 卷第 1 期（1964 年 7 月）

29. 社論，〈悼蔣夢麟博士〉，《中央日報》，1953 年 6 月 20 日

30. 社論，〈悼蔣夢麟先生〉，《臺灣新生報》，1953 年 6 月 20 日

31. 社論，〈一位當代大教育家——恭祝蔣夢麟先生七十華誕〉，《中國一週》，第 300 期（1956 年 1 月 23 日）

32. 沈剛伯，〈我所認識的蔣夢麟先生〉，《傳記文學》第 5 卷第 1 期（1964 年 7 月）

33. 沈雲龍輯注，〈胡適與蔣夢麟來往書信（上）〉，《傳記文學》第 43 卷第 1 期（1983 年 7 月）

34. 沈雲龍輯注，〈胡適與蔣夢麟來往書信（下）〉，《傳記文學》第 43 卷第 2 期（1983 年 8 月）

35. 沈宗翰，〈悼念蔣夢麟先生〉，《傳記文學》第 5 卷第 1 期（1964 年 7 月）

36. 宋越倫，〈蔣夢麟先生與日本〉，《傳記文學》第 14 卷第 3 期（1969 年 3 月）

37. 孫德中，〈夢麟先生的生平與志趣〉，《傳記文學》第 5 卷第 2 期（1964 年 8 月）

38. 吳相湘，〈蔣夢麟振興北大復興農村〉，《民國百人傳》第 1 冊（臺北：傳記文學出版社，1982 年）

39. 楊亮功，〈悼孟鄰師〉，《傳記文學》第 5 卷第 1 期（1964 年 7 月）

40. 葉公超，〈孟鄰先生的性格〉，《傳記文學》第 5 卷第 2 期（1964 年 8 月）

41. 葉青，〈與蔣夢麟博士論《中國近代思想史》〉，《政治評論》第 10 卷第 10 期（1963 年 7 月）

42. 張君勱等著《科學與人生觀》（長沙：嶽麓書社，2012 年）

43. 朱傳譽主編《蔣夢麟傳記資料（第 1 冊）》（臺北：天一出版社，1979 年）

（原刊《雲夢學刊》2015 年第 6 期）

古今、中外、「文」「學」之間
——論《談藝錄》與錢鍾書文學研究之「特立獨行」

陳　特

（復旦大學中華文明國際研究中心）

一、引言：評價的多歧

　　儘管在世俗和學界都享有巨大聲譽，錢鍾書先生卻似乎從未得到一致的評價，而且隨著錢氏中外文手稿的陸續出版，對他的「再」評價恐怕會一直進行，而這不斷進行中的評價似乎也沒有走向一致的趨勢（這其實與新材料的出現沒有太大的關係，詳後）。

　　雖曰「蓋棺論定」，但恐怕沒有哪位大學者會獲得高度一致的認識，越是有意義的學者，在後人與其不斷「對話」的過程中，其為人為學的複雜性和多樣性，越容易受到挖掘。但是，錢先生生前身後獲得的多歧的評價，卻比較特殊。特殊之處就在於，同時和後來的論者，對他的評價在大判斷上就有歧異。不妨與二十世紀九十年代以後同樣在世俗和學界享有隆譽的王國維、陳寅恪稍作對比。近二十餘年，對王、陳的傳記和學術史研究，並不比對錢鍾書的相關研究「寂寞」（只是相關研究者沒有聲勢浩大地打出「觀堂學」或「義寧學」的旗號，不若「錢學」易於宣傳），但與這兩位學者相關的爭論，大多發生在細部或中等層面上，[註1] 但對王、陳在文學研究、史學研究和古文字文獻研究上的價值，今之學人基本給出很高評價。而有關錢氏之評價則不然，褒揚者譽其為「文化崑崙」，否定者則從微觀宏觀各個層面皆有所否定，

---

* 本文初稿為 2013 年香港中文大學陳平原老師課上的作業，完成前後得到業師張健教授和授課老師陳平原教授的多番指教。2015 年 11 月，在「時代重構與經典再造」會議上，評議人王達敏教授、發表人張治博士等先進又對本文之刪節稿有所匡正，謹此一併致謝。

〔註 1〕前者如對陳寅恪「不古不今」這一自述的詮解；後者如對王國維自沉原因的探討、對陳寅恪 49 年之後對中共及國民黨臺灣政權的態度的爭論。

這些否定中，固然有妄人的隨意臧否，卻也有不少屬於今日之優秀研究者與錢先生的嚴肅「對話」，從這些不同層面的嚴肅的否定意見入手，或許能看出錢氏文學研究的特異之處。

在唐詩和清詩、詩學研究上造詣極深的蔣寅，因為關心領域與錢氏《談藝錄》多有重合之處，對錢氏的學問也頗有會心之處。在錢先生尚在世之時，他便曾專門撰文評述錢之為學。〔註2〕一方面，蔣寅對錢之成就評價很高，且能恰當地指出錢氏之學好在何處；〔註3〕另一方面，他對錢鍾書的高度評價始終保留在一定限度之內，他強調「錢鍾書的所成，要在一個學字」，〔註4〕顯然，在「學」之外將錢氏全方位地拔高，是他所不取的。而即使在「學」這一限度之內，蔣寅也認為「錢鍾書還不能說是個大師，而只宣稱為博學家呢」，因為「博學家以對知識的單純興趣為旨歸，而大師從來以天下為己任。套用一句古語，就是博學家之學為己，大師之學為人」。其實，蔣寅還推測「從動機來說，錢鍾書也許並不想做個職業的古典文學研究者」，因為錢「本無意於研究問題，你用研究問題來要求他，就未免太認真了」。所以，在蔣寅看來，錢鍾書「真正是個玩學問的人」，他的境界「可以景仰，卻難以企及」。〔註5〕

〔註2〕蔣寅曾在 1990 年《文學遺產》第 4 期發表〈《談藝錄》的啟示〉一文，以肯定性的評價為主，因為關懷領域的相近，（蔣在唐詩研究上用力極深，後來轉向清代詩歌、詩學研究，寫此文的 90 年前後，他尚未大量發表有關清代詩歌、詩學的論著，但已很有興趣，而《談藝錄》所談的，正是唐宋以降的「詩」與「詩學」，故曰「相近」。）所以能談出許多細緻的好處。之後「錢學」研究聲勢烜赫，蔣寅又作〈在學術的邊緣上〉一文，重點談錢的限度，似乎與〈《談藝錄》的啟示〉一文態度相差較遠，實際上二文乃是一貫，前文重點在限度內談錢之重要；後文則重在指出錢之「有限」不應被誇大。當然，這兩篇文章因為應對的形勢不同，語氣上卻是差異頗大。這兩篇論文都收入氏著《學術的年輪》（北京：中國文聯出版社，2000 年）。

〔註3〕蔣寅指出：「錢鍾書的學問，可以淵博精深四字概括之。《管錐編》代表著淵博，而《談藝錄》則體現了精深。淵博在內容，精深在思致。錢鍾書的學問，在我看來，不只是一通知識，也不只是一番工夫，乃是一種境界。不是王國維的那些學問境界，而是近於天台定慧雙修、頓漸並舉而至開悟的那種境界。所以它不能僅以淵博的學養和專靜的工夫來衡量，還必須加上超妙的靈悟。」（〈《談藝錄》的啟示——錢鍾書先生的學術品格〉，《學術的年輪》，頁 173～174。）所謂「淵博的學養」、「專靜的工夫」以及「超妙的靈悟」，確實是錢氏為學最重要的三個面向。

〔註4〕〈《談藝錄》的啟示——錢鍾書先生的學術品格〉，見《學術的年輪》，頁 177。

〔註5〕以上引文分別見〈《談藝錄》的啟示——錢鍾書先生的學術品格〉與〈在學術的邊緣上〉，《學術的年輪》，頁 184、189、190。

　　著作等身的龔鵬程自承深受錢鍾書影響，又自認是當世有資格評價錢鍾書的少數人之一。作爲睥睨一世的當代奇人，龔鵬程著有專文，將錢鍾書放在二十世紀學術研究的大背景下加以討論。〔註6〕龔氏對錢鍾書的評價，同樣著重指出錢的限度。龔氏首先借著對《宋詩選註》的批評，指出了錢鍾書宋詩研究的若干「偏見」〔註7〕，依託這一事例，龔氏進一步指出「錢先生學問上的幾個問題」〔註8〕，進行了這兩層論述後，龔氏作了他對錢鍾書的大判斷：「大判斷甚少，或竟皆是錯的，我以爲乃是錢先生之缺點所在。另一個大問題，則在於錢先生論學往往顯得『不當行』。」〔註9〕

　　龔鵬程這一大判斷可分兩方面來看：一是錢鍾書論學不能作大判斷，甚少的大判斷中多有錯訛；二是錢鍾書論學「不當行」。前一方面，雖然龔鵬程用較長篇幅列舉了若干例子（主要來自《宋詩選註》和〈中國詩與中國畫〉）加以佐證，但就錢鍾書的宋詩研究而言，龔鵬程所舉的例子固然有所依據，但他僅僅依照《宋詩選註》對錢鍾書的宋詩研究作出綜合判斷，甚至據此認爲錢「並沒有發展出一個自己眞正對宋詩的整體觀點」，卻頗爲失當。首先，《宋詩選註》是集體項目中的一部分，體例方面頗受限制；其次，《宋詩選註》在撰作、出版時面對特殊的政治環境，錢在該書〈序〉中引毛澤東〈在延安文藝座談會上的講話〉也好，在書中多選具有「人民性」的篇目也好，都帶有迎合主流以「避禍」的味道，而錢在《選註》中刻意崇唐貶宋，與毛澤東個人在詩歌欣賞上的強烈好惡也是有一定關係的。〔註10〕雖然錢有意迎合主流，但在引用〈講話〉

〔註6〕　〈錢鍾書與廿世紀中國學術〉，收入氏著《近代思潮與人物》（北京：中華書局，2007年）。

〔註7〕　「一是唯物論，二是清末『同光體』尊崇宋詩之後的反激心理；三是一般人對宋詩的通俗意見。」見《近代思潮與人物》，頁391。

〔註8〕　分別是「誤記」、「缺徵」和「錯釋」，這幾點錯誤就導致了錢氏多有「謬判」，龔鵬程還專門對錢氏名文〈中國詩與中國畫〉作了若干分析，說明錢之「謬判」。

〔註9〕　見前揭《近代思潮與人物》，頁394。

〔註10〕　雖然在錢鍾書早年爲李高潔（C. D. Le Gros Clark）英譯蘇東坡賦所寫的英文序言'Foreword To the Prose-poetry of Su Tung-P'o'中，錢氏對宋代文人和文學負面評價稍多，但這篇序言在整體評述宋代文人和文學後，濃墨重彩地強調蘇軾的高超和特異，對東坡的評價這是這篇序的中心，所以對宋代文學的負面評價，應當視作一種「鋪墊」和「反襯」。此文收入《錢鍾書英文文集（A Collection Of Qian Zhongshu's English Essays）》（北京：外語教學與研究出版社，2005年），頁43～52。錢鍾書在《談藝錄》中對宋詩也有很多論說，開篇就宏觀比較唐宋詩，但並未明顯崇唐貶宋。所以，《選註》之〈序〉中的這一態度，應當主要與「人主」之好尚有關。

時，所引之言卻是帶有普遍正確性的人民生活是文學藝術「唯一的源泉」的說法；〔註11〕而在選取富於「人民性」的詩篇時，也努力選出這些詩篇裡藝術性較爲隱微的做法，都可以視作錢鍾書在主流壓力之下對文學自身標準的堅持。〔註12〕至於龔鵬程對〈中國詩與中國畫〉的批評，則包含了不少誤讀，張隆溪對此已有專門駁正。〔註13〕因此，龔氏所謂「甚少」的大判斷「皆是錯的」的說法，顯然不能成立。但其「大判斷甚少」的說法，確實反映了錢鍾書論學的一個面向，這是其他論者也普遍注意到的，前文已引蔣寅論錢鍾書「本無意於研究問題」，既然連「問題」都無意研究，自然不會用心於作大判斷。而「不當行」，在龔鵬程的語境下，指的是錢氏在「經學、史學、小學、諸子學、哲學」諸領域「均不當行」，「惟穿穴集部、縱論文學，乃其當行本色，彼亦以此點染四部耳」，〔註14〕這一觀察可稱銳利（詳後）。

在學術領域，如龔鵬程這般的負面意見已屬嚴苛，但還有一種批評較爲常見，那就是在學術的深度和思想性上對錢鍾書提出質疑。這方面劉再復的意見頗具代表性，在與李澤厚的對談中，劉再復將錢鍾書的著作比作「大礦藏」，錢「用全部生命建構礦山，把開掘的使命留給後人」，而與其對談的李澤厚，自然要發揮其「思想家的特長」，「在可開掘思想的關鍵之處深錐下去」。〔註15〕這一評價，顯然是認爲錢鍾書之論學，雖有廣泛的材料積累，卻未在

〔註11〕錢先生自己在「文革」後也坦言他引的只是「常識」，這是余英時的回憶，參看余英時〈我所認識的錢鍾書先生〉，收入氏著《現代學人與學術》（《余英時文集》第5卷，桂林：廣西師範大學出版社，2006年），頁383。

〔註12〕關於錢鍾書的宋詩研究，王水照結合錢氏手稿，近年多有闡發，其說較爲全面而扼要，參看氏著〈錢鍾書先生與宋詩研究〉，載《文匯報》，2006年4月2日；以及王水照、侯體健〈錢鍾書宋詩研究對治學的啓示〉，載《光明日報》，2013年2月27日，也刊於《南京師範大學文學院學報》，2013年第2期。

〔註13〕參看張隆溪〈中西交匯與錢鍾書的治學方法——紀念錢鍾書先生百年誕辰〉，刊《書城》2010年第3期；此文也以〈中西交匯與錢鍾書的治學方法：兼評當代學風〉爲題，收入汪榮祖主編《錢鍾書詩文叢說——錢鍾書教授百歲紀念國際學術研討會論文集》（桃園：國立中央大學出版中心，2011年）。這一研討會在2009年舉行，所以張氏在會上宣讀論文的時間在《書城》刊發論文之前。此文又入張氏著《一轂集》（上海：復旦大學出版社，2011年）。這裡用《書城》所刊登的文本，張氏此文中對龔鵬程的駁正在《書城》頁12～15。

〔註14〕見《近代思潮與人物》，頁395。

〔註15〕參看李澤厚、劉再復〈五四「五說」〉，此文爲劉再復《共鑒「五四」——與李澤厚、李歐梵等共論「五四」》（香港：香港三聯書店，2009年）一書的〈代序〉，見頁9～10。

可開掘思想的地方深入發掘思想。劉再復的這一「不夠深」的判斷，與龔鵬程的「不當行」可以代表對錢鍾書否定的兩個主要方面，而他的這一併不十分嚴肅且帶有幾分詼諧的論說同樣受到了張隆溪嚴肅而辛辣的反駁。〔註16〕

上述各家對錢鍾書的評價，各自有不同的關懷重點，對其否定性的意見也有深淺之別，不過總體上還是承認錢之研究是有意義的，只是對意義有多「大」意見不一（這背後其實是各家對學術研究的意義的體認不同）。而西學修養精湛的劉皓明對錢鍾書的批評，則比上述各家更進一步，他將錢鍾書比作「卡夫卡的絕食藝人（Hungerkünstler）」，並強調他的這一比擬「同時也是建立在概念和分析上的事實陳述」，他認為錢鍾書只是在賣弄技藝（而且只是「雜耍」式的技藝），不關懷文本的「意義」（這和劉再復所謂的沒有開掘「思想」較為類似，只是劉皓明更善於使用華麗的西學概念加以點染），故而他認為錢鍾書的為學乃是一種「反文化現象」，錢鍾書具有「非文化本質」，這種「非文化本質」則來源於「意識的缺乏」。在對錢鍾書作了如此嚴厲的批判後，劉皓明還為錢鍾書尋得了一個中國傳統文化的根源，他將錢鍾書與沈復加以類比，指出他們的相似之處，進而將錢鍾書安置在一個「缺乏意識」的譜系之中。〔註17〕劉皓明的評價帶有強烈的德國哲學背景，他所念茲在茲的「意義」和「意識」，比劉再復所謂的「思想」要狹義，所以在他看來，錢鍾書的研究不僅「不夠深」，根本乃是「未入流」。

從褒揚為主的蔣寅，到嚴厲批判的劉皓明，我們可以看到，對錢鍾書的評價，「多歧」主要來自於價值判斷層面。在事實陳說層面，論者都認識到錢鍾書擁有人所難及的廣博，而與這種廣博相聯繫的零散無體系，也基本被眾人接受。依據大致相似的事實得出的價值判斷，卻言人人殊：在蔣寅看來，錢的研究是比較有價值的（雖然也有問題）；在龔鵬程和劉再復看來，錢的價值雖然有，卻不大，至少不若龔本人或李澤厚大（雖然錢讀書比他們多）；在劉皓明看來，即使錢鍾書讀書再多，他的研究仍然是沒有意義的。

對錢鍾書的評價的多歧，到最後實際關乎意義的追問：到底怎樣學術研究才是有意義的？意義的標準又應當是什麼？

〔註16〕參看前揭〈中西交匯與錢鍾書的治學方法〉。
〔註17〕參看劉皓明〈絕食藝人：作為反文化現象的錢鍾書〉，收入氏著《小批評集》（南京：南京大學出版社，2011年），頁253～262。

二、以「文」爲「本」

作爲學問家的錢鍾書，主要研究什麼學問？這一關於錢鍾書爲學的基本問題就存在不同的解答，部分愛「錢」甚深的「錢學家」認爲錢鍾書爲學的範圍無所不包，涉及人文領域的方方面面，媒體愛用「文化崑崙」，所謂「崑崙」，多少指向包羅萬象；但如果不因錢鍾書在論學時採用了某一學科範疇的材料，就認爲他的學問包含了這一範疇（這正是很多愛「錢」者採取的辦法），而採取若干客觀的標準加以判斷，並以現代學科概念加以判分，那麼錢鍾書的爲學，主要還是在文學研究領域。

這裡所謂的「客觀的標準」，指的是從學經歷、工作經歷以及專著論文的主要內容，錢先生在清華大學和牛津大學所讀系科都屬「文學」範疇，〔註18〕在上海、昆明、藍田、北京等地從事的教學研究工作，也都限於文學範圍。而錢先生在「文革」結束前唯一的學術專書《談藝錄》，所談之「藝」，就是「詩藝」。《談藝錄》不僅襲用了徐禎卿談「詩理」之書的書名，而且直接採用了「詩話」這一「論文說詩」的傳統形式，〔註19〕這自然也完全在文學研究的範疇之中。據說，在《管錐編》出版前，錢先生在社科院的相關表格上，填寫「學術專長」時，所寫的是「文學」，在《管錐編》出版之後，則填上了「文學、史學、哲學」。設若錢先生自己這樣定位，那麼「文學」無疑也是他

〔註18〕 錢先生在清華大學就讀的是外國語言文學系（簡稱「外文系」或「外語系」），授課教師如吳宓、葉公超、溫源寧等皆主攻英語文學；而報考留英庚款時，錢先生所報志願即「英國文學」，也是當年（1935年）被錄取的24位考生中唯一一位以英國文學爲專業的。關於錢鍾書的求學經歷，參看〔美〕胡志德著、張晨等譯《錢鍾書》（北京：中國廣播電視出版社，1990年），頁4～8；張文江《營造巴別塔的智者：錢鍾書傳》（上海：上海文藝出版社，1993年），頁12～41；李洪岩《錢鍾書與近代學人》（天津：天津百花文藝出版社，2007年），頁22～41、66～76。至於在牛津大學的學習，前揭諸種傳記都只提到錢進入牛津大學之 Exeter College，未涉及其系科，對錢之修課，也只根據楊絳以及錢之親友的有限回憶，有一些模糊的描述。不過，錢鍾書在牛津大學取得文學學士學位（B. Litt）時所作的畢業論文是 'China in the English Literature of the Seventeen Century and the Eighteen Century'（〈十七、十八世紀英國文學中的中國〉），可以說，錢的整個高等教育求學經歷，都圍繞著文學。下文涉及錢鍾書之教研工作，也請參考上述幾種書，不再一一注出頁碼。

〔註19〕 錢鍾書在《談藝錄》開篇之前寫此書之源起，就提到了冒景璠「督余撰詩話」，又將此書視作與論詩文專篇的論文爲「表裏經緯」的「詩話」。參看錢鍾書《談藝錄》（北京：生活・讀書・新知三聯書店，2001年），頁1，這一段文字在1948年出版的《談藝錄》中即有。關於「詩話」，下文還有討論。

關懷時間最久的領域，所以，將錢鍾書學術研究的主要領域定在文學研究上，應該是比較妥帖的。

明確了錢先生學術研究的主要領域，再來重看上述多歧的評價，可以發現，眾多高明的學者在評價錢鍾書時，根據差別不大的事實理解，卻得出差異甚大的結論，這與「文學研究」在現代學術研究中的不確定的位置大有關係。

雖然我們素來說中國古人乃是「文史哲不分家」[註20]，不過，渾而不分恐怕是東西方早期人文的共同特點，隨著「文」與「學」、「學」與「術」的發展，「不分」遲早要走向分裂。就中國傳統的情況來說，至少在北宋，與現代意義上的「文史哲」的分科相類似的分裂已經出現了，這一分裂，宋元之際的劉壎在《隱居通議》中用「周程、歐蘇之裂」加以概括，如果放在「古文運動」的大背景下加以檢視，劉壎的概括強調了宋代開始「文」和「道」的分離。周程自然也是注意「文」的；歐蘇更是十分重視「道」，故而要在道學家和古文家留下來的文字中找出道學家注意「文」或古文家推重「道」的文字，自然十分容易，但一個簡單的事實足以提醒我們，在宋代以降的時間裡，讀書人已經意識到了這種「分裂」，這個事實就是：作為北宋最重要的文人士大夫，蘇軾關於經學的論著（如《論語說》）並未得到有序的傳承，需要今人輯佚；而蘇軾的詩文集，儘管北宋後期黨禁中禁制刊刻流佈，卻仍然代有流傳。

「文」和「道」的分裂，按照今天的概念，相當於文學和思想的分裂。不過，思想既可以通過學術，也可以通過文學來表述（只是宋代周程一系的理學家的那一套表述，已經頗為接近現代人意識中的「哲學」）。和「文」相對應的一個比較恰當的範疇，應該是「學」。而「文學」和「學術」的分裂，在宋代也已經頗為明顯，理學家的思想表述之外，宋代的史學已經具有很強的獨立價值，士人完全可以以史學名家並以此自矜，如司馬光、劉邠等。[註21]宋代以後，隨著時間的推移，能夠兼善「文」和「學」的讀書人似乎越來越少，這是分裂和發展的必然結果。這一趨勢，到了距離現代最近的清代，更為明顯，義理、考據、詞章的三分，使得清代的讀書人，多少要在「學人」

[註20] 這裡的「文史哲」當然是現代學科的概念，與傳統本有的「文」「史」諸概念不同。

[註21] 關於這一問題，朱剛師在研究唐宋「古文運動」時有許多透闢的分析，參看朱剛《唐宋「古文運動」與士大夫文學》（上海：復旦大學出版社，2013 年）。尤其是該書第二章第四節〈「周程、歐蘇之裂」與宋代士大夫文學〉。

和「文人」之間徘徊去取。〔註22〕而清代「道問學」之風興盛，「智識主義」使得學術高度發達且有持續發展，〔註23〕這也讓現代學者覺得，中國之「學」走向現代學術，多少有些水到渠成。〔註24〕

　　不過，在傳統學問走向現代學科的過程中，「文學」的位置頗爲尷尬，在「文」「學」分裂的傳統形勢下，文學是一種技能，而非客觀知識。選擇作文人，就要能作詩文；而學者的關懷，往往少涉集部。但到了現代，科舉廢除，白話取代文言，諸種大變，使得「文學」不再是讀書人必須掌握的基本技能，文學開始由技能轉向知識，文學需要被研究。那麼，文學又需要如何被研究呢？這時候，一方面，舊有的已經比較成熟的相關學科門類的研究，必然會對不那麼成熟的文學研究產生影響；另一方面，「研究」本身的特點和規定性，也會對文學研究有所限定。清代考證學極爲發達，〔註25〕清代學者運用考證學的辦法，在經學、史學以及子學上都取得了極大的成就。考證學的特點是追求客觀和確定，而這恰恰是「研究」所需要的（所以上述兩方面其實是統一的，比較發達的學科之所以發達，就是因爲其主要方法與「研究」的規定

〔註22〕陳平原老師在《中國散文小說史》之第五章〈桐城義法與學者之文〉，尤其是該章第四部分〈學者之文〉中，對這一問題有比較簡而有法的敘述，參看《中國散文小說史》（北京：北京大學出版社，2010 年），頁 157～182。同時，《從文人之文到學者之文──明清散文研究》（北京：生活‧讀書‧新知三聯書店，2004 年）一書通過九家具體個案的討論，更詳盡地展開了這一問題的方方面面。

〔註23〕強調「智識主義」在明清思想史中的重要，並從「內在理路」解釋清代學術史和思想史，是余英時的創見，相關文章集中收錄在氏著《論戴震與章學誠：清代中期學術思想研究》（北京：生活‧讀書‧新知三聯書店，2005 年）。不過，需要注意的是，在傳統社會，不論「道問學」吸引了多少讀書人，「尊德性」在「道問學」面前永遠具有優先性和崇高性，所以不論清代學術和思想中有多麼強的「智識主義」，清代學術和現代學術仍然有著巨大的鴻溝：那就是「道」永遠籠罩在清代讀書人之上，儘管許多讀書人並不眞正醉心於道。在這一點上，張汝倫對余英時的研究有比較嚴厲的批評，參看張汝倫〈以今度古的詮釋──余英時清代思想史研究獻疑〉，收入氏著《現代中國思想研究》（上海：上海人民出版社，2001 年），頁 529～562。上文提及的「周程、歐蘇之裂」，也是在「道」的籠罩下的「文」、「道」側重不同，並非絕然的分裂。

〔註24〕梁啓超、胡適和錢穆等對清學史的檢討，多少都在揭出中國學術從傳統走向現代的「自然而然」。

〔註25〕余英時就將「中國傳統學術系統在清末的最新面貌」概括爲「經過考證方法洗禮之後的『四部』之學」，參看余英時〈「國學」與中國人文研究〉，收入氏著《人文與民主》（臺北：時報文化出版社，2010 年），頁 43。余氏在此文中對作爲對象的「四部」和作爲方法的「考證」的分析值得參看。

性有較高的相關度）。而客觀和確定的追求，又恰與西潮中最迷人的「科學」接近。於是，在人文學術現代化的進程中，最易於實施考證手段，也最能達成客觀和確定的史學，便在整個二十世紀人文學術〔註26〕中獨大並將其影響力覆蓋到週邊學科。〔註27〕在文學研究中，文學史這一領域和考證這一手段便佔有了崇高的地位。〔註28〕

這便是錢鍾書面臨的文學研究之大勢，錢鍾書的文人家庭背景和所接受的基礎教育使他具備了傳統文人的能力和趣味，他能寫很漂亮的古詩文，而且在寫作古詩文時對某些流派有自覺的歸依，文學對他而言是一項技能。但他接受的高等教育和從事的工作，以及個人的才性，都促使他更偏於學者而非文人。作為一個接受了完整現代教育的文學研究者，錢鍾書卻對上述偏於史學的文學研究和文學研究的考據化〔註29〕持堅定而激烈的抵抗態度。

錢先生在這方面的特異，已經引起討論者廣泛的注意，這裡僅引兩處廣為人知的錢氏刻薄語，對他的抵抗略加說明。

在三十年代所寫的短文〈釋文盲〉中，錢先生故意將「文」釋為「文學」，將文盲釋為不能領略文學價值的「價值盲」，大大嘲諷了一通不懂得欣賞文

〔註26〕 按照傅斯年的看法，史學或許還不應該歸入人文學的範疇，而應該成為科學，參看傅斯年〈歷史語言研究所工作之旨趣〉，收入歐陽哲生主編《傅斯年全集》第三卷（長沙：湖南教育出版社，2003 年），頁 3～12。

〔註27〕 清儒雖然講求「道問學」，但畢竟還處於馮友蘭所謂之「經學時代」，所以運用考證方法治學，用力最多、成就最大的仍是經學。而近現代社會走出「獨斷論」、進入「後經學時代」（這是高瑞泉喜用的說法）之後，史學變成了核心。對於近現代史學地位的提升、史學與考證學的關係，羅志田在相關課題上有長期的關注和大量的創穫，參看羅志田〈清季民初經學的邊緣化與史學的走向中心〉、〈「新宋學」與民初考據史學〉，收入氏著《權勢轉移：近代中國的思想、社會與學術》（武漢：湖北人民出版社，1999 年），頁 302～375；及氏著《近代中國史學十論》（上海：復旦大學出版社，2003 年）之〈引言〉，頁 1～24；以及氏著《裂變中的傳承：20 世紀前期的中國文化與學術》（北京：中華書局，2003 年）的第三、第八、第九部分（尤其是第九部分〈文學的失語：整理國故與文學研究的考據化〉）。

〔註28〕 當然，「文學史」成為文學研究中的「顯學」，還與教育有關，這方面陳平原老師已有大量宏觀的和具體的研究、論斷。

〔註29〕 按照韋勒克（Rene Wellek）的說法，這樣的研究都屬於文學的「外部研究」（exterior research/study），而錢先生本人則將這樣的文學研究稱為「實證主義」、「嚴肅的『科學的』文學研究」，參看錢鍾書〈古典文學研究在現代中國〉（1978 年），收入氏著《人生邊上的邊上》（北京：生活‧讀書‧新知三聯書店，2002 年），頁 179。

學，「欠缺美感」，只對文學作品進行語文研究的「語言學家和文字學家」，他甚至尖刻地說：

> 看文學書而不懂鑒賞，恰等於帝皇時代，看守後宮，成日價在女人堆裡廝混的偏偏是個太監，雖有機會，卻無能力！〔註30〕

這樣的意見，在幾十年後，他依舊堅守，在 1978 年所作的〈古典文學研究在現代中國〉〔註31〕中，對於文學研究中清代的「樸學」的影響，他還是多有否定。同時，錢先生還不點名地對陳寅恪加以諷刺：

> 譬如解放前有位大學者在討論白居易《長恨歌》時，花費博學和細心來解答「楊貴妃入宮時是否處女」的問題——一個比「濟慈喝什麼稀飯？」、「普希金抽不抽菸？」等西方研究的話柄更無謂的問題。今天很難設想這一類問題的解答再會被認爲是嚴肅的文學研究。〔註32〕

這段話針對的自然是陳寅恪《元白詩箋證稿》開頭部分對楊貴妃是否以處子身份入宮的考證，而且錢先生似乎不止一次或明或暗地對陳寅恪有所批評，〔註33〕不過此處的諷刺和批評顯然是不公平的，陳寅恪在考證這一「小問題」，有他對唐史的大判斷和大關懷在背後，余英時就認爲，陳氏對這一問題的考辨「是爲了證實朱子『唐源流出於夷狄，故閨門失禮之事不以爲異』的大議論，不能算 'trivial'」。〔註34〕雖然沒有切實證據，但我以爲，陳氏之考

〔註30〕 錢鍾書〈釋文盲〉，收入氏著《寫在人生邊上》（北京：生活‧讀書‧新知三聯書店，2002 年），頁 48。

〔註31〕 這是錢先生在 1978 年 9 月赴意大利參加歐洲漢學家會議所提交的論文，參看前揭《營造巴別塔的智者：錢鍾書傳》，頁 219。可以稍加注意的是，余英時曾回憶，他在與錢鍾書交談時，話題涉及馬克思，錢特意提及馬克思私生子的事情，余對此頗爲奇怪，他對此的推測是：「他是藉此故事向海外的訪客表明：他從來沒有奉馬克思作聖人，也不信仰馬克思主義。」這一推測得到了史華慈的同意，參看余英時、陳致《余英時訪談錄》（北京：中華書局，2012 年），頁 153～154。余氏的這一推測頗合情理，所以，在「文革」剛剛結束後，在他出國開會提交的報告中，可能也會有一些爲了向外國學者表明自己立場和態度而刻意言之的話，這是我們讀這篇論文時應當留意的。

〔註32〕 《人生邊上的邊上》，頁 179～180。

〔註33〕 余英時就記錄了在關於白居易兩句詩的細節問題上，錢對陳之考證「不以爲然」，參看前揭〈我所認識的錢鍾書先生〉，《現代學人與學術》，頁 381。

〔註34〕 前揭〈我所認識的錢鍾書先生〉，《現代學人與學術》，頁 381。朱子之語，爲陳氏《唐代政治史述論稿》開卷所引第一句，參看陳寅恪《隋唐制度淵源略論稿‧唐代政治史述論稿》（北京：生活‧讀書‧新知三聯書店，2001 年），頁 183。

證與論說如此顯豁，錢先生不會不察，我更願意將錢在此處的諷刺理解爲他對於以詩歌證史，只將詩歌作爲考辨史事，服務於史學研究的不滿。〔註35〕這種不滿，在剛剛「解凍」的特殊時期，又面對外國學者，可能有些誇張的發揮。

以上兩個例子，體現了錢先生對小學研究和史學研究「入侵」文學研究領域一以貫之的拒斥，這是對現代學者的文學研究中，實在是特立獨行。但如果錢先生只有拒斥，只有「破」的一面，而不能在考證學方法之外，在史學化、小學化的文學研究之外有所「立」，那麼他也只是一個奇特的否定家而已。

幸而在「破」之外，錢先生在文學研究上多有「立」之建樹。他對文學有自家的定義，有一套完足的文學觀。刊發於《國風》雜誌第三卷第八期、十一期（1933 年 10 月 16 日、12 月 1 日）上的〈中國文學小史序論〉，〔註36〕「比較集中體現了錢鍾書先生的文學觀和中國文學史觀」。〔註37〕錢先生用「功用」來界定文學，認爲文學應能「移情動魄」，「功能的感人」之外，錢先生還用「美感之有無」來界定文學，合乎「動人」和「美感」的，才是文學。

既然有這樣的文學觀，那麼與之對應的文學研究，自然應該著力於發掘文學的「動人」之處與「美感」，或者依憑著這樣的標準，來敘述文學史，進行文學批評。〔註38〕即使是在錢氏自己界定的較爲客觀的文學史研究中，作家生平的傳記研究，也不再是最重要的，影響才是關鍵，而影響之判斷，文

〔註35〕陳寅恪關於「詩史互證」的研究，歷來得到很高的讚譽，不過，如果細察陳氏對於詩歌的解讀和使用，他主要還是用「詩」來解決「史」的問題，在解決的過程中，自然涉及對詩歌語言虛實的分辨，涉及對詩歌撰作背景和詩人生平的瞭解，於是在使用材料中也爲詩歌讀解提供了不少外部材料，「史」也就爲「詩」服務了，但這一服務仍然屬於文學的「外部研究」，無怪乎錢氏會如此不滿。

〔註36〕收入《人生邊上的邊上》，頁 92～109。

〔註37〕見張健師〈《中國文學小史序論》與錢鍾書的文學觀〉，載《北京大學學報（哲學社會科學版）》2014 年第 2 期。此文圍繞〈中國文學小史序論〉，對錢先生的文學觀、文學史觀作了周密而集中的討論，探討了「錢先生對於文學、文學批評、文學史以及中國文學史的一些基本觀念」，下文對錢先生文學觀的敘說，主要概述此文而成。

〔註38〕錢先生在〈中國文學小史序論〉中對文學史和文學批評也有明確的界定：「一作者也，文學史載記其承遷（genetic）之顯跡，以著位置之重輕（historical importance）；文學批評闡揚其創辟之特長，以著藝術之優劣（aesthetic worth）。一主事實而一重鑒賞也。相輔而行，各有本位，重輕優劣之間，不相比例。」（《人生邊上的邊上》，頁 93。）也就是説，「文學史價值」和「文學價值」並無必然聯繫，文學史重在探究作家作品的傳佈和影響至爲重要，這是偏於客觀的；文學批評則要指出作家作品在審美上的高下得失，偏於主觀。

字的陳述和記錄固然重要，直接從文本到文本，根據文辭進行判斷，也不可或缺。〔註39〕

這樣的文學觀，使得在錢鍾書文學研究的基本單位只能是文本，外在於文本的時代特徵、作家生平，都應當是爲讀解文本服務的，這在《談藝錄》之開篇開宗明義地宣示了出來。

錢先生的專書（《談藝錄》、《管錐編》）皆爲筆記體，各條目的排列看似隨意，但我以爲二書之開篇皆是作者的刻意安排，蘊有作者的獨特用心。〔註40〕《談藝錄》開篇之「詩分唐宋」，是錢先生論學文字中不甚多的宏觀論述篇目（也即龔鵬程所謂的「大判斷」），這篇論說頗有些轉折，舉其大者而言，可以劃分爲兩部分，第一部分論不能據王朝時代來判分文學；〔註41〕第二部分主要以王世貞爲例，指出即使是個別詩人，本身也會有變化，不能據詩人來判分文學。〔註42〕既然時代不足據，詩人不足據，那麼唯有「文本」足據。

而文本的背後，乃是人之「性情」，「性情」則有常有變。〔註43〕如果追求客觀，那麼「性情」的「變運」就容易被研究者忽視，而這種「變運」，最是微妙。把握文本背後那會「變運」的「性情」，只能依靠研究者自身對文本的賞鑑和體悟。

當然，考證是可以幫助研究者的賞鑑和體悟的，所以錢先生一方面拒斥文學研究的考據化，另一方面卻不排斥考證這一輔助手段，他對考據家的著作毫不陌生，對他們考證的成果或借鑑或修正，〔註44〕甚至自己還會親自動

〔註39〕古人作詩文，未必直陳自己的學習模範，此時能否僅僅根據文本進行判斷，便十分對研究者的功力有很高的要求。陳尚君老師在 2013 年 4 月 18 日 10：30 發佈的「新浪微博」中回憶他的同學黃寶華 1964 年報考錢先生研究生的經歷，當時的「題目是一百句古人的詩，要你說出屬於那個流派」。（微博原文：「錢鍾書招生 我昔日研究生同窗黃寶華兄，徐州師院畢業，英語不錯，1964 年報考過錢的研究生。題目是一百句古人的詩，要你說出屬於那個流派。最後當然是沒有人錄取。」）這裡可能有錢先生不願招生的遊戲態度，但這種考法，卻與錢對文學史研究的要求頗爲一致。

〔註40〕張隆溪曾對《管錐編》開篇之「論易之三名」作較爲細緻的分疏，見前揭〈中西交匯與錢鍾書的治學方法〉，《書城》頁 6～9。

〔註41〕「唐詩、宋詩，亦非僅朝代之別，乃體格性分之殊。」《談藝錄》，頁 3。

〔註42〕「且又一集之內，一生之中，少年才氣發揚，遂爲唐體，晚節思慮深沉，乃染宋調。」《談藝錄》，頁 4。

〔註43〕「格調之別，正本性情；性情雖主故常，亦能變運。」《談藝錄》，頁 8。

〔註44〕這在《管錐編》中更爲明顯。《管錐編》涉的經史子集重要著作，許多清代一流學者已先著鞭，多有注疏申說，錢先生對於他們的成果，或參考引用，

手。「親自動手」的最明顯的例子就是《談藝錄》的第二則。「詩分唐宋」之
後，便是一則篇幅極長、頗顯樸學家本色的「黃山谷詩補注」，其中蘊含了不
少精確的考證。錢先生在此處對山谷詩用心箋註，是否是在宣示他對與文學
相關的考證「非不能也」？又是否在提醒我們，對於考證的意義，他是完全
瞭然於心的，只是考證在文學研究中，必須居於輔助性地位，對文本本身的
賞鑑體悟，方是第一位的。

用賞鑑、體悟的方法來應對一個個具體的文本，也使得錢先生的研究必
然出現零散的面貌，因為各個文本間總是各具面貌，往往不易統一，那麼乾
脆就用零散的方式呈現；〔註45〕而不大依靠邏輯，主要依靠涵泳的賞鑑、體
悟的方法，也使得錢先生的論述只能呈現出「有材料有結論，惟獨缺少分析、
論證過程」〔註46〕的面貌。

依靠這種辦法，錢先生也解決了不少文學史和文學理論的問題，作出了
許多精彩論斷，不過這些解決的問題和作出的論斷大多只是微觀和中等層面
的，如對中國古代山水文學（錢稱之為「詩文之及山水者」）的歷史分期和概
述。〔註47〕而極少宏觀的大論斷，則與錢先生的治學方法息息相關。〔註48〕

或補正發揮，當然也有一些發揮失當之處，這方面的具體例子，可以參看傅
傑老師〈《管錐編》稱引段玉裁、王念孫說述論〉，收入前揭《錢鍾書詩文叢
說》，頁 227〜248。有趣的是，艾朗諾發現，「錢鍾書對清代學者最不滿意的
一點是，他們評估古人的時候，往往過於注重正式的著作而不審視個人的整
體言行，以及當時的政治社會環境和同時代人的評價」。參看艾朗諾〈脫胎換
骨——《管錐編》對清儒的承繼與超越〉，收入前揭《錢鍾書詩文叢說》，頁
215。也就是說，在討論「人」時，錢先生是要把各種可能的因素都納入進來
討論一個人的，而不僅限於「正式的著作」（相當於注 42 的引文中所謂的「一
集」），所以，錢先生完全是知道政治社會環境對個體的「人」的重要影響的，
只是這已經不再是關乎文學的研究了。

〔註45〕 所以錢先生對「系統」總是抱有疑慮，這和他以文本為基本單位，注重個體
性的態度是完全一致的。錢氏的疑慮在〈讀《拉奧孔》〉一文中有較為明晰而
具體的申說，前揭張隆溪與張健師之論文對此都有徵引，此處不再專門引用。
〔註46〕 前揭〈在學術的邊緣上〉，《學術的年輪》，頁 192。
〔註47〕 參看《管錐編》論《全上古三代秦漢六朝文》六六則〈全後漢文卷八九〉之「『樂
志』於山水」部分，見《管錐編》第三冊（北京：生活・讀書・新知三聯書店，
2001 年），頁 304〜309。必須說明的是，我雖然喜愛閱讀錢先生的論著，但《管
錐編》太過浩繁駁雜，常常讀時只能一知半解，讀後即忘，對於錢先生在《管錐
編》中的許多學術論斷未能體會，這一例子，因陳平原老師在專著中有徵引和發
揮而印象較深，參看前揭《中國散文小說史》，頁 76。《中國散文小說史》一書
中多處徵引《管錐編》，所引的大多是錢先生的精彩論斷，此處只舉這一例。
〔註48〕 作具有綜合性的宏觀大判斷，往往需要韋伯（Max Weber）所謂的「理想型分

因應著傳統人文學術的現代轉型，處在古今中西之間的錢先生在文學研究中發展出自己獨特的路數，那就是以「文」為「本」：「文學」是他研究的「根本」所在；「文本」則是他研究的「基本」單位。

明乎此，再回頭來看上文引述的幾種對錢先生的評價意見，便能發現這些否定意見確實有其合理性，只是這些意見背後的標準，與錢先生自身的學術追求，相去甚遠：所謂「不當行」，那是因為錢先生根本就不想涉足其他行當；所謂「無思想」，如果以形而上的哲理思辨作為思想的標準，如此的思想也的確不是錢先生想要發展的；而所謂「在學術的邊緣上」，更是恰當無比的描述，從現代文學研究的主流視角來看，錢先生確在邊緣。

不過，錢鍾書的文學研究雖然在現代文學研究中特立獨行，卻並非憑空而起，他的以「文」為「本」，不僅淵源有自，而且建立在堅實的觀念之上。

三、集部之學與二西之書

上文已經指出，文學（嚴格地來說是傳統詩文）對於錢先生來說，既是知識也是技能，錢先生的文學趣味，也頗為傳統，這從他的文學創作即能看出，且不論其舊詩創作，他的白話小說《圍城》，就很容易讓人想起《儒林外史》。〔註 49〕從「文」與「學」分裂的角度來看，「文」主要落實在四部分類中的集部，而學作詩文，更要從集部入手。錢鍾書的家學，正是集部之學，錢基博在 1935 年 2 月 1 日有如下的記敘：

> 兒子鍾書能承余學，尤喜蒐羅明清兩朝人集，以章氏文史之義，抉前賢著述之隱。發凡起例，得未曾有。每嘆世有知言，異日得余父子日記，取其中之有繫集部者，董理為篇，乃知余父子集部之學，當繼嘉定錢氏之史學以後先照映，非誇語也。〔註 50〕

真是知子莫若父，集部確實是錢鍾書浸潤最廣，體悟最深的領域。而在進行

析」（ideal-typical analysis）的辦法，而這一辦法與錢先生之重文本和賞鑑體悟是衝突的。關於「理想型分析」，參看林毓生〈問題意識的形成與理念/理想型分析〉，刊《中國文哲研究通訊》第 14 卷第 4 期（2004 年 12 月），也收入何炳棣等《四分溪論學集——慶祝李遠哲先生七十壽辰（上冊）》（臺北：允晨文化，2006 年），頁 397～421。

〔註49〕 參看夏志清著、劉紹銘等譯《中國現代小說史》（香港：香港中文大學出版社，2001 年），頁 380；以及余光中〈新儒林外史——悅讀錢鍾書的文學創作〉，收入前揭《錢鍾書詩文叢說》，頁 171～185。

〔註50〕 轉引自前揭《錢鍾書與近代學人》，頁 19。

現代學術研究時，錢先生也有意選擇了集部的傳統表述方式──「詩話」的
形式──來呈現他的學術成果。

詩話一體，創於「歐蘇」之「歐」，本就是「以資談助」之作，〔註51〕閒
談掌故之外，歷來是文人揮灑才情發表創見之所在，所以儘管詩話是關於詩
歌的議論，按照今天學術分類，似乎應該屬於學術領域，〔註52〕但在歷來之
公私著錄中，詩話都被分類在集部，如《四庫提要》將其歸於集部詩文評類
之下。故而「詩話」乃是兼容「文」「學」的一種形式。

而且，錢先生之採用詩話之形式，並非隨意之舉動，《談藝錄》第一則〈詩
分唐宋〉之前敘述撰作此書的緣由時，有這樣一段陳述：

> 因思年來論詩文專篇，既多刊佈，將彙成一集。即以詩話為外
> 篇，與之表裏經緯也可。〔註53〕

所謂的「論詩文專篇」，我尚不能確證包含哪些篇目，但錢先生以專篇論文為
內篇，以詩話為外篇的設想，可以看出他對論學形式頗為講究。

當然，「《談藝錄》雖貌似詩話，然絕非傳統詩話體所能牢籠，其意要在
詮釋、評論，以及疏通、解惑與揭櫫詩文的利病，亦即其自謂志趣在『文藝
鑑賞與評判』，即西洋人所謂之『詩藝』（the art of poetry）。」〔註54〕此言誠
是，汪氏深刻地指出了《談藝錄》所具備的現代學術品質。不過，談論一本
書是否「詩話」，本就是以形式而言，汪氏所謂「非傳統詩話體所能牢籠」，
應該從這兩方面加以理解：一方面，《談藝錄》涉及的材料比傳統「詩話」要
廣（採西書）；另一方面，《談藝錄》對詩藝之探討更深入和精微。嚴格地說，
《談藝錄》並非「貌似詩話」，而「就是」詩話。

採用詩話這一形式之外，上文重點討論的面對文本賞鑑、體悟的辦法，
正是傳統集部之學的基本訓練，只是傳統的這種訓練，旨在提升技能，而錢
先生將這種訓練的辦法轉化為治學的手段。

〔註51〕 參看歐陽修著，鄭文校點《六一詩話》，合刊於《六一詩話‧白石詩說‧滹南
詩話》（北京：人民文學出版社，1962年），頁5。

〔註52〕 由郭紹虞主編、人民文學出版社出版的「中國古典文學理論批評專著選輯」
系列便點校了大量詩話，按照今天的觀念，這些詩話確實都是「專著」。同時，
明清兩代的詩話，尤其是清代的許多詩話中，「學」的成分確實很重，有的詩
話（如《薑齋詩話》）的作者，本身就是通達的學人（王夫之）。

〔註53〕 《談藝錄》，頁1。

〔註54〕 見汪榮祖〈憂患與補償：試探《談藝錄》與《管錐編》的寫作背景與心情〉，
收入前揭《錢鍾書詩文叢說》，頁286。

在傳統的集部之學外，還有一個重要的資源，支撐起了錢先生的學術研究，而且還給予了他方法論上的基本理念和根本自信，那就是《談藝錄‧序》中明確點出的「二西之書」。〔註55〕

錢先生的語言能力無疑是驚人的，他在論著中徵引的外文材料，恐怕當世很難找出一位學者全面審讀，而他原本還計劃在完成《管錐編》後〔註56〕依照《管錐編》的體例和辦法，對若干外文專書展開討論，〔註57〕可惜這些想法並未完全落實。

而錢先生讀外文之書的辦法，亦與他讀集部書之方法無異。至少在出版的論著中，我們很少看到他對西方文學、學術的整體判斷和評介，外文材料往往是因爲與中文材料具備某些相似性而被徵引的，當然，在徵引時，錢先生會對不同材料間的異同加以辨析，這其中往往有許多妙語和灼見，所以他對外文文獻的徵引，「絕非只是把本來引用中文文獻就可以說明的道理，疊牀架屋，引用西方的例證再說明一遍」。〔註58〕總體來說，錢先生的「中西交匯」，主要還是「西」服務於「中」。

用讀集部書之法讀西書，在我看來，不僅給錢先生帶來了材料上的廣博，更重要的是，對不同語言文化的材料的閱讀，使得錢先生具備了一個強大的理念，那就是《談藝錄‧序》中所說的「東海西海，心理攸同」，這個理念，可以說是錢先生爲學的基本方法，也是他從事學問的基本出發點。

法國漢學家于連（François Jullien）曾經批評錢鍾書，認爲他「把一切都看得多多少少是相同的」，這引來了張隆溪的嚴正反駁，〔註59〕在對張隆溪的

〔註55〕錢先生在〈序〉中特意注明了「二西」的出典，不過據我的閱讀體會，所謂「二西」，當指「西天」和「西洋」，也即佛教典籍（這方面因爲錢先生不通梵文，所讀的都是翻譯之作）和歐美語文材料。

〔註56〕《管錐編》之第一冊在 1979 年出版時，〈序〉中說明：「初計此輯尚有論《全唐文》等書五種，而多病意倦，不能急就。已寫定各卷中偶道及『參觀』語，存而未削，聊爲異日之券。一九七八年一月又記。」見《管錐編（第一冊）》（北京：中華書局，1979 年），頁 1。商務印書館後來出版的三冊《容安館札記》和卷帙浩繁的《錢鍾書手稿集》（包括《中文筆記》、《外文筆記》，尚未全部出版）裡包含了這些未完成部分。

〔註57〕據楊絳先生敘述，錢先生留下了大量外文筆記，商務印書館宣稱還將出版錢鍾書外文手稿集。

〔註58〕前揭〈中西交匯與錢鍾書的治學方法〉，《書城》頁 6。

〔註59〕參看張隆溪〈漢學與中西文化的對立──讀于連先生訪談錄有感〉，刊《二十一世紀》1999 年 6 月號，于連之批評也轉引自此文。

回應中，于連再次表達了他對錢先生的看法：「錢鍾書教授是一個有廣泛文化修養的人，他的方法是某種尋同的比較主義（comparatiseme de la ressemblance）。」〔註60〕于連並非一位十分推重錢鍾書的學者，不過，他所謂的「尋同」，確實是錢先生文學研究的基本出發點。

正因爲人的性情有「同」的一面，所以不論性情如何「變運」，我們仍然能夠通過賞鑑、體悟來發掘文本背後的性情，而錢先生在大量的閱讀、歸納、比較之後，一再發現古今中西之人通過文本體現出的思理和性情上的「同」，又使得他的基本出發點不斷夯實，賦予他強大的自信。〔註61〕這無疑是一個良性循環的過程，也是錢先生學問在不斷豐富的同時又能一以貫之的原因。〔註62〕

其實，正如蔣寅指出的，「誰的文學批評不是同中求異和異中求同」？〔註63〕錢先生的特異之處不在於同中求異和異中求同，而在於他將「同」作爲基本出發點，這一出發點又是建基於古今中西浩瀚的文本閱讀之上的。錢先生能夠持有這一「說來容易」的幾本理念，背後是無比困難的「讀書破萬卷」，而浩如煙海的閱讀量，使得這一基點難以被推倒。

〔註60〕 參看于連〈答張隆溪〉，刊《二十一世紀》1999 年 19 月號。這之後張隆溪又在《二十一世紀》2000 年 2 月號發表〈無答者言〉回應于連。這三篇文字都收入張隆溪《中西文化研究十論》（上海：復旦大學出版社，2005 年），頁 113～137。

〔註61〕 這就可以理解，爲何在《管錐編》開篇，錢先生頗有些盛氣凌人地重點批評黑格爾（Hegel）。這既是因爲他具備這個自信，也是因爲黑格爾過於強調中西語言之異，並由此論中西思維不同，這種論點，在錢先生看來，是有害於人文學術的研究的。〈論易之三名〉的第一段最末的總結性言論，既有一絲體諒，又稍帶譏諷，但最主要的，還是濃濃的惋惜和遺憾：「其不知漢語，不必責也；無知而掉以輕心，發爲高論，又老師巨子之常態慣技，無足怪也；然而遂使東西海之名理同者如南北海之馬牛風，則不得不爲承學之士惜之。」《管錐編》第一冊，頁 4。黑體爲我所加。

〔註62〕 這自然也可以從反方面提出批評，劉皓明就認爲，《談藝錄》的「補遺」完全「不涉及觀點的修正或論證的改進」，進而認爲錢鍾書的爲學與「技術化複製和信息技術」類似，前揭《小批評集》，頁 256。這似乎是沒有細讀《談藝錄》的「補遺」而得的結論，因爲錢先生在一則文字中往往多有轉圜，涉及若干微觀問題，所以「補遺」裡既有一些修正，又有對原判斷的擴充，或進行更爲細微的辨析，只是因爲《談藝錄》中常常在「尋同」，所以「補遺」對原判斷沒有大的更改，是可以理解的。

〔註63〕 前揭〈在學術的邊緣上〉，《學術的年輪》，頁 188。

四、餘論：學問的輕與重

上文討論了錢鍾書特異的爲學背後那簡單的理念和基點，並指出所謂的「簡單」，只是說來而已，若要做到錢之程度，非天資和勤奮並重不可。

儘管做起來甚難，但在我閱讀錢氏論著的過程中，一方面，這些論著（尤其是文言論著）廣博無涯涘的徵引、簡古的行文讓我屢屢碰壁；另一方面，一旦能夠讀懂部分論著，我就能感受到這難讀的文字背後那個有「趣」的作者。錢先生的論著雖然難讀，卻並不沉重，反而是有些輕靈的。

與這樣一種「有趣」的閱讀體驗相關的，是我對錢先生治學旨趣的判斷，我以爲，錢氏之學，主要是爲了求「趣」，錢氏有廣爲流佈的一段關於學問的名言：

> 大抵學問是荒江野老屋中二三素心人商量培養之事，朝市之顯學必成俗學。〔註64〕

這一說法，固然主要是貶斥「朝市之顯學」，強調學術研究的獨立性，不過，「荒江野老屋中二三素心人」、「商量培養」這些用語，多少也突出了學問的個體性，或者說，在這一簡單的表述強調了學問應當是「爲己」的。而本文第一部分引述的蔣寅的論說，正強調「大師」需「爲人」，錢只夠稱「爲己」的「博學家」，尚不夠稱「大師」。

最後，不妨將錢先生與一位公認的大師——陳寅恪稍加對比，以結束本文。

陳、錢之間，雖然治學領域相差頗大，但因爲在近二十年，這兩位學者得到驚人的世俗聲譽，而且他們在學問的淵博精深上，也確實罕有匹敵，所以常常被加以比較。上文引述的蔣寅、龔鵬程和劉皓明的評論文章，都在討論錢鍾書時將陳寅恪帶入進行比較，除了龔鵬程以外，蔣、劉都認爲陳比錢具有更大的學術價值。從學術傳承和影響的角度來說，這是可以成立的。

質言之，首先，錢氏爲學的特異以及其好說不好做，使得後來人難以學習錢之治學；其次，錢氏少大判斷，不甚關注大問題（除了那個最大的問題——古今中西之「同」），而陳氏則多大判斷，其中古史研究的許多具體論斷已被後來學者推翻，但他的大判斷帶來的角度（宗教、地域、民族等等）在

〔註64〕這段文字最早出現在鄭朝宗的論文〈錢學二題〉中，刊《廈門大學學報（哲學社會科學版）》1988 年第 3 期，鄭氏在這段文字上加了引號，故而這段話一般被認爲是錢鍾書之語。

中古史研究上，卻啟迪了無數後來者；更重要的是，錢氏的治學，從根本上還是沿襲了集部之學的路數，只是將這一路數的範圍擴張到盡可能大，而陳氏的治學，卻在史學上做到了托馬斯・庫恩（Thomas Samuel Kuhn）在討論科學史意義上的「範式轉移」（paradigm shift），〔註65〕這一點，奠定了陳寅恪無法撼動的學術史地位。如果以「範式轉移」作為「大師」的標準，錢鍾書確實不能被稱之為「大師」。

在學術傳承和影響之外，錢、陳之為學，恰恰也有著輕重之別。陳氏論著背後，往往關懷著中國的民族、歷史、文化，而且常有現實指向；錢氏論著，背後最大的關懷是人情思理之「同」，雖然極大，卻與現實並無太大關涉。閱讀陳著，我間或能感受到文字背後的憂患和深沉；閱讀錢著，我卻常常透過文字「看到」錢先生在發現一條又一條材料之後的歡樂。將陳氏所堅守的「獨立之精神、自由之思想」，與「荒江野老屋中二三素心人商量培養之事」加以比較，我們就能清晰地看到二人為學的輕重之別。

所以，如果依照劉皓明所持的那一厚重的德國哲學標準，錢鍾書的學問確實是沒有太大意義的，即使在細部的論述上，劉皓明並不完全準確。

但是，學問顯然不應該只有一種評價標準，陳寅恪式的厚重的學問，值得所有人敬佩，但錢鍾書式的輕靈的學問，也應該獲得一大批人的喜愛吧，至少，錢鍾書向我們展現了一種學問的可能性，而且，他的展現是極有趣的。

主要參考文獻

1. 錢鍾書：《談藝錄》，北京：生活・讀書・新知三聯書店，2001 年。

2. 錢鍾書：《管錐編》（第一到第四冊），北京：生活・讀書・新知三聯書店，2001 年。

3. 錢鍾書：《七綴集》，北京：生活・讀書・新知三聯書店，2001 年。

4. 錢鍾書：《寫在人生邊上・人生邊上的邊上・石語》，北京：生活・讀書・新知三聯書店，2002 年。

〔註65〕關於科學史上之「範式轉移」（paradigm shift），見 Thomas S. Kuhn, *The structure of scientific revolutions*, Chicago : University of Chicago Press, 1970，中譯見 T.S. 庫恩著，李寶恒、紀樹立譯《科學革命的結構》（上海：上海科學技術出版社，1980 年）。並參看吳以義《庫恩》（臺北：東大圖書股份有限公司，1996 年）。以「範式轉移」論說中國現代人文學之嬗變，首推余英時，參看氏著《重尋胡適歷程：胡適生平與思想再認識》（桂林：廣西師範大學出版社，2004 年）。

5. 錢鍾書：《錢鍾書英文文集（*A Collection Of Qian Zhongshu's English Essays*）》，北京：外語教學與研究出版社，2005 年。

6. 李洪岩：《錢鍾書與近代學人》，天津：天津百花文藝出版社，2007 年。

7. 余英時：《現代學人與學術》，桂林：廣西師範大學出版社，2006 年。

8. 陳平原：《中國散文小說史》，北京：北京大學出版社，2010 年。

9. 張文江：《營造巴別塔的智者：錢鍾書傳》，上海：上海文藝出版社，1993 年。

10. 張隆溪：《走出文化的封閉圈》，北京：生活・讀書・新知三聯書店，2004 年。

11. 張隆溪：《中西文化研究十論》，上海：復旦大學出版社，2005 年。

12. 劉皓明：《小批評集》，南京：南京大學出版社，2011 年。

13. 蔣寅：《學術的年輪》，北京：中國文聯出版社，2000 年。

14. 龔鵬程：《近代思潮與人物》，北京：中華書局，2007 年。

15. 丁偉志主編：《錢鍾書先生百年誕辰紀念文集》，Oxford，New York: Oxford University Press，2010.

16. 汪榮祖主編：《錢鍾書詩文叢說——錢鍾書教授百歲紀念國際學術研討會論文集》，桃園：國立中央大學出版中心，2011 年。

17. 張健：〈《中國文學小史序論》與錢鍾書的文學觀〉，載《北京大學學報（哲學社會科學版）》，2014 年第 2 期。

18. 鄭朝宗：〈錢學二題〉，載《廈門大學學報（哲學社會科學版）》，1988 年第 3 期。

錢鍾書西學視野中的古希臘羅馬經典

張 治

（廈門大學人文學院中文系）

一、小引：近代中國如何認知西方「經典」

　　17 世紀後期，在英國「戰區」的「古今之爭」論戰中，威廉·坦普爾（William Temple）曾作《論古今之學》（*Essay upon Ancient and Modern Learning*，1690）一文，批駁厚今薄古之輩。他標舉出古代最偉大的兩部散文作品，即《伊索寓言》與「法剌芮斯」《書信集》。這馬上遭到當時最博學的古典學家理查·本特利（Richard Bentley）的嘲諷，揭發「伊索」之寓言並非伊索所作〔註1〕，法剌芮斯的書信也是後世的僞造〔註2〕。相關爭論還激發本特利在 1699 年完成了重要的考據著作，那標識著對古典文化批判性（critical）研究之時代的開始。有意思的是，中國對古希臘羅馬經典著作的認識史，也正是從伊索寓言這部老少咸宜的「古希臘經典」開始的〔註3〕。從《況義》（1625）到《意拾蒙引》（1837）或《意拾喻言》（1840），再到林紓筆述的《伊索寓言》（1902？），

〔註1〕傳世的文本來源是公元一、二世紀出現的三種寓言集。參看 Ben Edwin Perry, *Babrius and Phaedrus*, "The Loeb Classical Library"（London: Heinemann, 1965），xiii-xiv.

〔註2〕John Edwin Sandys, *A History of Classical Scholarship*, II 403～405, Cambridge, 1908. 參看（美）吉爾伯特·海厄特（Gilbert Highet）：《古典傳統》（王晨譯，北京：北京聯合出版公司，2015 年），第 14 章，尤其是頁 237～237。

〔註3〕在新近出版的「近代名譯叢刊」本《伊索寓言古譯四種合刊》（莊際虹編，上海：上海大學出版社，2014 年）中，卷首收錄了一篇「王仲遠」所作的《讀伊索寓言隨筆》，乃是今人倣古之作，仍稱伊索寓言爲「古希臘經典」，並直接根據流傳下來的故事來贊美伊索的文思。

還有周作人（1955）、羅念生（1981）、王煥生（2014）根據原文的翻譯工作。西方世界進入理性時代之後首先遭到「開刀診斷」的僞「經典」或云次「經典」，卻在中國反而受到「經典化」、想像地將之置於最崇高地位，這難道不是極爲錯謬的文化交流現象麼？從晚清翻譯文學最重要的代表人物，到長期浸淫於古希臘文學翻譯的傑出文學家與學者，都置身於這交流之中，多少體現出了一種學識視野上的短見和精力運用上的偏誤〔註4〕。

從字源學考察來看，產生於拉丁文「classicus」（原意爲上層社會階級）的「經典（classics）」一詞，在文藝復興時期僅指以希臘文和拉丁文寫的古代著作。但「經典」一語在中文語境另有含義，唐人劉知幾《史通・敘事》：「自聖賢述作，是曰『經典』。」《法華經・序品》：「又睹諸佛，聖主師子，演說經典，微妙第一」。稱西方古書爲「經」，似始於清代後期，1837 年《東西洋考每月統記傳》曾列出希羅多德、修昔底德、色諾芬、德謨克里特、蘇格拉底、柏拉圖、亞理士多德、維吉爾、賀拉斯、李維、塔西佗、西塞羅、塞涅卡和老普林尼十四家之著作，以爲是西方世界古代足以與中國經典抗衡的「經書」。此後傳教士的中文著述裡未再見如是之口吻。艾約瑟介紹西方古典文學的文章後來結集，也只是題爲「西學啓蒙」而已。五四時期討論目前最合適翻譯什麼時，鄭振鐸提出「古典主義的作品」可以緩譯〔註5〕，他所謂的「古典主義」，包括了莎士比亞、但丁等前現代歐洲文學作品以及古代典籍。但在1935 年以後編輯《世界文庫》時，他在〈發刊緣起〉中改稱「我們對於希臘、羅馬的古典著作，尤將特別地加以重視」。新文化運動中的保守主義陣營《學衡》派，卻有意不使用「經典」一語。吳宓曾發明「古學」用以專指古希臘

〔註 4〕周作人顯然知道「希臘的寓言雖然寫著伊索的名字，可是沒有一篇可以指得出來確是他的作品，不但這裡邊分子複雜，而且紀錄的年代較遲，與他本人也相差很遠了」（〈關于伊索寓言〉，載《全譯伊索寓言集》（北京：中國對外翻譯出版公司，1999 年），頁 171），但他自言乃是「給公家譯書」（張菊生《周作人年譜》增訂本（天津：天津人民出版社，2000 年）頁 747，引 1950 年 3 月 13 日日記）。羅念生則是自覺地從「政治覺悟」的高角度來看待《伊索寓言》，他強調此書價值在於「廣泛流傳於古代的奴隸和勞動人民中間」、「反映了奴隸的思想感情」（《羅念生全集》第六卷（上海：上海人民出版社，2007 年），第 86 頁；羅念生這些話引用的是北大編寫《歐洲哲學史》的說法，他認爲寓言集裡面還混雜有奴隸主的思想感情，因此對此書進行翻譯時有所刪略）。兩人均未對於寓言集底本來源的時間問題多加議論。羅念生影響下的後輩，王煥生，在 2014 年刊佈了他自己的全譯本，仍以其師當年用的「托伊布納本」爲根據，增補了刪略的十幾篇。

〔註 5〕西諦：〈雜譚〉，《文學旬刊》，第 46 期（1922 年 8 月），頁 3。

羅馬的經典著作，時而又將之與「人文主義（Humanism）」或「古典主義（Classicism）」等同〔註6〕。他發表關於古希臘各種名著閱讀書目，用的是「西洋文學精要」一語〔註7〕；及徐震堮翻譯法國文學批評家聖伯夫（Charles Augustin Sainte-Beuve）的「文學正宗論」〔註8〕，則以「正宗」二字譯法文「經典（Classique）」一名，吳宓在按語中特別指出，「古典」或「古典主義」的譯法是非常錯謬的，因為：

> Classicists 行文最重簡潔明顯，豈以堆積典故為工者，故此譯名急宜改正。〔註9〕

不論是否古希臘羅馬作家行文不用典故，吳宓這番辯白，顯然是希望將西方古典文學與當時要批評打倒的用典的「死文學」加以區分。

作為曾受吳宓親炙的學生，錢鍾書對於「經典」一語倒是並無特別的意見，他引述聖伯夫時即以此二字譯 classique〔註10〕，從文章和演說稿中也時常見其用「經典」形容古希臘喜劇、近代文學批評名作，甚而是19世紀英國小說。錢鍾書去世後，友人回憶其生平，曾記其親口所說「西方的大經大典，我算是都讀過了」一語〔註11〕。「大經」始見於《左傳・昭公十五年》：「禮，王之大經也。」後來儒、佛、道三教皆用此語表示重要的經典〔註12〕。「大典」最初也是指重要典籍，如《後漢書》卷三五〈鄭玄傳〉，「論曰：……鄭玄囊括大典，網羅眾家」。簡而言之，「西方的大經大典」除了古希臘羅馬經典著

〔註6〕 張源：《從「人文主義」到「保守主義」：〈學衡〉中的白璧德》（北京：三聯書店，2009年），頁236～240。

〔註7〕 吳宓：〈西洋文學精要書目〉，載《學衡》第六、七、十一期（1922年）。

〔註8〕 〈聖伯甫論正宗〉，《學衡》第十八期（1923年）。原作題名（Qu'est-ce qu'un Classique？）直譯即〈何謂經典？〉。後來劉西渭（李健吾）重譯此文，即不避「經典」一語，題作〈什麼是一位經典作家〉，載《文訊》第九卷第三期（1948年），頁149～154。

〔註9〕 前揭〈聖伯甫論正宗〉，《學衡》第十八期。

〔註10〕 錢鍾書：《談藝錄》補訂重排本（北京：三聯書店，2001年），頁731。

〔註11〕 李慎之：《千秋萬歲名，寂寞身後事》，《東方文化》第二期（1999年），頁7。

〔註12〕 《新唐書》卷四四〈選舉志上〉：「凡《禮記》、《春秋左氏傳》為大經」，中華書局點校本（北京：中華書局，1975年）第四冊，頁1160；《宋史》卷一五五〈選舉志一〉：「（元祐）四年……以《詩》、《禮記》、《周禮》、《左氏春秋》為大經」，中華書局點校本（北京：中華書局，1977年）第十一冊，頁3620。又見《宋史》卷一五七〈選舉志三〉：「政和間，即州縣學別置齋授道徒。蔡攸上《諸州選試道職法》，其業以《黃帝內經》、《道德經》為大經，《莊子》、《列子》為小經」，同上冊，頁3690。參看丁福保《佛學大辭典》影印本（上海：上海書店，1991年），「大經」條目，頁423。

作，還應包括近代歐美影響最爲深遠的名家巨作，但自然前者在其中的分量是非常重的。錢鍾書西學研究的重點不是翻譯，而在「提要鈎玄」〔註13〕，將各家要義佳句鎔鑄入自己的論藝著作中去。眾所周知，無論翻譯還是研究經典，都應有對待經典的嚴肅態度和精密方法，當從細處閱讀體會，深究字句的義理辨析、名物考據。在檢閱錢鍾書學術視野中的古希臘羅馬經典時，《錢鍾書手稿集》尤其是《容安館札記》與《外文筆記》的影印出版，提供了學術「大廈」結構之前原始材料累積的整體過程。

二、錢鍾書讀古希臘羅馬「經典」的範圍與途徑

若要查證錢鍾書的西學眼光，先須對其涉獵的西學書籍做一番調查。他有兩部重要的學術著作，即《談藝錄》（含晚年補訂部分）與《管錐編》，在徵引希臘羅馬經典著作方面情況可簡述如下〔註14〕：

（1）《談藝錄》所引希臘羅馬經典之統計：

此書徵引 Aristotle、Athenaeus、St. Augustine、Marcus Aurelius、Cicero、Dionysius of Halicarnassus、Demetrius、Dio Chrysostom、Diogenes Laertes、Empedocles、Euripides、Fronto、Heliodorus、Heraclitus、Hesiod、Homer、Horace、Lucretius、Martial、Philostratus、Pindar、Plato、Pliny（the Elder、the Younger）、Plotinus（Plotin）、Plutarch、Protagoras、Proclus、Quintillian、Sappho、Seneca（the Younger）、Suetonius、Tacitus、Tertullian、Theophrastus、Thucydides、Virgil，共 37 家，希臘文 23 家，拉丁文 14 家。以中文譯名直接提及柏拉圖、亞理士多德（或作亞理斯多德）、普羅提諾（或作普羅提納）三家均達 10 次以上，這是此書最爲重視的西方古典著述家。他提到了 6 篇柏拉圖的對話錄（《理想國》、《法律篇》、《蒂邁歐篇》、《普羅泰戈拉篇》、《斐德若篇》、《美諾篇》）和書信集。「智過厥師」的亞理士多德〔註15〕，錢鍾書只用其《詩學》、《修辭學》、《政治學》、《形而上學》4 種書。因此，若論單部著作，「西方神

〔註13〕《飽蠹樓讀書記》第二本題詩，有「提要鈎玄留指爪」句，見《錢鍾書手稿集・外文筆記》第一冊（北京：商務印書館，2014 年），頁 201。
〔註14〕統計數據是在參考陸文虎《管錐編索引談藝錄索引》（北京：中華書局，1994 年）一書的基礎上，利用電子化文檔檢索加以覆核得出的，個別地方又再翻對原書進行補充。此處所言古希臘羅馬文學，時限姑且截止於公元 5 世紀中葉，少數拜占庭帝國作家則爲例外。
〔註15〕《談藝錄》補訂重排本，頁 659。

秘主義大宗師」普洛提諾的《九章集》被提到的次數最多，除轉述他人的概括之外，還有 11 處引文。又引盧克萊修著作 5 次。奧古斯丁（《懺悔錄》）、西塞羅（《演說家》、《圖斯庫蘭論辯集》）、維吉爾（《埃涅阿斯紀》）、德米特里烏斯（《風格論》）、荷馬（《伊利亞特》）、赫西俄德、賀拉斯、普魯塔克、崑體良、塞涅卡的引文均出現過 2 次。

（2）《管錐編》所引希臘羅馬經典之統計：

此書徵引 Achilles Tatius、Agathias、Aelian、Anaxagoras、Anonymous〔註 16〕、Antipater of Thessolonica、Antiphilus of Byzantium、Apuleius、Aristippus、Aristophanes、Aristotole、Athenaeus、Marcus Aurelius、Ausonius、St. Basil、Cato〔註 17〕、Catullus、Cicero、Claudian、Clement of Alexandria、Collicter、Crates、Democritus、Demodocus、Dio Chrysostom、Diogenes Laertius、Dionysius the Areopagite、Empedocles、Ennius、Epictetus、Euripides、Favorinus、Frontinus、Aulus Gellius、Hadrian、Heliodorus、Heraclitus、Herodotus、Hesiod、Horace、Hyginus、Isocrates、Iamblichus、John Damascene、Juvenal、Leonidas of Alexandria、Livy、Longinus、Longus、Lucan、Lucian、Lucilius、Lucretius、Macrobius、Manilius、Martial、Menander、Moschus、Ovid、Palaephatus、Palladas、Petronius、Phaedrus、Philippus of Isidorus、Philostratus、Pindar、Plato、Plato the Younger、Plautus、Pliny the Elder、Pliny the Younger、Plotinus（Plotin）、Plutarch、Proclus、Propertius、Publius Syrus、Quintilian、Rufinus、Sappho、Seneca、Servius、Sextus Empiricus、Sophocles、Suetonius、Tacitus、Thales、Theocritus、Theognis、Thucydides、Virgil、Xenophon〔註 18〕，共 93 家，希臘文 64 家，拉丁文 29 家。以中文譯名直接提及達 10 次以上的，有荷馬、柏拉圖、亞理士多德三家。但是荷馬詩句只被徵引了 7 次，3 次見於《伊利亞特》，3 次見於《奧德賽》，還有一處是存在芝諾比烏斯（Zenobius）《箴言集》中那部亡佚了的《馬爾吉忒斯》（Margites）的名句（狐蝟孰能），轉引自婁卜古典叢書的舊版《赫西俄德與荷馬風作品集》。提到了 5 篇柏拉圖對話錄（《斐萊布篇》、《會飲篇》[英譯及法譯兩種]、《斐多篇》、《法律篇》、《理想國》）和書信集。亞理士多德被引用多達 19 次，涉及《政治學》、《論靈魂》、《詩學》、《尼各馬可倫理學》、《形

〔註16〕係《希臘英華集》中的一位作者。
〔註17〕用其文而未提及其名。
〔註18〕重名者兩人。

而上學》、《修辭學》、《工具論》、《論睡眠中的徵兆》8 種著作，其中僅《倫理學》一書的引文多達 7 處。其他引文超過 10 處的，還有第歐根尼‧拉爾修（Diogenes Laertius）的《名哲言行錄》、賀拉斯、奧維德、老普林尼《自然史》、普魯塔克（《道德論集》7 處、《名人傳》6 處）、崑體良《演說術原理》以及一部詩歌總集《希臘英華集》（Greek Anthology）。其他多次提及的作家，還有 Aeschylus、Aristophanes、Athenaeus、Cicero、Demetrius、Aulus Gellius、Hesiod、Lucian、Martial、Ovid、Petronius、Phaedrus、老 Pliny、Plotinus（Plotin）。有幾位特別生僻的作家，是轉引的文獻，其中志怪作家 Palaephatus 轉引自 Vilfredo Pareto 的著作英譯本《思想與社會》（The Mind and Society）第一卷；寓言作家 Hyginus 轉引自 Robert Burton 的巨著《解愁論》。

　　從以上兩部學術著作對古希臘羅馬經典的引述情況綜合來看，錢鍾書顯然在二十世紀五十年代以後在這方面的閱讀數量更多、範圍更廣，其中《談藝錄》有近乎一半的數據來自於八十年代刊出的補訂部分。《談藝錄》原本就是以評泊唐宋以後詩家淵源爲主，參引西典，當然不能脫離構思、謀篇、擬象、造意的文學研究視角，大抵都是由於文學批評史中提過了的理論和思想，錢鍾書拈入自己書中而已。幾個古希臘大詩文家，荷馬、歐里庇得斯、品達、修昔底德、薩福，全都是補訂本又加入的。並非錢鍾書此時還未曾讀其書，可能只是思路還未盡圓熟，不能靈活拈來進而剪裁到討論的內容中去。至寫作《管錐編》時則大爲不同。首先，希臘大文學家幾乎全都涉及到了，荷馬、赫西俄德，三大悲劇家、兩大喜劇家，抒情詩人有品達與薩福，惟有演說家只引用了擅長對仗的伊索克拉底一人，而跟著修昔底德學習文詞雕飾的德摩斯提尼就未曾提及。《談藝錄》涉及史家，拉丁文只有塔西佗《歷史》一處，希臘文只有修昔底德《伯羅奔尼撒戰爭史》一處，都是晚年補訂的。《管錐編》於西方古代史家著作雖依然提得很少，但有希羅多德、修昔底德、色諾芬與李維、蘇維托尼烏斯、塔西佗幾位文辭有特色的著作，所謂西方人「敍事文學的大經典」〔註19〕。從哲學家的著作來看，《談藝錄》在涉及語言表現境界的問題上體會到宗教中「空」、「無」、「寂滅」、「虛靜」的經驗，並特別設立關於「神秘經驗」的附論，這盡是西方神秘主義之常談。而西方神秘主義正

〔註19〕錢鍾書：〈古典文學研究在中國〉，載《寫在人生邊上/人生邊上的邊上/石語》（北京：三聯書店，2007 年），頁 114。原謂中國二十四史裏有六七種這樣的書。

是從新柏拉圖主義者普羅提諾開始的，故而提到他最多；而只引了一次的普洛克盧斯（Proclus）乃是「新柏拉圖主義中之黑格爾」〔註20〕。又比如，《談藝錄》多次提到的拉丁作家只有盧克萊修一人，《管錐編》則幾乎全面且多次徵引了所有的拉丁文大詩人（缺席的似乎只有 Tibullus、Statius、Silius Italicus、Persius、Terence 五家）。《管錐編》還大量採用古典作家掌故、雜著中的資料，包括《名哲言行錄》、《道德論集》、《哲人燕談錄》、《史林雜俎》以及老普林尼的《自然史》，以及幾種婁卜版的詩文總集，如《希臘英華集》、《希臘牧歌詩家集》、《訴歌與短長格詩家集》、《上古拉丁文遺作集》、《拉丁小詩家合集》，另外從統計的名錄來看，錢鍾書把當時已刊的古希臘羅馬小說家的著作也涉獵了不少。

就此範圍而論，已經相當可觀。但是從某些出版物中我們還早就發現了些線索，顯示出錢鍾書讀古希臘羅馬經典還不止於此。比如在楊絳翻譯的《吉爾‧布拉斯》中，注釋中出現了古希臘醫家希波克拉底、科爾蘇斯（Celsus）等人著作，以及亞理士多德的動物學著作，均以「勒勃古典叢書（即 The Loeb Classical Library）」版標明出處，這顯然是錢鍾書經手的工作。

作為錢鍾書多種著作的準備，《容安館札記》的範圍涉及到對許多基本文獻的評價和分析。這部手稿集共 791 則，有近 30 則是以古希臘羅馬經典為題的，其中有些屬於讀書雜記，或僅以相關文獻的一節文字為論題，參對以他書所見。詳讀西方古典著作的專題札記，為以下數則：

第 18 則，亞理士多德《修辭學》；

第 33 則，玉萬納爾與珀息烏斯；

第 44 則，普洛珀提烏斯；

第 52 則，卡圖盧斯（此則被塗抹遮住，於他頁頁邊補記數條）；

第 81 則，《阿提卡之夜》；

第 86 則，馬提阿爾；

第 115 則，奧維德《戀歌集》；

第 140 則，《名哲言行錄》；

第 143 則，米南德；

第 210 則，阿忒耐奧斯《哲人燕談錄》；

第 213 則，《希臘牧歌詩家集》；

〔註20〕《談藝錄》補訂重排本，頁 812～813，引羅馬史家 J. B. Bury 語。

第 219 則，泰奧弗剌斯特《角色叢談》；

第 220 則，《海羅達思、刻爾吉達斯以及希臘變體短長格詩家集》
（*Herodes，Cercidas，and the Greek Choliambic Poets*）；

第 233 則，路吉阿諾斯對話集；

第 661 則，赫拉克利忒；

第 679 則，阿里斯托芬；

第 682 則，普羅提諾《九章集》；

第 683 則，《上古羅馬遺作集》；

第 757 則，亞理士多德《工具論》；

第 777 則，變體短長格詩家殘篇（補第 220 則）。

攷《容安館札記》的寫作，在二十世紀五十年代初期至 1973、74 年之間。
第 634 則可定為作於 1957 年，第 761 則可定為作於 1966 年初〔註21〕，又因
第 705 則謂校勘同人撰文學史，查余冠英等編《中國文學史》初刊於 1962 年。
由此對照上面的清單，可知大多都作於二十世紀五十年代（路吉阿諾斯及其
往前之札記應俱在五十年代前期），最後 2 則可能作於六十年代。

另外《札記》中所見其他徵引的婁卜古典叢書，還有柏拉圖的《泰阿泰
德篇》、《紙草文獻集》、亞理士多德的《詩學》與《動物志》、科爾蘇斯的醫
書、多位古希臘小說家、《希臘英華集》、《拉丁小詩家合集》、古希臘醫家蓋
倫的《論造化之功》（*On the Natural Faculties*）、普魯塔克的《道德論集》、德
米特里烏斯和朗吉努斯的《崇高論》、《希臘抒情詩家集》（*Lyra Graeca*，係舊
版）、愛比克泰德、演說家伊索克拉底、盧克萊修、弗隆托《書信集》、荷馬
風詩作（包括《蛙鼠戰紀》）、聖奧古斯丁《懺悔錄》、羅馬喜劇家普勞圖斯和
泰倫斯劇作、《金驢記》、老普林尼《自然史》、《訴歌與短長格詩家集》、「金
嘴」狄奧、哈利卡爾納蘇的第奧尼修（Dionysius of Halicarnassus）的《文章做
法》、海羅達思的希臘擬曲、崑體良、歐里庇得斯等等。

目前影印出版的《外文筆記》前 21 冊，是截止於 1972 年的錢鍾書手
稿〔註22〕，其中抄錄讀古希臘羅馬經典的內容有：

第 1 輯（留學期間）：Catullus、Sappho；

〔註21〕 張治：〈錢鍾書筆記手稿中的年代信息〉，《上海書評》，2012 年 11 月。

〔註22〕 《外文筆記》整理者的年代排序不甚可靠，尚有待進一步攷訂。在此姑且暫
用其說法。

　　第 2 輯（至 1949 年）：Aristotle《詩學》、Apulleius、Petronius、Menander、Athenaeus、Heraclitus 殘篇、Longinus、Propertius、Lucian、Martial、Horace；

　　第 3 輯（至 1972 年）：Pindar、Philostratus、Ennapius、《希臘牧歌詩家集》、《拉丁小詩家合集》、Aristophanes、Strabo、老 Pliny、Philostratus、Dio Chrysostom、Plotin（Plotinus）、《上古拉丁文遺作集》、Colluthus、Ovid《朱鷺》及其他、Fronto、Heliodorus、Horace（法譯本）、Aristotle《工具論》、《詩學》（意大利語譯注本）、Clement of Alexandria、Demetrius、Dionysius of Halicarnasus、Lucretius、Augustine《懺悔錄》、Frontinus《戰略》、《擬代體書信三家集》（Alciphron、Aelian、Philostratus）、Aulus Gellius、Longinus、Juvenal、Persius、Sappho。

　　這顯然還有缺漏，並非該時段的所有手稿，例如讀「金嘴」狄奧的筆記，僅抄錄婁卜本第 2 冊部分內容，開篇謂補某冊，未見於影印本中〔註 23〕。筆者曾在北京大學圖書館見燕京大學舊藏婁卜本狄奧著作第 1、5 冊的借書卡，有 1953 年 6 月 19 日錢鍾書的借閱記錄。另外，《管錐編》還曾引述過第 3 冊的內容〔註 24〕。由此可見他蒐羅尋找、求觀全豹的努力。

　　錢鍾書讀希臘羅馬經典時主要藉重了英譯本和部分法譯本。他具有一定程度的拉丁文知識，早在藍田教書時期的日記殘稿中，就多次出現「溫拉丁文」的記錄〔註 25〕。在《容安館札記》與已刊著作中，涉及拉丁文作家的文本，便只錄原文，但在目前所刊的《外文筆記》部分，幾乎所有的抄錄最初都是附有英譯文的。

　　《外文筆記》第 2 冊中，錢鍾書讀古羅馬詩人卡圖盧斯的詩集，用的是 Walter K. Kelly 的譯注本〔註 26〕，那是非常過時的譯本。因詩中多用穢字詈罵他人，故而早期英譯者往往略而不譯〔註 27〕如第 97、98 首在 Kelly 的譯本中

〔註 23〕《錢鍾書手稿集‧外文筆記》第十三冊（北京：商務印書館，2015 年），頁 416。

〔註 24〕《管錐編》第四冊（北京：三聯書店，2001 年），頁 199。

〔註 25〕《錢鍾書手稿集‧中文筆記》第二冊（北京：商務印書館，2011 年），第 98～101 頁。

〔註 26〕原題作 Erotica. *The poems of Catullus and Tibullus, and the Vigil of Venus*. A literal prose translation with notes，初刊於 1854 年。Kelly 以散文體意譯，後附其他人的詩體譯文。見《錢鍾書手稿集‧外文筆記》第二冊，頁 93～99。

〔註 27〕張治：〈文學中的力：詈詞與穢語〉，《蝸耕集》（杭州：浙江大學出版社，2010 年），頁 25～27。

便分別被略譯（注中以法文意譯）和刪掉了〔註 28〕。此則筆記字跡重疊，較難辨識，原因是錢鍾書後來又讀了婁卜古典叢書的本子，將拉丁文與新的英譯文補充在句間。同樣的情形發生在第 6 冊關於古羅馬雋語體諷刺詩人馬提阿爾的筆記中〔註29〕，本來用的是收入博恩古典叢書（Bohn's Classical Library）中的譯本（初刊於 1860 年），據說這是第一個完整的英譯本〔註 30〕，其實是多種譯本的拼湊組合，在涉及到含義淫穢的詩作時，僅刊出了 Giuspanio Graglia 在 18 世紀時完成的意大利語詩體譯文，編者給出的理由是以爲「其人在淘洗糟粕方面頗爲靈活」（who has been rather dextrous in refining impurities）〔註 31〕。錢鍾書後來又讀了婁卜古典叢書中的 W. C. A. Ker 譯本，復將一部分內容（含拉丁文與英譯文）摘錄於這則筆記句間，又在該筆記本的末頁空白處加以補充〔註 32〕。比如第 iii 卷第 75 首，原本筆記只抄錄了拉丁文，錢鍾書此時對於意大利文尚不熟稔，故沒有理會 Graglia 的譯文，自行以英文譯出，筆記上有分析拉丁句法的標記，而婁卜叢書的 Ker 譯本對此詩也只是給出了法文的意譯，那是錢看得懂的，但想必是覺得與此前的理解出入不大，便不再抄記，其中關於洋蔥能催性欲的說法，被他採入《容安館札記》第 210 則讀阿忒耐奧斯《哲人燕談錄》的內容中，認爲利希特的《古希臘風化史》與靄理斯的《性心理學》談到同樣的話題都未曾引述這則材料〔註 33〕。錢鍾書對卡圖盧斯、馬提阿爾這類詩人的興趣之一，便是他們以粗鄙、淫穢的生猛辭令寫成的諷刺詩，後來他在關於馬提阿爾的《札記》中開篇如此說道：

　　J.M. Murry，*Between Two Worlds*，pp. 76～8 自記兒時知識初開，
　　覓希臘、拉丁字典中字下注明有穢褻意（*sens. obsc.*）者，按其出於
　　何書而讀之，因得窺見 Aristophanes、Catullus 佳處。男女曖昧陰私，

〔註 28〕 F. W. Cornish, etc., *Catullus, Tibullus and Pervigilium Veneris*, "Loeb Classical Library"（Cambridge，MA: Harvard University Press, 1921），168～171. 參看李永毅：《卡圖盧斯〈歌集〉：拉中對照譯注本》（北京：中國青年出版社，2008 年），頁 356～359。

〔註 29〕 《錢鍾書手稿集‧外文筆記》第六冊，頁 108～116。

〔註 30〕 Walter C. A. Ker, *Martial: Epigrams, I*, "Loeb Classical Library"（Cambridge，MA: Harvard University Press,1919），xx.

〔註 31〕 Henry G. Bohn, "Praface", iv.

〔註 32〕 《錢鍾書手稿集‧外文筆記》第六冊，頁 176。

〔註 33〕 《錢鍾書手稿集‧容安館札記》第一冊（北京：商務印書館，2003 年），頁 302。

一入諸作者筆下，遂如秋陽以暴之，江漢以濯之，無復不淨（引者
按：此處附有原文，略），其言是也，而於 Martial 尤切：cunnus，
mentula，culus，futuor，felatio，pedicatio，cunnilingus 等字，連篇
累牘，了無諱飾，然皆嬉笑怒罵，爲捧腹切齒之資，異於流連刻畫。
有蕩心惑志之效，自是口穢而非意淫也。〔註34〕

然而錢鍾書的拉丁文未臻精熟，在尋求速度的博覽過程中難免多有挂漏，比
如相距不遠的 iii 80 這首，兩種本子皆有譯文，其中的「惡舌（lingua mala）」
一詞，在婁卜本即以腳注標爲 Sensu Obsceno 者，本是他讀書應該採錄的內容
〔註35〕，但因譯者不加說明，上下文亦難推測其實意，於是被他忽略掉了。

　　至於錢鍾書的古希臘文知識程度則更淺，所有已刊著作從未使用過原
文。黃國彬曾以「七度空間」稱述錢的語言維度（中文，英、法、德、意、
西班牙文，拉丁文）〔註36〕，至《手稿集》開始影印出版以後，劉錚又指出
錢鍾書在古希臘文還具有一定修養，可算是他的第八度空間，但「比起另外
七種語言，錢鍾書的希臘文怕是要遜色不少」〔註37〕。他不像抄錄拉丁文那
樣在手稿中保留完整的原文句子甚至段落，往往只是對於關鍵字記錄幾個詞
彙或者短語而已。例如《札記》第 143 則讀《米南達喜劇殘篇集》，有一條云：

　　　Fr. 545: "I call a fig a fig，a spade [literally，'scoop'] a spade."（τὰ
　　σῦκα σῦκα，τὴν σκάφην σκάφην λέγων）. 按 Oxford Book of English
　　Proverbs，p. 502: "To call a spade a spade" 條僅引 "Ficus，ficus，
　　ligonem，ligonem vocat"，未引此。〔註38〕

先錄英譯文，後附原文。方括弧中所記，係婁卜本原有譯注。所謂「將無花
果稱爲無花果，將鏟子稱爲鏟子」，意即「直言不諱」。不過希臘文原意當是
「將水槽稱爲水槽」，此則殘篇出自路吉阿諾斯的〈如何著史〉（Quomodo
Historia conscribenda sit），原文但言有一位喜劇詩人云此，研究者或攷訂爲

〔註34〕《錢鍾書手稿集・容安館札記》第一冊，頁 147～148。
〔註35〕詳見張治：〈文學中的力：詈詞與穢語〉，載《蝸耕集》，第 27 頁。
〔註36〕〈在七度空間逍遙——錢鍾書談藝〉，載《錢鍾書研究》第二輯（錢鍾書研究
　　　　編輯委員會編，北京：文化藝術出版社，1990 年），頁 32～45。
〔註37〕〈錢鍾書的第八度空間〉，載《萬象》第六卷第二期（2004 年），頁 27～32。
　　　　劉錚：《始有集》（杭州：浙江大學出版社，2012 年），頁 34～40。
〔註38〕《錢鍾書手稿集・容安館札記》，第 216 頁。參看《外文筆記》，第 4 冊，第
　　　　474 頁。

阿里斯托芬，或根據路吉阿諾斯另外一處對米南德某齣喜劇的概述斷定是米南德〔註39〕。錢鍾書於此不著一言，當是未見婁卜本路吉阿諾斯此篇的譯注〔註40〕。至於普魯塔克《道德論集》中〈君臣嘉言錄〉（*Regum et imperatorum apophthegmata*）也出現過這句流行後世的俗諺，則更不爲他所注意〔註41〕。他能發揮的長處，僅在於察見《牛津英諺》中的 *To call a spade a spade* 單注明了伊拉斯謨的拉丁文譯文，而不知有此出處。之所以要將原文寫出，當是因爲同詞源的動詞與賓語在句中以相同字形重複出現（cognate accusative），這引起了敏感於修辭用法的錢鍾書加以關注。

又如讀古羅馬學者奧盧斯·葛琉斯的拉丁文學術札記體名著《阿提卡之夜》，《容安館札記》第 81 則云：

> I. v 記 Hortensius Quintus 斥儈夫庸俗，不通文、不飲酒、不好
> 色（ἄμουσος，ἀναφρόδιτος，ἀπροσδιόνυσος）（vol. I，p. 28）……按
> 即《升菴詞品》卷三載朱良矩云：「天之風月，地之花柳，與人之歌
> 舞，無此不成三才。」〔註42〕

他不錄英譯，徑直先以中文意譯。此處葛琉斯所引即希臘文〔註43〕。原文上下文謂演說名家 Hortensius 落拓於劇場，被人目爲戲子，一日有「儈夫」當面侮之，Hortensius 以此言回擊。《外文筆記》初抄此書時，錢鍾書將英譯文也錄在其中：「a stranger to the Muses，to Venus and to Dionysus」，即謂「不識諸

〔註39〕 K. Kilburn, *Lucian*, VI, "The Loeb Classical Library"（Cambridge，MA: Harvard University Press, 1959），56～57. Cf. Francis G. Allinson, *Menander*, "The Loeb Classical Library"（Cambridge, MA: Harvard University Press, 1921），488; Jeffrey Henderson, *Aristophanes: Fragments*, "The Loeb Classical Library"（Cambridge, MA: Harvard University Press, 2007），525, n. 2; William Watson Barker, The Adages of Erasmus（Toronto: University of Toronto Press, 2001），170～171.

〔註40〕 根據《管錐編》徵引情況和《容安館札記》第 233 則，可知錢鍾書當只讀過婁卜本路吉阿諾斯著作集的前 5 冊，參看張治：〈路吉阿諾斯·琉善·魯辛：錢鍾書讀「婁卜」（三）〉，載《上海書評》，2013 年 6 月 23 日。

〔註41〕 Frank Cole Babbit，Plutarch: Moralia，III，"The Loeb Classical Library"（Cambridge，MA: Harvard University Press，1961），46～47.

〔註42〕 《錢鍾書手稿集·容安館札記》第一冊，頁 137。參看《外文筆記》第二十一冊，頁 623，此頁。旁有批注：「楊升厂三才」。又，引文中 Hortensius Quintus 當作 Quintus Hortensius。

〔註43〕 前揭劉錚之文中以爲是婁卜本英譯者將拉丁文的轉寫恢復成古希臘文，非是，查數種早期編訂本以及權威的「托伊布納叢書」Carl Hosius 編訂本，此三字皆爲古希臘文。

繆斯（文藝諸神）、不識維納斯（愛神）且也不識狄奧尼索斯（酒神）者」，這和希臘文三詞復合結構的字面意思是相貼的。錢鍾書顯然是看出這個原文的結構意思的，但不知爲何他的中文意譯將後兩者次序顛倒過來。

　　錢鍾書抄錄古希臘文之處時有不知變格或混淆重讀音標的錯訛，茲不舉例〔註44〕。又如第 140 則《札記》云：

> 希臘人最重師弟淵源。今所謂「派」（school），希臘人謂之「傳授」（succession）（vol. I，xviii），故無所師承者謂之「突起」（sporadic）（VIII. 91; vol. II，p. 407）。

此處雖未抄錄希臘文，但顯然特意注意到了幾個說法的希臘文詞源。查原文 σποράδην 一詞，便是「零落」、「少數」的意思，譯作「突起」，想必是受英譯文中所對應的 sporadic 一詞在英語意思的干擾。但札記中所擇錄的希臘文詞彙，往往是重要的關鍵詞，因錢鍾書別具眼光，經他拈出，遂加深了對經典微言奧義的闡發。例如上引札記作家葛琉斯，王煥生評價其人「在著作中從不觸及當代的政治事件，不涉及羅馬生活中的社會政治問題，也從沒有表露自己的政治愛好和傾向……書中的思想傾向是統一的，一貫的，這就是迴避當代，推崇古代」〔註45〕。但在西人近年研究中，這位作者已經被認爲不單純是埋首案頭的書蠹，而是在嬉笑嘲謔背後隱藏著蘇格拉底的憂世傳統〔註46〕。錢鍾書在《札記》中頗能察覺葛琉斯的現世關懷，他特意標出普魯塔克所闡發的 πολυπραγμοσύνη 一詞以形容之〔註47〕，字面意思是「多管閒事」，實則即楊絳所謂錢鍾書身上具有的「癡氣旺盛」、「憂世傷生」兩個特點。由此可見，《阿提卡之夜》同樣具有《談藝錄》序所標舉的「憂患之書」的意思了。

　　錢鍾書留學時期就讀過古希臘女抒情詩人薩福的詩集，那時用的是美國醫生 Edwin Marion Cox 的希臘文英文對照本（1924）〔註48〕筆記結尾意猶未

〔註44〕張治：〈錢鍾書先生讀「妻卜」（一）：《名哲言行錄》篇）〉，載《上海書評》，2009 年 12 月 20 日。

〔註45〕《古羅馬文學史》（北京：中央編譯出版社，2008 年），頁 446。

〔註46〕Wytse Keulen 在所著 *Gellius the Satirist: Roman Cultural Authority in Attic Nights*（Leiden: Brill，2009）一書中就談到了作爲教育家的葛琉斯（第一章），葛琉斯蘇格拉底式的諷刺風格（第三章），其著作談論語文學時話語中的諷刺筆法（第五章），等等，可以說，葛琉斯的著作屬於典型的政治諷刺文學（見第十一章最後一節）。

〔註47〕《錢鍾書手稿集‧容安館札記》第一冊，頁 137。

〔註48〕《錢鍾書手稿集‧外文筆記》第二冊，頁 144～145。

盡，又將前面最有名一首小詩（「明月升起，群星失色」）的原文抄錄紙上〔註49〕。日後《談藝錄》增訂本引此詩時，用的卻是婁卜叢書舊版的《希臘抒情詩家集》〔註50〕。不過，《管錐編》引荷馬的《伊利亞特》，倒是多用「世界經典」文庫的蒲伯譯本而少用婁卜本〔註51〕，引述亞理士多德的《政治學》、《論靈魂》、《尼各馬可倫理學》、《論夢之征兆》，則皆用 Random House 出版的《亞理士多德主要著作集》（*Basic Works of Aristotle*），這是由美國哲學家 Richard McKeon 編選的英語學術界名家譯文集；而亞氏其他作品（包括只在《札記》中出現過的《動物志》）採用的都是婁卜叢書中的文字。吳學昭記楊絳的回憶，謂錢鍾書曾言「西洋古典書籍最好的版本」即哈佛大學所出版的婁卜古典叢書〔註52〕，由此或可解釋其閱讀底本的選擇原因。婁卜叢書皆爲古希臘文英文對照本，或拉丁文英文對照本，譯文往往不追求通順，而是儘量貼合原文的字面意思，如此方便於他尋例舉證，以說明古典作家的修辭特色。錢鍾書雖不能像古典學家們那樣閱讀只有原文和拉丁文注釋的校勘本，但他也希望能夠儘量多地瞭解原文本義。因此，所謂「最好的版本」，其實就是「最合適的版本」。

還有幾家古典作家，他讀過法文譯本，例如寫《金驢記》阿普勒烏斯〔註53〕，黑里奧多儒（Heliodorus）〔註54〕，賀拉斯〔註55〕，阿里斯托芬〔註56〕，普羅

〔註49〕 參看田曉菲：《「薩福」：一個歐美文學傳統的生成》（北京：三聯書店，2003年），頁 79～80。

〔註50〕 《談藝錄》補訂重排本，頁 267～268。

〔註51〕 《奧德賽》被提到多處，但從未注明所用出版信息，根據讀《左傳》「昭公二十八年（一）」中僅有的一段引文（《管錐編》第一冊，頁 457～458，引《奧》VII 219，誤刊作「XII 215 以下」）來看，與婁卜本《奧德賽》的 A. T. Murray 的英譯稍有出入，反倒是與婁卜本 Athenaeus《哲人燕談錄》中引文英譯絲毫不差（X 412，見 Charles Burton Gulick, *Athenaeus: The Deipnosophists*, IV, "The Loeb Classical Library" (Cambridge, MA: Harvard University Press, 1930)，369）。參看《外文筆記》第四冊，頁 508～509。

〔註52〕 吳學昭：《聽楊絳談往事》（北京：三聯書店，2008 年），頁 391。

〔註53〕 《錢鍾書手稿集・外文筆記》第六冊，頁 55～57。此本未注版本。

〔註54〕 《錢鍾書手稿集・外文筆記》第十三冊，頁 548～552。用「加尼埃經典叢書（Classiques Garnier）」版《希臘小說集》（*Romans Grecs*，1932）中的 E. Bergougnan 譯本。錢鍾書引述這部小說一直都用此本。

〔註55〕 《錢鍾書手稿集・外文筆記》第十三冊，頁 557～558。用「法蘭西大學叢書（Collection des Universités de France）」版《合唱歌與短長句詩集》（*Odes et Epodes*，1929）的 François Villeneuve 譯本。

〔註56〕 《容安館札記》第 679 則（第三冊，頁 1423～1424），兼用婁卜本與「法蘭西大學叢書」版的 Hilaire Van Daele 譯本。

提諾〔註57〕。《管錐編》中徵引柏拉圖的著作兼用法文譯本和婁卜本，其中《斐萊布篇》、《會飲篇》、《法律篇》、《理想國》都用過「七曜文庫（Bibliothèque de la Pléiade）」中的《全集》本。

由上所述，可知錢鍾書讀西方古典著作的途徑兼以快捷與準確為追求，而並不能如古典學者那樣從語文學與校勘學方面入手。對古希臘文與拉丁文水平的掌握當然是多多益善，但假若要投入更多精力於此，勢必需要大量削減其他方面的閱讀。楊絳說他對釋讀中古手稿的古文書學課程不感興趣〔註58〕，大概也是這個原因。然而從上面所舉出的幾個例子來看，錢鍾書博覽而又能達到某些方面的精深認知，也絕非一般專門家所能及的。而且，他往往還利用自己對於近世歐洲幾門主要語言的熟稔，建立起「泛歐洲」意義上的文化視野，從而發揮文學批評家在思想與修辭方面的考據學、淵源學特長，對於西方古代經典在近世歐洲文學中的影響意義做出深入的調查。

三、錢鍾書的西學視野與手稿中的見解

錢鍾書本來計劃著作《感覺・觀念・思想》一書，即《管錐編》自序所說「又於西方典籍，褚小有懷，綆短試汲，頗嘗評泊考鏡，原以西文屬草，亦思寫定，聊當外編」，其中涉及西洋十家著作，已知有但丁、蒙田、莎士比亞三家〔註59〕。按照《管錐編》的結構思路，其他七家可能大都早於莎士比亞等人，即為希臘羅馬古典作家，且分屬於文學、史學、哲學不同領域。而依照《管錐編》後有續寫十家的計劃〔註60〕，則全局設計上大體於古希臘羅馬著作家當舉出 10 種以上。錢鍾書一向不喜流行朝市的「顯學」，若是重視國內頗有市場的希臘神話傳說，或許他的「西學管錐編」會

〔註57〕《錢鍾書手稿集・外文筆記》第十三冊，頁 417～432。用「法蘭西大學叢書」版《九章集》（Ennéades，1926～1927）的 Émile Bréhier 譯本。又見《容安館札記》第二冊，頁 1440～1443。

〔註58〕吳學昭：《聽楊絳談往事》（北京：三聯書店，2008 年），頁 118。

〔註59〕北京語言學院《中國文學家辭典》編委會：《中國文學家辭典》，現代第二分冊）（成都：四川人民出版社，1979 年），「錢鍾書」詞條，頁 810。按，由「凡例」可知，該條當係錢鍾書本人所寫之自敘。

〔註60〕1978 年 1 月的《管錐編》序之「又記」說：「初計此輯尚有論《全唐文》等書五種」；1987 年錢鍾書致信廈大教授鄭朝宗，又說：「假我年壽，尚思續論《全唐文》、少陵、玉溪、昌黎、簡齋、《莊子》、《禮記》等十種，另外一編。」

有赫西俄德的《神譜》或是阿波羅多儒斯記希臘神話的《群書集綴》，但這
兩部書記述都太簡略，難有談藝者發揮的話題。早年雖然寫過一篇《讀伊
索寓言》，但《談》、《管》二書中也都未曾涉及此書〔註61〕。他曾言「西方
說理而出以主客交談者，柏拉圖《對話錄》最著」〔註62〕，又以亞理士多
德「智過厥師」，哲學類應該有此二家。《談藝錄》頻引普洛提諾，至《管
錐編》興趣大減，反而可能會在西塞羅、馬可‧奧勒留或奧古斯丁中採選
一後期代表。又或許會以《名哲言行錄》串聯早期諸多哲人的殘篇。史家
著作大概會在希羅多德、修昔底德與塔西佗、李維四家之間取捨。文學著
作則應有荷馬及阿里斯托芬，三大悲劇家最可能入選的是歐里庇得斯，拉
丁文學應有維吉爾、奧維德及賀拉斯，其他則或許以《希臘抒情詩諸家集》、
《希臘文苑英華集》之類總集作為一部著作（如《管錐編》之《全上古三
代秦漢三國六朝文》之例）。

　　在牛津讀書時，錢鍾書的學術導師是 Herbert Francis Brett Brett-Smith，此
人以文本校理而見長，其治學經驗有兩點，一是關注「文本所言」（what the text
says）而非「文本所指」（what the text means），一是好從傳記家、文學史家和
辭書編纂者的成果中尋求解詩之密鑰〔註63〕。前者可理解為對校勘學的重
視，後者則是「工夫在詩外」的意思，即從人物掌故、淵源和語義及語境的
歷史變化中研究文學。這些經驗與錢鍾書閱讀興趣的博雜習慣似乎有些關
聯。不過，他本人顯然更為強調修辭命意的比較與文字背後的心理活動或精
神現象。比較修辭命意乃是為了品第評價文藝作品中不可避免在因循蹈襲間
呈現出作者水平的高下，也能夠印證不同民族語言文化間相通的構思規律之
同，錢鍾書將這個研究思路目為「淵源學」〔註64〕。他對希臘羅馬經典的廣
泛閱讀，當然也是為了便於他在近世歐洲各種語言文學閱讀中解決一個「接
受」研究或是影響研究的問題。從筆記來看，他在所謂「比較文學」的視野

〔註61〕《管錐編》中僅有一處，係記范旭侖所言。見第一冊，頁 412。
〔註62〕《管錐編》第四冊，頁 143。
〔註63〕Michael D. C. Drout, J.R.R. *Tolkien Encyclopedia*（Abingdon: Taylor & Francis,
　　　　2007），89.
〔註64〕《寫在人生邊上/人生邊上的邊上/石語》，頁 151。有些奇怪的是，錢鍾書以
　　　　英文 chronology 一詞釋之，推其用意，應該是指排列各種修辭手法的先後使
　　　　用者，產生雷同、暗襲、翻案等不同情況的時間序列。如果是「來源考」（source
　　　　criticism 或 Quellenkritik，Quellenforschung），則主要是固定了一個點即某部
　　　　文本，去發掘其修辭創意的來由。

中讀過許多種書，都是討論西方古典文學在近代歐洲的影響〔註65〕，目前這一論題也成為古典學界所關注的重要領域〔註66〕。

由上文可知，錢鍾書顯然不夠資格稱為一名古典語文學家（a classical philologist），他的語言基礎根本不過關。雖然有時他對西方古典學術史的話題也有所留意，目前刊出的讀書筆記中就涉及到一部分相關內容〔註67〕。《容安館札記》中曾提到過婁卜本《紙草文獻選》（*Select Papyri*）第3冊中的內容〔註68〕，那冊整理的是新出土的希臘詩歌殘篇，這與對希臘擬曲諸家的注意一樣，雖不須過高評價，卻可以體現出錢鍾書西方古典著作整理方面新進展的追蹤。

當世學者推重有清一代考據學的高明，故而偶見西方古典學的科目，立即臆度為樸學之同屬。於是，訓詁、文獻、校勘、考證，都彷彿尋見了外國的友鄰。然而乾嘉樸學家除了說「由文字以通於語言，由語言以通乎古聖賢之心志」，也說「得其志則可以通乎其詞」〔註69〕，錢鍾書曾進一步論說道：

〔註65〕 如《外文筆記》第八冊讀 J. A. K. Thomson 的《英語散文中的古典影響》（Classical Influence on English Prose，1956）、第十六冊讀 E. R. Curtius，《歐洲文學與拉丁中古》（Europäische Literatur und lateinisches Mittelalter，1948）等皆是，另外他對 Gilbert Highet 的《古典傳統》（The Classical Tradition，1949）這部在相關研究方面的集大成之作也非常熟悉，《札記》及著作中皆見稱引。

〔註66〕 劉津瑜：《羅馬史研究入門》（北京：北京大學出版社，2014年），第3章第4節「21世紀學術研究動向」。Cf. Craig W. Kallendorf, ed., *A Companion to Classical Tradition, Malden, MA, Oxford, Carlton*, Victoria: Blackwell Publishing, 2007; Anthony Grafton, etc. ed., *The Classical Tradition, Cambridge*, MA: Harvard University Press, 2010; Lorna Hardwick, Christopher Stray, ed., A *Companion to Classical Receptions, Malden, MA, Oxford, Carlton*, Victoria: Blackwell Publishing, 2011; Michael Silk, etc. ed.,*The Classical Tradition, Malden, MA, Oxford, Carlton*, Victoria: Blackwell Publishing, 2013; Thomas E. Jenkins, Antiquity Now: *The Classical World in the Contemporary American Imagination*, Cambridge: Cambridge University Press, 2015; *The Oxford History of Classical Reception in English Literature*, vol.3, Oxford: Oxford University Press, 2012, and vol. 4, 2015; and etc.

〔註67〕 如《外文筆記》第四冊讀 J. E. Sandys《哈佛講演錄：論學術復興》（Harvard Lectures on the Revival of Learning, 1905），所記多與該作者在另一部巨著《西方古典學術史》所闡發的論點相關；第七冊讀 Maurice Platnauer 的《近五十年之古典學術》（Fifty Years of Classical Scholarship，1954），記錄了有關荷馬、品達、盧克萊修與卡圖盧斯幾家的研究近況。

〔註68〕 《錢鍾書手稿集・容安館札記》第一冊，頁325。

〔註69〕 戴震：〈古經解鈎沈序〉，《戴震全集》（北京：清華大學出版社，1992年），第五冊，頁2615；〈毛詩補傳序〉，《戴震全集》，第二冊，頁1106。

「或並須曉會作者立言之宗尙、當時流行之文風、以及修詞異宜之著述體裁，方概知全篇或全書之指歸」〔註70〕。以文獻還原爲宗旨的古典學或校勘學技藝，其精深之處，往往與文學賞鑒的整體領會並不矛盾，反而甚至是相輔相成的，此即「高級考據（high criticism）」之謂。著名文獻學家豪斯曼（Alfred Edward Housman，錢鍾書對其兄弟都很熟悉）善於穿透文本去「想作者所想」，以高明的推測式理校來還原文本，後人評說：「他是如此偉大的一位校勘家，因爲，他是如此偉大的一位詩人」〔註71〕。由此觀之，錢鍾書不由古典語文學的門徑來研讀古希臘羅馬經典，未必就意味著他不能實現最終的貫通理解。

如何讀這些西方古典，首先便是從中國的角度來著手。錢鍾書曾立「歐洲文學中的中國」這一命題，並爲此孜孜不倦地搜求材料。《容安館札記》第33則，讀婁卜本《玉萬納爾與珀息烏斯集》時還只是說：

（Juvenal 所著）*Sat.* VI，403: "quid Seres"（p. 116），拉丁詩人
道及中國者，余僅見此。〔註72〕

這應當還在《外文筆記》第 13 冊讀戈岱司《希臘拉丁作家遠東古文獻輯錄》（*Textes d'Auteurs Grecs et Latins Relatifs à l'Extrême-Orient*，1910）之前。對於戈岱司這部小冊子，錢鍾書摘錄得很仔細，有些已經見過的材料都略去了，只記其他重要文學家的敘述，最後還列出了一個按照時序排列的清單。

日後，錢鍾書又於上面那處引文的頁旁補記：

又 Grattius，*Cynegeticon*，159: "Sunt qui Seras alant"（*Minor Latin Poets*，ed. J.W. & A.M. Duff，p. 159）.〔註73〕

這正是戈岱司所遺漏的。而在《讀書筆記》的頁眉處也補記道：

The passage in *De Beneficii*，VII. ix overlooked. Grattius overlooked. Petronius overlooked.〔註74〕

〔註70〕《管錐編》第一冊，頁 328。
〔註71〕路德維希・比勒爾：〈文法學家的技藝：校勘學引論〉，載《西方校勘學論著選》（蘇傑編譯，上海：上海人民出版社，2009 年），頁 145。
〔註72〕《錢鍾書手稿集・容安館札記》，第 48 頁。
〔註73〕同上。參看錢鍾書：〈歐洲文學裏的中國〉：「奧維德的同時人格拉惕厄斯（Grattius）有一首『遊獵詩（Cynegeticon）』，也算是古羅馬文學裏小有名聲的作品……」，詩中提到中國犬。
〔註74〕《錢鍾書手稿集・外文筆記》第十三冊，頁 545。

頭一部著作是小塞涅卡寫的《論恩惠》（提到羅馬貴婦身著中國絲織衣服），第二個資料就是上面札記所補的新發現。這些被忽視了的文獻連同錢鍾書從戈岱司書中摘錄的材料，一起被他寫入了一篇文章，此文謄清部分的殘稿，由楊絳在其去世後代爲付梓發表，題記中說是錢鍾書應周揚要求所作，擬題爲〈歐洲文學裏的中國〉〔註75〕。

　　被錢鍾書稱作「魯辛」的路吉阿諾斯提到中國的材料沒有被抄錄進這篇文章來，我們查一下《希臘拉丁作家遠東古文獻輯錄》，便知魯辛提及「賽里斯（Seres）」兩處，一處較短，見於羅念生譯的〈擺渡〉（周作人譯〈過渡〉）；〈歐洲文學裏的中國〉說「後來西洋人所贊美的中國人不酗酒的美德，古代的魯辛早已暗示了」，未注出處，這見於〈論長生者〉（Macrobii）一篇，記錄中國人能活三百歲、秘訣在於只喝水的傳聞。根據讀戈岱司書筆記的補注可知，錢鍾書注意到 19 世紀德國兩位校勘整理過路吉阿諾斯的古典文獻學名家，丁道夫（Karl Wilhelm Dindorf，1802～1883）與雅各比茨（Karl Gottfried Jacobitz，1807～1875），皆以爲〈論長生者〉一篇係僞作。錢鍾書治學雖以淵博著稱，但素來重視文獻之信實，絕非盲目地「買菜求益」，故而在此暫且置之不述。更令人驚喜的是，〈歐洲文學裏的中國〉這篇殘稿中到處可見錢鍾書對所涉及希臘羅馬作家的簡略評述，在此輯錄如下：

　　　　黑留都勒斯（Heliodorus）（公元三世紀）的《伊昔歐比亞人的故事》（Aethiopica）是古希臘三部小說裏的一部，對後世的小說和戲劇都發生了影響。同時，它也是第一部有中國角色出場的西洋作品。

　　　　魯根（Lucan）（公元一世紀）的史詩《內戰紀事》（De Bello Civili）是拉丁文學裏開風氣的作品，雖然只是那種矯揉做作的詩風。

　　　　昔利尼斯・意大利克斯（SiliusItalicus）（公元一世紀）的《迦太基戰役紀事》（Punica）是古羅馬文學裏最長的史詩。

　　　　大諷刺詩人玉外納（Juvenal）（公元六〇至一二五）的《諷刺詩》（Satires）」第六首是古代最有名的諷刺女性的長詩，後世像布瓦洛（Boileau），蒲普（Pope）等詩人都寫過擬作。

　　　　佩特洛尼厄斯（Petronius）（公元一世紀）的《諷世書》（Satyricon）是古羅馬文學裏兩部大小說之一。

〔註75〕《中國學術》（北京：商務印書館，2003 年 1 月），第十三輯，頁 1～16。

弗洛勒斯（Florus）（公元二世紀）的《史綱》（*Epitomae*）是公認爲一部記載失實而文筆還可取的史書。

奧索尼厄斯（Ausonius）（公元四世紀）是個喜歡在文字和音韻上玩花樣的詩家，就像中國古代那種愛作五平五仄體、雙聲疊韻體、藥名詩、藏頭詩的人。

亞米亞納斯‧馬賽林納斯（Ammianus Marcellinus）（公元四世紀）是古羅馬後期最大的歷史家。

上面所說「古羅馬文學裏兩部大小說」，除了被他譯作《諷世書》的 *Satyricon*，另一部一定是《金驢記》，錢鍾書早年曾在讀書筆記裏以中英文混雜的方式概述了這兩部小說的大意〔註 76〕。在《金驢記》筆記末尾的補白處，他還以英文列述了三部拉丁文小說，除此上兩部外，還有一部是馬提安‧卡帕拉（Martianus Capella）的《斐蘿蘿嘉與墨丘利之聯姻》（*De nuptis Philologiae et Mercurii*，5 世紀），屬於包含奇異幻想之寓言故事的學問雜著，在中世紀早期的學校裡面被當作教科書〔註 77〕。筆記隨後的評議，言《金驢記》是照搬希臘小說，惟有《諷世書》是戛然獨造的「拉丁文散文體小說（Latin prose romance）」，與希臘作家截然不同，蓋能從當下之場景與習俗中落筆，故有此評價。攷 20 世紀初的《大英百科全書》的「小說（Romance）」條目，與這番評議的相關內容大體雷同。至五十年代，錢鍾書作《容安館札記》時，認識上已有很大不同，第 278 則云：

（A. H. Bullen, ed., *Poems, Chiefly Lyrical, from Romances and Prose Tracts of the Elizabethan Age*）VI : "The old Greek novelists did not garnish their stories with verse; & Apuleius stuck to prose." Bullen has forgotten that Petronius' *Satyricon* is plentifully "garnished" with verse（vide V, XVIII, XXIII, XXXIV, LV, LXXIX, LXXX, LXXXII, LXXXIII, LXXXIX, XCIII, CIX, CXIX-CXXIV, CXXVI, CXXVII, CXXIII, CXXXI, CXXXII, CXXXIII, CXXXIV, CXXXV, CXXXVI, CXXXVII, CXXXIX in "The Loeb Classical Library", pp. 6～8, 26, 32, 52, 98, 156, 160, 164, 166, 174～8, 186, 226, 252～274, 280, 284, 286,

---

〔註 76〕 見《外文筆記》第四冊，頁 104～107，178～182。
〔註 77〕 桑茲：《西方古典學術史》第一卷（張治譯第三版，上海：上海人民出版社，2010 年），頁 246～248。

292, 294～6, 298, 302, 304, 306, 310, 314）；Eumolpus especially spouted verses with a facility that *sufflaminandus erat*（CXXIV: "ingenti volubilitate verborum effudisset" -p. 274）.〔註78〕

【附中譯文】布倫編《伊麗莎白時代小說與散體短著中的詩歌：以抒情詩為主》一書卷六：「古代希臘小說家並未以韻文修飾其故事；阿普勒烏斯完全是散文體的。」蓋布倫忘卻佩特洛尼烏斯撰《諷世書》時便大量以詩章「修飾」之（參看云云）；小說主人公尤摩爾普斯乃詩情最為噴湧者也，「必須有人去喝止他」（《諷世書》第一百二十四節：「滔滔不絕地將大篇詩歌脫口而出」，見婁卜本頁 274）。

這改變了此前偏信工具書的態度，即不再認為《諷世書》是「散文體小說」，借助於自己詳實的閱讀和勤奮的查驗，滿懷自信地提出自己的認識，與西賢之說進行較量。這種自信的表現處處可見，如讀《名哲言行錄》的札記，提及卷 V 第 19 節一處概述希臘哲人對美貌（good looks）褒貶不一的定義，引 Theophrastus 和 Theocritus 之說，一斥美貌為「無聲之誆騙」（a mute deception），一責美貌為「象牙裝飾的惡魔」（an evil in an ivory setting），認為「希臘後來不復以 τὸ καλόν 為 αρητή，歧美與善而二之，非復如 Werner Jaeger 所云矣（*Paideia*，E.T. by Gilbert H. Height，vol. I，pp. 416，420）」。又引卷 X 第 6 節伊壁鳩魯致愛徒 Pythocles 書：「Hoist all sail，my dear boy，and steer clear of all culture（παιδείαν）」〔註79〕，按語說：「不料披猖至此」，錢鍾書隨即聯想起犬儒哲人第歐根尼，以其「糠粃一切」的態度，反倒敬重教化（culture 或 παιδείαν），稱其為「a controlling grace to the young，consolation to the old，wealth to the poor，and ornament to the rich（VI 68）」〔註80〕，「未嘗絕聖棄智也，斯又 Jaeger，*Paideia* 所未道矣」〔註81〕。

錢鍾書讀古希臘羅馬經典著作時不僅要核查他視野中的近世西學名家，同樣也以「他山之石」來驗看中國的學問。〈中國詩與中國畫〉裡引用過用古希臘抒情詩人西蒙尼德的詩、偽託西塞羅所作的修辭學著作以及賀拉斯的名

〔註78〕《錢鍾書手稿集‧容安館札記》第一冊，頁 461。
〔註79〕 中譯文：吾子且蕩起自家之輕舟，避開所有的教化。
〔註80〕 中譯文：（教化）於少者為節制（按，原文作 σωφροσύνη，即 Sophrosyne，為古希臘人嚮往的心智之健全理想狀態，柏拉圖《卡爾米德篇》主題即此），於老者為寬慰，於貧者為財富，於富者為裝飾。
〔註81〕《錢鍾書手稿集‧容安館札記》第一冊，頁 210、213。

句〔註82〕，來印證中國古籍常見詩畫同體的說法；〈通感〉還「參觀」過荷馬《伊利亞特》的妙句〔註83〕；〈一節歷史掌故、一個宗教寓言、一篇小說〉更是引出了一段佛經與古希臘文學的因緣〔註84〕。《札記》中還曾引老普林尼《自然史》記某畫家作品「蘊藉情事」的材料，來與中國畫論中的風格與神韻相互發明〔註85〕。還可舉出一個例子，是《札記》第 757 則，聲稱是在讀婁卜版亞理士多德《工具論》六篇，目的卻是爲了「重溫」《墨經》四篇，錢鍾書說：

> （《墨經》）此數篇素號難讀。乾嘉以來治墨者，竭漢學訓詁之能事，參西學格物之緒餘，荊榛稍辟，昏翳漸消。然索解勿得者，仍復連篇累牘……〔註86〕

下文接著對譚戒甫《墨辯發微》一書加以整體批駁，隨即分條舉例進行辨析，其中便多援引《工具論》各篇，如指出譚氏「耳食」並牽強附會「或然率」（Law of Probability）一詞的含義，以爲是《墨子》文中用以指稱揣度未見之事實的「億」，「亞理斯多德早云：『A probability is a generally approved proposition: what men know to happen or not to happen，to be or not to be，for the most part thus and thus，is a probability』」〔註87〕，蓋只是「習然」、「常然」的意思而已。又，〈經〉上：「謂，移、舉、加」，〈經說〉上：「狗犬，命也。犬吠，舉也。叱狗，加也」。譚氏解云：謂即謂詞（Verb），移謂即「Noun used as verb」，舉謂即「Intransitive verb」，加謂即「Transitive verb」。錢鍾書評云：

> 譚附會西書，誤謬百出……此條乃其最。謂者，邏輯學之 Predication，亞理斯多德所謂 Categories，非謂詞所得而限。移與命，即 what（or substance，genus，species），舉即 what doing（action），

〔註82〕 錢鍾書：《七綴集》（北京：三聯書店，2002 年），頁 6～7。
〔註83〕 《七綴集》，頁 71。
〔註84〕 《七綴集》，頁 165～170。
〔註85〕 《錢鍾書手稿集・容安館札記》第三冊，頁 2507。
〔註86〕 《錢鍾書手稿集・容安館札記》第三冊，頁 2193。
〔註87〕 《錢鍾書手稿集・容安館札記》第三冊，頁 2193，按此語出自《前分析篇》II 27，手稿刪去原本婁卜版的譯文和出處，改用 Basic Works of Aristotle 中的譯文，表示錢鍾書對於不同英譯文是處處存有取捨之分別的。中譯文（余紀元）作：「可能是一般可以接受的前提，因爲人們通常以一種特殊方式知道要發生或不發生，存在或不存在的事物，就是一種可能。」見苗力田主編：《亞里士多德全集》第一卷（北京：中國人民大學出版社，1990 年），頁。第 239。參看譚戒甫：《墨辯發微》（北京：中華書局，1964 年），頁 94。

加即 what suffering（affection），參觀 *Categories* IV（*Organon*，I，p.17）。〔註88〕

雖然客觀地看，他對於譚氏解墨功績的抹殺有過甚其辭之處，但畢竟指出了在運用西方邏輯學經典時基本概念的認識錯誤，這些屬於正本清源的指謫也是頗為切要的。

錢鍾書對亞理士多德《詩學》顯然也是下過很深工夫的，由羅念生譯《詩學》的後記（1962 年）中言其大部分譯文得朱光潛、楊絳、錢鍾書三人提出「許多寶貴的修改意見」〔註89〕，便可想見。雖然前 21 冊《外文筆記》讀《詩學》凡 3 遍，卻可能與錢鍾書對這部經典著作的全面理解相距甚遠。早先讀的是一位古典素養深厚的著名東方學家 D. S. Margoliouth 的英文譯注本（1911 年）〔註90〕，此書自言宗旨在於將《詩學》視為亞理士多德神秘的「隱晦學說」，須對其人全部哲學有一通徹瞭解才能讀懂此書〔註91〕，但最為特別之處在于後半部分以希臘文和從阿拉伯文版譯成的拉丁文相對照，在校勘學上大有可觀的成就〔註92〕。錢鍾書只讀英譯與注釋部分，難免令人有買櫝還珠之憾，但他既然志不在校書事業，字句上的攷據學問若無關大體也便不會在意了。此後又讀了意大利古典語文學家 Augusto Rostagni 校注本，用的是 1945 年修訂版，筆記只抄錄了意大利文的初版前言和引論，實與第一版內容毫無分別〔註93〕，《通感》中徵引過此書的「科學的三段論」（sillogismo scientifico）和文學的「想像和感性簡化二段論」（entimema immaginativo e sensitivo）〔註94〕。再後來讀過婁卜舊版 W. Hamilton Fyfe 譯本的筆記，不過短短一頁，蓋因這套叢書強調文字對應而不求詳解，如需細細考求便不合

〔註88〕《錢鍾書手稿集‧容安館札記》第三冊，頁 2201。

〔註89〕羅念生、楊周翰譯：《詩學‧詩藝》（北京：人民文學出版社，1962 年），頁 130。

〔註90〕《錢鍾書手稿集‧外文筆記》第四冊，頁 71～72。

〔註91〕David Samuel Margoliouth, *The Poetics of Aristotle*（London: Hodder and Stoughton, 1911），22. Cf. J. I. B.'s review, in Hermathena, Vol. 17, No. 38（1912），189～196.

〔註92〕Leonardo Tarán, Dimitri Gutas, *Aristotle Poetics*（Leiden : Brill，2012），67～68.

〔註93〕關於此書的校勘學價值，參看前揭 Leonardo Tarán and Dimitri Gutas，68，以及 Allan H. Gilbert 的書評（The American Journal of Philology，Vol. 69，No. 3（1948），344～347）。

〔註94〕《七級集》，頁 75 注釋 8。《錢鍾書手稿集‧外文筆記》第十三冊，頁 653，此處有詳細之旁注。

用。《札記》中還引過美國古典學家 Gerald Frank Else 的詳注本（1957 年）一處〔註95〕，討論劇作家擬稿時當親身演習其中情節動作，也被納入《管錐編》中〔註96〕。《管錐編》引述《詩學》一書，除了 Else 注本和婁卜舊版，還有 Butcher 的譯本《亞理士多德的詩歌與美術理論》（*Aristotle's Theory of Poetry and Fine Art*，1911 年），那是比較古老的權威英譯本，進入過吳宓的課程書單〔註97〕。如果再考慮到其他文藝理論家著作中直接或間接對此書的大量討論，則可以想見好談論詩學的錢鍾書在這部古老經典上有多少珍貴的心得可以傳世。《容安館札記》還有一段特別值得我們注意，第 391 則的「雜覽（Browsing）」中，他讀德國著名美學家富爾蓋特（Johannes Immanuel Volkelt）的巨著《美學體系》（*System der Ästhetik*，3 vols，1905～1914）時說：

> Although Scaliger declared: "Omnis enim oratio εἶδος，ἔννοια，μίμησις，quemadmodum et pictura: id quod et ab Aristoteles et a Platone declaratum est"（*Poetica*，ed. 1617，p. 401，quoted in W.G. Howard，"Ut Pictura Poesis" in *PMLA*，1909，p. 44），no one seems to have noticed how often Aristotle resorted to painting for illustration of his theory of literature. I content myself with a few examples from his *Poetics*（tr. by W. Hamilton Fyfe，"The Loeb Classical Library"）: II. 2（p. 9）; IV. 3～6（pp. 13～15）; VI. 20（p. 27）;IX. 11（p. 57～59）; XXV. 2（p. 101）; XXV. 28（p. 111）.〔註98〕

> 【附中譯文】雖則老斯卡利傑爾早云：「舉凡言辭中之形象、才思、摹仿，亦可以丹青中所見相同者，俱爲亞理士多德及柏拉圖所論及矣」（《詩學》，1617 年版，頁 401，轉引自霍華德氏《美國現代語言學會叢刊》，1909 年，頁 44），然而似無人曾注意亞理士多德每以繪畫佐證其文論也。余從其《詩學》（用婁卜古典叢書之斐孚譯本）中檢得數處云云。

〔註95〕《錢鍾書手稿集‧容安館札記》第一冊，頁 495。
〔註96〕《管錐編》第三冊，頁 573。
〔註97〕吳宓：《文學與人生》（北京：清華大學出版社，1993 年），頁 4。參看《管錐編》第一冊，頁 123、138。
〔註98〕《錢鍾書手稿集‧容安館札記》第一冊，頁 611～612。

Scaliger 即 Julius Caesar Scaliger（1484～1558），乃文藝復興時期旅居法國的意大利籍著名古典學家，譯名作老斯卡利傑爾，以別於其子（青出於藍的古典學家，錢鍾書讀過其《談話錄》）。此人極爲推重亞理士多德，稱他是「統領一切美好學問的永恒君主（imperator noster，omnium bonarum artium dictator perpetuus）」。錢鍾書在早年留學時期便從 Brunetière 所著四卷本《法國古典文學史》中注意到了老斯卡利傑爾《詩學》一書〔註 99〕。錢鍾書頗爲自得地羅列了《詩學》中的若干處談繪畫的證據〔註 100〕。他一向重視畫論與詩論的相通之處，其背後是對語言與形象在心理活動中產生、創造和交流之過程的關注。《管錐編》裡有個大題目，就是中西古典文獻所見的「擬象」之異同，「安得好事者傍通直貫」而「廣討參稽乎？」〔註 101〕

　　早年的錢鍾書雄姿英發，在《談藝錄》結尾比事博引地陳述了人類學術思想史各種時代中的不均衡發展，其中有一例，說及「在歐洲之十六世紀，亞理斯多德詩學大盛之年，適爲亞理斯多德哲學就衰之歲」〔註 102〕，對於經典作家在近世發生影響的側重點之轉移，他也有所察覺。他對自己所言以時序排列比較的那種「淵源學」，除了展示修辭命意的淵博資料，更重要的是希望盡一切努力地走出時代的局限，對不同時代的心智活動進行總結。他之所以「徵文攷獻」，著「憂患之書」〔註 103〕，當是爲了從「同時之異世，並在之歧出」的喧嘩世界裡面拋棄俗見顯學的習慣，達到溝通中西古今的認識。及至暮年，益發精進，關於古希臘羅馬經典中對人類精神生活所產生的永久價值，他自然有了更深的體會。

〔註 99〕《錢鍾書手稿集・外文筆記》第二冊，頁 595。
〔註 100〕查當代西方論著文獻，錢鍾書所提出的這個論題後來已有作者，e. g. Nicola Ciarletta, *Note sui riferimenti alla pittura nella Poetica di Aristotele*, Quaderni Urbinati di Cultura Classica, No. 23（1976），127～139；Graham Zanker, *Aristotle's Poetics and the Painters*, The American Journal of Philology, Vol. 121, No. 2（2000），225～235.
〔註 101〕《管錐編》第一冊，頁 109。
〔註 102〕《談藝錄》補訂重排本，頁 852。
〔註 103〕《談藝錄》初刊本序：「雖賞析之作，實憂患之書也」，「以匡鼎之說詩解頤，爲趙岐之亂思係志」。正文首篇又有前記，又引杜甫詩「我生無根蒂，配爾亦茫茫」句，謂「知者識言外有哀江南在」云云。看起來主要是抒發戰亂中的憂國之思，然而也可以詮釋爲對於現代中國學術文化漂泊無依的一種切身感受。

主要參考文獻

1. 錢鍾書：《管錐編》，北京：三聯書店，2001 年。
2. 錢鍾書：《談藝錄》補訂重排本，北京：三聯書店，2001 年。
3. 錢鍾書：《錢鍾書手稿集・容安館札記》，北京：商務印書館，2003 年。
4. 錢鍾書：《錢鍾書手稿集・外文筆記》，北京：商務印書館，第一-三冊，2014 年；第四-二十一冊，2015 年。
5. 陸文虎編：《管錐編索引談藝錄索引》，北京：中華書局，1994 年。

（原刊《中國文學學報》第六輯（2015 年 12 月））